…nglot
de l'homme blanc

Du même auteur

AUX MÊMES ÉDITIONS

Fourier
essai, coll. « Écrivains de toujours », 1975

Le nouveau désordre amoureux
essai en collaboration avec Alain Finkielkraut
coll. « Fiction & Cie », 1977
et coll. « Points Actuels », 1979

Au coin de la rue, l'aventure
essai en collaboration avec Alain Finkielkraut
coll. « Fiction & Cie », 1979
et coll. « Points Actuels », 1982

Lunes de fiel
roman, coll. « Fiction & Cie », 1981
et coll. « Points Roman », 1982

Le sanglot de l'homme blanc
essai, coll. « L'histoire immédiate », 1983

Parias
roman, coll. « Fiction & Cie », 1985

Le palais des claques
roman, coll. « Point-Virgule », 1986

CHEZ D'AUTRES ÉDITEURS

Monsieur Tac
roman, Sagittaire, 1976

Allez jouer ailleurs
roman, Sagittaire, 1977
prix de la littérature fantastique, 1979

Nostalgie Express
récit, éditions des Autres, 1978

Pascal Bruckner

Le sanglot de l'homme blanc

Tiers-Monde, culpabilité haine de soi

Éditions du Seuil

EN COUVERTURE : *Savorgnan de Brazza au Congo, le Petit Journal,* 1905. Archives Jean-Loup Charmet.

ISBN 2-02-009139-9
(ISBN 2-02-006491-X, 1re publication)

« Où et quand ai-je été innocent ? »

Saint Augustin.

A mes parents.

INTRODUCTION

Les mains d'Orlac

Les mains sales

Stephen Orlac est un pianiste célèbre. Sa virtuosité impressionne les mélomanes, on lui promet la renommée la plus vaste. Hélas, un accident de train entre Montgeron et Paris interrompt à l'âge de trente ans cette carrière brillante, et le musicien, gravement blessé, doit se faire greffer de nouvelles mains par le chirurgien Cerral. Dès ce moment, tout change : l'ancien soliste qui a renoncé au piano adopte une attitude inquiétante, commet malgré lui une série de crimes et va jusqu'à menacer sa propre femme, la ravissante Hélène dont chacun sait de quelle passion dévorante il la couvait jusque-là. Une longue et douloureuse enquête, entreprise durant ses rares instants de lucidité, lui apprend que Cerral lui a greffé les mains d'un assassin, guillotiné depuis peu, et que les extrémités, obéissant encore à leur ancien propriétaire, l'obligent, contre sa volonté, à accomplir ces horribles forfaits. Les mains sanglantes sont désenvoûtées, et Stephen Orlac, rendu à son art, est innocenté *in extremis.*

La candeur trahie par la science, le bon génie trompé par la méchanceté, tous les thèmes de ce feuilleton du début de siècle[1], ce mélange de mélodrame et de fantastique social, c'est curieusement dans le domaine politique et non romanesque qu'il triomphe aujourd'hui, et plus précisément dans les rapports Nord-Sud. C'est là, et dans un langage presque

1. *Les Mains d'Orlac,* par Maurice Renard (1910).

identique, qu'on nous décrit l'ingénu Tiers-Monde arraché à sa bonne nature par un Occident démoniaque et corrupteur.

A priori, en effet, pèse sur tout Occidental une présomption de crime. Nous autres, Européens, avons été élevés dans la haine de nous-mêmes, dans la certitude qu'il y avait au sein de notre monde un mal essentiel qui exigeait vengeance sans espoir de rémission. Ce mal tient en deux mots : le colonialisme et l'impérialisme, et en quelques chiffres : les dizaines de millions d'Indiens éliminés par les conquistadores, les 200 millions d'Africains déportés ou disparus dans le trafic des esclaves, enfin les millions d'Asiatiques, d'Arabes, d'Africains tués durant les guerres coloniales puis les guerres de libération.

Écrasés sous le poids de ces souvenirs infamants, nous avons été amenés à regarder notre civilisation comme la pire après que nos pères se sont crus les meilleurs. Naître après la Seconde Guerre mondiale, c'était acquérir l'assurance d'appartenir à la lie de l'humanité, à un milieu exécrable qui, depuis des siècles, au nom d'une prétendue aventure spirituelle, étouffe la quasi-totalité du globe. Un continent qui n'en finissait pas de parler de l'homme tout en le massacrant aux quatre coins de la planète, un continent basé sur le pillage et la négation de la vie, ne méritait que d'être piétiné à son tour.

Le monde entier accuse l'Occident, et beaucoup d'Occidentaux participent à cette campagne : notre responsabilité est affirmée avec indignation, mépris. Aucun discours sur le Tiers-Monde ne peut se terminer ou commencer sans que retentisse ce leitmotiv : l'homme blanc est méchant. Que nous reste-t-il, à nous les fils et petits-fils de ces barbares qui ont écumé terre et mer ? A faire toujours et partout notre acte de contrition. « Chacun de nous est coupable devant tous, pour tout et partout, et moi plus que les autres » (Dostoïevski), telle est notre croyance la plus intime. Le sang versé rejaillit sur nous et rien, semble-t-il, ne peut racheter l'abjection commise, aucune compensation rétablir l'équilibre rompu par l'offense coloniale. Tous les titres de notre gloire, des siècles d'efforts, de calculs, de raffinements, d'exploits, d'héroïsme qui avaient intronisé une certaine forme de sagesse humaine, ont été balayés, réduits à néant : de savoir cette floraison artistique ou technicienne liée à une dose égale d'ignominie nous a découragés de l'accepter ou de la reprendre.

C'est ainsi que la dépréciation du message européen est devenue un code commun à toute l'intelligentsia de gauche depuis la guerre, exactement comme la haine du bourgeois a été en Europe depuis 1917 un véritable passeport intellectuel, aucun article ne pouvant se justifier sans une invocation rituelle au prolétariat messianique et un dégoût affiché pour les possédants. L'indépendance des anciennes colonies nous laisse cependant une possibilité de rachat : nous engager aux côtés des peuples en lutte, aider toujours et partout le Sud à terrasser le veau d'or occidental. Ainsi la naissance du Tiers-Monde comme force politique a-t-elle engendré cette nouvelle catégorie : le militantisme expiatoire.

Comment la haine de soi est devenue le dogme central de notre culture, c'est là une énigme dont l'histoire de l'Europe est féconde. Il est étrange en effet qu'au siècle de l'athéisme militant, des penseurs agnostiques qui ont aiguisé leur intelligence à lutter contre les Églises et leurs doctrines nous aient réconciliés par ailleurs avec la notion qui est au fondement même du christianisme : la faute originelle. Alors qu'avait lieu dans les mœurs et la pensée un formidable chambardement des valeurs — le refus des figures d'autorité, le déboulonnement des idoles et des tabous —, la mort de Dieu et du Père se conjuguait — Sartre en est l'exemple magistral — avec un renforcement de la mauvaise conscience, comme si une société qui a éliminé jusqu'à l'idée de péché préparait la voie royale au sentiment d'une culpabilité générale. Lequel constitue le prix à payer pour appartenir à l'Europe gagnante qui a triomphé un instant du reste du monde. Car la politique moderne a cessé sans doute de s'inspirer du christianisme, mais ses passions sont celles du christianisme. Nous vivons dans un univers politique imprégné de religiosité, grisé de martyrologie, fasciné par la souffrance, et les discours les plus laïcs ne sont le plus souvent que la reprise ou le bégaiement en mode mineur des homélies ecclésiales. Qu'un tel appétit de dolorisme, qu'un tel goût pour la figure de l'opprimé en général puissent coexister avec un anticléricalisme encore virulent n'est alors qu'un paradoxe secondaire. La mauvaise conscience ne sévit jamais autant que lorsqu'elle ne s'avoue pas — car elle est loin d'être explicitement revendiquée par tous : les marxistes, par exemple, en leurs diverses sectes, la récusent comme un résidu de piété mal liquidé. Ce sentiment se reconnaît pourtant à certaines formules incantatoires qui accompagnent et sous-tendent des analyses ou des statistiques âprement objectives. L'*a priori* de culpabilité, c'est la béquille qui vient suppléer aux raisonnements défaillants, le petit coup de pouce qui assoit une démonstration incertaine. Elle permet d'approuver d'emblée toute proposition dont la teneur nous échappe pourvu qu'elle commence et se conclue sur une invective sous-jacente. Tel un surplus de signification qui n'a pas besoin d'être proféré pour faire sens, c'est une valeur qui imprègne le discours à l'insu de ceux qui le reçoivent et fait entendre autre chose que ce qui est simplement énoncé.

Y a-t-il un flottement dans la formulation, un raisonnement un peu boiteux ? Immédiatement, l'argument d'autorité est invoqué, qui permet de vaincre les réticences et d'emporter l'adhésion : de toute façon, l'Occident est coupable. On l'a compris : la culpabilité est d'abord une figure rhétorique, l'amorce d'une langue de bois ; qui l'utilise est assuré d'avoir le dernier mot et de garder barre éternellement sur ses contradicteurs. La culpabilité, c'est ce qui reste quand on a tout épuisé.

Nous nous proposons donc d'étudier ici, sous l'angle de la conscience malheureuse, l'histoire de l'idée de Tiers-Monde en Europe et en Amérique depuis le début des années 60 (date qui coïncide globalement avec la conférence de Bandung — 1955 — et la fin de la guerre d'Algérie — 1962). Vingt années, c'est le temps pour que s'estompe dans la mémoire un grand traumatisme ou une grande douleur ; et parce que chacun doit, à un certain moment, s'adonner à une relecture de la tradition qui l'a précédée, nous pensons que l'instant est venu d'établir un bilan de ce qu'on a nommé en France le tiers-mondisme. Or, très curieusement, la volonté de repentir manifestée par la minorité d'intellectuels, de militants et d'enseignants qui composent ce courant cohabite avec l'indifférence sereine, voire hostile, de la majorité de la population vis-à-vis des pays dits sous-développés. Nous essayerons de montrer que ce paradoxe n'en est pas un et qu'ici l'envers de la médaille vaut l'endroit.

Dépister dans les vertus affichées des tiers-mondistes les machinations d'une mauvaise foi, les sophismes de l'amour-propre, les alibis de l'égoïsme, les ruses de la tartufferie, tel est notre projet. Il appelle cependant une précision : nous ne nous livrons pas ici au énième travail de dénonciation ; nous ne montrons pas du doigt, du haut du privilège rétrospectif que nous confère la jeunesse, les errements et les erreurs commises par nos aînés... Nous ne venons pas régler nos comptes — comme cela s'est fait ailleurs — avec les générations antérieures qui n'auraient comme seul tort que de nous avoir précédés : nourris des enseignements autant que des faux pas de cette génération, c'est encore chez elle que nous puisons des arguments pour la réfuter. Se déprendre d'une vision du monde qui a pu être féconde mais se révèle inopérante ne doit pas conduire automatiquement à ériger des tribunaux, à prononcer des sentences, à se livrer à des empiétements insultants. Toutes les citations ou textes reproduits ici sont datés : c'est dire qu'ils n'engagent leurs auteurs qu'à la date où ils les ont émis. Aucun d'eux, enfin, n'est réductible au thème que nous envisageons ici. Beaucoup ont évolué depuis : il serait malhonnête de ne pas le préciser. D'autant que si l'on étudie les perversions d'une culpabilité devenue folle et se retournant contre ses postulats, c'est qu'on l'a soi-même partagée jusque dans ses outrances. Cette critique est d'abord une autocritique.

L'intéressant, c'est de savoir en effet comment le jargon ou le délire d'un petit groupe ont pu devenir la vérité d'une multitude. C'est la réception et le succès de l'énoncé tiers-mondiste qui sont révélateurs. Quand toute une époque partage à ce point les mêmes illusions, on ne peut plus parler seulement d'aveuglement ou de trouble, il s'agit d'un fait culturel. Naturellement, nous avons dû trier dans la masse des textes écrits durant les vingt dernières années sur ce sujet : nous en avons omis beaucoup qui auraient mérité, autant que d'autres, un éclairage particulier. Mais le Tiers-Monde a donné lieu à une littérature dont il n'est pas excessif de dire qu'elle est du genre fluvial ; heureusement, ces ouvrages inspirés par une même acrimonie envers l'Europe ont entre eux un air de famille qui les rend semblables. Il était donc fatal qu'ils se recoupent et se répètent. Sans doute les uns instillent-ils la honte sur des pas de menuet, les autres en dansant une robuste bourrée sur nos crânes et en frappant dessus de leurs gros sabots cloutés pour que le message entre bien. Mais, délicats ou brutaux, obscurs ou célèbres, les membres de cette phalange charrient les mêmes clichés, se rassemblent autour d'un seul credo comme les pachydermes le soir se regroupent autour d'un point d'eau. Dans cette nébuleuse attrape-tout, ce sont les mêmes idées qui ressortent, si bien que qui en lit une, les a toutes lues.

Le regard que les Occidentaux portent sur le Sud, nous l'avons divisé en trois rubriques : la solidarité, modalité de l'être-ensemble ; la compassion, modalité de l'être-à-la-place-de ; et le mimétisme, catégorie de l'être-comme. Il nous a paru que ce triptyque, mieux qu'un autre, pouvait coiffer également les attitudes atypiques ou aberrantes sans nous cacher, bien sûr, les risques d'arbitraire que comporte un tel classement. Enfin, entre l'apathie des majorités et le masochisme des tiers-mondistes, nous avons tenté de tracer une autre voie, dont nous précisons le développement en conclusion de ce livre : la voie de l'élection qui porte les Européens vers le dehors sans qu'ils renient pour autant leur héritage. On a tenté d'aborder l'homme du Tiers-Monde comme l'Étranger qui est notre Prochain. Semblable tentative, qui tend en dernière analyse à s'éclairer soi-même sur sa propre conduite, relève bien entendu d'un pari. D'entrée de jeu, nous assumons la fragilité d'une telle entreprise.

1. La solidarité ou la légende noire contre l'histoire sainte

« Les visiteurs étrangers à Moscou, dans les années 30, constituent incontestablement une merveille de notre âge et je conserverai précieusement jusqu'à mon dernier jour, comme un souvenir béni, le spectacle de ces braves gens voyageant avec un radieux optimisme à travers des campagnes affamées, se promenant en bandes joyeuses dans des villes sordides et surpeuplées, écoutant avec une foi inébranlable le caquetage imbécile de guides soigneusement endoctrinés, répétant, comme des écoliers leur table de multiplication, les statistiques falsifiées et les slogans creux qui leur étaient indéfiniment récités. Et, parmi eux, je reconnaissais là un responsable de quelque branche des Amis de la Société des Nations, là un pieux quaker qui avait une fois pris le thé en compagnie de Gandhi, là un farouche opposant du Means-Test et des lois sur le blasphème, là un inébranlable champion de la liberté d'expression et des droits de l'homme, là un indomptable adversaire de la cruauté envers les animaux, là de nobles vétérans couverts de cicatrices reçues dans cent combats pour la vérité, la liberté et la justice, chantant à l'unisson les louanges de Staline et de sa dictature du prolétariat. C'était un peu comme si une association végétarienne s'était soudain prononcée passionnément en faveur du cannibalisme ou si Hitler devait se voir décerner, à titre posthume, le prix Nobel de la paix. »

M. Muggeridge, *Chronicles of Wasted Times*, I, *The Green Stick*, Londres, 1972, cité par Simon Leys, *Images brisées*, Laffont, 1976, p. 65-66.

« Une cage allait à la recherche de son oiseau. »

Franz Kafka.

« Ils sont très doux et ignorants de ce qu'est le mal » (Christophe Colomb)

A l'automne 1492, lorsque au terme d'un voyage épuisant Christophe Colomb touche San Salvador des Bahamas, Cuba, puis Haïti, il est certain d'avoir retrouvé le paradis terrestre. Ayant lu dans l'*Imago Mundi* de Pierre d'Ailly que l'Éden devait se trouver dans une région tempérée au-delà de l'équateur, il s'extasie, dès son arrivée, sur tout ce qu'il voit. Les paysages qui s'offrent à lui, les richesses naturelles et, surtout, les premiers hommes qu'il rencontre suscitent son admiration éperdue : « Ils étaient tous très bien faits, très beaux de corps et très avenants de visage[1] » (t. I, p. 61). « Ils vont nus, tels que leur mère les enfanta, les femmes comme les hommes » (t. I, p. 158). « Quant à la beauté, les Chrétiens disaient qu'il n'y avait pas de comparaison possible, aussi bien pour les hommes que pour les femmes » (t. I, p. 143), et cette splendeur physique s'étend par osmose au moral : « Ce sont les meilleurs gens du monde et les plus paisibles » (t. I, p. 146). « Je ne crois pas qu'il y ait au monde meilleurs hommes pas plus qu'il n'y a meilleures terres. »

1. Christophe Colomb, *La Découverte de l'Amérique,* 2 tomes, Maspero, 1979.

Deux traits des Indiens sont constamment soulignés par le navigateur génois : leur générosité et leur poltronnerie ; parce que, dès les premiers contacts, les Espagnols ont échangé avec eux de menus objets contre de l'or, Christophe Colomb ne cesse de louer la prodigalité des indigènes qui donnent tout pour rien : « L'Amiral dit qu'il ne peut croire qu'un homme ait déjà vu des gens d'un cœur si bon, si généreux et si craintifs, car tous se défaisaient de ce qu'ils avaient pour le donner aux Chrétiens, courant, à peine les voyaient-ils arriver, pour leur apporter tout » (t. I, p. 159). « Pour n'importe quoi qu'on leur donne, sans jamais dire que c'est trop peu, [ils] donnent aussitôt ce qu'ils possèdent » (t. I, p. 127). « Ils sont sans convoitise des biens d'autrui. » « Quoi qu'on leur demande de leurs biens, jamais ils ne disent non ; bien plutôt invitent-ils la personne et lui témoignent-ils tant d'amour qu'ils lui donneraient leur cœur » (t. II, p. 48). Leur couardise découle alors de leur aménité : « L'Amiral certifie aux Rois qu'avec dix hommes on en ferait fuir dix mille tant ils sont poltrons et lâches » (t. I, p. 125).

Ils sont désarmés parce qu'ils sont innocents et la condescendance des Blancs à leur égard est la contrepartie d'une vénération sans mesure. D'un seul mouvement, en l'espace de quelques semaines, Colomb invente le mythe du bon sauvage et ses ambiguïtés. Il peut alors proférer sur les Indiens ce jugement définitif : « Ils sont très doux et ignorants de ce qu'est le mal, ils ne savent se tuer les uns les autres » (t. I, p. 100). Bref, la quasi-divinité des natifs vient de ce qu'ils confirment les Saintes Écritures, sans le savoir. Mais ce statut hors du commun est fragile : investis du redoutable privilège d'être les meilleurs, ils sont menacés de verser dans l'animalité s'ils trahissent leur mission.

L'idylle, en effet, ne dure pas. Un an plus tard, lorsque le Génois revient, tout a changé. Non seulement la fièvre de l'or ronge les marins espagnols, mais les premiers colons laissés sur place ont été massacrés pour avoir tenté de ravir les femmes des sauvages. Ceux-ci n'étaient donc pas aussi doux et évangéliques qu'on le croyait. Et il suffira d'un incident — des Indiens sont allés prendre chez les chrétiens les objets qui leur plaisaient — pour que Colomb, oubliant ses éloges précédents, les déclare unanimement voleurs et violents et leur impose des châtiments cruels : « Et comme, en ce voyage que je fis à Cibao, il arriva que quelque Indien dérobe peu ou prou, s'il se trouvait que certains d'entre eux volent, châtiez-les en leur coupant le nez et les oreilles, car ce sont des parties du corps qui ne peuvent se cacher » (t. II, p. 106). Imperceptiblement, et sous l'emprise des difficultés croissantes, Colomb glisse d'une estimation positive sur la nature pacifique des Indiens à un jugement excessivement contraire. Ceux qui, en 1492, « aiment leur prochain comme eux-mêmes » et manifestent ainsi une disposition naturelle au christianisme se sont métamorphosés deux ans plus tard en bêtes féroces, propres à être réduits en esclavage. Et comme elle est révélatrice la dernière lettre de Colomb aux souverains espagnols, dite « Lettre rarissime », datée du 7 juillet 1503 de la Jamaïque : « Isolé dans ma peine, malade, attendant chaque jour la mort, *entouré d'un million de sauvages pleins de cruauté et qui nous sont ennemis* [c'est nous qui soulignons], je suis si loin des saints sacrements de la Sainte Église que mon âme en sera oubliée si elle doit ici se séparer de mon corps » (t. II, p. 215).

A aucun moment, les Indiens n'ont eu le droit de manifester leur propre volonté. Le bon sauvage est coupable par avance d'avoir été déclaré parfait. La supériorité de principe a glissé dans une infériorité de fait : sous l'indigène peinturluré se dissimulait un chien et le gentil naturel camouflait une nature vindicative et hypocrite. Ainsi la découverte du Nouveau Monde vérifie-t-elle la Bible, l'Age d'or, les Hespérides, mais pour les révoquer aussitôt. Cette humanité pure et heureuse est immédiatement soupçonnée de cacher une noirceur abominable. C'est peu dire que l'infamie suit la pureté, elle lui est consubstantielle. Et la pastorale débouche dans la malédiction et l'injure.

Écartons la complexité du texte de Colomb et les multiples implications de ses voyages pour ne retenir que ceci[1] : l'exaltation et la volte-face du navigateur génois réapparaîtront presque trait pour trait, en d'autres circonstances, en Europe, au début des années 60, c'est-à-dire au lendemain de la décolonisation. En effet, et toutes proportions gardées, l'accession à l'indépendance des pays en tutelle fut, pour beaucoup de progressistes, la découverte d'un continent nouveau et devait provoquer dans les esprits les mêmes remous, la même intensité que l'arrivée de l'Amérique dans l'imaginaire des hommes de la Renaissance. L'Indien Caraïbe, page blanche sur laquelle les conquistadores inscrivent la Révélation chrétienne, est l'emblème anticipateur du guérillero du Tiers-Monde qui apparaît quatre cent soixante années plus tard dans la mythologie révolutionnaire.

Ici et là, on retrouve la même notion d'un zéro historique, d'une humanité de base qui devient le terreau fertile des rêves les plus fous. Certes, les sociétés colonisées ne sont pas sans passé, mais le fait de s'affranchir du joug européen leur conféra soudain une nouvelle jeunesse. Tout était remis en cause par l'apparition de cette énorme planète dans le ciel des possibles : une grande attente travaillait les hommes, le pathétique de l'hémisphère sud allait dominer l'histoire moderne. Dans cet Eldorado, tout à la joie des commencements, se dessinaient les confins de notre avenir. Sortant du cauchemar colonial et se chargeant de tous les espoirs inaccomplis dans le monde industrialisé, la civilisation des anciens damnés de la terre allait « ajouter une nouvelle

1. La découverte de Colomb a été admirablement décrite et commentée par Tzvetan Todorov dans *la Conquête de l'Amérique*, Seuil, 1982, p. 20 à 55.

couleur à l'arc-en-ciel[1] ». Non seulement les peuples asservis s'étaient libérés, mais, jusqu'ici résignés à accepter passivement comme une fatalité inhérente à leur condition les fléaux de la faim, de la misère, de l'humiliation, de l'ignorance, ils provoquaient dans leur insurrection « un ressourcement[2] », ils réconciliaient avec elles-mêmes d'innombrables collectivités humaines. « Une nouvelle philosophie de la terre[2] » se substituait à la morne uniformité imposée par l'homme blanc et provoquait ce que l'économiste suédois Gunnar Myrdal avait appelé le « Grand Réveil », un fait historique d'une importance inestimable.

Sur cette matière première, une intelligentsia de gauche, déçue par l'absence de perspectives politiques en Europe et surtout par l'adoption de la stratégie de la coexistence pacifique, allait projeter un messianisme que la divulgation des horreurs staliniennes n'avait pas entamé. L'inspiration de la conférence de Bandung (1955), au cours de laquelle les représentants de vingt-neuf pays africains et asiatiques jetèrent les bases d'une nouvelle coopération internationale, inaugurait à coup sûr la genèse d'un monde plus large, plus généreux. L'intronisation des nations pauvres comme nations prolétaires enrichissait un principe révolutionnaire trahi ou déformé dans les démocraties populaires et permettait de reprendre le projet communiste à sa base, tel que l'avaient conçu les pères fondateurs. Le Tiers-Monde acquérait la fraîcheur d'une « chasteté rétinienne ». Les premiers pas de ces nouveaux régimes avaient la beauté d'un printemps ravissant. Les banlieues phtisiques, les bidonvilles proliférants, les cohortes de lépreux et d'affamés, héritage maudit de l'époque coloniale, devenaient soudain autant de péninsules

1. Selon l'expression de Basil Davidson, *Les Voies africaines*, Maspero, 1965.

2. Jacques Berque, *Dépossession du monde*, Seuil, 1964. « Ce soulèvement [...] émeut l'espèce humaine dans son ensemble » (*id.*, p. 37).

fabuleuses où se concoctaient les ingrédients de l'homme nouveau. Mieux : la misère en tant que telle était valorisée, l'homme écrasé anticipait un rachat [1]. Seule la souffrance a un avenir puisqu'elle est grosse d'un apaisement, tout mal est un bien caché qui prépare nécessairement une révolution. Flagrant contredit de la philosophie marxiste, le fait de la pauvreté suffit à faire d'un peuple déterminé le porteur du progrès. Car l'important, pour qui se veut solidaire du Tiers-Monde, n'est pas telle ou telle injustice, laquelle n'est guère plus qu'une navrante anecdote, mais la loi générale dont elles relèvent toutes. Et ce principe supérieur, c'est, bien entendu, le système qui régit les démocraties occidentales, à savoir le capitalisme et son stade suprême, l'impérialisme. En imputant les malheurs du monde à l'entité maléfique du Profit et de l'Argent, on voyait l'intérêt de tous les déshérités coïncider. Les exploités formaient une masse homogène face à une poignée de rapaces ventrus au lourd accent yankee : les paysans français pouvaient se dire frères de leurs homologues de Haute-Volta, les humiliés de l'Europe tendre la main aux aliénés de l'Inde et de la Chine, chaque mouvement n'était qu'une riposte particulière à une même injustice. Et puisqu'une seule règle partage l'univers en deux, le glissement de l'anticolonialisme de l'après-guerre au tiers-mondisme des années 60 fut le passage de l'allergie à soi-même à l'effusion envers les tropiques régénérateurs.

1. « S'ils [les chrétiens] privilégient dans leurs préoccupations les peuples du Tiers Monde, c'est sans doute que ceux-ci sont le Pauvre dont parle l'Évangile. C'est aussi parce que ce Pauvre est la victime d'un système de domination fondé sur la loi du plus fort et sur le règne de l'argent. C'est enfin parce que ce Pauvre est engagé dans un combat pour sa dignité qui est un combat pour l'homme, lequel est, par essence, notre combat. C'est pourquoi nous affirmons, face aux impérialismes, notre solidarité avec les Chiliens, les Vietnamiens, les Palestiniens, les Angolais, les Cambodgiens », écrit par exemple Georges Montaron dans *Témoignage chrétien,* 22 novembre 1973.

« L'Amérique a la rage » (J.-P. Sartre)

Une certitude confuse, exprimée de manière plus ou moins nuancée selon les familles politiques (et sur ce point, les grands partis ouvriers, PS et PC, furent les plus modérés), anime ceux qu'on allait appeler les tiers-mondistes : celle de l'infamie de l'Occident, vérité unique et juste, aussi immuable que la loi de la chute des corps. L'Occident est prédateur, comme le lion est carnassier ; il s'agit là d'un fait qui dépasse les bornes de l'entendement humain. C'est pourquoi un fossé divisait le royaume du salut total du royaume du mal total, entre lesquels il ne peut y avoir que l'adhésion ou la répudiation [1]. C'est pourquoi encore, en soutenant les peuples que l'Europe avait, jusqu'il y a peu, tenus sous sa botte, on pouvait gommer ou du moins atténuer l'atroce épisode de la prépondérance. Ce sentiment d'une dette impossible à éponger, nul mieux que Sartre, dans sa préface aux *Damnés de la terre* de Frantz Fanon [2], ne devait le susciter et le fonder en droit. D'après lui, les crimes que l'on commet en notre nom, il faut bien que nous en soyons personnellement complices puisqu'il reste en notre pouvoir de les arrêter. Cette culpabilité qui reposait en nous inerte, étrangère, il faut bien que nous la reprenions à notre compte et que nous nous avilissions nous-mêmes pour pouvoir la supporter. « Ayez le courage,

1. « Le monde se divise non pas en cinq parties, mais en deux : celle qui gagne à tous les coups et celle qui perd toujours et toujours davantage » (Yves Florenne, *Le Monde diplomatique*, septembre 1981).

« Comme Luxun l'a soutenu toute sa vie, il n'y a pas on ne sait combien de façons de concevoir le monde mais seulement deux. Celui qui refuse l'une adopte l'autre » (Michelle Loi, *L'Intelligence au pouvoir*, Maspero, 1973).

2. Frantz Fanon, *Les Damnés de la terre*, Maspero, 1961.

écrit-il, de lire Fanon : pour cette raison qu'il vous fera honte et que la honte, comme disait Marx, est un sentiment révolutionnaire » (p. 14).

De ce fait, bien des progressistes européens devinrent autant de torches vivantes de la punition, prêts à s'immoler pour racheter les obligations contractées par leurs pères. Miraculeusement, l'hostilité contre le père, loin d'être une faute qui accablerait ses descendants, comme dans le schéma freudien, coïncidait avec la justice[1]. Ainsi s'explique que le soutien ne s'exerçait qu'en direction des régimes qui avaient proclamé ouvertement leur dégoût de la civilisation blanche[2] : il ne serait venu à l'esprit de personne, à l'époque, de chanter les louanges du Sénégal de Senghor, de la Côte-d'Ivoire d'Houphouët-Boigny, de l'Inde parlementariste d'Indira Gandhi ou de célébrer la joyeuse insouciance des Papous, la douceur de vivre des Polynésiens. L'essentiel était de vouer aux gémonies les nations industrielles et tout ce qui s'y rapportait, la démocratie parlementaire, les droits de l'homme, la culture, le christianisme.

C'est dans ce contexte, affectivement surchargé, qu'il faut comprendre l'aversion qu'a pu focaliser l'Amérique après la guerre et surtout durant les douze années du conflit vietnamien. On avait trouvé en elle le coupable idéal. Coupable, elle l'était à plus d'un titre et jusque dans les services qu'elle nous avait rendus. Ni la France, ni l'Italie, ni l'Allemagne ne

1. « Le nourrisson devenu adulte s'aperçoit qu'il y avait du sang dans son biberon. Scrutant son passé d'un œil aiguisé par la psychanalyse, il ne revoit plus son enfance telle que l'avait décrite Kipling, comme celle d'un Mowgli jouant dans une jungle au rire désarmé, mais comme celle d'un précoce et métaphysique assassin » (Berque, *op. cit.*, p. 47).

2. Interrogé par Tahar ben Jelloun sur les longs séjours qu'il fit dans les camps palestiniens en Jordanie et au Liban en 1970, 1971, 1972, l'écrivain Jean Genet répond : « Pourquoi les Palestiniens ? Il était tout à fait naturel que j'aille non seulement vers les plus défavorisés, mais vers ceux qui cristallisaient au plus haut point la haine de l'Occident » (*Le Monde diplomatique*, juillet 1974).

pouvaient pardonner aux USA de les avoir libérées du joug nazi ou fasciste : l'Europe de l'Ouest n'ignorait pas que, sans le secours des marines, elle aurait été purement et simplement rayée de la carte. Il est des générosités qui sont des formes d'affront. Puisque le salut était venu de l'extérieur, à l'exception de maigres résistances internes dont l'efficacité fut plus symbolique que militaire (et ce fut le génie de De Gaulle que de laver la France du déshonneur de la collaboration), cela signifiait en clair que les forces vives de ces nations avaient vécu. Que la petite cousine yankee avait dépassé en vigueur, en puissance, en créativité, ses aïeules du continent. On pardonne difficilement une assistance qui souligne de telles faiblesses. Ainsi le libérateur de 1944 devint l'ennemi du genre humain. Dès lors, on chercha toutes les occasions pour prendre sur les USA au moins une compensation symbolique. La guerre froide, le maccarthysme puis la guerre de Corée devaient constituer un premier terrain pour exhaler la rancœur.

Mais, de la part d'une Europe déclinante, spectatrice de l'histoire et non plus actrice, il y eut surtout une belle revanche à prendre sur le Nouveau Monde qui lui faisait encore la leçon, il y a peu, quand les premiers contingents du corps expéditionnaire américain débarquèrent à Saïgon dès 1965. La vieille catin, appauvrie et nécessiteuse, dénonçait la perversité de la jeune putain pour se blanchir de ses méfaits antérieurs. Au lendemain de la guerre d'Algérie et de ses sanglantes saturnales, quelle joie pour les Français de se délivrer du fardeau colonial sur les épaules de l'Oncle Sam qui faisait preuve, en l'occurrence, d'une redoutable hypocrisie : nul n'oubliait à Paris que l'administration de Washington avait refusé de secourir l'armée française en déroute à Diên Biên Phu le 7 mai 1954. L'animosité pouvait enfin se concrétiser autour d'une inconséquence flagrante. Dans notre voisine d'outre-Atlantique qui pillait l'Amérique centrale, rétablissait une dictature à Saint-Domingue, opposait un déluge de feu et de napalm aux maquisards du Vietcong, organisait le blocus de Cuba et, pour finir, renversait le régime socialiste d'Allende, on vomissait ce qu'on avait été, à savoir l'héritier d'une culture coloniale, on repoussait une image de soi qui nous faisait horreur. Face aux démunis des quatre continents, face aussi aux traditions de raffinement, de culture de l'Europe, la méchante Amérique se voyait revêtue de tous les signes auxquels se reconnaît la culpabilité de l'Occident : riche jusqu'à la satiété, impérialiste, dominatrice, insolente, polluante, aliénant les siens, exploitant ses minorités, se glorifiant d'être fondée sur un génocide et ne prospérant que par le massacre et le meurtre, nation qui avait remplacé la douceur de vivre par la course aux profits et les valeurs morales par le seul culte du dollar. En un mot, l'apothéose de la rapacité et de la violence.

Les politiques brutales des administrations Johnson, Nixon et Ford envers le Vietnam, les choquantes extrémités auxquelles elles se laissèrent aller, portèrent bientôt la phobie anti-américaine à un point d'incandescence rarement atteint parmi la jeunesse européenne. Ce fut comme un feu de prairie qui couvait et se mit à prendre aux quatre coins de l'Europe, un immense réseau informel, inorganisé, d'autant plus efficace qu'il avait un seul dénominateur commun. Les mythes de l'anti-américanisme se mirent à pulluler comme des vers sur le corps des États-Unis, dont ils tiraient pourtant substance : chaque intellectuel cultivait avec ferveur sa poignée de dogmes anti-yankee, persuadé de détenir là sa plus grande richesse. On oublia vite les crimes commis par l'armée ou l'aviation US, le soutien de Washington à un gouvernement fantoche et cruel, actions diversifiées à l'infini et qui auraient requis toutes les nuances du jugement pour viser la substance même de l'être national américain. La haine s'adressa au fait que la nation américaine était essentiellement elle-même. L'essence pervertie de l'Amérique se mit à précéder ses actes, qui en devinrent de simples dérivés ou illustrations. L'escalade polémique s'emballa, la controverse dégénéra en confrontation métaphysique : l'Amérique ne commettait pas des abus, elle procédait d'une injustice fondamentale.

On l'exécrait non en tant que ceci ou cela, mais purement et simplement : partout et toujours il fallait dénoncer, dans « l'empire planétaire du capital hégémonique multinational nord-américain [1] », l'étiologie secrète de la barbarie.

Le défi américain devenait le « méfait américain [2] », un méfait qui avait les dimensions et la virulence d'une peste. Le célèbre cri de Sartre poussé en 1953 : « Attention, l'Amérique a la rage » (*Libération* du 22 juin 1953), retrouvait toute sa vérité en ce mois de décembre 1972 tandis que les B 52 de Nixon noyaient Hanoï et Haïphong sous un déluge de bombes. Qui n'aurait fait sienne alors cette phrase d'Eldridge Cleaver : « J'ai l'intention de verser mon sang et de mettre ma vie en jeu et d'essayer d'ôter la vie des cochons au pouvoir à Babylone [3]. » Une expression inventée par un célèbre linguiste américain, opposant à la guerre du Vietnam, pour qualifier son pays fit fureur à cette époque : l'archipel des Bains-de-Sang, par opposition à l'archipel du Goulag de Soljenitsyne [4]. Si les USA déployaient des ressources illimi-

1. Jean Ziegler, *Main basse sur l'Afrique*, Seuil, coll. « Points-Actuels », 1980, p. 74. Remarquons qu'à l'inverse des titres nobiliaires, Ziegler procède ici par empilement de défauts successifs censés noyer le sujet sous l'accumulation. Mais, par un effet contraire, cet excès de noirceurs exonère les USA sous un trop-plein, chaque épithète chasse l'autre : là où l'on voulait indigner on fait rire. C'est le défaut de toute formule ritualiste, c'est-à-dire religieuse.

2. Yves Florenne, *Le Monde diplomatique*, novembre 1972.

3. Eldridge Cleaver, *Sur la révolution américaine*, Seuil, 1970.

4. « Il nous apparaît comme une vérité évidente et élémentaire que le *leadership* aux États-Unis, par l'effet de sa position dominante et de ses efforts contre-révolutionnaires accomplis à une échelle planétaire, fut le seul à être dans une telle proportion l'instigateur et l'administrateur des bains de sang les plus terribles ou leur soutien matériel et moral au cours des années qui ont suivi la Deuxième Guerre mondiale » (Noam Chomsky et E. E. Herman, *Bains de sang*, Seghers/Laffont, coll. « Change », 1974, p. 34).

tées dans l'acte de tuer, c'était en raison d'une profonde décomposition morale interne[1]. Il n'y avait pas de mode de vie américain, il n'y avait qu'un *american way of death.* Nul doute que cette civilisation démente courait à sa perte et c'est un constat de faillite généralisé que René Dumont dressait à travers ses mégalopoles inhumaines en décrétant, en 1973, « New York ville désormais à peu près invivable[2] » et promise à une ruine prochaine sous l'effet conjugué du chômage, des ordures et des crimes.

Parasite, meurtrière et malade, l'Amérique était le bouc émissaire idéal : chaque bombardement, torture, bavure de ses *boys* alimentait notre ressentissement que, par ailleurs, aucun geste d'apaisement ne désarmait jamais. Le forfait était trop grand pour qu'on puisse même songer au pardon[3]. L'existence d'un ennemi absolu, total, sans failles, nous conférait la permission de haïr en toute quiétude, d'une haine légitime et même hautement morale[4]. Bref, avec l'Amérique interventionniste, l'Occident crut enfin tenir sa quintessence d'ignominie : quatre cents années de conquêtes, de pillages,

1. François Manasta, dans *le Monde diplomatique* de janvier 1971, décrit le modèle américain de cette manière : « Plus de 600 000 morts lors de la guerre civile, plus de 5 000 Noirs lynchés de 1860 à nos jours, une criminalité qui ne cesse de s'accroître, près de 35 % des teen-agers noirs au chômage pour le troisième trimestre 1970, dans presque chaque foyer une arme prête à être utilisée, une arrogance du pouvoir vis-à-vis des autres nations, des listes d'attente de plus de deux ans chez les psychiatres... »

2. René Dumont, *L'Utopie ou la Mort,* Seuil, coll. « L'Histoire immédiate », 1973, p. 73.

3. Au moment des bombardements américains sur le Nord-Vietnam pendant l'hiver 1972-1973, la Conférence œcuménique mondiale réunie à Bangkok proclame dans un communiqué : « Même si les combats s'arrêtaient aujourd'hui — et ce devrait être le cas —, la famille humaine aurait vécu une expérience du " démoniaque " qu'il faudrait exorciser, de culpabilité qu'il faudrait pardonner et de relations empoisonnées qu'il faudrait rendre saines » (*Témoignage chrétien,* 25 janvier 1973).

4. « L'impérialisme américain n'est pas un mythe [...], il est la violence incarnée, le droit du plus fort érigé en dogme, l'arrogance du riche satisfait de lui » (Georges Montaron, *Témoignage chrétien,* mai 1970).

de massacres connaissaient leur apothéose et convergeaient sur les coupoles de la Maison-Blanche. Si toute l'horreur d'une culture déterminée était condensée en un seul lieu, un seul peuple, un seul système, alors le Satan américain servait d'abcès de fixation, le mal cessait de flotter en suspension et le Vieux Monde entaché de ses fautes séculaires pouvait enfin, sur le dos de son grand frère d'outre-Atlantique, retrouver une blancheur qu'il avait perdue depuis les siècles lointains de la Renaissance.

Du coup, l'exécration intérieure que se vouait l'Européen cessait de tourner à l'autoflagellation et se déportait sur un tiers, symbole du crime absolu. Mais il fallait un tiers assez proche, qui réunisse en lui tous les traits que nous détestons chez nous. Le souvenir de l'effondrement colonial était encore vivace, un vieux peuple historique cessait d'exister comme prédominant et en concevait un immense complexe d'infériorité : l'Amérique offrait alors le spectacle hallucinant d'une grande puissance occidentale qui recommençait l'aventure impérialiste quand toutes les métropoles avaient dit pouce.

Rage ou crainte de la voir réussir là où il venait d'échouer, le Vieux Continent effectua une distribution manichéenne des rôles : cette vindicte sans appel fut alors vécue par chacun comme une impérieuse religion nationale. L'Américain était maudit en raison de la déviation minuscule qu'il représentait vis-à-vis de l'Européen, frère ennemi, presque semblable, différent de nous, mais à peine, et on lui en voulait pour cet écart. La haine s'adressait au parent, à l'intime dont on désavouait l'insupportable proximité[1]. L'Amérique, fille dénaturée, concentrait tous les traits négatifs de ses patries d'origine : robotisation, machinisme, matérialisme,

1. En ce sens, l'anti-américanisme est un phénomène très proche de l'antisémitisme. Voir la très belle analyse de « l'altérité minimale » que fait Vladimir Jankélévitch dans *Quelque part dans l'inachevé* (Gallimard, 1978, p. 136 *sq.)*.

angoisse[1]. Double de l'Europe peut-être, mais au sens où les parents les plus sains peuvent enfanter des monstres. Pour qu'un verdict irrévocable soit rendu par la communauté des nations, il fallait que cette progéniture déshonorante occupe plusieurs rôles contradictoires, qu'elle soit la parente et la hors-caste, que son voisinage ne dissimule pas une distance infranchissable, bref qu'elle représente le chancre lové au cœur de l'Occident. Qu'importe que le grand frère yankee continue à jouer le personnage ingrat de gendarme du monde : l'on pouvait continuer à s'abriter sous son parapluie atomique tout en lui reprochant de faire courir des risques à la paix, à bénéficier des retombées culturelles, économiques, financières de notre alliance avec lui tout en dénonçant son emprise sur l'Europe : grâce à ce tour de passe-passe, la péninsule européenne devenait un nouveau département du Tiers-Monde. Car il fallait à tout prix se décharger de la mauvaise conscience sur cet empire qui aimantait les rancunes. Puisque la France, l'Italie, l'Allemagne étaient devenues des nains politiques, il ne leur restait qu'à se glisser dans la peau des victimes ; et le déshonneur de l'Amérique garantissait leur vertu, rendait vigueur à ces sociétés déprimées et diminuées.

La certitude de vivre une époque décisive suspendue à l'imminence d'une révolution cataclysmique qui balayerait la face impure de l'univers accentuait la soif de châtiments, de malheurs et de vengeance contre la charogne impérialiste. Tout ce qui pouvait briser, affaiblir, rabaisser cette tête de pont du monde blanc était exalté : depuis la révolte des ghettos, l'insurrection des Indiens jusqu'à l'agitation de la jeunesse contre la guerre et la désagrégation morale de

1. « J'y ai vu [aux USA] tant d'inégalités, d'injustices, de solitude ; tant de mal de vivre et d'insécurité, même dans les classes aisées... Est-ce là notre avenir ? La société du psychiatre et du tranquillisant » (Marie-France Mottin, *Cuba quand même*, Seuil, 1980, p. 11).

l'armée américaine. Une frénétique danse du scalp nous commandait d'applaudir à chaque GI tué, à chaque bulletin de victoire du Vietcong. Partout, à tout instant, il s'agissait pour nous d'encourager cette « débâcle politique, militaire, économique et morale » dont parlait le sénateur MacGovern à propos de son pays en septembre 1971. Et, finalement, dans la victoire des troupes du général Giap, nous avons salué la revanche de Sitting Bull sur Buffalo Bill, de l'Indien et du Nègre sur le cow-boy sanguinaire. Immense satisfaction psychologique, le conflit indochinois fut un contre-western à l'échelle mondiale qui mena à son apogée la croisade contre les démocraties occidentales. La chute de Saïgon en avril 1975 consacra la défaite du géant yankee qui avait poussé le plus loin « la propension à soutenir et à organiser les systèmes les plus barbares et les plus brutaux de la terreur » (Noam Chomsky, *op. cit.*). L'ingéniosité militaire et le courage d'un petit peuple se conjuguaient avec le triomphe des forces morales pour abattre la capitale du Sud[1], symbole de toutes les pourritures du système impérialiste. Les Vietnamiens furent exemplaires par les revers qu'ils infligeaient, beaucoup plus que par le modèle de société qu'ils proposaient[2]. Si nous luttions « pour installer à Saïgon un régime dont nous ne voulions plus à Prague », selon le mot profond d'Edgar Morin, c'est que la claque infligée au Goliath US nous

1. « Saïgon, la ville sexuelle et opulente avec ses claques, ses cloaques, ses débris de régiments, ses déserteurs, se liquéfie. Elle perd son eau et son pus sous les coups des courageux fils de la terre. [...] Les hameaux rassemblés, voici qu'ils étouffent Capoue. [...] Je me garderai bien de dire que la victoire du Vietcong représente celle du bien sur le mal. Elle représente, à coup sûr, la revanche de la propreté et de l'intégrité sur la souillure et le désordre » (Xavier Grall commentant une série télévisée sur la chute de Saïgon dans *Témoignage chrétien,* 12 juin 1975).

2. « Jour après jour, le peuple vietnamien nous donne une inestimable leçon d'esprit de sacrifice, de persévérance et d'humanité révolutionnaire dans sa lutte contre le représentant mondial de l'oppression et de la répression » (Che Guevara, « Lettre sur le Vietnam », cité par Rudi Dutschke, *Écrits politiques,* Bourgois, 1968, p. 91).

importait mille fois plus que l'avenir d'un petit pays, perdu à l'extrémité du continent asiatique. Par cette déroute humiliante, la puissance qui émettait la plus grande masse de malheurs se trouva dépotentialisée ; le roi était nu et révélait soudain sa détresse ; l'Amérique détestée pour son rôle de tuteur mondial du capitalisme fut également méprisée pour son déclin [1]. Sans nul doute, l'hallali était proche. Et, dans notre révulsion pour les USA se mêlaient l'effroi devant les crimes commis et le dédain pour cet empire vaincu, analogues au sentiment qu'inspirerait un voleur qui aurait raté son coup mais n'en reste pas moins soumis à l'opprobre.

« Monde occidental, tu es condamné à mort [2] » (Aragon)

La solidarité avec les peuples opprimés fut d'abord une immense machine de guerre tournée contre l'Occident. Une logique belliqueuse anime le tiers-mondisme et fait de lui la continuation de la guerre froide par d'autres moyens, les pays sous-développés ayant remplacé l'URSS « réformiste » dans son rôle d'adversaire mondial de l'impérialisme. Un trait, essentiel pour comprendre leurs comportements, caractérise les tiers-mondistes : *ils savent*. Ils ont opéré en faveur des États du Sud un choix inéluctable. Ils n'ont pas seulement adopté le camp de la justice et des opprimés, mais surtout le bon côté de l'histoire. C'est en médecins qui connaissent le remède et non en meurtriers aveuglés par la haine qu'ils

1. On trouve la même ambivalence vis-à-vis des États-Unis et de leurs satellites dans les slogans actuels de la révolution iranienne. Exemple : ce message envoyé par les pazdarans iraniens aux Noirs anglais durant les émeutes de l'été 1981 : « A bas l'impérialisme anglais vermoulu et vampirique. »

2. *La Révolution surréaliste*, n° 4, 1925.

peuvent énoncer leur verdict : « L'Europe est foutue : une vérité qui n'est pas bonne à dire mais dont nous sommes tous, entre chair et cuir, convaincus » (Sartre, préface à Fanon, *op. cit.*, p. 10). « J'ai eu le sentiment d'appartenir à une espèce en voie de disparition », écrit pour sa part Marie-France Mottin lorsqu'elle quitte la France pour Cuba (*op. cit.*, p. 11).

Dans l'engagement pour le Tiers-Monde, le devoir-être rejoint le réalisme. Et la révolte contre le Vieux Monde se double d'un étrange fatalisme : à quoi bon défendre les démocraties chancelantes puisque la marche de l'histoire exige leur disparition ? Bref, on a trouvé la solution : on en sait plus que nos pères et ils sont doublement condamnables parce que colonialistes et dépassés. La fin de l'histoire, c'est nous. Notre regard sur les Noirs, les Indiens, les Asiates, a cessé de charrier l'ignorance, les préjugés, les peurs qui caractérisaient l'homme blanc de Cortez à Kipling. Un destin inexorable nous commande maintenant de nous effacer. D'où cette lancinante ironie, cette morgue de donneurs de leçons qui gagne les plus modérés : à l'heure du crépuscule, il est trop tard pour sauver les valeurs, il ne nous reste qu'à collaborer à notre propre chute[1]. L'ancienne victime coloniale, délivrée de ses chaînes, détient un savoir proche de la voyance ; et c'est avec le plus grand sérieux que toute une génération d'intellectuels européens ou américains, forts de l'autorité de Sartre, adhéra à la prophétie de Frantz Fanon selon laquelle « le Tiers-Monde est aujourd'hui en face de l'Europe comme une masse colossale dont le projet doit être d'essayer de résoudre les problèmes auxquels cette Europe n'a pas su apporter de solutions » (p. 241).

L'impérialisme a transformé la planète en un gigantesque

1. Dans *Modeste Contribution aux discours et cérémonies officielles du 10e anniversaire de 68* (Maspero, 1978), Régis Debray rappelle à l'Européen qu'il lui reste toujours la « faculté d'enlever son grain de sable aux murailles de la forteresse Occident en prêtant main-forte aux " barbares " en lutte, hors-des-murs, contre notre barbarie sophistiquée » (p. 89-90).

marché mondial où chaque partie est complémentaire d'une autre ; c'est donc ailleurs et partout que la bataille doit être livrée ; d'autres luttent pour nous aux antipodes, ici nous devons lutter pour d'autres. Un rigoureux mouvement d'horlogerie commande tous les combats, et ce qui contribue à renforcer la libération de l'homme à Vientiane, Pékin ou Bamako renforce la liberté à Paris[1]. Chaque fois que l'homme blanc est chassé, repoussé ou éliminé, c'est un peu d'indépendance qui est rendue à l'humanité[2]. Partout où l'indigène se trouve écrasé c'est notre dignité qui s'en va, partout où il redresse la tête ce sont des raisons de vivre qui nous reviennent[3]. Chacun doit témoigner dans ses plus petits gestes en faveur du camp pour lequel il a opté ; et le refus de choisir est encore le choix du plus fort, c'est-à-dire une complicité avec le mal.

Cette politique rend donc toute morale provisoire et même superflue à côté de l'affrontement prométhéen qui déchire le globe en deux factions. Il suffit d'être non européen pour avoir le droit de son côté, il suffit d'être européen ou d'être soutenu par une puissance européenne pour apparaître comme suspect. Et les bavures sanglantes des républiques bananières, les délires autocratiques des petits chefs, les massacres des opposants sont balayés d'un revers de la main :

1. *Confer a contrario* cette remarque de Claude Julien, un mois avant le renversement du gouvernement Allende au Chili : « Si le glas devait sonner maintenant à Santiago, il sonnerait aussi pour bien des humiliés de l'Occident » (*Le Monde diplomatique*, septembre 1973).

2. « Abattre un Européen c'est faire d'une pierre deux coups, supprimer en même temps un oppresseur et un opprimé ; restent un homme mort et un homme libre ; le survivant pour la première fois sent un sol national sous la plante de ses pieds » (Sartre, préface à Fanon, *op. cit.*, p. 20). Quelques années plus tard, le poète angolais Armando Guebusa écrira : « Il y a un message de justice dans chaque balle que je tire. »

3. « Le chemin est unique qui va de la lutte des peuples pour leur libération à l'organisation des soulèvements populaires dans les métropoles impérialistes » (tract de la Gauche prolétarienne distribué à Vincennes en 1972).

ce ne sont pas des vétilles qui retarderont la marche des peuples vers le socialisme. Ce qui paraît criminel à Cuba, en Angola, en Guinée, vise en fait à effacer un crime beaucoup plus grand, celui de l'épisode colonial. Sur toute espèce de scrupule pèse donc une mauvaise conscience capable de pétrifier les élans critiques. Pour cette génération qui a connu le colonialisme dans ses pires moments et en a gardé un dégoût prononcé, le remords survit aux circonstances qui l'ont vu naître. Et la sévérité du partisan est inversement proportionnelle à la distance du pays considéré : plus un État se situe loin des côtes européennes, plus il a droit à une indulgence absolue. Le moindre matraquage dans les rues de Paris, Berlin ou Milan prouve la monstruosité du système capitaliste ; chaque année, il se trouve une revue ou une voix autorisée pour prédire le retour du fascisme en France, en Allemagne ou en Italie. Par contre, les pendaisons par dizaines dans telle nation du Moyen-Orient, l'usage quasi systématique de la torture au-delà de la Méditerranée, les camps de rééducation dans les contrées socialistes sont traités comme des broutilles ou justifiés idéologiquement. Sous l'équateur, un assassinat s'appelle un geste humanitaire et la répression une nécessité historique. Et le censeur farouche, sourcilleux, qui dénonce à chaque instant la duperie de la démocratie parlementaire devient soudain admiratif devant les atrocités commises au nom du Coran, des Vedas, de la Négritude ou du Grand Timonier. Parce que la démocratie idéale n'existe nulle part, on en profite pour condamner les démocraties imparfaites de l'Ouest et pour légitimer des formes de pouvoir bien pires.

Ce qui se voulait sensibilité schismatique vis-à-vis de l'hémisphère Nord devint conformisme aux tyrannies de l'outre-mer. Nul besoin même d'adhérer aux dogmes ou aux disciplines défendus par ces régimes : leur éloignement leur donnait ce cachet d'authenticité qui eût paru douteux à Paris. C'est ainsi que bien des intellectuels non marxistes, bien des chrétiens même, encensèrent ces États et la scolastique qui leur servait de doctrine. En raison de la malfaisance immémoriale de l'Occident, on mit le maximum d'espoir en ceux qui nous méprisaient et nous crachaient au visage. Et beaucoup auraient pu reprendre à leur compte cette phrase du poète Louis Aragon, écrite — déjà — en 1925 : « Nous sommes les défaitistes de l'Europe [...] Nous sommes ceux-là qui donnons toujours la main à l'ennemi. »

Le tiers-mondisme accrédite cette vision manichéiste qui voudrait que le péché des uns témoigne indéfiniment pour la grâce et la vertu des autres. La pauvreté spirituelle de certains mouvements de libération, les slogans les plus sommaires de leurs leaders, sont dès lors montés en épingle comme autant de paroles d'Évangile, tandis que la rigueur intellectuelle, la logique, l'éducation, monopoles des pays riches, sont rejetées comme des stratagèmes diaboliques de l'impérialisme. Les insurrections mineures, la plus petite jacquerie, ont droit à une résonance énorme, disproportionnée par rapport à leur importance réelle ; on sanctifie l'ignorance, le sectarisme des chefs de bande tropicaux, on glorifie la marche des splendides Asiates appelés à détruire la civilisation européenne, bref les plus grandes folies sont portées aux nues par des beaux esprits trop heureux de se soumettre à une autorité primitive, de se prosterner « devant la splendeur d'une saine barbarie [1] ». Selon ce principe, tout ce qui élève, louange, célèbre l'Occident se voit soupçonné des pires noirceurs ; en revanche, la modestie, l'humilité, le goût de l'autodestruction, ce qui peut incliner les Européens à s'éclipser, à rentrer dans le rang, est mis à l'honneur, salué comme hautement progressiste. La règle d'or de ce masochisme est simple : ce qui vient de nous est mauvais, ce qui vient d'autrui est parfait. Bref, on accorde un prix d'excellence systématique aux anciens colonisés.

1. Leslek Kolakowski, *L'Esprit révolutionnaire*, Éditions Complexe, 1978.

Aime tes ennemis : jamais notre temps d'incroyance n'a, dans les années 70, suivi aussi fidèlement la parole christique. A cette nuance, toutefois, que *dans l'ennemi ce n'est pas la réconciliation future que l'on vénère, c'est notre propre abolition que l'on cultive.* Puisque l'Occidental n'était homme qu'aux dépens de l'humanité, elle ne redeviendra humaine qu'à ses dépens. De là cette vogue frénétique dont bénéficie, depuis trente ans, la figure du paria en Occident [1] : combien d'entre nous dans le secret de leur cœur à regretter de n'être pas nés prolétaires, femmes ou chinois, indiens, ghanéens, puisque ces catégories bénéficient idéalement, dans l'imaginaire européen, du privilège de l'innocence ? Bel exemple de l'aberration à laquelle sont enclins les tiers-mondistes une fois qu'ils se sont persuadés que la solidarité avec les pays sous-développés exige qu'ils admirent et non qu'ils corrigent l'infortune de ces pays. Lord Macaulay, responsable des Affaires indiennes pour sa majesté d'Angleterre, déclarait dans sa fameuse minute de 1839 : « Nos sujets indigènes ont plus à apprendre de nous que nous d'eux » (cité in *Imperialism-Phil Centin,* New York, Walker and Co, 1971, p. 178). Ses arrière-arrière-petits-fils disent aujourd'hui exactement le contraire, c'est-à-dire encore et toujours la même chose puisqu'ils se contentent de renverser l'erreur. L'adhésion frénétique aux visions du monde des anciens dominés vaut

1. Assimilé chez les chrétiens de gauche au symbole du Christ : « Jésus-Christ : un réfugié palestinien », proclame l'éditorial de Georges Montaron, le 18 décembre 1969, dans *Témoignage chrétien.* Il dit entre autres : « Jésus-Christ est avec les Palestiniens, qu'ils soient musulmans, juifs ou chrétiens, dès l'instant où ils sont pauvres [...], ce sont eux les réfugiés, les vrais lieux saints de Palestine, les véritables témoins de Dieu toujours vivant. » Trois ans plus tard, au moment des bombardements américains sur Hanoï, le même Jésus se retrouve mis à la sauce indochinoise dans des termes presque identiques : « En tant que chrétiens si longtemps enfermés dans des croisades pour un monde soi-disant libre, nous devons affirmer bien haut que le Christ se trouve aujourd'hui parmi ceux qui souffrent dans les décombres des villes, des villages vietnamiens. Pour notre libération à tous » (Bernard Schreiner, *Témoignage chrétien,* 28 décembre 1972).

bien la prétention classique de l'Europe à se définir comme seule mesure de l'humain. Très curieusement, le Blanc applique à se décrire lui-même la même simplification et la même mauvaise foi que le colonisateur autrefois pour dépeindre le colonisé [1]. Des annales soigneusement sélectionnées ne retiendront de l'histoire occidentale que les seuls épisodes propres à la rendre odieuse. On pratique à la hussarde une espèce de réductionnisme généralisé qui ne s'embarrasse d'aucune nuance. Plus l'explication est courte, plus elle fait mouche. Ici et là fonctionne ce même « complexe du Jivaro », à savoir cette capacité à restreindre une société, une civilisation, à quelques traits saillants pour mieux s'en débarrasser, exactement comme le Jivaro réduit la tête de son ennemi à la taille d'une pomme.

Un bovarysme tropical

Passons sur le fait que, dès le milieu des années 60, nous tentions de resservir au Tiers-Monde « d'une façon paternaliste les débris d'une philosophie progressiste de l'histoire dont nous constations chaque jour la faillite et les crimes [2] ». Oublions qu'en ces temps lointains tout ce qui n'entrait pas dans le schéma impérialisme/révolution, comme par exemple les deux guerres du Cachemire, le conflit indo-pakistanais, la guerre civile des seigneurs Shan contre le pouvoir birman, l'affrontement de l'Érythrée contre l'Éthiopie ou encore le génocide du Biafra, était déjà discrètement relégué aux basses-fosses du silence. Oublions enfin que, chez les plus

1. Voir à ce sujet l'admirable *Portrait du colonisé* d'Albert Memmi, 1957.
2. *Le Tiers Monde et la Gauche*, ouvrage collectif présenté par *le Nouvel Observateur*, Seuil, 1979.

exaltés, la prophétie abolissait toute frontière entre vouloir et pouvoir. Tout cela a été exposé ailleurs avec talent. Notre propos est autre : si le tiers-mondisme fut de l'ordre d'une passion, c'est que, dans l'espoir qu'il projeta sur les pays sous-développés, un mécanisme amoureux fut en jeu. La première étape de la solidarité était proche du ravissement. On explorait avec ivresse l'adéquation inespérée d'un objet à notre désir de révolution[1].

On s'émerveillait d'une coïncidence : aux antipodes du globe, une petite nation parlait notre langue, venait compléter d'un coup notre fantasme. Splendeur de l'écho. Dans ce militantisme néo-platonicien se vérifiait la nostalgie d'une humanité indivise dont la séparation en blocs ou races devait s'annuler au profit d'un seul type humain. Dès lors disparaissait toute espèce d'exotisme puisqu'en donnant la parole à ces jeunes régimes, c'est nous-mêmes qui nous racontions à partir de ces lointains interlocuteurs[2]. La promotion exorbitante de l'autre ne saurait dissimuler que la conscience tiers-mondiste était, avant tout, amoureuse de sa propre image ; elle détournait les traits les plus singuliers des cultures indigènes pour les ramasser, les comprimer dans le schéma qui lui convenait. On croyait se dépayser. On se projetait.

Bien entendu, il fallait abhorrer l'exotisme, habit somptueux dont l'Europe enrobait la misère abjecte de ses protégés, renvoyer les Loti, Malraux, Pearl Buck, Broomfield, Cendrars et autres Morand dans la cohorte stipendiée

1. « Qu'une cinquantaine de guérilleros isolés dans la nature sans rien perdre de leur profonde modestie et de leur enjouement naturel puissent se fixer comme but ultime la libération définitive d'un continent de 300 millions d'habitants, n'était pas un rêve improvisé ni une utopie bâtie sur des mots au-dessus du vide » (Régis Debray, *La Guérilla du « Che »*, Seuil, 1974).

2. « Les Chinois ont vraiment cherché quelque chose pour nous », disait K. S. Karol dans *le Tiers Monde et la Gauche, op. cit.*

des agents du colonialisme[1]. Ce que ne voit pas le militant, c'est que lui-même, sous couvert de rigueur et de scientificité, ne donne, avec ses ouvriers au travail, ses usines modèles, ses meetings de masse, ses tribunaux populaires, que dans le pittoresque d'opérette. Autrui devient pittoresque quand il n'est que l'illustration d'une doctrine, le moment d'un théorème, quand son altérité n'a plus le visage de la transcendance. C'est pourquoi il y eut, dès le début, dans l'idéologie tiers-mondiste, des pauvres rentables, c'est-à-dire appropriés à la théorie, et des pauvres improductifs dont le malheur ne rentrait pas dans notre cadre et ne méritait donc aucune considération[2].

Les cultures et les traditions spécifiques de chaque pays étaient donc négligées au profit de leur ligne politique, c'est-à-dire de ce qui les rapprochait de nous. De l'hindouisme, du confucianisme, de l'hispanité, de la négritude, on ne gardait que l'image terriblement appauvrie de quelques grèves, communiqués d'états-majors, comptes rendus de manifestations, performances économiques, comme si toute l'essence de ces nations se réduisait à des slogans et à des chiffres. Heureuse époque où le transfert d'espérances n'hésitait pas à descendre jusqu'aux détails les plus triviaux, où la moindre statistique sur l'élevage des porcs dans le Hounan, les rendements de riz à l'hectare dans le delta du Mekong, la récolte de canne à sucre à Cuba, procuraient aux Français de

1. Jean-Pierre Garnier, dans *le Monde diplomatique* du mois d'août 1980, évoque pour les condamner à nouveau « ces écrivains globe-trotters qui avaient l'art de faire courir les délicieux frissons du dépaysement parmi un public avide d'évasion par procuration en lui offrant, sur un plateau, sous forme d'épisodes joliment troussés, les manifestations les plus spectaculaires de la misère qui régnait déjà dans ces pays, que l'on ne disait pas encore sous-développés ».

2. Les Biafrais en fournissent un tragique exemple. La somme d'injures, de calomnies dont ils ont été l'objet de la part de nombreux intellectuels français, sous prétexte qu'ils étaient soutenus par les grandes compagnies pétrolières, mériterait de figurer dans une anthologie.

gauche des frissons proches du spasme. Et la dépréciation future de ces États transparaissait dès ce moment dans notre manque de curiosité réelle à leur égard. Hostile aux cultures traitées comme des survivances, retards de la conscience que la Révolution triomphante corrigerait, le militant tiers-mondiste donnait le pas aux structures socio-économiques. Il fallait faire fonctionner les vastes machines de l'analyse marxiste et traiter en quantité négligeable religions et folklore laissés en pâture aux ethnologues toujours soupçonnés de collusion avec les forces du passé.

Nous rêvions rapt, séduction, enlèvement ; l'étranger n'était plus une menace mais l'inconnu salutaire chez qui nous pouvions placer nos rêves en toute quiétude. Pareils à ces jeunes filles bourgeoises qui souffraient jadis de la réclusion dictée par leur père, nous soupirions après le tiers adultérin qui bouleverserait un quotidien morose et rendrait à la vie le privilège des commencements. Mais en transportant sur les déshérités du Sud les espoirs jusque-là investis dans le prolétariat, nous en faisions les otages de nos systèmes politiques[1]. En posant sa candidature à la succession des clergés, le Tiers-Monde venait en surimpression dans un schéma préparé à l'avance. Une raison impersonnelle et identique œuvrait dans les sociétés de Dakar à Dar es-Salaam, de Paris à La Paz, impliquant un temps unique, un même acteur de l'histoire, qu'il soit noir, indien, arabe ou jaune, bref, gommant les temporalités aberrantes, les irruptions imprévues, sous-estimant le poids des structures traditionnelles, telles que le tribalisme en Afrique ou le système des castes

1. « Au cœur de tous les pauvres du monde arabe, les Fedayin sont des héros, l'image vivante du libérateur. Comme Che Guevara en Amérique latine. La Résistance palestinienne est une flamme qui éclaire les opprimés et s'étend de proche en proche. Ici encore plus que chez nous, la Résistance est synonyme de Révolution et elle a une puissance messianique incalculable » (Georges Montaron et A. Vimeux, *Témoignage chrétien*, 25 décembre 1969).

en Inde. Le tiers-mondisme, c'était la permission gracieusement concédée aux Africains, aux Sud-Américains, aux Chinois, aux Indonésiens, de courir pour nous dans ce gigantesque tiercé planétaire qu'était l'avènement de la Révolution socialiste mondiale [1]. On déniait aux peuples spoliés le droit d'improviser leur propre histoire et ils n'avaient place dans l'épopée qu'à se soumettre au programme tracé à leur intention : nous essayions sur eux nos dogmes comme les marchands d'armes essayaient leur matériel dans les guerres d'outre-mer.

La passion de l'idée

Qu'était le Tiers-Monde dès cette époque ? Un couteau sans manche auquel manque la lame, cet introuvable objet dont parle Lichtenberg, en d'autres termes, une idée pure. Les damnés de la terre étaient deux fois désincarnés : habitant à des milliers de kilomètres de nos frontières, ils étaient absents de nos vies autant que nous étions absents des leurs. Notre éloignement du lieu réel des combats, la situation d'une Europe évincée de ses anciennes colonies, nous encourageaient à vivre tous les événements par procuration : nous n'avions d'autre pouvoir sur l'autrui lointain que de le représenter. Il y a encore peu, la France imposait au monde ses façons de parler, de manger, de se vêtir, ordonnait les choses licites ou illicites pour des centaines de millions d'hommes. Désormais, c'est ailleurs que les choses se passent. Les théoriciens ont eu beau forger le concept d'« impérialisme sans colonie [2] », de « pillage du Tiers-Monde [3] », il

1. On lira à ce sujet l'excellent *Mythes révolutionnaires du tiers monde* de Gérard Chaliand, Seuil, coll. « Points-Politique », 1979.
2. Harry Magdoff, *L'Impérialisme*, Maspero, 1979.
3. Pierre Jalée, *L'Échange inégal*, Maspero, 1964.

n'empêche qu'aucune métropole européenne, sauf exception, n'intervient directement dans ces pays. Hier encore, on pouvait identifier la francité à l'univers ; et voici la patrie de Descartes détrônée, réduite à ses frontières hexagonales. Dès lors, l'Africain, l'Asiate, l'Indien n'ont qu'un statut de citation.

Comment penser l'Ailleurs quand je n'ai plus d'autre relation avec lui que par les livres ou les médias ? Faites-en l'incarnation d'une idée [1]. L'ignorance quasi générale des pays dont on parlait (hormis pour le nombre infime de progressistes qui partirent dans les maquis et payèrent de la prison, de la maladie, le prix de leurs convictions) explique à la fois la vacuité et le radicalisme de la parole tiers-mondiste : moins elle avait d'effets, plus elle criait fort. Toute distance autorisant le flou, on pouvait sur les lointains bâtir une foi que rien ne viendrait contredire. « Même combat », disait-on alors, à propos des maquisards palestiniens, des Bo Doi vietnamiens, des guérilleros vénézuéliens ou d'une grève des chantiers navals de Nantes : même combat, c'est-à-dire tous les lieux, tous les peuples, toutes les luttes de la planète sont interchangeables, aucun ne vaut plus qu'un autre, le concret s'est évaporé dans l'abstraction. Tout devenait simple, litanique, on s'immergeait dans la latinité révolutionnaire comme dans la tempête des gardes rouges, on franchissait latitudes et climats à pas de géants, on jonglait avec les mots d'ordre et les déclarations fracassantes, le globe n'était plus qu'un portemanteau où accrocher nos fantasmes. Dans les combattants de l'Angola, les Naxalites du Bengale ou les foquistes boliviens, nous ne cherchions qu'une version plus intense,

1. « Le mystère de la désincarnation du Verbe national n'est peut-être pas sans rapport avec le fait, plutôt insolite dans notre histoire, qu'une tranche d'âge entière se soit trouvée dans la nécessité de vivre son temps par procuration, en idée ou à l'abri des signes et des symboles. Le Tiers-Monde en idée : tiers-mondisme. La Chine en idée : maoïsme », écrit fort justement Régis Debray dans *le Débat*, janvier 1981.

partant plus innocente de nous-mêmes. Une parole agressive et puérile, à portée mondiale, tentait de remplir le vide laissé par le départ des colons et des troupes métropolitaines. La solidarité des intellectuels européens s'hypertrophiait comme une cellule monstrueuse quand le pouvoir réel de l'Europe se rétractait sur ses frontières continentales. Et l'on aurait pu dire alors comme Rousseau, dans *les Confessions* : « Oubliant tout à fait la race humaine, je me fis des sociétés de créatures parfaites, aussi célestes par leurs vertus que par leurs beautés, d'amis sûrs, tendres, fidèles, tels que je n'en trouvais jamais ici-bas[1]. »

Et parce que nous n'avions aucune chance d'être jamais au cœur de l'action, nous compensions la frustration par des rites mimétiques, à base de magie et de sympathie ; le béret et la barbe du Che, la veste chinoise, le cigare fidélien, aujourd'hui encore le turban afghan, furent pour beaucoup de sympathisants d'extrême gauche les gestes les plus poussés de leur solidarité. Dès lors, arpenter les trottoirs de Berkeley, les boulevards du quartier Latin ou les rues de Berlin dans cet accoutrement donnait à la moindre flânerie la dimension d'une longue marche[2]. Si je suis l'Autre, ses victoires deviennent mes victoires[3]. L'on restait fidèle aux condottieres

1. *Les Confessions,* livre IX, Gallimard, coll. « Folio », p. 181.

2. « Vivre de son ingéniosité ne signifie pas devenir combinard, un capitaliste de bas étage, mais un guérillero d'Amérique latine, un socialiste appartenant aux couches inférieures de la population » (R. G. Dais, ex-théoricien du théâtre de guérilla aux USA, cité par le *San Francisco Express Times* du 21 mars 1968).

3. En fait, il y avait une duperie réciproque : on s'enchantait de retrouver dans la bouche des Cubains, des Vietnamiens, des Angolais, une phraséologie qui était la nôtre et faisait de l'humanité opprimée une même communauté soudée par les mêmes intérêts. Mais c'est parce que le modèle occidental, socialiste ou libéral, s'est répandu et a si bien imprégné les mouvements de libération que nous pouvions feindre de découvrir en eux ce qu'ils nous avaient d'abord emprunté. Il y avait là un double mimétisme : Occidentaux mimant des Chinois, des Cubains, des Vietnamiens, eux-mêmes complètement nourris aux sources occidentales. On ne voulait pas voir que Lumumba, N'Khruma, Mao, Castro ou Hô Chi-minh s'étaient

tropicaux en nous calquant sur leur apparence, en agissant comme eux. On ébranlait les fondations de l'hydre en brandissant les portraits d'Hô Chi-minh, d'Arafat, de Carmichaël, de Malcom X ou de Mao. Un nouveau fétichisme prit la place de l'émulation fraternelle, fétichisme dont l'idéal était moins de trouver une voie révolutionnaire pour la France que d'imiter les différents courants insurrectionnels du monde extérieur. Si bien que, pour paraphraser une célèbre pensée de Marx, tout événement à cette époque avait une double carrière : active dans l'hémisphère Sud et théâtrale dans l'hémisphère Nord : nous puisions dans les guérillas comme dans un magasin de défroques pour y satisfaire notre goût du travestissement et du camouflage. La généreuse propagation des certitudes n'allait pas au-delà d'une identification vestimentaire.

Les frissons de la cécité volontaire

Au XVIIIe siècle, en Europe, la montée de la menace turque, note Jean-Baptiste Duroselle [1], provoque deux sortes de réactions diamétralement opposées : la première prêche la croisade contre la Turquie infidèle, alors que la seconde voit l'Empire ottoman comme une sorte d'État modèle dont il appartiendrait aux Européens de méditer, voire d'imiter les réalisations. On exalte l'esprit de tolérance, la modestie naturelle des Turcs face à notre fanatisme et à notre orgueil. On célèbre chez eux l'équilibre parfait de l'individu et des

tellement inspirés de l'Europe — n'oublions pas que nombre d'entre eux avaient été étudiants en France ou en Angleterre — qu'ils pouvaient donner des leçons aux progressistes européens dans le même langage.

1. *L'Idée de l'Europe dans l'histoire,* 1965, cité par André Resziler, *L'Intellectuel contre l'Europe,* PUF, 1976, p. 8 et 9.

institutions, et l'on invite les princes et les monarques chrétiens à s'aligner sur cette autorité morale et militaire.

De la même façon, il y eut, dès les lendemains de la décolonisation, deux manières différentes de rejeter l'Occident ; l'une qui le dénonçait comme bastion, creuset du Capital, mais se déclarait prête à l'amender s'il abjurait sa mauvaise nature et virait au socialisme ; l'autre, plus radicale, qui vomissait la civilisation européenne dans son ensemble, la conjurant de se soumettre aux normes, aux coutumes d'autres cultures décrites comme supérieures. Au fur et à mesure, en effet, que les peuples colonisés se libèrent, les valeurs propres à ces peuples reçoivent un accueil enthousiaste ; on envisagera plus loin (chapitre 3 sur le mimétisme) cette véritable frénésie de la différence qui accompagna l'émergence de l'ethnologie aussi bien que le déclin du christianisme. Mais, à l'intérieur même du tiers-mondisme, l'universalisme de la gauche se conjugua très souvent avec la reconnaissance et même l'exaltation de la spécificité culturelle des peuples en voie de libération [1]. On attendait d'eux des solutions, des modèles qui pourraient régénérer la civilisation européenne vieillissante. On oublia bien vite que le respect de la différence avait été longtemps un argument colonialiste pour promouvoir tantôt une politique indigène (Durkheim), tantôt une administration indirecte qui fasse une large part aux particularismes locaux (Hollandais à Java, Faidherbe au Sénégal, Gallieni à Madagascar et, bien entendu, Anglais dans la totalité de leur Empire). On oublia que le droit à la diversité avait été revendiqué par les anticolonialistes pour adjurer l'Europe de se retirer, mais aussi par le parti colonial pour justifier une politique de non-assimilation [2] — l'Algérie en fut l'exemple le

1. Voir l'excellent petit livre de Maxime Rodinson, *La Fascination de l'Islam*, Maspero, 1980, p. 100 *sq*.

2. « L'exotisme amène plutôt les politiques coloniaux à s'efforcer de conserver les archaïsmes, à s'allier aux conservateurs indigènes, à dénoncer dans les intellectuels nationalistes, qu'ils soient réformateurs ou révolution-

plus tragique —, exactement comme toute une fraction de la gauche, au nom de l'universalité du message socialiste, refuse aux nations indigènes leur droit à l'autodétermination (cf. Marchais justifiant l'invasion russe en Afghanistan par les coutumes féodales de ce pays [1]).

Car le thème de la différence est, par excellence, un thème girouette qui n'a aucune vérité en lui-même, tourne au gré des idéologies et des sensibilités et témoigne de l'ambivalence de certaines valeurs susceptibles d'être invoquées au profit d'attitudes très opposées : elle n'a d'autre qualité qu'instrumentale et peut, par son ambiguïté même, se mettre au service de passions contraires donnant le dernier mot, soit aux calculs politiques, soit aux généreux entraînements du cœur. Et pourtant, dès que l'on parle de différence, les esprits les plus intelligents perdent tout sens critique, sont pris d'une transe sacrée, se mettent à tournoyer comme des derviches. Ils célèbrent en elle moins une harmonie originale de l'homme et du monde que la négation pure et simple de l'Europe : le fait qu'un soulèvement, une émeute s'affichent contre l'Occident suffit à leur conférer une valeur absolue [2].

---

naires, socialisants ou non, de pâles imitateurs de l'Europe, poussés par des idées abstraites et mal comprises à détruire leur propre patrimoine » (Rodinson, *op. cit.*, p. 96-97).

1. Il est vrai que le PCF a une longue tradition de soutien aux politiques coloniales. Le PCF a dénoncé l'insurrection de Constantine en mai 1945 comme une « provocation d'agents hitlériens », a voté les crédits qui devaient financer la guerre au Vietnam en 1947 et n'a reconnu que très tard aux Algériens le droit de disposer de leur terre sans la tutelle française. Voir à ce propos le livre de Jacob Moneta, *Le PCF et la Question coloniale (1920-1963)*, Maspero, 1971.

2. Il faut là aussi distinguer entre les familles politiques : le PCF, fidèle à sa politique d'alignement sur Moscou, a toujours soutenu les alliés de l'URSS (Vietnam, Cuba, Nicaragua), quitte à appuyer les initiatives les plus contestables de ces pays envers et contre tout. Le PS, à partir d'une pétition de principe anti-impérialiste, s'est montré le plus nuancé et le plus modéré, appliquant à chaque conflit une analyse particulière, quitte à se contredire d'une fois sur l'autre. Les trotskystes en leurs diverses chapelles, gardiens du trésor de la révolution permanente, ont privilégié l'insurrection, surtout

Si l'Amérique latine fut globalement le défi qui portait l'incendie au cœur de la pieuvre impérialiste et le Vietnam le cimetière de celle-ci, la Chine fut le contre-modèle global de l'enfer occidental. Avec elle on tenait enfin la localisation géographique de la Renaissance. L'alliance d'un fond national et d'une rhétorique anti-impérialiste, l'apport de Mao Tsé-toung à la pensée socialiste, firent de la Chine un rameau nouveau de l'arbre marxiste ; le message anti-américain s'y enrichissait de composantes plus sophistiquées. Comme le Bon Sauvage au XVIe siècle, le Chinois, version maoïste, naît dans les salons et les amphithéâtres universitaires au milieu des années 60. Son apparition est l'équivalent d'un nouvel Évangile : le Messie est redescendu sur terre en la personne de Mao et chaque jour nous apporte les preuves et les signes de la divinité de notre idole rouge [1]. Bref, entre 1966 et 1975, les thuriféraires de la Chine rouge crurent avoir trouvé à

en Amérique latine. L'extrême gauche maoïste s'est divisée globalement en marxistes-léninistes, reproducteurs scrupuleux de la ligne du PC chinois dont ils épousent les revirements successifs, et en Gauche prolétarienne, courant intellectuel qui fit du *Petit Livre rouge* un moyen de relancer en France un mouvement ouvrier sclérosé par les « directions révisionnistes » (cf. le thème de la Nouvelle Résistance). Et c'est dans le clan des maoïstes, précisément, et d'une certaine gauche chrétienne que le mythe de l'espace tricontinental atteignit son apogée hallucinatoire.

1. Cf. par exemple ce que le père Cardonnel écrit dans *le Monde diplomatique* de novembre 1974 : « Il y a affinité, jonction, entre l'universalité de la contradiction selon Mao Tsé-toung et l'Évangile libéré du " christianisme " — c'est-à-dire un amour qui montre qu'il provoque, non à la ratification de l'ordre des choses, mais à l'insurrection contre l'obéissance. » Le même Cardonnel récidive deux ans plus tard dans un article intitulé : « La Chine populaire et la foi. » Après avoir émis l'hypothèse que la Chine populaire puisse revenir « du rouge vif en direction du rosé », il poursuit : « La révolution chinoise prend au sérieux la résurrection qu'une partie de l'Occident " chrétien " professe du bout des lèvres [...]. Avec les actes correspondant aux paroles de l'apôtre Jacques, un peuple qui n'a connu le christianisme que comme auxiliaire des puissances coloniales nous crie : " Toi, tu as la foi ; moi, j'ai les œuvres. Montre-moi ta foi sans les œuvres et moi, par mes œuvres, je te ferai voir ma foi " (Jacques, ch. II, v. 18) » (*Le Monde diplomatique,* février 1976).

l'extrémité de la péninsule asiatique l'existence même du Paradis. A quoi reconnaît-on le Paradis ? A ce que tout y est renversé par rapport à notre bas monde ; l'Europe représentant la somme des imperfections, la Chine ne pouvait être qu'une addition de merveilles. La présupposition du malheur universel attribué à un seul pays, un seul système, gommait toute espèce de doutes : la grande clarté de Pékin divisait l'univers en une zone d'ombre et une zone de lumière. Dès lors, l'autrui lointain pouvait être magnifié selon le schéma chrétien de la chute (l'Occident) et de la rédemption (la Chine). C'était l'époque des pieux pèlerinages où, sous couvert de raconter des choses vues, les zélotes prêtaient au pays visité leur enthousiasme, jobards naïfs, moins soucieux de décrire que de ranimer des convictions afin de ne pas désespérer Saint-Germain-des-Prés. Si, « dans la physionomie des premiers Chinois que voit le voyageur étranger, on sent cet état d'exaltation qui est plus impressionnant que le bonheur même, parce que c'est, par excellence, un état fécond, actif et créateur[1] », si, « après une journée bien remplie en Chine, vous n'avez entendu personne grogner, personne refuser, personne se moquer », parce qu'éclate visiblement dans la rue non la politesse mais « la fraternité fondamentale, la probité quasi passionnée, l'altruisme attentif de l'homme socialiste[2] », c'est que, très visiblement, des convictions ahurissantes nous interdisaient de ne rien voir en l'autre que notre propre enchantement. La méprise eût été comique si, au même instant, des centaines de milliers, sinon des millions de Chinois, n'étaient tués, massacrés ou déportés sur les ordres du grandiose leader, comme devait le révéler le PCC quelques années plus tard, si l'intelligentsia européenne n'avait couvert, par ses éloges, les cris de la Chine martyrisée, se rendant objectivement complice des crimes commis.

1. Josué de Castro, *Le Monde diplomatique*, décembre 1969.
2. Michelle Loi, *L'Intelligence au pouvoir*, Maspero, 1973, p. 20.

Qu'importe : ceux qui, en mal de modèle saint-sulpicien, donnèrent dans la sinologie d'opérette purent, à cette époque où l'Empire du Milieu était mis à feu et à sang, tracer le portrait d'une nation positive sans vice[1], sans misère, sans psychopathologie, sans maladie[2] et même sans poussière[3]. Un monde où les aveugles voient, où les sourds entendent, et où, bien entendu, comme sur le parvis de Lourdes, les muets se mettent à parler[4]. La Chine devint le pansement posé sur les plaies d'un monde convulsé. Elle avait mis fin une bonne fois pour toutes aux séparations qui engendrent les phénomènes aberrants du pouvoir et de l'oppression. Bref, à Pékin comme aussi à Tirana[5] venait de jaillir l'homme nouveau,

1. « Dans un monde qui court après l'Argent, le Confort et le Plaisir, il n'y a plus guère que cette Chine où flambe encore avec une telle ardeur un idéal d'austérité, de travail, d'oubli de soi [...] La Chine, jadis, passait pour le paradis des voleurs : actuellement un visiteur ne peut plus perdre un objet sans qu'on le lui rapporte [...] Ils sont d'une chasteté incroyable — parce que le Parti l'exige. Les films sont cent pour cent moraux. Quand on sort de ce pays désinfecté pour passer à Hong-Kong, on retombe brusquement dans l'érotisme de notre propre monde, avec des journaux pleins de sales histoires, avec l'opium, le jeu, la prostitution... » (Robert Guillain, cité par Jean Toulat, *Témoignage chrétien,* 8 janvier 1970).

2. « En Chine, on se soigne avant d'être vraiment malade. On se soigne pour ne pas être malade et d'abord par le sport » (Michelle Loi, *op. cit.*, p. 70).

3. « Toute la Chine est remarquablement propre », soutient la même Michelle Loi (*op. cit.*, p. 69), qui ajoute : « Je ne sais comment étaient auparavant les rues des villes, les chemins des villages, mais ils sont aujourd'hui d'une netteté plutôt étonnante. La boue et la poussière des petites routes semblent ne pas entrer dans les communes et la cité, souvent dallées ou cimentées, balayées visiblement avec un soin méticuleux. Ainsi des allées d'usines et des cours des écoles où pas un papier ne traîne. »

4. Après une visite à une école de petits sourds-muets, soignés par acupuncture, l'inénarrable Michelle Loi, transportée d'enthousiasme, écrit à sa famille : « J'ai entendu chanter les petits sourds-muets. N'allez surtout pas croire que je me moque. Ce pays est vraiment un monde comme je n'en ai jamais vu. Un monde nouveau » (*op. cit.*, p. 79).

5. Dans *le Monde diplomatique* de novembre 1974, Georges Frelastre se demande sans rire à propos de l'Albanie si l'on ne va pas vers une « société parfaite ». Et il cite avec admiration cette phrase d'un militant du PC albanais à propos de la réduction des disparités de salaire : « Un jour

l'homme total réconciliant en lui tous les contraires [1], débarrassé de l'égoïsme, des soupçons qui défigurent la vie en Occident [2]. La Chine représentait la fiction du tout autre, de l'absolument neuf : les obstacles habituels à la condition humaine y tombaient comme par miracle, l'impossible y devenait possible. Grâce à l'application fidèle de la pensée Mao-Zedong, un paysan pouvait devenir chirurgien, un ouvrier, physicien atomiste, un illettré se mettre à composer des vers, les masses étaient à elles seules un critère d'ingéniosité suffisante pour renvoyer la compétence, le travail, l'étude à leur origine bourgeoise [3]. A son retour d'URSS, Nizan confiait à Sartre que les meilleurs hommes là-bas avaient encore la crainte de mourir. Cette remarque stupéfiante paraît anodine comparée à l'océan de bêtises et d'escroqueries que les chaisières de la chapelle maoïste purent émettre dans les années 70. Depuis les belles heures du stalinisme triomphant, jamais la forfaiture intellectuelle de ceux qui voulaient

---

viendra où nous atteindrons l'égalité absolue. Peut-être à la fin du siècle, vers 1990-1995. Nous rêvons de cette société parfaite où nul n'aura à envier son prochain, parce que chacun sera dans la même condition. »

1. La révolution culturelle « a ressoudé travail manuel et travail intellectuel, [...] a restructuré l'enseignement, du primaire à l'université, en un système d'éducation qui opère la synthèse entre théorie et pratique, ce qui fait que l'*homo sapiens* et l'*homo faber* forment un être complet, un homme total » (M.-A. Macciocchi, *De la Chine*, Seuil, coll. « Points-Actuels », 1974, p. 6).

2. « La révolution culturelle chinoise [est la] seule révolution socialiste qui n'emprunte pas ses prémisses à l'individualisme des révolutions bourgeoises de l'Occident » (Roger Garaudy, *Pour un dialogue des civilisations*, Denoël, 1977, p. 210).

3. La révolution culturelle « a contribué à la destruction du mythe de la prétendue " supériorité " des experts et des techniciens. Ainsi les masses populaires ont pris conscience de leur propre capacité à maîtriser collectivement des techniques complexes, elles parviennent à cette maîtrise grâce à leur expérience pratique et à l'aide des techniciens, mais sans que ceux-ci jouent un rôle dominant, bien au contraire » (Charles Bettelheim, « Vers une nouvelle morale prolétarienne », *Le Monde diplomatique*, novembre 1971).

nous faire prendre la vessie qui inondait leur cœur pour le soleil le plus rouge n'avait été si forte. Et quiconque doutait que le Grand Timonier conduise un milliard de Terriens au bonheur ne pouvait qu'émarger à la CIA[1].

Car les Fils du Ciel, version maolâtre, condensent sur leurs têtes deux qualités contradictoires ; tantôt ils représentent les meilleurs des hommes, les saints de l'espèce humaine, le superlatif du dévouement, de l'honnêteté, du courage ; tantôt, au contraire, ils témoignent d'une altérité si radicale qu'elle échappe à nos jugements, à nos critères. Et l'on verra constamment ces deux opinions se croiser ou se confondre dans les panégyriques que les valeureux mandarins français font de leur Terre promise. Trouvez-vous, par exemple, que la sexualité est réprimée en Chine ? Erreur d'appréciation : les Chinois n'ont pas de sexualité[2]. Les camps de rééducation vous rappellent-ils fâcheusement le goulag stalinien ? Cela n'a rien à voir[3]. La liberté est un concept occidental que les

1. Dans la revue *Tel Quel* de l'été 1972, nº 50, le sinologue Jean Daubier répond à une interview :

— *Question :* « Que pensez-vous de la campagne antichinoise qui se développe (se poursuit) en Occident et dont un livre comme *les Habits neufs du président Mao* [de Simon Leys] témoigne de façon limitée mais nette ?

— J. D. : [...] Le livre dont vous parlez a été écrit par un de ces censeurs " de gauche " du maoïsme et disons d'emblée qu'il n'est pas des meilleurs. C'est une anthologie de ragots circulant à Hong-Kong depuis des années et qui ont une source américaine très précise. Il est significatif que l'auteur n'ose guère citer ses sources. [...] Cela frise le charlatanisme. »

2. « Les Chinois : tout le monde demande (et moi le tout premier) : mais où donc est leur sexualité ? [...] Et j'imagine alors [...] que la sexualité, telle que nous la parlons et en tant que nous la parlons, est un produit de l'oppression sociale, de la mauvaise histoire des hommes » (*Roland Barthes,* par Roland Barthes, Seuil, coll. « Écrivains de toujours », 1975, p. 167-168).

3. Du temps où il roulait pour le maoïsme, Philippe Sollers, conforté par Alain Peyrefitte, soutenait à Pasqualini, qui venait de passer plusieurs années dans un camp de concentration en République populaire, qu'il ne fallait pas poser les problèmes de liberté en Chine à la manière occidentale, car ces Jaunes n'ont pas les mêmes besoins ni les mêmes exigences que nous... (émission *Apostrophes,* 25 janvier 1975).

Chinois n'ont jamais connu[1]. Une bonne fois pour toutes, vous ne comprendrez rien à la Chine si vous persistez à la regarder avec des yeux d'Européens[2] : l'âme chinoise, voyez-vous, est un mystère, inaccessible à nos sens grossiers[3] ; les Chinois ne sont pas des hommes comme les autres, leur cerveau fonctionne sur un mode différent. La preuve : ils se dispensent parfaitement de dispositifs de sécurité si coûteux dans nos usines occidentales[4]. La Chine vous paraît austère ? Vous êtes encore corrompu par votre épicurisme d'Européen, car la Chine est heureuse, la Chine chante du soir au matin[5]. D'ailleurs, c'est bien simple : les Chinois sont des

1. « Les libertés ? Les Chinois n'en ressentent pas la privation parce qu'ils ne les ont jamais pratiquées » (Alain Peyrefitte, cité par Claude Roy, *Sur la Chine,* Gallimard, coll. « Idées », 1979, p. 130).

2. « L'altérité de la Chine est invisible si celui qui parle ici, en Occident, ne se place pas quelque part où notre tissu monothéiste et capitaliste s'effrite » (Julia Kristeva, cité par Claude Roy, *op. cit.*, p. 129).

3. « L'âme chinoise a des ressorts ignorés de la psychanalyse » (*Tel Quel,* cité par Claude Roy, *op. cit.*, p. 130). Claude Roy rappelle avec raison que, sur le thème de l'altérité, le docteur colonial Legendre, pour justifier les mauvais traitements des coolies, écrivait, en 1900 : « La puissance fonctionnelle des différents organes de la race jaune est inférieure à celle de la race blanche » (*id.*, p. 130).

4. Dans *le Monde* du 16-17 novembre 1975, le très chrétien Henri Fesquet explique l'absence de dispositifs de sécurité autour des machines, dans les usines chinoises, par ce fait « que, voyez-vous, les Chinois sont d'extraordinaires acrobates » ; la mobilisation des coolies attachés au charroi en guise de bêtes de somme lui inspire la réflexion suivante : « Sa force physique [au peuple chinois] éclate à chaque instant. Il suffit de voir la manière dont est utilisée, le long des routes, la traction humaine pour déplacer des fardeaux énormes, équilibrés comme par miracle sur des charrettes à deux roues » (cité par Simon Leys, *op. cit.*, p. 64).

5. « Le peuple de Chine, je l'entends chanter à Shangaï dès l'aube [...], des gosses passent en chantant [...]. Il y a de la musique dans les arbres, partout, comme si c'était la fête : des Chinois font leur gymnastique. Cette atmosphère de kermesse dure toute la journée. J'ai cru d'abord que c'était les préparatifs de la Fête nationale. Il n'en est rien. Partout où je passerai, la rue chante, appelle, récite, sermonne. La rue chantonne *Pour naviguer en haute mer,* ou *le Détachement féminin rouge.* La rue apprend *l'Internationale* » (Michelle Loi, *op. cit.*, p. 16-17).

anges[1], ils ont accumulé « une somme de vertus à donner le vertige[2] ».

Bref, il est évident que l'utopie maoïste, loin de représenter une alternative réelle à nos sociétés, constituait chez ses « fans » un simple prolongement de leurs nostalgies les plus infantiles. Le dédain des faits était inhérent aux nécessités de l'enthousiasme, puisqu'on ne voyait en Chine que ce qu'on avait imaginé à Paris, Rome ou Berlin. Sous couvert de matérialisme pur et dur, les paroissiens de Pékin sombraient dans l'idéalisme le plus vulgaire, gobant les mensonges de la propagande maoïste avec délectation, les slogans ayant depuis longtemps supplanté les choses[3]. C'est pourquoi, comme l'avoua un ex-dévot dans une autocritique retentissante, il n'était même pas nécessaire de comprendre la pensée de Mao pour la soutenir[4]. L'adhésion abstraite, désincarnée, n'avait pas besoin de subir l'épreuve du réel pour s'afficher, la Chine

1. Selon les deux philosophes Jambet et Lardreau, la révolution culturelle chrétienne mise au pas à partir du IVe siècle et la révolution culturelle chinoise « foudroyée au ciel de Mongolie » (par la mort de Lin Piao dans un accident d'avion) mettent toutes deux en mouvement des masses animées des mêmes exigences : « le rejet radical du travail, la haine du corps et le refus de la différence sexuelle » (*L'Ange*, Grasset, 1976, p. 100).

2. « Des millions d'ardents militants se lèveront dans toute la Chine : une marée invincible. Ils ont grandi durant la révolution culturelle et se sont furieusement éduqués au courage, à l'héroïsme, au dévouement, à la loyauté, au sacrifice, à la pureté, à la modestie, au mépris de la mort. Voilà le lait dont ils se sont nourris. Une somme de vertus à donner le vertige... » (M. A. Macciocchi, *op. cit.*, p. 377).

3. « Le problème de la manière dont nous sommes (ou ne sommes pas) informés sur la Chine n'est pas un problème chinois mais un problème français. Depuis Voltaire, la Chine est pour les Français un monde magique, tantôt merveilleux, tantôt abominable, un vrai caméléon [...]. Alors la seule question vraiment intéressante est de savoir pourquoi, depuis quelques années, le caméléon chinois a pris des couleurs si magnifiques sous la plume et sous le pinceau des représentants de l'intelligentsia et de la presse française » (Claude Cadart, dans *Regards froids sur la Chine*, Seuil, coll. « Points-Politique », 1976, p. 40).

4. « J'ai soutenu qu'il fallait appliquer la pensée de Mao même quand on ne l'avait pas comprise » (T. Grumbach, *Les Temps modernes*, avril 1972, cité par Claude Roy, *op. cit.*, p. 98).

était finalement le dernier souci de ces « gardes roses », comme les nomma plaisamment Claude Roy, et leur pseudo-fraternité cachait mal un scandaleux mépris du peuple chinois en tant que tel. La quête d'un ordre social parfait, basée sur le principe du tout ou rien, aboutissait à consentir non seulement au rien, mais au pire.

La révolution iranienne constitua, sur un mode mineur, le deuxième volet de cette idolâtrie du spécifique. Le fait qu'elle survienne à une époque où les élans tiers-mondistes étaient déjà échaudés par bien des déboires, l'attitude très prudente des grands organes d'information de la gauche (*le Monde, Libération, le Nouvel Observateur, le Monde diplomatique*), qui prévoyaient de longue date les menaces d'une explosion et firent preuve, à l'égard du phénomène religieux, d'une lucidité exemplaire, freina terriblement le zèle des adorateurs et diminua d'emblée leur crédibilité. Il y eut, pourtant, dès les premiers jours du soulèvement iranien, un petit contingent d'observateurs pour s'enflammer des exactions les plus contestables des partisans de Khomeiny. Certes, ils saluaient dans l'Iran insurgé le prolongement perse du nassérisme et des grandes révolutions nationales arabes, notamment celle de l'Algérie, alliant la résonance de l'*oumma* (communauté des croyants) au primat politique de la renaissance nationale. Mais, surtout, l'Iran représentait à leurs yeux le *non* à l'état pur : on ne s'y révoltait pas seulement contre l'impérialisme ou le capital, mais contre l'Occident dans son acception culturelle globale. L'Iran émerveillait parce qu'il ouvrait une troisième voie et qu'on ne reconnaissait en lui aucun des deux dynamismes qui sont chez nous les signes distinctifs d'un processus révolutionnaire : la lutte des classes et la présence d'un parti guide ou d'une avant-garde. Enfin une révolution qui n'obéissait à aucun critère socialiste ou marxisant ! Au nom de l'étrangeté totale du phénomène iranien aux valeurs occidentales, on célébra en lui le nouveau raz de marée qui balayerait, infatigable, les bastides gangrenées du Nord. Le vieillard qui s'avançait tête haute et mains nues contre un monarque corrompu et la plus puissante armée de l'Asie centrale, représentait la victoire du bien contre le mal, la transfusion du « spirituel » dans le « politique ». Il y avait là un fait hors du commun qui prouvait l'indépassable vitalité de l'islam : dès lors, dans un emballement verbal coutumier à ce genre d'événements, certains imputèrent le renversement du shah à un retour du sacré ! Le mot était lâché et il fit fureur ; on honora, dans les meutes iconoclastes de Téhéran, Tabriz ou Ispahan, un « défi symbolique à tout le système occidental de valeurs » (Baudrillard)[1], qui justifiait tous les crimes, toutes les violences ; d'autres présentèrent l'islam comme « le grand redresseur des lésions et des déceptions » qui opère « un rejet de l'inopérant, du forcé, du falsifié[2] ». « En Iran, l'islam concrétisait l'identité meurtrie par invasion, oppression, contrefaçon » (*id.*, p. 60), ce dernier mot s'appliquant bien entendu à ce qu'il pouvait y avoir d'occidental sous le régime du shah. On bénit cette « capacité d'une morale spirituelle à renverser l'État apparemment le plus fort de l'Asie moyenne, la réjouissante déconvenue qu'elle infligea ainsi aux tenants des stratégies hégémoniques et des modernismes truqués » (*id.*), on jugea l'actualité de l'islam sur sa combativité à notre égard et on s'en félicita[3], comme si le

1. « Que ce soit au prix du “ fanatisme ” religieux, du “ terrorisme ” moral ou d'une “ barbarie ” moyenâgeuse, tant pis ou tant mieux, c'est sans importance ; il est vrai que seule sans doute la virulence rituelle, pas du tout archaïque, la violence actuelle d'une religion, d'une tribalité qui refuse les modèles de la libre socialité occidentale pouvait lancer un défi réel à cet ordre mondial [...], l'Iran, le seul déstabilisateur actif de la terreur et du monopole stratégique mondial des deux grands » (Jean Baudrillard, *Le Monde*, 13 février 1980).

2. Jacques Berque, *L'Islam au défi*, Gallimard, 1980, p. 62-63. Il est vrai que Berque tempère son éloge de quelques réticences bien senties à l'égard du passéisme et de la brutalité du nouveau régime.

3. « Actuel, il l'est puissamment, l'Islam [...], de sa combativité sans faille. Les Arabes, l'Islam, le Tiers-Monde combattent et nous combattent. C'est à travers ce combat que se cherche et probablement s'entrevoit une vérité historique » (Jacques Berque, *op. cit.*, p. 37).

critère d'authenticité d'un mouvement consistait à être contre l'Europe. Puisqu'ils nous haïssent, c'est qu'ils ont raison. Anti-européen, c'est bien le seul mérite que l'on puisse concéder au régime de Khomeiny, et c'est en raison de cet exorbitant privilège que plus d'un, en France, applaudit à la prise d'otages de l'ambassade américaine en novembre 1979. Miraculeuse conjonction où le réveil de la vérité se conjuguait avec le combat anti-impérialiste ; et même si le prophète de Qom se métamorphosait en dangereux illuminé, on pouvait encenser et même absoudre le terrorisme de ses troupes au nom de la juste lutte contre l'argent, l'impérialisme US et son suppôt judaïsant, le sionisme [1].

En Iran, Dieu prenait parti contre l'Amérique et avait chargé Khomeiny de le faire savoir. L'Histoire avait beau dérailler, la logorrhée apologétique était en marche, et plus les tortionnaires de l'imam perpétraient forfaitures et massacres, au nom d'Allah le miséricordieux, plus les chroniqueurs par voie de presse et d'articles voulaient nous persuader de la tolérance et de l'humanité profonde de cet islam-là, minimisant, oubliant ou même disculpant l'élimination des minorités nationales ou religieuses [2]. Bref, on applaudit le fanatisme, le

1. Claude Bourdet écrit dans *Témoignage chrétien* du 19 février 1979 : « Maintenant tout est changé dans le golfe Arabo-persique. Peu importe l'orientation du nouveau régime : de toutes les façons, l'Iran ne sera plus le gendarme des États-Unis et le complice d'Israël. » Le 19 février de la même année, G. Montaron écrit à son tour : « Sans doute les moyens utilisés par les Iraniens pour parvenir à leurs fins nous choquent-ils. Mais la violence n'est pas seulement le fait du gouvernement de Téhéran. C'est par la violence que Washington a renversé Allende [...]. Ce défi estudiantin, condamnable dans sa forme mais justifié et unanime dans le fond, qu'un peuple humilié lance à l'Amérique est capital. » Voir l'excellent dossier que la revue *Esprit* a réuni sur le khomeinisme et les réactions de la presse française, janvier 1980.

2. Interrogé par Marc Kravetz, dans *le Magazine littéraire* de février 1982, sur la liberté et la tolérance du régime iranien, l'orientaliste Vincent Monteil répond : « La révolution et la République islamique répondent à une aspiration séculaire à la justice, elles se veulent le parti des déshérités. Le problème kurde n'est pas nouveau. Déjà, il y a plus de trente ans, je le

chauvinisme des mollahs, puisque nous en étions la cible[1]. L'on fit bon marché des populations que les nihilistes au pouvoir à Téhéran terrorisaient, emprisonnaient ou torturaient ; et pour cause : ce sont les Iraniens qui font d'abord les frais de cet extrémisme et non pas nous, qui saluons dans la « différence » chiite un énorme potentiel subversif capable de faire vaciller le monde industrialisé sur ses bases. Comme hier les amis de la Chine, les amis de la révolution iranienne étaient, en fait, les ennemis du peuple iranien.

Des hommes amoureux de l'amour

Cette ouverture sur le monde était donc une clôture, cet élargissement, une autre frontière que l'intelligentsia européenne dressait contre la planète, malgré la décevante et trompeuse promesse de communion qu'elle affichait à cor et à cri. Apparemment, de 1960 à 1980, la gauche occidentale fut prise d'un appétit pantagruélique pour le monde, s'égaya aux quatre coins du globe, mais il ne s'agissait que d'une

---

constatais sur place. C'est toujours (pour simplifier bien sûr) un enjeu d'interventions étrangères et le vieux démon du séparatisme. Aucun État nulle part ne peut tolérer cela. Quant aux Bahai's, ils ne sont pas musulmans et ils ont surtout le tort d'avoir leurs lieux de prière en Israël et aux États-Unis, et de s'être, parfois, sous l'ancien régime du shah, laissé manipuler et enrichir. Toute révolution a ses victimes innocentes. »

1. On a retrouvé le même type de solidarité à propos de la guerre des Malouines ; parce qu'elle mettait face à face un pays d'Amérique latine et l'Angleterre, on a cru retrouver en elle l'immémorial affrontement du Nord impérialiste et du Sud écrasé ; au nom de cette division du ciel contre l'enfer, on a vu toute la gauche sud-américaine, ainsi que Cuba et l'URSS, faire alliance avec les forbans de Buenos Aires, qui éliminaient encore leurs opposants quelques semaines avant le conflit. Tant qu'on opposera le Nord et le Sud dans le miroir de l'absolue damnation théologique d'un côté, et du rachat de l'autre, on verra se reproduire ce genre de collusion réactionnaire.

gloutonnerie pour elle-même. Pareille à un père qui projette dans son fils ses espoirs déçus, elle s'enchantait d'un faux pluriel, d'une fausse altérité, qui masquait mal sa propre maigreur. Il y avait bien un Tiers-Monde, mais ce Tiers-Monde n'était que le double du nôtre. Un jeu diabolique de miroirs et de renvois poussait l'*ego* occidental à s'arrondir, à redresser son volume chaque fois qu'il prétendait s'humilier. Et le tiers-mondisme rejoignit, dans l'ordre politique, cet écart passionnel, depuis toujours dénoncé par les moralistes, l'amour amoureux de lui-même, l'amour complaisant, incapable de se désigner un complément direct. Tel le dandy Raymond Roussel qui fit le tour du monde sans jamais sortir de sa cabine, le tiers-mondiste collectionnait émeutes, révoltes et révolutions, s'interdisant, pour prix de cette ivresse numérique, toute expérience de l'infini. L'autrement et l'ailleurs auxquels il en appelait tenaient encore trop à l'ici-bas qu'il refusait. La véritable altérité aurait supposé une relation avec une réalité sociale infiniment distante de la sienne, sans que cette distance détruise pour autant cette relation, sans que cette relation détruise cette distance [1]. Au lieu de cela, la gauche exotique ne reçut rien du Tiers-Monde qu'elle ne possédât. Ce socratisme politique trahissait une paresse de l'esprit qui n'avait pour but que de sauvegarder l'utopie socialiste dans ses rêves les plus infantiles [2]. Telle fut donc la

1. « [...] les lecteurs occidentaux les plus étrangers à la Chine découvriront une précieuse évidence qui demeure irrémédiablement cachée tant aux tenants du Péril jaune qu'aux thuriféraires de la Chine rouge : les Chinois sont aussi des hommes ou, d'une certaine façon, nous sommes tous des Chinois » (Simon Leys, *Images brisées,* Laffont, 1976, p. 116).

2. Ainsi on projeta et on continue de projeter sur tout mouvement ou organisation d'un pays lointain nos catégories de droite/gauche, progressiste/conservateur, etc. On commet donc une double erreur : on écrit l'histoire de ces pays avec nos concepts. On ressert à ces mêmes pays des catégories essoufflées, censées retrouver une seconde jeunesse sous ces cieux exotiques, comme on leur sert une technologie de seconde main, dépareillée sans doute en Europe mais bien assez bonne pour « ces gens-

gymnastique à laquelle se livra une grande partie de la gauche pendant près de vingt ans : affirmer l'existence de nations étrangères dont on niait simultanément l'indépendance, se donner un Tiers-Monde transparent à qui l'on refusait le privilège d'une histoire originale, consacrer, une fois encore, le triomphe du même sur l'Autre. Dotée d'une clé unique, la gauche pouvait alors satisfaire son désir de clarté, brandir les opprimés comme autant de marionnettes. Ces nations du Tiers-Monde n'avaient qu'une singularité d'emprunt, celle de l'otage, connaissaient une seule parole, la sommation, garantes non consentantes d'un serment qu'elles n'avaient pas fait. Nous avions recours à elles comme à des moyens, en rien nous n'étions sensibles à l'unique qu'elles étaient, chacun pour soi. Ainsi, en baptisant par exemple le FLN algérien de « seule force organisée de la gauche française », les fedayin palestiniens « d'avant-garde de la Révolution mondiale », nous nous approprions les luttes de mouvements qui, selon l'expression de Jean Daniel, « ne nous avaient rien promis[1] », et n'avaient pas engagé la résistance pour nous plaire. Mais, au goût du « tiers-mondisme », ces fronts de libération étaient liés à lui par un pacte tacite, ils répondaient d'eux-mêmes en tant qu'avenir de la lutte de classes mondiale. Formidable réserve de matières premières pour les multinationales, l'hémisphère Sud devint pour une certaine gauche un fabuleux gisement d'illusions, l'ivresse palpitante d'un premier matin de l'humanité.

Une aspiration sincère à la fraternité universelle ; une aptitude à s'enflammer pour les révolutions étrangères ; une

---

là ». Voyez par exemple la vénération avec laquelle on encensa, durant la guerre civile du Liban, les bons « palestino-progressistes » contre les infâmes « chrétiens conservateurs » comme si, au-delà de tout jugement de valeur sur les parties en présence, il ne s'agissait pas dans ce conflit d'un combat confessionnel de type féodal et non d'un affrontement entre droite et gauche !

1. Éditorial du *Nouvel Observateur* du 4 décembre 1978.

première déception ; un transfert d'espérance sur d'autres régimes ; une seconde déception ; un retour de foi ; une suite d'attachements ; une suite d'inconstances : dans ce trajet, on aura reconnu la logique même du don-juanisme, la désinvolture avec laquelle le grand seigneur laisse tomber une femme dès qu'une autre lui paraît plus exaltante. C'est un ballet comique d'engouements et de reniements qui transforme la solidarité tiers-mondiste en une suite de deuils amoureux. Chaque pays était incomparable, chaque pays n'était qu'une forme passagère de l'élue qui, chaque fois, trahissait notre confiance en elle. C'était tantôt une contrée africaine, tantôt une île des Caraïbes, une nation pauvre ou surpeuplée, petite ou gigantesque, noire ou jaune, mais une seule chose en elle demeurait inaltérable : la mission dont notre amour l'avait investie. Quelques années, quelques massacres suffisaient à détruire l'illusion, provoquant une réincarnation ailleurs. Ce que l'on avait aimé un temps chez l'une s'enfuyait bientôt pour resurgir dans une autre, laquelle passait dans une troisième. Sont-ils inconstants ces Juifs errants de la Révolution ? Pas même : être inconstant, c'est se fatiguer d'un être qui, lui, ne change pas. Mais ils ont toujours été fidèles à la trompeuse créature qui leur a faussé compagnie. Partout, il leur semblait pressentir une nouvelle forme de la Bien-Aimée. Mais, vite, trop vite, ils sentaient que l'esprit, l'idéal qu'ils appelaient de tous leurs vœux, désertait à la dérobée ce régime imparfait pour se glisser dans un autre : « Voir la créature que l'on a crue parfaite perdre sous vos yeux la divinité qui la parait, passer de la flamme aux cendres, d'une vitalité radieuse à l'état de cadavres [...], c'est pour moi une torture[1]. »

Contraint de varier à l'infini pour trouver le bon partenaire, l'intellectuel, toujours aimant, jamais recompensé, viole le

1. Thomas Hardy, *La Bien-Aimée*, Gallimard, coll. « Folio », 1981, p. 85.

globe dans une course éperdue. Il ne papillonne qu'à défaut de ne pouvoir être tristanien, son cosmopolitisme est sans joie et cache mal un nationalisme nostalgique. Il poursuit des intrigues jusqu'aux antipodes, jusqu'à ce qu'enfin il ne lui reste plus une seule terre vierge à investir. Le Vietnam s'enfonce dans la poigne de fer de la bureaucratie, Cuba sert de base à l'impérialisme soviétique, la Chine révèle les atrocités de la Révolution culturelle, le monde n'a plus une lueur de lumière à dispenser à nos sens affamés. Nous voyons désormais les pays sous-développés aussi noirs[1] que nous les proclamions rayonnants peu de temps auparavant.

Les continents extra-européens sont entrés dans la mélancolie de leur déchéance. On reste à mi-chemin entre le loyalisme à la Rome d'hier et les reconversions proclamées. Tous les placements d'admiration sont à la baisse : jadis, la qualité d'étranger vous valait l'assurance d'être loué, flatté, examiné intellectuellement avec beaucoup d'attention. A condition, bien sûr, de faire partie de l'État en vogue. Il fallait compter avec le snobisme, la mode, la frivolité, toutes choses bien saines au demeurant et qui renouvelaient l'atmosphère. Il y a peu, on ne jurait que par Pékin, Hanoï, La Havane ; et si le Kaboul demeure très demandé, l'ensemble des valeurs du groupe Tiers-Monde accuse une nette tendance à la chute[2].

1. « Le Tiers-Monde, cette fabrique de tyrans », titrent *les Nouvelles littéraires* du 20 juillet 1981 à propos d'un article sur V. S. Naipaul.

2. « Au-delà [de l'Europe], que voit-on ? Récusant un capitalisme qui tue au Guatemala et maintient le Chili dans le coma, refusant un marxisme qui maintient la Russie dans ses fers et crucifie la Chine, l'Iran débarrassé de la dictature du shah croyait avoir trouvé, dans un islam impérialiste et triomphant, le moyen de sortir de l'ère du goulag et de l'holocauste. Or, après deux ans d'expérience, l'Iran redécouvre le goulag et réinvente l'holocauste. Où porter son regard ? Vers le Liban, hier grisé par une fallacieuse richesse et qui se laisse aujourd'hui démanteler par ses propres passions ? Vers Israël dont la démocratie exemplaire se heurte au butoir du chantage religieux, au point que ces deux États complémentaires puisent aujourd'hui leurs ultimes forces, soit dans la négation, soit dans l'agression de l'autre ? Que retenir des convulsions de l'Inde, des spasmes du

Tout marchait trop bien : les solidarités proliférantes et pullulantes ont consommé leur propre ruine. L'outrance des soutiens, l'appel aux tripes, l'indifférence aux données qu'on manipulait selon les impératifs de la foi, l'habitude de proférer des énormités pour toucher les cordes sensibles finirent par faire glisser le tiers-mondisme dans l'hypertrophie et l'inflation. Une dialectique qui multipliait les illusions par les illusions n'obtenait jamais que des illusions. La conscience solidaire, étouffée par son propre prurit, mourut d'une crise d'indigestion. Le saut qualitatif, la modulation miraculeuse ont manqué. Et l'accouplement merveilleux se révéla un abominable fiasco dont les deux partenaires se renvoyèrent la responsabilité. Nous nous étions résolus à la solennité d'un projet universel, mais pour mettre fin au tourment qu'aurait provoqué une véritable rencontre avec une culture étrangère [1]. C'est le commencement lui-même qui était un raté, et l'exaltation tonitruante de la propagande ne pouvait dissimuler le narcissisme vicieux qui était à la base de notre intérêt. L'idolâtrie a désigné son idole comme le *nec plus ultra* et l'a suppliée à voix basse : surtout ne bougez plus, vous êtes parfaite. Nous avions infantilisé les Chinois, les Cubains, les Vietnamiens, minorisé les Indiens, rapetissé les Sud-Américains en leur prêtant nos intentions, en leur refusant la liberté

Bangladesh, des fureurs du Salvador, des soubresauts du Maroc et de ce vertige qui, de Carthage à Suez, saisit des foules désemparées qui cherchent dans un retour aux dogmes les plus implacables ce salut que le modernisme n'a su leur apporter », écrit J.-F. Khan dans son éditorial des *Nouvelles littéraires* du 6 août 1981.

1. « Les maoïstes occidentaux ne conçoivent pas qu'on puisse se rendre en Chine simplement par amour de ce peuple et de cette terre ; de tels sentiments leur sont évidemment étrangers, à eux qui ont choisi d'ignorer l'un et l'autre, à l'exclusif profit de la poignée de bureaucrates qui monopolisent le pouvoir à Pékin ; sans Mao, la Chine et les Chinois ne retiendraient pas une minute leur attention », écrit très bien Simon Leys dans *Images brisées, op. cit.*, p. 184.

essentielle qui est la liberté de commettre des erreurs, c'est-à-dire d'être coupables à leur tour.

Le mercredi des Cendres

On connaît la longue traînée de rancœurs, de déceptions, de trahisons qui ont défiguré le credo tiers-mondiste : le rapprochement sino-américain au plus fort du conflit vietnamien, les relations diplomatiques entre Pékin et Santiago après le coup d'État de Pinochet, la révolution éthiopienne et ses liquidations successives, l'intervention cubaine en Angola puis contre les maquis érythréens qu'ils avaient précédemment équipés, le génocide du Cambodge, la fuite des *boat-people* hors des côtes d'Indochine, le fanatisme musulman en Iran, la guerre civile au Liban, ont définitivement sabordé les rêves d'une désaliénation à l'échelle planétaire. La gauche romanesque a payé cher son mépris des nuances. Son goût de l'absolu fut cruellement tourné en dérision et malmené par les régimes et les États qui utilisèrent sa rhétorique pour mieux la plier à leurs desseins. Dans son enthousiasme, elle avait si bien falsifié les êtres et les choses à sa convenance qu'elle mit longtemps à réaliser son erreur tragique. Il devint évident que nous tenions à la pureté du Tiers-Monde beaucoup plus qu'il y tenait lui-même. Amers, désabusés, les anciens partisans se reconvertirent en pêcheurs en eaux troubles, transformèrent la piscine d'ingénuité en cloaque, détaillant avec une exaltation machiavélique tous les manquements à leur rêve. Et, parce que le ressentiment est plus légitime à l'égard d'une promesse trompée, on mit, à engranger les échecs du Tiers-Monde, une obscène jubilation. Du jour au lendemain, les fabricants de lointains idylliques se métamorphosèrent en comptables moroses de l'enfer à visage tropical.

Ainsi agonise une solidarité qui fut dès l'abord un piège. Vingt ans à peine séparent le moment de l'apogée de celui de la chute. L'enfant qui a assisté dans sa dixième année aux premières manifestations en faveur de l'Algérie indépendante voit, dans son âge d'homme, se désagréger la ferveur dont il s'était persuadé, étudiant, qu'elle jetterait les fondements d'un avenir radieux. Il est vrai que le désenchantement de nombreux intellectuels, au lendemain de la guerre d'Algérie, frustrés dans leur attente et leurs espoirs par les réalités de la nouvelle indépendance, aurait dû tempérer les messianismes ultérieurs. Comme avec le FLN, par le biais d'états-majors ou de nations étrangères, l'Occident continuait à régler ses comptes avec lui-même, à réduire les autres au statut d'instrument dans une rivalité interne.

De là, le brutal revirement du progressiste dès que son hochet exotique l'a déçu : la sympathie excessive portait en soi l'indifférence qui la suivra inexorablement dès la fin des années 70. La Révolution ou l'oubli : les opprimés étaient soumis à cette alternative abrupte, acte dévorant au regard duquel rien n'avait d'importance. L'ébriété se termina donc dans la tristesse. Nous avions bu le vin de la fraternité jusqu'à nous saouler et nous nous réveillions maintenant d'une mauvaise ivresse. On s'était couché le soir avec une beauté pour une nuit d'amour sans fin, on se lève à l'aube près d'une grue sinistre qui nous souffle au visage une haleine empuantie. La solidarité était donc ambivalente : elle accompagnait jusqu'au moment où elle trahissait. Elle se voulait insatiable, amenant toujours plus de chaleur, de proximité, c'était un vertige, une spirale dont la fin se perdait dans sa propre accélération : au premier catalogue étourdissant des fraternités succède la liste désenchantée des crimes commis. Après l'addition de ses conquêtes, don Juan fait le total de ses revers. L'impossibilité de trouver une seule racine à l'injustice, l'obligation d'appliquer une analyse particulière à chaque pays engendrent une déflation amoureuse. Il n'y a plus concordance, mariage entre les grandes luttes : ce qui est faux en Europe reste vrai en Amérique latine, et Reagan, oppresseur du Nicaragua et du Salvador, peut être perçu en Pologne comme un allié contre les Russes. A la langue de bois des dévots succède la gueule de bois des éconduits. Ils voient se grouper autour d'eux les fantômes de ces pays que leur passion avait tour à tour idéalisés ; et ils rougissent de ces attachements insensés. Leur dégrisement se transforme en colère ; loin de s'en prendre à eux-mêmes, ils punissent les pays anciennement adorés en leur tournant le dos. Ils transfèrent la cause du péché dans l'objet flatteur ; là même où ils sont les premiers responsables, ils accusent la brillante pacotille. Ils se voient déjà comme les victimes d'un complot, on a abusé de leur confiance [1].

Décidément, le Tiers-Monde n'était qu'une femme maudite pareille à l'Ève biblique. L'Occidental ébloui se figurait crever le mur de haine et de mépris qui avait marqué l'ère coloniale : mais c'était une fausse percée qui portait l'autisme comme sa perversion structurelle. On adorait chaque jour un autre dieu, on proclamait définitives des valeurs qui changeaient quotidiennement, bref on courtisait le pire aspect du relativisme qui enterre tout autant la façon de penser historique que les conquêtes durables de l'homme. Les causes grandioses qui avaient jadis jeté sur les boulevards des capitales européennes des centaines de milliers de jeunes ne soulèvent plus que des haussements d'épaules. Dès lors que le Tiers-Monde résiste à la simplification, nous nous en détournons, effrayés par la complexité que nous entrevoyons en lui. Le défroqué de la veille jure qu'on ne l'y reprendra plus et piétine avec une rage maligne les ersatz du divin cadavre.

D'où le terrible silence de la gauche officielle sur les massacres du Cambodge, l'exil des *boat-people*, la résistance

1. Ce titre des *Nouvelles littéraires* sur la Chine : « On nous a trompés » (octobre 1980).

afghane, la répression en Chine, dénoncée seulement par des particuliers ou des organismes privés[1]. Ce qui est stupéfiant, c'est le contraste entre les clameurs d'hier et le laxisme d'aujourd'hui : plus de manifestations, plus de défilés, plus d'analyses, plus rien : les pays frères ont été carrément rayés de la carte[2]. Hormis l'interminable conflit israélo-palestinien relancé par la guerre du Liban de l'été 1982[3], toutes les nations de l'hémisphère Sud se disputent aujourd'hui le leadership de l'indifférence. De laquelle nous désintéresserons-nous le plus ? La Chine nous laisse froids, le Cambodge de glace, l'Inde de marbre, quant à l'Albanie, c'est à se demander si elle a jamais existé. Et là encore nous ne

1. Bernard Kouchner a très bien décrit ce désenchantement et la démission de la gauche dans son ouvrage *l'Ile de lumière,* Ramsay, 1980.

2. A propos de la terrible répression qui frappe la Chine aujourd'hui, J.-F. Khan se demande très justement : « Mais où sont les meetings de protestation, les pétitions, les *sit-in* devant les ambassades, les proclamations d'intellectuels, les éditoriaux indignés, les colloques de dissidents ? Quoi ? Ce qui est scandaleux de l'Elbe à la Volga serait acceptable sur les rives du Yang Tse. Racisme ordinaire : ce ne sont que des Chinois » (*Les Nouvelles littéraires,* octobre 1980).

3. Là encore, et sans vouloir entrer dans une polémique qui n'est pas éteinte, on s'est concentré moins sur les événements eux-mêmes que sur leur interprétation. D'un côté s'est fait jour une volonté de criminaliser Israël dans ses moindres actes et de la mettre au ban des nations, certains organes de presse n'hésitant pas à parler de génocide à propos des bombardements de Beyrouth ; de l'autre, chez beaucoup d'intellectuels juifs, la vigilance se porta uniquement sur le langage employé par les médias, si bien qu'ils se refusèrent bientôt à qualifier les faits pour se concentrer sur la manière dont ils étaient relatés. Ils préféraient, selon l'expression de Jean Daniel, « observer les observateurs », plutôt que se soucier du réel. De part et d'autre, on semblait avoir oublié les dimensions et la réalité du conflit. A la haine anti-israélienne de la gauche communiste — la position ferme du PS empêcha la majorité entière de sombrer dans un délire anti-israélien proche de l'antisémitisme — répondit l'entêtement de certains à terroriser les journalistes en les traitant de menteurs. Il fallut l'extraordinaire sursaut moral du peuple israélien, au lendemain des massacres de Sabra et Chatila, pour rappeler, aux premiers, que Tel-Aviv n'était pas la capitale d'un nouveau Reich moyen-oriental, aux seconds, qu'aucun État, fût-il celui du peuple élu, ne peut se soustraire à la responsabilité.

Sartre,

Une légende tenace continue à présenter Sartre comme le champion du tiers-mondisme, une sorte d'extrémiste des jeunes nations, le parrain naturel des laissés-pour-compte et des sans-voix de la planète. Or, à revoir l'œuvre et la vie du philosophe, que constate-t-on ? Hormis un réel courage du temps de la guerre d'Algérie — n'oublions pas le climat de violence qui déchirait la France d'alors et les menaces physiques qui pesaient sur le « pape » de l'existentialisme —, l'attitude sartrienne vis-à-vis du Tiers-Monde est un curieux mélange de masochisme et d'indifférence. Masochisme : c'est le fameux « L'Europe est foutue », la préface aux *Damnés de la terre* de Frantz Fanon dont on ne dira jamais assez qu'elle reste un trésor de nullité théorique, de contresens historique, de démagogie haineuse. C'est la fondation magistrale d'une nouvelle théologie, le tiers-mondisme et sa redistribution manichéenne des fautes, celles de l'Europe ressortissant à sa nature même quand les torts des pays du Sud ne proviennent que des circonstances.

Or, une fois l'Occident maudit, une fois le blanc-seing donné par l'intermédiaire de Fanon aux nouveaux régimes issus de la décolonisation, Sartre retourne à ses chères études et polit son *Flaubert.* Consultez une biographie de Sartre : l'auteur des *Mots* voyage peu hors d'Europe, et toujours invité officiellement (Cuba, Hanoï, etc.). Relisez son œuvre : rien ou presque sur les grands systèmes philosophiques de l'Asie, les littératures africaines ou sud-américaines, les religions extra-européennes. Globalement, sur Malraux qu'il insulta copieusement et désigna à la vindicte de tous comme le dernier avatar de la conscience bourgeoise, Sartre représente une fantastique régression, eu égard naturellement à ses prétentions. Lui qui ambitionnait dans ses moindres gestes d'engager l'humanité entière en est resté à l'européocentrisme le moins critique, le plus naïf : l'incompétence vis-à-vis des pays et des dossiers dont il traitait (relisons à cet égard les consternantes analyses sur le colonialisme et le néo-colonialisme dans les *Situations V*), son ignorance quasi totale des

tiers-mondiste ?

cultures étrangères, contrastent avec la volonté de Malraux de toujours penser l'Europe en perspective avec les autres civilisations. Quoi qu'on pense de sa mythomanie et de ses jongleries verbales, Malraux est allé sur le terrain, a toujours écrit en connaisseur et s'est en conséquence rarement trompé dans ses intuitions.

Ainsi Sartre décrète l'Occident pourri et, du fond de ce constat, ne s'occupe plus que de l'Occident ; il se met en paix avec sa conscience en affichant une quantité réglementaire de mauvaise conscience. Il feint de croire qu'il a quitté le domaine incertain de la décision éthique pour entrer dans l'application infaillible d'un savoir, mais il se lave les mains de l'application de ce savoir. Celui qui dévergonda une grande part de son talent dans l'esthétique de la violence et du stalinisme fit preuve, vis-à-vis du Tiers-Monde, non seulement de dogmatisme, mais aussi d'inconséquence. Ce réfractaire était surtout un déserteur. Sartre abdiqua devant les régimes révolutionnaires (souvenons-nous de sa quasi-apologie du massacre des athlètes israéliens en 1972 par des membres de l'OLP) comme il abdiqua devant les maoïstes, couvrant de son nom des idées, des actes qui allaient à l'encontre de ses convictions les plus intimes. Mais c'est que, profondément, il s'en moquait. Ce démarcheur du Tiers-Monde n'acceptait ce dernier qu'à condition qu'il remplisse le cadre familier de la victime dont on n'a rien à apprendre. Ce théoricien de l'engagement tous azimuts, ce maniaque de la pétition n'avait de goût véritable que pour les hommes de sa tribu. Internationaliste convaincu, il cachait mal un provincialisme feutré. Cette curieuse désinvolture aide à comprendre quantité d'engagements d'autres intellectuels contemporains ou postérieurs à lui. Or c'est de la carence du maître que les disciples ont fait un système, ils n'ont gardé de Sartre que l'inclination à la solidarité abstraite, l'habitude des formules généreuses mais trop générales, le souci d'autrui du bout des lèvres, la propension à voir le Tiers-Monde comme une bonne œuvre qu'on dédaigne par ailleurs copieusement.

→

L'anti-Sartre, aujourd'hui, c'est Naipaul, c'est-à-dire le consentement désenchanté à l'école des faits, la volonté de se colleter avec des êtres humains en chair et en os et non avec des idées pures, en d'autres termes la sympathie active et critique envers les nations tropicales. Il est vrai que Naipaul, Indien de langue anglaise né dans les Caraïbes, est apatride. Sartre, hélas, n'était que français, avec ce que cela suppose de nombrilisme inné, d'incuriosité viscérale pour l'étranger[1].

1. Révélatrice à cet égard est la condescendance avec laquelle Sartre a toujours traité les écrivains déracinés. Dès *Situations I,* il reproche à Nabokov de n'appartenir à aucune culture. Plus tard, dans une interview, il rendra Samuel Beckett et Ionesco coupables « d'être extérieurs à notre langue et à notre société » (cité par Denis Hollier, *Politique de la prose,* Gallimard, 1982, p. 34). Lui, Sartre, qui a toujours écrit les yeux fixés sur la ligne bleue des Vosges, a eu, pour stigmatiser l'anti-France, des accents dignes de Barrès et de Maurras.

désinvestissons pas tant ces États que l'idéologie socialiste dont ils étaient les poulains les plus fringants. Voués à ne fréquenter que nos propres reflets dans les miroirs des directions chinoise, angolaise ou vietnamienne, nous ne condamnons jamais que nos propres reflets quand nous accusons ces mêmes pays. Notre prétention névrotique contre tout ce qui venait de l'Ouest se transforme en phobie systématique de tout ce qui nous arrive du Sud. Les tumultes du monde, la persistance d'injustices flagrantes, la paupérisation continue des pays démunis, les massacres aveugles commis par presque tous les régimes nous trouvent froids, les pieds sur terre. Comme si nous proportionnions la ténacité de notre rancune à la profondeur de notre déception, les accents glorieux et fiévreux des années enthousiastes ont fait place aux murmures tièdes des « années orphelines[1] ». Nos nouveaux échaudés ont désormais l'intelligence de la vieillesse,

1. Titre d'un ouvrage de Jean-Claude Guillebaud, paru au Seuil en 1978.

c'est-à-dire la lucidité de qui ne peut plus rien. On solde ses comptes avec ses lubies d'adolescence, même si quelques-uns ont encore une pensée affectueuse pour ces enfantillages qui sentent le ranci. L'intelligence déprimée jure qu'on ne l'y reprendra plus à soutenir des nègres fous, des dictateurs à cigares, des empereurs à casquettes, des négus rouges. Après avoir découvert chez nos compatriotes des sadismes déconcertants, il fallut bien reconnaître la même propension chez ceux-là mêmes qu'on avait portés aux nues.

Plus d'obligations donc, plus de devoirs à remplir envers ces lointaines capitales où la vie se décompose entre la misère, l'anarchie et la répression. Le Chinois, l'Indien, le Gabonais restent mes frères en effet : en ce sens que nous partageons fraternellement la même approbation du fossé qui nous sépare ; notre amitié est d'abord la reconnaissance mutuelle de la distance qui nous divise. Chacun chez soi et plus de mélange. Le tiers-mondisme, malgré ses outrances, était encore un lieu où les hommes pouvaient se rapprocher, quitte à s'y combattre. Il rendait les amitiés précaires, fondées sur un malentendu, mais il les rendait possibles. Il faisait dire *nous,* après quoi il faisait de ce *nous,* c'est vrai, un superlatif du *je.* C'est pourquoi, plus les enjeux qu'il soupesait devinrent graves, plus il isola les nations, sépara des races, des tempéraments, des cultures qui croyaient grâce à lui triompher de leur solitude. Malgré son message universel, il se montra impuissant à nouer des liens avec le dehors. L'amitié restait subordonnée à la stratégie, le guérillero était un compagnon de route. Que la route bifurque et adieu l'ami !

L'ex-catéchumène qui souffrait hier d'hypermétropie — sa vision des objets éloignés était meilleure que celle des objets proches — rejoint aujourd'hui la myopie des bataillons majoritaires : pour lui, comme pour la grande masse des Français, des Allemands, des Italiens, des Espagnols, le mot d'ordre est bien celui du cartiérisme : la Corrèze avant le Zambèze. Bien sûr, il ne cherche plus à amener autrui à partager de façon brutale sa vérité : le voici incapable de supporter l'existence d'autrui comme autre. Entre lui et « eux », il a placé un barrage plus fort que la cupidité ou l'impérialisme, le désintérêt. Désormais, les sensibilités tiers-mondistes se prolongent dans une fascination morbide pour des continents qui s'écroulent. Vient alors une sympathie négative basée sur la loi de l'affliction et du regret. On s'encanaille maintenant au contact de la douleur du Sud : on est passé de la vocifération à la commisération.

2. *La pitié ou l'épanchement du démocrate hémophile*

« Cette jeune femme s'irrite parce qu'elle a les souliers percés qui prennent l'eau. Si je lui dis : " Qu'importe ! pensez à ces millions d'hommes qui meurent de faim au fond de la Chine ", elle me répond avec colère : " Ils sont en Chine, c'est mon soulier qui est percé. " Cependant, voici une autre femme qui pleure sur l'horreur de la famine chinoise. Si je lui dis : " Que vous importe ? Vous n'avez pas faim ! ", elle me regarde avec mépris : " Qu'importe mon propre confort ! " »

Simone de Beauvoir, *Pyrrhus et Cinéas* (1944), Gallimard, coll. « Idées », p. 236-237.

« Il est peut-être temps de reconnaître dans l'hypocrisie non seulement un vilain défaut contingent de l'homme mais le déchirement profond d'un monde attaché à la fois aux philosophes et aux prophètes. »

Emmanuel Lévinas, *Totalité et Infini*, La Haye, Martinus Nijhoff, 1971.

« Deux mille ans de péché originel ont fini par faire de vous des coupables complaisants. »

Henri Corbin, cité par Daryus Shayegan.

La famine polaroïd

L'œil de Caïn

La scène a pour décor une salle à manger à l'heure du journal télévisé. La famille se met à table. Les assiettes sont déjà pleines, chacun s'apprête à lever sa fourchette lorsque le visage du présentateur se fige : il va nous entretenir d'un problème dramatique : la faim dans le monde. Aussitôt, les projecteurs s'allument sur les bas-fonds de notre planète : des imbroglios de la politique internationale, on passe, sans transition, aux pays pauvres, qui, devant nous, ouvrent leurs flancs, exhalent leurs plaies. Les cavaliers de l'Apocalypse arrivent à domicile ; ce sont tantôt des enfants chétifs au ventre bombé, et ces enfants nous regardent d'un œil énorme qui nous transperce ; ou bien c'est un paysan du Sahel cultivant quelques ares de mil et d'arachide, pauvre de toute éternité, mais avec le sentiment désespérant de l'être de plus en plus ; tantôt une femme et son bébé, une femme d'une grande beauté, affreusement maigre, qui meurent d'inanition au bord d'un chemin au Cambodge et que nul ne peut plus secourir ; tantôt une petite fille qui se promène nue dans un terrain vague. Près d'elle les cadavres de ses parents qui ont succombé pendant la nuit et que personne n'enterrera. C'est un corps mutilé qui attend sa sépulture sur un trottoir de San Salvador ou au bord d'une route du Guatemala, un corps qui pourrit dans une fosse commune au Chili, les restes d'un supplicié qui flotte au fil de l'eau sur le rio de la Plata ; ce sont des rangées d'hommes, les mains croisées sur la nuque, alignés le long d'un mur en face d'une rangée de soldats, armes automatiques à la main braquées sur ces otages. Le champ s'élargit et ouvre sur des quartiers populaires africains, antillais, arabes, asiatiques, où grandissent des gamins fiévreux, dans l'odeur pestilentielle des marécages, se nourrissant pour survivre des rats qu'ils attrapent, des ordures qu'ils trient. C'est une exposition permanente d'hommes et de femmes affaiblis, rachitiques, de villages aux cases écroulées se confondant bientôt avec la glaise d'où ils sont nés, de grumeaux humains dont l'environnement est la pourriture, l'horizon un égout, et l'alimentation les charognes. Et les yeux de ces morts vivants nous accusent : leur regard est un verdict, un jugement qui nous somme de répondre, nous les nantis, nous les repus[1]. Ces affamés nous encombrent, leur répugnante condition va gâcher le dîner ; pourquoi programmer de telles horreurs à la télévision à l'heure où la France se restaure ? Nous voici soudain responsables d'une responsabilité extérieure à notre consentement, nous voici mis au pied du mur. Nous ne pourrons plus arguer la bienheureuse ignorance : désormais nous savons...

Incontestablement, ces images décrivent la faillite de notre époque ; leur atrocité ne laisse aucune place à l'espoir. Au lieu d'agrandir le règne humain, les centaines de milliers de

1. Pierre Herbart, ancien militant communiste, enquêtant pour le compte du Parti en Indochine, entre les deux guerres, sur les méfaits de l'administration coloniale, raconte une expérience quasi similaire : « Ce chemin me mena jusqu'à Vinh, capitale de la faim. Les suppliants, après avoir rongé l'écorce des arbres, en viennent à manger de la terre. Alors ils s'en vont vacillants par les routes qui les mènent aux cités heureuses. Ils veulent une dernière fois, avant de mourir, contempler les repus : les repus, c'était nous les Européens, déjeunant à l'hôtel derrière une baie vitrée ; et des enfants nous regardaient manger sans oser un geste car on les eût chassés et ils voulaient voir comment on se nourrissait » (*La Ligne de force*, Gallimard, 1958, p. 48).

moribonds du Sud opposent aux projets des autres leur interminable agonie, dégonflent les valeurs qui nous sont les plus chères, ridiculisent les formidables percées scientifiques ou artistiques de la communauté internationale. Nous sentons que notre foi morale en l'homme ne guérira pas de cette blessure. Et, puisque chaque jour, avec les médias, l'humanité est mise en possession de son propre malheur, une conscience apocalyptique de l'univers s'en dégage ; en dressant quotidiennement le bilan des souffrances du globe, les chaînes de radio et de télévision donnent de notre planète une image terrible : la pire des planètes possibles, à n'en pas douter.

La grande égalisation

Et, soudain, les images changent : un flot d'informations noie, sous son bavardage, la famine du Sahel, les squelettes de l'Ouganda, les charniers de Pnom Penh. Et le dîner reprend, conforté par les problèmes plus triviaux de la session budgétaire, de la délinquance en grande banlieue ou de la réinsertion des prisonniers.

Le principe de la rotation a fonctionné. Imperceptiblement, l'horreur s'atténue devant le ronronnement télévisuel, le nerf s'engourdit, l'intensité de l'émotion expire. La technologie médiatique a porté le trouble au cœur de notre quiétude ; mais, comme elle l'a suscité, elle le dissipe ; en faisant pénétrer les autres peuples dans notre appartement, elle nous a offert l'illusion d'une communion avec un prochain qui n'est qu'un reflet. Ce reflet nous accuse, mais on ne pâtit pas des menaces d'un spectre. L'écran fait écran dès qu'il s'agit de communiquer, l'univers a pénétré dans notre vie sans lui faire violence.

L'entrelacement de nos drames privés et de l'épopée mondiale se fait toujours au détriment de cette dernière. Ainsi le veut le fonctionnement des médias : on aurait tort d'attribuer au téléspectateur une inconstance dont il n'est pas le seul responsable. Une bonne information couvre non seulement l'événement, mais s'astreint aussi à une originalité quotidienne. Double exigence de renouvellement et de représentation qui définit le spectaculaire. Aussi les faits se concurrencent-ils en se succédant : une conférence sur le désarmement ne se contente pas de suivre le compte rendu d'une famine en Asie, elle la gomme et la supplante. Ce qui vient après, c'est ce qui vient à la place, le tissu chronologique est sans continuité. Sous l'angle des médias, tout se vaut : l'oubli est la contrepartie nécessaire de l'attention que nous devons porter au déroulement des actualités. Certes, avec ce film épouvantable, il y a eu outrage sur les médias : ces corps décharnés quand l'Europe est à table, cela frise le mauvais goût. C'était un trou, une sorte de lapsus dans le discours narcotique, un acte qui traversait d'une protestation un univers saturé. Mais cette virulence ne s'est pas départie de l'impuissance propre au média : il y a un effet sinistre de la télévision, du journal, de la radio, qui est de juxtaposer les faits, c'est-à-dire de mettre tout au neutre. Spots publicitaires, déclarations ministérielles, guerres lointaines, minorités massacrées, mariages princiers, naissances de quintuplés, les genres se chevauchent; les affaires les plus abominables rejoignent dans la même torpeur les clichés les plus futiles. Ce n'est pas une vision d'effroi dans une tranche horaire donnée qui brisera le décor immuable de notre environnement, et l'envoûtement angoissé des malheurs des autres finit par se fondre dans la léthargie journalière.

Réceptionnistes assidus, nous sommes toujours distraits de l'image précédente par une autre image sans qu'aucun phénomène ne nous marque plus qu'un autre. Le grand opéra de nos cultes expiatoires, la monotonie répétée de leurs suppliques et de leurs appels à la charité dramatisent le *statu quo* et nous font vivre dans la proximité des cataclysmes lointains ; mais le média possède une force banalisante qui lui fait engloutir les choses les plus fortes. Chaque soir, le téléspectateur découvre une nouvelle croisade qui a tôt fait de reléguer la précédente dans l'oubli. Au lendemain d'une telle crise, il devrait être impossible de vivre et de se nourrir comme avant. La vision du mal aurait dû laisser au moins une trace, une minuscule cicatrice. Mais l'accoutumance vient à bout des pires scandales. Les nouvelles ne nous sortent pas du quotidien : les réalités les plus monstrueuses peuvent y entrer marquées du tampon du déjà vu. Avec le petit écran, l'horreur elle-même devient digestible et n'est plus mandatée à nous surprendre. Il y a conflit entre le message et le média qui le diffuse, et la télévision est le meilleur antidote au pouvoir de mobilisation de ses propres images.

Insignifiance de l'exagéré

Admettons cependant qu'un reportage particulièrement dur nous ait marqués au-delà de son temps d'antenne, que les eaux de la mémoire ne se soient pas refermées. Surgit alors ce qu'une pensée marxisante appelle une « prise de conscience [1] ». Un écran tombe, un pan d'ignorance s'effrite.

1. Héritière de l'optimisme pédagogique du XIXe siècle, l'idée de « prise de conscience » présuppose deux choses : l'une que le mal, l'exploitation sont le fruit de l'obscurantisme ; l'autre que l'instruction est seule à même de mobiliser les bonnes volontés, de dissoudre les malentendus, de réconcilier l'humanité. Nul n'est méchant volontairement, disait déjà Platon. Or, ce qu'oublie un tel plaidoyer en faveur du savoir, c'est que la volonté humaine, même instruite, n'est pas incompatible avec le mal.

Cette force distincte nous a émus ; va-t-elle pousser à l'action ? Mais quelle action ? Le téléspectateur anonyme, perdu dans la masse des grandes banlieues ou des petites villes de province, quelle conscience de ses devoirs l'habite lorsqu'il a refermé le poste ? Il a cédé sans doute à la compassion devant les indigents. Très certainement, aussi, cette compassion s'est accompagnée d'une forme fugitive de honte. Mais au-delà de cet accès de mauvaise conscience ? Dans quelle mesure se sent-il effectivement concerné par des problèmes arrivant à plus de 10 000 kilomètres de chez lui, chez des peuples avec lesquels il ne partage rien ? Un pied à Montreuil, un autre à Addis-Abeba, comment peut-il se persuader de la nécessité d'une solidarité mondiale ? C'est une ombre d'une redoutable ampleur. Ces animaux farouches, hirsutes, qui défilaient il y a peu sous ses yeux, ces Indiens, ces Maliens, ces Guatémaltèques tout brûlés de soleil, attachés à une terre ingrate, soumis aux brutalités de la police ou de l'armée, quel rapport va-t-il entretenir avec eux ? Le propre de toutes les campagnes de conscientisation, c'est que l'on y sait de plus en plus de choses sans pouvoir mieux y remédier. L'importance de l'objectif proposé, éradiquer la famine, est si énorme qu'on ne peut faire un seul pas dans sa direction. Et la générosité du carnet de chèques semble ridicule. Voici donc les médias ou les journalistes contraints, pour fustiger notre égoïsme, de se lancer dans une surenchère qui s'exerce sur deux plans : en direction des spectateurs, en direction de l'image.

Envers nous qui regardons, une évidence doit s'imposer avec la netteté d'un tranchant : notre aisance est un ahurissant privilège. Les enfants vieillards à jambes d'allumettes de Calcutta ou de Karachi, les accroupissements infra-humains de Dakka ou de Bamako, nous condamnent. Pendant que nous nous empiffrons, d'autres trépassent ; nos estomacs se remplissent de ce que nous retirons à ces populations. Bref, « tout se passe comme si quotidiennement nous enlevions le pain de la bouche des plus pauvres parmi les plus pauvres[1] ».

Voulez-vous subir le verdict des chiffres ? 462 millions d'hommes sont sous-alimentés, 560 millions vivent dans un état de pauvreté absolue ; il meurt chaque jour sur terre 16 000 personnes, principalement des enfants[2]. Ces êtres meurent par notre faute « pour la seule raison que nous n'avons pas tout fait pour les défendre[3] ». « Qu'est-ce qui continue au milieu de notre indifférence monstrueuse ? Le plus grand génocide de l'histoire de l'humanité, qui tue plus d'hommes que Hitler et Staline réunis dans leurs camps, chaque année... Mais, n'est-ce pas, les impôts, les nationalisations, la Bourse qui s'effondre, la vignette et l'essence qui augmentent, c'est tellement plus important et ça nous touche directement... Quelle honte[4] ! » Bref, « le monde dans lequel nous vivons est un immense camp d'extermination[5] » ; chaque jour est comme un « Büchenwald permanent » (Jean Fabre). L'heure du châtiment est proche, il n'est pas possible qu'une telle infamie reste impunie : sous les haillons des affamés sommeille un guérillero qui nous fera payer un jour notre honteuse prospérité[6].

Comment ne pas se sentir toisé à l'aune d'un martyrologe sublime, ne pas se sentir ignoble et nuisible face à ce grand tribunal du tragique qui déroule ses fastes dans l'étroit périmètre du poste ou de la colonne de journal ? Un Golgotha de souffrances nous contemple, nous sommes les complices

1. Michel Bosquet, « La grande bouffe des affameurs », *Le Nouvel Observateur,* 17 octobre 1981.

2. Chiffres de la FAO pour 1981.

3. Pierre Marcilhacy, « De Passy à Cancun », *Le Nouvel Observateur,* 7 novembre 1981.

4. René Dumont, *Le Monde,* 14 octobre 1981.

5. Jean Ziegler, *Main basse sur l'Afrique,* Seuil, coll. « Points-Actuels », 1980, p. 19.

6. « Les regards avides que les affamés de l'hémisphère sud jettent sur les richesses de l'hémisphère nord constituent un danger permanent pour la paix et la stabilité » (préalable aux motions du 13e Congrès de l'Internationale socialiste, Genève, 1976).

directs d'un système économique qui pille les ressources des plus démunis [1]. Devant ces crimes, chaque téléspectateur doit se dire : Goebbels, c'est moi !

Pour décider les cœurs réticents, les médias ne reculeront devant rien : à l'outrance de l'accusation — vous êtes pires que les nazis ! — s'ajoute l'outrance de ce qui est montré. Aucune pudeur ne retient la caméra ; l'horreur ne tolère pas de censure, chaque image doit avoir l'inconvenance d'une limite franchie dans l'accablant. On en appelle à l'inouï, au jamais vu, et on vous en montre même un peu plus. Famines, inondations, tremblements de terre sont rejoués instantanément pour les caméras : des malheurs tirés au polaroïd. Une chaîne continue d'images va de ceux qui mettent en scène la mort des autres aux publics du monde entier, et cette chaîne est directement pornographique : elle donne à tous le droit de voir tout. Mais, de nos pulsions, elle n'en favorise qu'une : le voyeurisme. Et comme on s'imagine que, pour ébranler les âmes, il faut un spectacle de plus en plus cru, on ouvre à l'avidité scopique des territoires où nul n'avait accédé, on braque l'objectif sur des mutilations, des tortures, des maladies encore inédites à l'écran [2]. La simple vue d'enfants ballonnés ne vous suffit pas ? On vous montrera ces mêmes enfants réduits à l'état de squelettes. Toujours pas de réaction ? Les voici ramenés à un paquet d'os et de peau. Voici du sang, des blessures, des lésions purulentes, des croûtes de pus, des viscères dégorgeants, des organes arra-

1. « On nous dit que des dizaines de milliers d'être humains meurent ou vont mourir du fait d'un injuste coup du sort ou des caprices de la nature. Nous disons, nous, qu'ils meurent pour le maintien des bénéfices capitalistes et que nous sommes tous, dans les pays capitalistes riches, plus ou moins complices de ce système de pillage dans la mesure où nous recevons des miettes du profit » (Comité Information Sahel, « Six heures contre la famine », *Politique-Hebdo,* 13-19juin 1974).

2. On trouve exactement le même phénomène dans les films fantastiques : pour émouvoir, ils doivent inventorier toutes les formes d'épouvante, forcer sur les effets.

chés... La démesure est seule à même d'émouvoir le public et de l'intéresser à ces problèmes. Et si l'apathie persiste, c'est que, croit-on, les images manquent de spectaculaire : il n'y aura donc pas de bornes aux enchères de l'épouvante. Alors se produit l'inévitable perversion du regard : nous nous piquons au jeu, nous en voulons toujours plus, notre seuil de tolérance ne cesse de monter ; nous ne demandons plus d'être touchés, mais surpris : il nous faut chaque fois du plus croustillant dans l'abject. La valeur choc d'une information est indépendante de la vérité de ses termes. L'improbable, l'énorme seront toujours mieux considérés que le vraisemblable. Seul compte l'impact et non l'influence [1]. Nous ne nous soucions plus de savoir si ces photos renvoient à des êtres réels, nous les désirons seulement plus épicées. Et que la pire l'emporte.

Mais le catalogue de la misère est pauvre et condamné à rabâcher les mêmes figures : nous avons accosté dans l'enfer mais aucun excès n'évite la saturation et, après des mois, des années d'un tel traitement, nous sommes portés irrésistiblement à englober dans notre écœurement les hommes et les femmes auxquels ces images renvoient. Le choc n'aura ni lendemain ni sanction : il naît et s'épuise dans l'instant. Dans cette marée de désastres « à considérer toutes affaires cessantes », comment le public pourrait-il ne pas perdre pied ? Les médias réussissent donc ce tour de force de nous blaser de phénomènes sur lesquels nous n'avons aucun pouvoir, de rendre l'intolérable tolérable : nous vivons la superposition des contraires, nous actualisons à la fois l'horreur (les

1. On sait que la presse et la télévision se sont souvent laissé entraîner par goût du sensationnel à présenter Beyrouth assiégé par les Israéliens durant l'été 1982 comme un nouveau Stalingrad. La valeur choc des clichés et des slogans a supplanté le souci de vérité. « Le poids des mots, le choc des photos » (*Paris-Match*). Il est évident qu'un tel slogan ne peut être respecté : si les photos gardent un impact, c'est que les mots n'ont plus de poids.

épidémies, les massacres) et la satiété (puisque nous n'y pouvons rien, ces images nous fatiguent de leur insupportable monotonie). Au-delà de tout jugement de valeur, c'est le dosage spécifique de ces deux impressions qui affecte le public. Et une légère nausée s'ajoute en prime à la honte et à la frustration. Regardées à titre d'exception, ces émissions deviennent très vite consommées comme des stéréotypes ; leur violence s'évente, leur rôle accusateur ne résiste pas au discrédit de la répétition. Le survoltage émotif conduit tout droit à l'inertie : dans un monde où tous les pays semblent saisis d'un délire à la Jérôme Bosch, où les hommes raffinent en cruauté et en haines fratricides, notre culpabilité est un trajet qui va de la déprime à la lassitude. L'anormal devient une catégorie de la banalité ; ce n'est plus la raison qui bégaye, c'est « la démence qui ratiocine », selon le beau mot de Günter Grass[1].

N'avoir d'autre rapport avec l'autrui lointain qu'à travers l'écran de télévision, la page de journal ou les appels à la charité des organismes internationaux, c'est se détacher d'un peuple qu'on n'a jamais connu, se fatiguer d'un problème qui n'est pas résolu. Paradoxe terrible : *plus la faim s'étend, plus notre indifférence à ses effroyables ravages s'étend aussi.* Les appels pathétiques au réveil, la séduction par l'insulte qui répète la même et insatiable antienne : « Vous êtes tous des assassins », loin de mobiliser, fait bâiller. Reste alors une mauvaise conscience sans force et sans volonté. Vis-à-vis du Tiers-Monde, on est donc passé d'un tragique de l'ignorance à un tragique de ressassement. Passée sous silence, la famine était poignante ; c'est d'être trop connue, trop intégrée dans les mœurs qui la rend aujourd'hui dramatique. Loin qu'existe un quelconque *black-out* sur ces sujets brûlants, il y a pléthore d'enquêtes, de chiffres, de cris d'alarme, nos capacités émotives sont sollicitées en tous sens ; nous souffrons d'un

1. A propos du livre de Nicolas Born, *La Falsification,* Gallimard, 1981.

excès de savoir plutôt que d'une propagande mensongère [1]. Quand la catastrophe devient quotidienne, elle se transforme en fait divers [2].

Le syndrome de Calcutta [3]

Les bonnes intentions

Tout change dès lors qu'au lieu de voir l'indigence à travers le filtre d'une télévision, on la rencontre sur le vif, à l'occasion

1. C'est ce qui rend risible la belle indignation de François Schlosser qui écrit, après avoir cité un rapport de la FAO selon lequel la nutrition réelle de plus de la moitié des habitants du globe se dégrade : « On comprend que ces informations effrayantes ne soient diffusées qu'au compte-gouttes dans les pays riches, sinon complètement étouffées. Car cette détérioration nutritionnelle dont souffre la moitié de l'humanité est proportionnelle à l'accroissement des profits qu'y réalisent les multinationales du florissant business agro-alimentaire » (*Le Nouvel Observateur,* 17 octobre 1981).

2. Peut-on sans risque d'effets encore plus pervers se priver de cette chambre de résonances et d'appels contre l'égoïsme établi que sont les médias ? Non, bien sûr. Mais l'information montre et diffuse toutes les morales possibles. Capable d'introduire en faveur de telle catastrophe un sentiment d'urgence, elle est incapable de faire passer à l'acte. Elle ne justifie ni les craintes ni les espoirs qu'on croit placer en elle. Toute tentative de la manipuler afin de la rendre exemplaire ou bénéfique ne peut qu'être vaine pour les mêmes raisons ; telle est sa grandeur, telles sont ses limites.

3. Apparemment, nous reprenons ici le cliché, usé jusqu'à la corde, de l'Inde misérable et pouilleuse. C'est bien en tant que tel que nous le traitons : Calcutta n'est évidemment pas la seule ville pauvre du Tiers-Monde. Mais, en raison de son histoire propre et du nombre de réfugiés qui s'y installèrent depuis 1942, puis après la guerre indo-pakistanaise de 1971, elle symbolise aux yeux des Occidentaux la capitale absolue du dénuement. Que cette image soit vraie ou fausse n'est pas notre propos : nous la prenons comme telle. Calcutta n'étant qu'une référence, tout ce qui suit s'applique également à des cités aussi diverses que Manille, Djakarta, Séoul, Le Caire, Bogota, Lima, Sao Paulo, etc.

Mais que fait

L'Occident c'est qui ? Numériquement, les populations de l'hémisphère Nord. Politiquement, une série de gouvernements démocratiques ; sociologiquement, les classes moyennes. Mais, dans l'Occident, qui exploite le Tiers-Monde ? Quelques sociétés, disposant d'une puissance quasi régalienne ? Oui sans doute. Mais cela ne donne pas un visage consistant à l'exploiteur : donc nous sommes également coupables. Mais le verdict est énorme. Coupables l'ouvrier comme le patron, le clochard comme le rupin [1] ? Non certes : victimes de leurs bourgeoisies respectives mais aussi complices.

Et le malentendu ne cesse pas qui, par « Occident », n'entend qu'une infime élite de PDG, hauts fonctionnaires, grands responsables, ou au contraire englobe tous les peuples des nations industrielles. On passe ainsi de l'union de tous contre quelques-uns à l'antagonisme de chacun contre chacun. Tantôt on se débarrasse du fardeau sur un bouc émissaire, tantôt on l'assume. Ce qui agace, quand on dit « Occident », c'est l'imprécision du terme, l'absence d'un ennemi tangible. D'un Occident sans visage à un Occident qui a mon visage et dont je suis le vecteur, l'oscillation est éternelle. Le paradoxe, c'est que nous ne sommes qu'un instrument entre les mains

1. C'est la thèse qu'avait voulu accréditer dans les années 60 l'économiste Samir Amin au cours d'une célèbre polémique avec les idéologues du PCF.

d'un voyage en Asie, sous les « tropiques bondés ». Vous étiez parti plein de respect pour ce peuple, vous promettant par avance d'éviter l'attitude méprisante, les relents de hauteur coloniale qui gagnent les touristes blancs dès qu'ils posent le pied sur un sol lointain. A peine arrivé, vous êtes saisi cependant d'un étonnement mêlé de crainte : les rues sont de monstrueuses coulées de piétons, un grouillement vibrionnaire d'individus qui montent et descendent inlassable-

donc l'Occident ?

des multinationales et que pourtant nous sommes tous redevables de leurs pratiques. Chacun déduit sa faute de celle des autres par l'effet d'une mimésis instantanée, puis la communauté se ressoude dans la haine que lui inspirent ses classes dirigeantes. Ou bien les maux dont souffre l'humanité à cause d'« Occident » relèvent d'un responsable unique (les super-sociétés) qu'on nous invite à démanteler, ou bien j'assume cette responsabilité et deviens l'ennemi de moi-même. Tête d'épingle ou marée noire, peau de chagrin ou continent, Occident est le nom de cette *clarté floue*. Il faut laisser le mot dans un vague redoutable afin que la culpabilité circule bien comme dans un organisme irrigué, et que chacun se sente un peu délictueux sans trop savoir de quoi. Cela permet lors d'une catastrophe ou d'un fléau d'interpeller individuellement chaque Occidental pour qu'il se sente concerné. C'est l'index pointé de l'imprécateur contre les tièdes et les indifférents que nous sommes. Et toi, que fais-tu, Occident ?

Notion élastique douée d'une singulière malléabilité : quand j'entends Occident, je peux me dire que ce sont eux là-haut les fautifs, jusqu'à ce qu'un coup de fouet me désigne à mon tour à la vindicte de tous. Occident : c'est l'épithète injurieuse qui fait de nous des criminels sans que nous sachions exactement pourquoi. Vivre dans l'hémisphère Nord est une faute suffisante pour que nous acceptions d'en payer le prix à chaque instant. L'Occident est un personnage kafkaïen.

ment et duquel aucun visage ne se détache plus qu'un autre. Personne ne vous regarde, chacun marche pour soi, comme préoccupé de son salut, et vous vous sentez un spécimen venu d'ailleurs.

Ballotté par un fleuve d'êtres dont aucun ne vous est proche, vous comprenez alors la réaction de cet Anglais au siècle dernier qui n'osait, en Inde, descendre dans la rue de peur de s'y noyer. Ce flot humain qui a ses crues et ses étiages mais ne tarit pas vous confine dans une place réduite, infinitésimale.

Bientôt, l'accoutumance aidant, vous redoutez moins de périr étouffé et vos yeux commencent à remarquer le bariolage des vêtements, la diversité des faciès, les immeubles délabrés que l'humidité fait transpirer. Vous évitez les dépôts d'ordures, vous enjambez les égouts dont le suint se répand à ciel ouvert et, surtout, les innombrables enfants, vieillards, adultes, couchés à même le sol et que le remugle, le bruit, la touffeur n'empêchent pas de dormir à n'importe quelle heure du jour. Vous avancez, décidé à affronter ce flux inlassable, quand un manchot suivi d'une troupe de bambins vous entourent, vous supplient de leur accorder un don. Gêne suprême, ils vous baisent les pieds et vous montrent le ciel, vous promettant sans doute les plus hautes béatitudes en récompense d'un bon geste. On vous avait prévenu : donne à un seul et tu les auras tous sur le dos... Quelle indécence dans ce conseil ! Il y a là devant vous des êtres dont le désarroi est réel, pour qui cette journée pourrait être la dernière. Comment accorder du prix à son bien-être alors que tant d'hommes ne verront peut-être pas le soleil demain ? Ce petit garçon cul-de-jatte, qui avance sur une planche à roulettes en s'aidant de deux fers à repasser qu'il plaque à terre, ce bébé sans mains soutenu par une mère à demi aveugle, ce lépreux qui tend vers vous des doigts rongés, qui pourrait résister à leurs prières, comment ne pas voir l'atroce déchéance dont ils sont les victimes [1] ?

1. « Que celui qui voudrait en rire ou s'irriter prenne garde, comme devant un sacrilège. Ces gestes grotesques, ces démarches grimaçantes, il serait vain de les censurer, criminel de les railler, au lieu d'y voir les symptômes cliniques d'une agonie. Une seule hantise, la faim, inspire des conduites de désespoir ; la même qui chasse les foules des campagnes [...] ; entasse les fuyards dans le cul-de-sac des gares où on les aperçoit du train, la nuit, endormis sur les quais et enroulés dans la cotonnade blanche qui forme aujourd'hui leur vêtement et sera demain leur suaire ; et confère son intensité tragique au regard du mendiant qui croise le vôtre, à travers les

Vous savez que certains parents mutilent volontairement leur progéniture pour mieux apitoyer le passant, mais le recours à de telles extrémités n'est-il pas la preuve d'une situation sans issue ? Bien sûr, cette grappe de suppliants joue un peu trop bien son rôle, ânonnant dans un anglais, un français ou un italien fragile des formules qui semblent autant de litanies. Mais qui, faisant profession de pénurie, n'accentuerait sa détresse pour mieux émouvoir ? D'ailleurs, il ne s'agit ni de jeu ni de feinte : on est là en présence de l'intolérable et l'intolérable se détruit. Vous distribuez donc quelques piécettes à l'un, des cigarettes à l'autre, vous acceptez que le petit cireur de chaussures nettoie vos sandales pourtant propres, et vous repartez, ahuri par l'ampleur du drame, partagé entre la révolte et la terreur. Comment les autochtones plus riches peuvent-ils rester impassibles devant la souffrance de leurs compatriotes ? Certes, votre don n'était qu'une goutte d'eau, mais vous aurez au moins permis à ces squelettes de se vêtir d'un peu de chair. Et vous vous rengorgez discrètement à la pensée de la reconnaissance qu'à l'avenir ces malheureux ne manqueront pas de vous témoigner s'ils vous croisent à nouveau dans la rue. La conscience des terribles problèmes structurels qui affectent ce pays ne vous a pas empêché de céder à la compassion. Et vous vous répétez cette phrase de mère Teresa :

> « On m'a demandé une fois s'il était préférable de donner aux gens qui ont faim du poisson ou des cannes à pêche. Les gens

---

barreaux métalliques du compartiment de première classe placés là — comme le soldat armé accroupi sur le marchepied — pour vous protéger contre cette revendication muette d'un seul, qui pourrait se changer en une hurlante émeute si la compassion du voyageur, plus forte que la prudence, entretenait ces condamnés dans l'espérance d'une aumône » (Claude Lévi-Strauss, *Tristes Tropiques,* Plon, coll. « Terre humaine », 1955, p. 151). Comment ne pas répéter que, de tous les livres écrits sur le Tiers-Monde, aucun n'égale en beauté, en véracité et en justesse ces *Tristes Tropiques* d'une actualité si brûlante qu'on devrait en faire lire des pages entières aux enfants des écoles.

qui viennent à moi sont malades ou mourants. Ils sont si faibles qu'ils ne sont pas en état de tenir une canne. Il faut d'abord leur donner du poisson ; peut-être la canne à pêche viendra-t-elle plus tard[1]. »

L'insoutenable

Hélas, votre joie est immédiatement altérée par l'apparition, quelques centaines de mètres plus loin, de nouveaux mendiants tout aussi pitoyables, qui agitent furieusement leurs moignons, étalent leur patrimoine de plaies et d'ulcères, de nouvelles fillettes d'une quinzaine d'années portant des nourrissons étiques, de nouveaux petits garçons nasillards, à demi nus. Vous surmontez un début d'agacement et donnez à nouveau, et vous énumérez mentalement les causes de cette affliction : le sous-développement, la surpopulation, les dernières guerres contre le voisin, les résidus de l'impérialisme, l'échange inégal, la démission des classes dirigeantes.

Le lendemain, à peine sorti de l'hôtel, vous voici de nouveau le centre d'un ballet de supplications qui réunit les mêmes personnages que la veille, plus d'autres compagnons d'infortune. Les glapissements aigus des mendiants, les dizaines de mains qui vous agrippent vous font remarquer de tous. Vous bafouillez : « Mais enfin je vous ai déjà donné hier. » Tous opinent avec un grand sourire ravi : même s'ils ne comprennent pas votre langue, ils sont persuadés que vous céderez ; ces pauvres hères mangent chaque jour et la roupie donnée hier est volatilisée depuis longtemps. Vous aviez pourtant mis un jean et un tee-shirt usagés pour vous démarquer des « touristes », mais apparemment les locaux ne

1. Interview de mère Teresa à l'occasion de la remise du prix Nobel (*Newsweek*, 18 août 1980).

font pas la différence. Il est vrai que vous êtes d'une corpulence aimable, chaque recoin de votre corps vaut son pesant de viande bien nourrie, ferme, rebondie ; vous pouvez tâter sur votre torse des replis grassouillets, lisses. Excédé, vous fouillez votre poche, repoussez un vieillard dont le front allait toucher vos sandales quand un policier, armé d'un long stick de bambou, et vous voyant importuné par ces bougres, les disperse sans tendresse. Vous êtes atterré : il a frappé des infirmes, des enfants, des femmes, et tout cela pour votre tranquillité de nanti en goguette ! Il a suffi d'un instant pour que vous, militant de gauche, humaniste bon teint, soyez complice d'un acte de répression. Vous insultez le représentant de l'ordre qui vous approuve, car, dans son esprit, vous ne pouvez que le remercier de son geste.

Désemparé, vous vous éloignez à grands pas. Cet épisode a gâché votre humeur : vous commencez à entrevoir l'ampleur du problème. Dès lors, vous guettez avec terreur le moindre mouflet, la moindre forme accroupie qui pourrait vous solliciter. Au crépitement des crécelles que les lépreux agitent pour attirer l'attention, vous vous écartez comme d'une malédiction. Vos yeux, loin d'être sensibles à la multitude fourmillante, aux couleurs des robes, des turbans, des saris, des pyjamas, à l'activité des tailleurs qui piquent à même le trottoir, des marchands de cacahuètes, des presseurs de fruits, des vendeurs de bonbons, des astrologues et diseurs de bonne aventure, ne détectent dans ce bruissement de ruche que dénuement, combines, survie. Tout le paysage respire la même hideuse angoisse. C'est décidé : vous allez réserver un billet de train à la gare centrale pour quitter cette ville au plus tôt.

Vous vous proposiez de flâner un instant à l'ombre de l'immense dôme de style victorien, mais à peine avez-vous franchi l'enceinte de la station qu'il vous semble avoir pénétré dans le cercle sinistre d'on ne sait quel enfer. Il vaut mieux reprendre votre respiration deux fois, car le cocktail qui vous attend ici est plus rude que tout. Le hall de cette gare est un immense dortoir. Ce ne sont pas des petits groupes disséminés dans la foule mais de véritables plates-bandes d'agonisants, couchés à même le ciment, qui surpassent en nombre les voyageurs éventuels. Des êtres sont alignés sous des haillons de sacs et de tissus d'où sortent des mains rongées de gangrène, de scrofules repoussantes. Vous avancez malaisément entre ces gisants comme en terrain marécageux pour atteindre quelque guichet. Les corps sont jetés là comme des marchandises avariées, comme s'ils attendaient pour disparaître avec leur maigreur, leur eczéma, leurs lupus, que la voirie vienne les emporter, et il est impossible de distinguer s'ils dorment ou s'ils sont déjà morts. Nul ne leur prête attention : par moments, avec lenteur, des paupières se soulèvent ; des yeux creux, énormes et vides, autour desquels bourdonnent des mouches, vous dévisagent ; à l'entour, d'autres êtres en proie aux convulsions de la fièvre sont dispersés dans toutes les attitudes de l'effondrement et de la contorsion. Ceux-là sont déjà trop faibles pour mendier. Plus loin, c'est toute une marmaille effondrée à même le sol et qui n'a même plus la force de se relever, c'est une cour des miracles, un amas d'os, de cheveux, de membres minuscules, ratatinés ; c'est une race piétinée, non pas tant vile qu'avilie, esclavagée, et cette marée en lambeaux vous prie, vous appelle, vous retient, mais si doucement que vous les repoussez d'un simple mouvement du pied. Les salles d'attente sont pleines de gens vautrés, terrassés par la fatigue, obsédés par l'idée de dormir pour tromper la faim. Des cafards courent sur le sol sans crainte de cette cargaison humaine qui retient son dernier souffle [1]. Vous

1. « En Europe, la misère a sa profondeur et ses dimensions ou du moins nos méthodes imparfaites de statistiques permettent de la délimiter et de la mesurer. La misère accumulée dans les grands centres urbains de l'Inde est lugubre au-delà de toute description et ses dimensions sont à peu près insaisissables pour l'observateur habitué aux normes de l'Occident » (Tibor Mende, *L'Inde devant l'orage*, Seuil, 1951, p. 69).

restez interdit, vous renoncez à faire deux heures de queue devant un guichet et rebroussez chemin à pas lents, alors que vous aimeriez prendre vos jambes à votre cou.

Dehors, vous vous engouffrez dans un taxi, impatient de retrouver le confort de votre hôtel. Mais un embouteillage immobilise votre véhicule en pleine banlieue. C'est un terrain plat, couvert d'une montagne d'immondices que des nuées d'enfants fouillent, à demi nus. De grands vautours cerclent le ciel, brassent d'un bruit sec l'air puant et plongent parfois, disputant un morceau de nourriture aux bambins. Des vaches efflanquées, au cuir couvert de plaques, broutent les ordures ; derrière les ruminants, un couple de femmes ramasse précieusement à la main leurs maigres bouses qu'elles pétrissent pour en faire du combustible. Dès qu'ils vous aperçoivent, les petits quittent leur tas d'ordures fumantes et viennent frapper au carreau du taxi mendier une *paisa*. Ne donnez pas, ordonne le chauffeur. Vous ne savez que faire et priez discrètement que l'embouteillage se dissipe. Une nuée de menottes vous agrippe, vous saisit au col, bien décidées à ne plus vous lâcher tant que vous n'aurez rien donné. Vous voyez votre chemise blanche se couvrir de traînées noirâtres. Cette petite meute serait moins redoutable si, derrière chacun de ces visages émaciés, deux yeux guetteurs n'étaient plantés. Toutes ces consciences vous digèrent, vous étiquettent, laissent traîner un regard méprisant ou hostile. Le taxi repart enfin. Mais certains enfants se sont accrochés au pare-brise, au toit, aux portières, et à la laideur de la situation se rajoute cette épreuve supplémentaire : il faut se débarrasser des gosses. Le taxi accélère, puis freine brutalement. Déstabilisés, les enfants lâchent leur prise et tombent sur la chaussée. Vous fermez les yeux, vous vous dégoûtez, vous avez, en quelques minutes, commis des forfaitures dont vous croyiez seuls capables les racistes les plus abjects. Quand vous les rouvrez, c'est pour voir, le long d'une artère centrale, des réfugiés du Bengale oriental s'entasser par milliers dans des tuyaux de canalisation où ils vivent depuis plus de huit ans, à même le sol, sans eau ni latrines, inondés par des torrents de boue à chaque mousson, terrassés par la chaleur le reste du temps. A travers la poussière tourbillonnante et les décharges de détritus, la ville entière vous apparaît ruinée, ramenée au chaos dégradant d'où elle est sortie, sans rien de cette patine, de cette dignité que les siècles confèrent aux plus humbles constructions.

Vous vous réfugiez dans votre chambre d'hôtel et vous vous versez un verre de whisky bien tassé, armé d'une « note de frais d'indignation[1] », prêt à discourir pendant des années sur la lamentable situation sociale du Bengale, à crier au scandale, à formuler le vœu qu'enfin les autorités compétentes...

Là-bas, en France, au même instant où vous arrosiez vos plantes ou sirotiez un café, la télévision vous montrait des enfants déchiquetés par des mines, des opposants politiques torturés, des réfugiés s'entassant sur des jonques, sombrant corps et biens, victimes d'une tempête ou des pirates qui les coulaient après les avoir rançonnés. Vous pouviez croire à une fiction et il suffisait de tourner un bouton pour que les scènes de cauchemar cessent. Mais ici, la misère imprègne les murs, l'air qu'on respire, l'horizon qu'on embrasse, elle forme la substance même de la cité. Les hôtels les plus luxueux, les villas les mieux gardées sont des citadelles en sursis que cernent la pouillerie et le malheur. Et, à chaque instant, vous vous attendez à voir la porte de votre chambre livrer passage à une théorie d'éclopés, de gueux faméliques, de femmes miteuses, prête à occuper l'espace que votre prospérité vous arroge indûment...

1. « Ce dont tu disposes, ce ne sont que quelques attitudes d'indignation soigneusement apprises, bien à l'abri. A mettre au compte des frais. Tu pourrais même dire que tu disposes d'une note de frais d'indignation » (Nicolas Born, *La Falsification*, *op. cit.*, p. 160).

Les intermittences du cœur

Le lendemain, votre effroi s'est calmé. Et, lentement, s'opère une métamorphose. Vous pourriez rentrer en Europe mais vous vous refusez à cette démission. Il doit y avoir une issue : vous souffrez sans doute d'un surcroît d'émotivité. Sachant que chaque jour vous risquez le même face-à-face long, têtu, inexorable avec l'horreur, vous élaborez une construction ingénieuse destinée à vous protéger du choc de cette humanité rampante. Vous convoquez alors à votre chevet un autre vous-même, un double chargé d'apaiser votre conscience et de suturer les plaies. Et ce double vous fournit tranquillement mille justifications qui se réfutent les unes les autres et dont la mauvaise foi préserve votre intégrité.

1. Ces gens-là n'ont qu'à travailler, ce sont des fainéants : tout est à faire dans ce pays.

2. Ce serait insulter leur dignité que de les rétribuer, leur rendre un mauvais service, en fait, les humilier.

3. La charité sacrifie l'avenir au présent : elle reconduit une situation sans issue et freine l'application de réformes soutenues qui créeraient un monde où l'homme serait un ami pour l'homme.

4. Mon aumône ne serait qu'un sursis dans cet océan d'indigence ; d'ailleurs, la vraie charité n'est pas comblée par le don. Ce serait me donner bonne conscience à peu de frais que de leur offrir mes largesses.

5. Ils n'ont jamais connu que la disette, ils y sont mieux habitués que nous. Il ne faut pas les accoutumer au luxe qui, après notre départ, les laisserait dans un état de manque encore plus grave.

6. On ne peut se substituer à leur société, ce serait offenser

gravement leur sens de l'indépendance nationale. Si les élites locales ne font rien, c'est qu'elles ont de bonnes raisons.

7. Puisque l'autre souffre sans moi, pourquoi souffrir à sa place ?

Et enfin, *last but not least* :

8. Ils n'ont qu'à faire la révolution ; moi, à leur place...

Au fond, votre tort n'est pas d'être riche, mais de donner tous les signes extérieurs de l'aisance sans avoir la mentalité féodale qui devrait s'ensuivre. Votre tort est de ne pas croire à la théorie de la prédestination et de l'inégalité naturelle qui est celle des castes et des classes supérieures en Inde.

Dès lors, armé de ces certitudes, vous traversez les groupes de mendiants comme autant de nuages déplaisants et vous vous pincez le nez pour ne pas suffoquer. Vous êtes loin d'être complètement endurci : il vous arrive, au moins une fois par jour, de faire l'aumône ; à une petite fille dont les grands yeux noirs, le visage bien tourné vous ont ému, à un lépreux dont l'humilité, la discrétion vous a changé de ses confrères exigeants et braillards. Vos caprices vous étonnent ; vous vous irritez de donner, vous vous irritez de ne pas donner. Vous vous étiez promis d'être ferme ; un engouement passager vous conduit soudain à accorder quelques roupies à l'un ou à l'autre. Et quand de nouveaux morpions vous implorent, vous les chassez. Pourquoi à celui-ci plutôt qu'à un autre ? Et si je devais donner à tous, je n'en aurais jamais fini. Cette indigence continuelle lasse, on s'impatiente d'avoir à témoigner une compassion sans fin. La pitié veut qu'on la distraie, veut se distraire.

Mais ces misérables à l'estomac vide, ces fillettes qui se vendent pour une galette de blé, ne l'entendent pas de cette oreille ; ils se moquent de vos théories. Ils en sont à ce point de défaite où l'idée même de révolte n'a plus de sens. Ils veulent un secours immédiat, ils ne revendiquent même pas le droit de vivre mais celui de ne pas mourir tout de suite. Chacun semble protester : pourquoi est-ce moi qui meurs de faim ? Car ceux-là seront sacrifiés, ceux-là mourront dans l'étonnement, la colère. Subie comme un malheur, la faim est vécue comme un crime par celui qui la ressent. Seul un dépouillement absolu pourrait retenir ces déshérités un moment sur la pente. Seuls des hommes assoiffés de dévouement seraient capables de se dessaisir de leur vie pour secourir ceux qui souffrent. Et comment ne pas regarder avec admiration ces missionnaires qui ont décidé de ne vivre que pour l'autre, c'est-à-dire de ne plus vivre du tout ? Comment ne pas se réjouir de ce don total de soi tout en regrettant de ne pouvoir le partager ? Car vous n'êtes pas un héros ni un saint et, pour reprendre un mot de Pascal, chacun des ordres a ses exigences absolues.

Entre ces misérables et vous-même, il n'y a pas d'antagonisme : mais un fossé si profond qu'il interdit toute espèce de relation humaine, fût-ce celle de la rébellion. Il y a bien longtemps que toute envie de s'insurger s'est perdue. Ils ne cherchent même plus à grignoter d'un cran l'impitoyable échelle sociale de l'Inde : ce sont des épaves qui sombrent et s'agrippent une dernière fois avant de couler. Cette mendicité est un système qui dégrade tout : et le quémandeur, et le donneur. Donnez et ce ne sera jamais assez, ne donnez rien et vous confirmez une avarice sordide. *Que nous soyons en vie alors qu'eux agonisent fait de nous des coupables.* Quoi que l'on fasse, ce sera toujours trop peu. Cette piécette que l'on glisse furtivement dans une sébile ne soulage pas un besoin : elle fait deux honteux. A tout instant, on se laisse contaminer, on devient complice de cet affreux abaissement : refusez-vous de prendre un *rickshaw* ? (Calcutta est l'une des dernières villes au monde où existent encore des moyens de transport à traction humaine.) C'est priver le coolie d'un repas. Utilisez-le : et cet individu frêle, dont l'espérance de vie ne dépasse pas la trentaine, s'exténuera à vous véhiculer, se retrouvera en nage, essoufflé, pour quelques roupies. Dans les deux cas, vous aurez contribué à perpétuer le malheur ; dans l'abstention ou dans l'engagement, la misère vous prend au piège : car démultipliée par la démographie, elle se perd ici aux frontières inexplorées du fantastique et de l'incroyable ; sous quelque angle qu'on la considère, c'est, en permanence, un monument d'avilissement de l'homme par l'homme[1].

La désintégration de la personne humaine est poussée, sous ces tropiques, à un point inimaginable. Le pire est toujours sûr ; au-dessous des lépreux, des déments, des enfants atrophiés, il existe des dimensions encore plus hallucinantes de disgrâce : des squelettes vêtus d'un pagne qui se traînent à terre, des monstres estropiés qui rongent les racines, remâchent les crachats des autres, rampent dans les immondices, roulent dans la fange. Plus ces individus sont misérables, plus ils vous semblent méprisables. Sont-ils vraiment des êtres humains ? Ou bien seulement une espèce de matière brune indifférenciée qui sort de terre, sue, mendie et replonge dans la glèbe sans que nul ne les remarque ? Vos réactions face à la « vermine indigène » sont celles de vos pères que vous aviez tant fustigés. Ces corps torturés par les modalités les plus élémentaires de la peur, de la souffrance et de la faim finissent par vous laisser froid. D'abord honteux de vos privilèges, vous évoluez désormais comme n'importe quel colonial de l'ancien temps : la belle façade de progressiste édifiée avec minutie, des années durant, s'est écroulée en quarante-huit heures[2].

1. « La compassion et la pitié n'étaient pas de mise ; elles n'étaient que des raffinements de l'espoir. C'est de la peur que je ressentais. C'est le mépris contre lequel je devais lutter », écrit V. S. Naipaul, à propos de ses réactions devant la misère indienne (*L'Inde sans espoir,* Gallimard, 1968, p. 46).

2. Évoquant la famine qui frappa Calcutta en 1942 à la suite du blocus de l'Assam et du Bengale oriental par les troupes anglaises, destiné à contrer l'avance japonaise, l'indianiste Alain Daniélou rapporte : « Dans la ville, les Européens bien nourris — il n'y eut jamais pour eux de rationnement — enjambaient avec dégoût ces épaves squelettiques de femmes, d'enfants, d'hommes pour se rendre au club ou aux dîners officiels » (*Le Chemin du labyrinthe,* Laffont, 1981).

Le malheur invisible

Dès lors, vous mettez toutes ces mauvaises choses entre parenthèses, vous vous rendez extérieur au monde. Cette longue saison en épouvante qui vous mène aux confins d'un univers sinistré débouche sur une partition psychologique : vous avez cessé de voir les pauvres. L'œil gauche voit des haillons, des moignons, des chancres, des coolies aux côtes apparentes, l'œil droit efface ces images et ne voit que des pousse-pousse, des temples, des couleurs, des sourires. Comme dans ce conte d'Edgar Poe où un officier de police recherche une lettre qui est en permanence sous ses yeux, et que pourtant son regard ne rencontre jamais, vous éprouvez l'invisibilité du visible qui vous permet de constamment voir sans regarder. Le macabre est si proche qu'il se dissimule sous l'éclat de son évidence et devient un détail du paysage. Et la proximité de ces martyrs conditionne votre oubli. Face à ces abysses, il n'y a qu'une solution : partir ou s'absenter[1]. Auriez-vous changé ? Non, mais vous savez qu'il est dans ce pays toute une catégorie de la population avec laquelle vous n'aurez pas de contacts. Vous pourrez invoquer le peuple comme une catégorie abstraite, un réservoir de révoltes, mais là vos convictions ne vous sont d'aucun secours. Vous étiez communiste, socialiste, ou, simplement, démocrate : vous le demeurez pourtant ; mais ces catégories ne s'appliquent pas au pays où vous êtes. En Inde, vivez pauvrement, vous avait-

1. « J'en étais venu à me séparer de ce que je voyais, à dissocier l'agréable du déplaisant [...] j'avais appris aussi que la fuite est toujours possible, que dans chaque ville indienne il y a un coin où règnent un ordre et une propreté relatifs dans lequel on peut se ressaisir, retrouver le respect de soi-même » (V. S. Naipaul, *op. cit.*, p. 47).

on recommandé. Mais selon quelle pauvreté ? Celle de la petite bourgeoisie, des ruraux ou des parias ? Ici l'écart est si vaste dans le dénuement que tout choix de pauvreté est encore une option luxueuse : il vous aurait fallu plonger dans la misère, vivre dans un *slum*[1] pour en épouser tout le cauchemar.

Avec ces hommes, vous manquez à la solidarité : autant l'avouer, vous êtes plus à l'aise avec le plus odieux des Européens ou des bourgeois locaux qu'avec le plus démuni des autochtones. En privé ou avec d'autres touristes, vous pourrez vous livrer à une débauche de démagogie verbale ; mais, face à un mendiant, la rhétorique agonise. Et vous n'avez plus le choix qu'entre le malaise de la fuite et le malaise de l'aumône (et non pas entre l'égoïsme et la générosité). Dans tous les cas, vous serez contraint de biaiser : la disproportion est si grande entre leur condition et la vôtre que, pour rester, quelle que soit votre bonne volonté, il vous faudra ignorer ces appels à l'aide, empêcher même qu'ils frappent votre tympan, impressionnent votre rétine. Vous devrez omettre provisoirement que vous êtes de gauche parce que les paradigmes qui soudent cette famille politique ne s'accommodent pas de la situation présente. Les relations inégales existaient avant votre arrivée et ce sont elles qui déterminent *a priori* votre place et celle de l'indigène. De ce monde, fatalement, vous ne pourrez qu'être exclu. Vous pourrez faire preuve de mansuétude, aider une personne en difficulté, ne pas piétiner sauvagement les moribonds, ne pas bousculer les grappes humaines qui s'agglutinent à vous, défaire délicatement les mains décharnées qui agripperont votre vêtement, mais, de toutes les manières, vous n'éviterez pas l'escamotage, l'indispensable tour de passe-passe qui préside à votre adaptation.

1. On lira à ce propos l'excellente relation de voyage effectué dans un *slum* de Calcutta par J.-C. Guillebaud, *Un voyage vers l'Asie,* Seuil, 1979.

Sans doute n'être pas seul coupable peut rassurer, mais n'absout pas. L'ordure salit tout ce qu'elle touche : elle contraint une partie de l'humanité à vivre dans des conditions dégradantes, et habitue le reste des hommes à côtoyer cette infamie sans plus s'en soucier. Elle produit l'horreur et immunise contre l'horreur. Comment pouvez-vous être heureux alors que tous souffrent alentour ? Grâce à la schizophrénie qui esquive le mal : un écran s'interpose entre vos perceptions et votre esprit, un filtre arrête les images lugubres. Le rideau est tombé pour toujours et, s'il se rentrouvre parfois, sous les rafales d'un misérabilisme éphémère, c'est pour mieux vérifier qu'il est fermé. Désormais, vous voguerez entre les loques, enjamberez ces abcès humains, côtoierez ossuaires et déchets sans que cela trouble votre humeur ou coupe votre appétit. Et votre assomption de vous-même dans le blâme, vos épanchements aléatoires envers tel ou tel deviendront alors la condition même de votre passivité : il est des lieux du globe où votre humanité n'a pas sa place.

Le roman des origines

Pourquoi ne voyage-t-on pas ? Pourquoi tant d'entre nous se refusent-ils à partir outre-mer, à franchir les frontières de l'Europe ? Par crainte de vérifier un obscur pressentiment. Car la haine qui peut nous saisir en Inde, en Afrique du Nord, au Moyen-Orient ou en Amérique latine devant les cloaques de boue et d'insalubrité que sont les grandes villes de ces pays, cette haine s'adresse en priorité à nos origines occultées. Nous sommes, en Europe, les enfants gâtés d'une croissance qui a coûté d'effroyables souffrances aux peuples qui la composent, nous sommes les héritiers d'une histoire de sueur et de sang dont nous ne voyons, aujourd'hui, que les fleurs, mais qui a poussé sur les charniers. L'Occident, il y a peu, n'était lui aussi que cette vaste aire d'épandage où grouillaient miséreux et cloportes, tandis qu'une minorité de riches étalait un luxe insolent (n'oublions pas que la faim a frappé en Europe jusqu'en 1955, pour l'Ouest, et jusqu'au milieu des années 60 à l'Est). La visite de telle cité orientale ou nord-africaine restitue d'un coup une dimension fondamentale que nous avions oubliée : celle du rouleau compresseur que fut le développement du capitalisme. Ces vagabonds, ces serfs, ces fous et assimilés, dont Karl Marx, dans les premiers livres du *Capital,* a décrit le déracinement dès le XVIIIe siècle, ce peuple dépossédé, arraché à l'éthique familiale, aux vieilles solidarités rurales, c'est bien le cadre dans lequel nos sociétés industrielles se sont déployées. C'est une exploitation atroce, une oppression sans frein qui ont permis notre aisance actuelle. *Nous descendons de si peu, tel est notre dégoût.*

Ainsi, dans la prolifération des bidonvilles du Tiers-Monde, nous lisons le filigrane de notre histoire. Arpentant les rues de Dacca, de Bombay, de Djakarta, de Manille, de Marrakech, de Bogota, on contemple à ciel ouvert les racines de notre civilisation, on parcourt sur le vif un roman de Hugo, de Dickens ou de Zola dont les personnages se seraient mis soudain à proliférer en chair et en os pour notre plus grande terreur. Toute la littérature du XIXe siècle, qui n'est qu'un long commentaire sur la dégradation de millions d'individus résultant des stades initiaux du développement industriel, retrouve ici son actualité. Ces implorants chassés de leurs villages, ces sous-prolétaires taillables et corvéables à merci, pourraient être nos aïeux, épuisant leur souffle dans quelque mine insalubre, se tuant à la tâche pour un salaire risible. Votre Occident radieux a pour socle un cauchemar et pour base une hécatombe : voilà ce que nous soufflent les indigents du Tiers-Monde. A travers cette dévalorisation de l'homme par l'homme, notre culture se montre du doigt par le biais d'un masque exotique : image de notre genèse et du gouffre où nous pourrions retomber si, par quelque infortune, notre opulence venait à disparaître. Plus jamais ça, s'écrie le voyageur. Car il a besoin d'amnésie ; et l'oubli est pour lui un moyen de fabriquer de la candeur dans un univers saturé de reproches ; c'est à ce prix seulement qu'il deviendra journaliste, homme d'affaires, militant politique, orientaliste, globe-trotter touriste, c'est-à-dire professionnel du regard sélectif.

De l'homme accusé à l'homme disculpé

« Votre prospérité dans le monde aujourd'hui fait autant de bruit qu'un désastre[1]. »

Actuellement, on le sait, les inégalités entre pays industriels et pays en voie de développement dépassent de loin celles qui prévalaient aux moments les plus critiques de la colonisation officielle. Profitant à plein de la période de croissance euphorique des années 50 et 60, les pays de l'OCDE ont accédé à une opulence jusque-là inconnue de la majorité de ses habitants. Bien qu'interdépendantes, les économies des deux hémisphères, déjà en relations asymétriques, ont été considérablement éloignées par les deux chocs pétroliers de la décennie 70, l'écart s'accroissant de manière alarmante[2].

1. Paul Claudel, à propos de l'Amérique (1930).
2. « Avec ses 700 millions d'habitants, le Nord a créé globalement une richesse en PNB de 40000 milliards de francs environ en 1980. Le Sud, avec ses 2 milliards d'êtres, s'est contenté d'un enrichissement évalué à 7000 milliards FF (OPEP, Chine et pays du Comecon exceptés) » (Henri Lauret, *Le Matin*, 22 octobre 1981). Ajoutons que la dette extérieure des PVD atteint 600 milliards de dollars dus pour partie aux banques privées et pour le reste aux États et aux institutions financières internationales.

André Gide,

En 1926, André Gide, enquêtant sur les méfaits commis par les compagnies minières au Congo, écrit : « Il ne me suffit pas de me dire, comme on l'a fait souvent, que les indigènes étaient plus malheureux encore avant l'occupation des Français. Nous avons assumé des responsabilités envers eux auxquelles nous n'avons pas le droit de nous soustraire. Désormais, une immense plainte m'habite ; je sais des choses dont je ne puis pas prendre mon parti. Quel démon m'a poussé en Afrique ? Qu'allais-je donc chercher dans ce pays ? J'étais tranquille. A présent, je sais, je dois parler[1]. »

Autrefois la vérité surgissait sur le mode de la révélation ; André Gide au Congo, Albert Londres au bagne de Cayenne, Vidal-Naquet et Jean-Jacques Servan-Schreiber en Algérie, tous passaient dans la coulisse, de l'autre côté du décor, pour connaître enfin ce qui s'y cachait, cela fût-il affreux. C'est cet « affreux » qu'ils mettaient chaque fois en lumière et qui suscitait l'indignation de leurs lecteurs.

Aujourd'hui, gavés d'horreurs et d'images repoussantes par le bombardement médiatique, notre capacité d'étonnement s'est émoussée. Il existe désormais, grâce aux moyens de communication, une coprésence du monde à lui-même qui fait que chaque homme éprouve le choc d'événements qui ont lieu

1. *Voyage au Congo*, Gallimard, coll. « Idées », p. 102-103.

Dans l'hypothèse extrêmement optimiste d'un taux de croissance supérieur à celui des pays développés, il faudrait au Tiers-Monde, calculait un économiste en 1971, deux cent soixante-dix ans pour que s'effectue un rattrapage[1]. Autant dire que le fossé paraît irrémédiable. C'est, paradoxalement, parce que l'Occident a décollé du peloton des autres nations

1. Paul Bairoch, *Le Tiers-Monde dans l'impasse*, Gallimard, coll. « Idées », 1971, p. 249.

le Congo colonial et les médias

de l'autre côté du globe : les voix portent aussitôt, quitte à s'éteindre tout de suite. Accoutumés à prévoir le pire (surtout depuis le génocide cambodgien), toujours prêts à maximaliser par crainte de sous-estimer, nous cumulons (du moins dans les pays démocratiques) une vision malheureuse de la vie publique avec un engorgement de désastres et de malheurs. Trop de souffrances, de crimes exposés finissent par nous engourdir.

Sans doute l'expérience du soupçon persistera-t-elle longtemps à régir notre rapport au monde : car les tyrannies continuent à vivre de mensonges, de mots détournés de leur sens ou qui n'ont plus de sens à force d'avoir trop servi. Aussi vivons-nous la coexistence de l'imposture totalitaire et de l'hystérie médiatique. Ici des régimes survivent grâce à la désinformation systématique ; là l'indifférence jaillit d'une sollicitation incessante et brouillonne. De là peut-être un double enjeu pour une éthique journalistique : dévoiler sans grossir, dire la vérité sans noyer l'auditeur sous la catastrophe, retrouver cette vertu de tout reportage percutant : la sobriété. Toujours l'honnêteté sera préférable à la dissimulation : mais, quand elle se conjugue avec la nuance, elle a un pouvoir d'éveil et de scandale plus fort que l'appel aux tripes, l'exploitation du sentiment, la surenchère émotionnelle.

que nous supportons mal ce décalage. Nous avons le sentiment d'avoir trahi le pacte de pauvreté qui régissait toutes les grandes civilisations jusqu'au XVIIIe siècle et qui ne montrait pas de différence de niveau de vie notable entre la France de Louis XIV, l'Angleterre de Guillaume II, la Prusse de Frédéric Ier d'une part, et l'Inde d'Aurangzeb et la Chine de Kiang Hi de l'autre. Pour la première fois, quelque chose est venu d'une façon offensive disloquer l'équilibre de la rareté. L'Occident a cassé les règles du jeu et a mis toutes les autres sociétés devant un choix impossible et pourtant inévitable : ou être dominées économiquement, ou rentrer elles-mêmes dans le cycle de l'industrialisation.

Depuis que le monde a bougé en Europe, toutes les civilisations constantes ont été ébranlées en profondeur et se sont vues contraintes de se redéfinir par rapport à elle. Libérant le djinn de la bouteille, imposant à tous sa frénésie développementaliste, l'Occident a mis les arts de vivre en crise ; mais, plus encore que la raison technicienne, il a inventé cette notion redoutable entre toutes, *la modernité*. C'est elle le véritable pouvoir de dissolution obéissant à une logique qui n'est pas celle de l'impérialisme mais du défi. La modernité est une sommation qui ne peut laisser personne indifférent ; elle n'est pas liée à la possession d'un bien mais à une idée, à une expérimentation continuelle. C'est une évaluation qui départage les hommes en « arriérés » et en « évolués », un code insubversible qui se soucie peu de ses contenus parce qu'il en investit toujours de nouveaux, au fur et à mesure que ceux de l'heure présente se popularisent. D'où la disproportion des stratégies, d'où cette ironique injonction faite aux autres cultures : celle de combattre l'Occident avec ses propres armes.

Accédant à une relative abondance — et ce, pour toutes les classes —, les générations occidentales de l'après-guerre ont éprouvé honte et fierté. Cette affluence fut un miracle, mais un miracle scandaleux puisqu'il plaça le Tiers-Monde à notre traîne. Ainsi naquit la fortune dans le malaise. Même si le lien n'est pas évident entre notre richesse et leur pauvreté, même si les économistes argumentent encore pour savoir si le décollage de l'Europe tient à ses ressources propres ou au pillage des pays colonisés[1], il n'en reste pas moins que la

1. Voir Paul Bairoch, *op. cit.*, Jean Labbens, *Sociologie de la pauvreté*, Gallimard, coll. « Idées », p. 265 *sq.*, Raymond Aron, *Plaidoyer pour l'Europe décadente*, Laffont, 1977, p. 273 *sq.*, et Carlos Rangel, *Le Tiers-*

présence de millions de déshérités à nos frontières n'est pas sans susciter, même chez les plus endurcis, un certain trouble. Nous appartenons à cette fraction de l'humanité située dans les zones tempérées qui, pendant près d'un siècle, a disposé, pour son profit quasi exclusif et grâce à sa technologie, des ressources minérales et agricoles d'un monde inexploité. Nous nous sentons d'autant plus persécutés par notre richesse que celle-ci nous éloigne des autres hommes qui en sont dénués [1]. Envers les vaincus de l'équateur ou des tropiques, nous sommes tous, bourgeois, employés, prolétaires, à un certain degré, des florissants, des favorisés.

D'autre part, la rapidité de l'information, la mondialisation instantanée des événements à travers les médias, ont développé chez l'homme actuel une conscience catastrophiste du monde ; sans doute n'y a-t-il ni plus ni moins de chaos, de massacres, de famines et de désordres que durant les siècles derniers, et les génocides ne sont pas un apanage de notre temps. Mais le fait de le savoir et d'habiter un univers « plus présent à lui-même dans toutes ses parties qu'il ne le fut jamais [2] » nous prive d'une totale insouciance. Obligés de

---

Monde et l'Occident, Laffont, 1982, pour la première école, Pierre Jalée, Jean Suret-Canale et Samir Amin, pour la seconde. Par exemple, la Grande-Bretagne doit-elle aux richesses drainées du sous-continent indien dès le milieu du XVIIIe siècle les ressources qui permirent son démarrage industriel ? Même si la concomitance est certaine, ce type de question reste vain. Comme l'a très bien montré Jacques Berque, le vrai traumatisme colonial « est d'un autre ordre, et par l'ampleur, et par la qualité » (*Dépossession du monde,* Seuil, 1964, p. 103 *sq.*).

1. « Notre temps ne tolère qu'une seule espèce de riches, ceux qui sont honteux de leur richesse. Si l'on entend dire de quelqu'un qu'il est très riche, on est pris immédiatement d'un sentiment analogue à celui qu'on éprouve en face d'une maladie répugnante qui fait enfler le corps, l'hydropisie ou l'excès d'embonpoint : il faut se souvenir brutalement de son humanité pour pouvoir fréquenter ce riche de façon qu'il ne s'aperçoive pas de notre sentiment de dégoût », notait déjà Nietzsche dans *le Voyageur et son ombre,* Gonthier, coll. « Médiations », 1975, p. 121.

2. Maurice Merleau-Ponty, *Signes,* Gallimard, 1960, p. 47.

vivre en contemporains du malheur des autres, notre bonheur nous semble soudain moins assuré, notre environnement plus fragile. Les épurations, les maladies, les incarcérations arbitraires, les réfugiés par centaines de milliers réduisent au niveau lilliputien les tracas qui accablent nos propres pays, d'autant que le Sud, abritant près de trois milliards d'hommes, multiplie le coefficient numérique des injustices commises et leur donne des proportions gigantesques. Bref, le contact rendu aisé grâce aux moyens de communication engendre surprise et angoisse : l'entremêlement des hémisphères, en permettant de comparer, donne la mesure du gouffre ; la misère du Tiers-Monde n'est scandaleuse qu'en fonction de notre bien-être. Et le déshérité ne peut se penser tel qu'en fonction d'un plus fortuné que lui. Dès lors, le seul fait de jouir d'une fortune relative fait de nous les obligés des plus défavorisés.

L'univers de la déduction infaillible

Mais pour les prophètes de la mauvaise conscience, pour les infatigables semeurs du mécontentement de soi, ce trouble ne suffit pas. Il leur faut encore nous rendre responsables de tout ce qui va mal. L'astuce est la suivante : à travers les médias, ils nous confrontent à la totalité du malheur humain, en face de quoi le moindre geste de générosité prend allure d'aumône pitoyable.

De là, leur recours incessant, maniaque, à leur arme favorite : la statistique, véritable bras séculier de la faute, massue arithmétique sans faille ; on nous assomme avec des chiffres si monstrueux, des quantités de douleur si énormes qu'à peine devrions-nous, après cela, oser respirer. La souffrance du monde, grand travelling panoramique, vient frapper à notre porte ; tout est rabaissé au regard d'une somme d'afflictions face à laquelle notre existence fait figure d'obscénité. Qu'on en juge :

« En Inde, une personne meurt de tuberculose chaque minute[1]. »

« Un Français consomme autant d'énergie que 46 Nigérians, 20 Indonésiens, 10 Équatoriens, 6 Algériens, 3 Iraniens[2]. »

« Les habitants des pays riches, forts de leur pouvoir d'achat, donnent quasiment autant de céréales à leurs animaux que n'en consomment tous les habitants du Tiers-Monde (Chine exclue)[3]. »

« Les paysans sans terre du Tiers-Monde [...] parce qu'ils ont un pouvoir d'achat inférieur à celui d'une vache normande, d'un porc breton ou d'un petit chat parisien sont moins bien nourris[4]. »

« Un peu partout dans le monde, la raison est bafouée en même temps que la fraternité et la dignité humaine. Étroitement perçus, les intérêts du groupe l'emportent sur l'intérêt général, semant ainsi les germes de sanglants affrontements, condamnant un milliard d'êtres humains à vivre, si l'on peut dire, pendant un an avec le prix que certains nantis consacrent à leur week-end[5]. »

« Le prix d'une nuit d'hôtel à Cancun (Mexique) pour touristes du Nord équivaut à deux ans de revenu d'un habitant moyen du Bangladesh[6]. »

1. Antenne 2, journal de 20 heures (14 octobre 1980).
2. Jean-Yves Carfantan et Charles Condamines, *Qui a peur du tiers monde ?*, Seuil, coll. « Points-Politique », 1980, p. 42.
3. *Ici mieux se nourrir, là-bas vaincre la faim*, plaquette éditée conjointement par Frères des hommes et Terre des hommes, juin 1981.
4. *Id.*
5. Claude Julien, *Le Monde diplomatique*, octobre 1974.
6. Francis Pisani et Gérard Viratelle, *Le Monde*, 25-26 octobre 1981.

> « Dans un *feed-lot* californien, 100 000 bovins à l'engrais consomment chaque jour 850 000 kilos de maïs, qui suffiraient à nourrir 1,7 million d'Est-Africains, presque un tiers de la population de Zambie[1]. »
>
> « Quand je mange un steak de 200 grammes, j'aurais pu nourrir 30 personnes avec les protéines qui ont servi à nourrir l'animal[2]. »
>
> « S'il vous faut six heures pour lire ce livre, lorsque vous aurez tourné la dernière page, 2 500 personnes seront mortes de faim ou d'une maladie due à la malnutrition quelque part dans le monde[3]. »

Bref, qu'est-ce que notre opulence ?

> « Une espèce de nazisme économique créé pour une race supérieure de possédants régnant sur une masse de sous-alimentés[4]. »

Comment, après cela, ne pas se prendre pour des monstres, ne pas se laisser terrasser par la honte[5] ?

Peu importe, bien sûr, que ces comparaisons soient fallacieuses parce qu'on y néglige toujours le niveau d'industrialisation qui, seul, explique les gigantesques différences de consommation : lorsque les conditions d'existence diffèrent radicalement, les précisions chiffrées perdent toute validité et ne gardent d'autre fonction que de nourrir réquisitoires et

1. *Ici mieux se nourrir, là-bas vaincre la faim, op. cit.* Chiffres repris par Jean Ziegler dans *le Monde diplomatique* de novembre 1981.
2. Joël de Rosnay, interview dans *Ici mieux se nourrir…, op. cit.*
3. Susan Georges, introduction à *Comment meurt l'autre moitié du monde,* Laffont, 1976. Ce livre constitue par ailleurs l'une des meilleures et des plus intelligentes contributions au problème de la faim.
4. Maurice Lelong, *Témoignage chrétien,* mars 1966.
5. « Comment acceptons-nous de nous endormir paisiblement devant cette effroyable montée des misères ? » (René Dumont, « Problèmes de la faim dans le monde », *Le Monde diplomatique,* juillet 1967).

plaidoyers. Inutile de montrer également l'impuissance de ces surenchères quantitatives : le trop est l'ennemi du juste et on touche là à la duplicité du maximalisme ; l'excès du chiffre devient la règle et les harangues indignées rejoignent, avec leurs millions d'agonisants, les comptabilités dérisoires du livre des records où le nombre des affamés voisine avec les tonnes de saucisses, le baiser le plus long, la plus haute coiffure, etc. Ces statistiques se veulent des encyclopédies de l'adversité, des containers d'angoisse [1], des sentinelles diligentes chargées d'un message et d'un seul : nous sommes des parasites, des cannibales [2].

Bref, on place l'humanité souffrante sur un plateau de la balance ; en regard de quoi l'autre plateau, le Nord, paraît ne rien valoir. On insère notre vie dans une entité numérique pour mieux la ridiculiser. Le raisonnement de nos chapitreux tiers-mondistes est le suivant : moins ce malheur est le mien, plus je dois m'en sentir responsable. On échafaude une formidable reconstruction rationnelle, si échevelée soit-elle, pour rétablir une causalité, même secondaire, même lointaine, entre moi et ce malheur. On fournit des explications de très haute technicité pour démontrer que, finalement, « c'est encore le vieux continent qui tire les ficelles [3] ». *On rentre alors dans l'univers du roman noir, de la déduction infaillible qui apparente les problèmes de la faim à une enquête policière :*

1. C'est rarement une accumulation d'horreurs qui émeut, touche ou incite à l'action ; souvenons-nous pendant la guerre du Vietnam, une seule photo, celle d'une fillette vietnamienne dévêtue, courant sous un bombardement, éperdue de douleur (Huyng Cong-ut, 1972), a causé plus de dégâts dans l'opinion publique américaine que tous les reportages antérieurs des chaînes de télévision.

2. « Notre surbouffe de viande, notre cannibalisme fait que notre bétail consomme le tiers des céréales [produites pour nourrir l'humanité] en plus des dizaines de millions de tonnes de tourteaux [...], toutes denrées directement consommables par l'homme » (René Dumont, *Tricontinental*, numéro spécial « Famine et pénurie », Maspero, 1982, p. 96).

3. Vincent Leclercq, in *Ici mieux se nourrir..., op. cit.*

« Qui est responsable de ces hécatombes qui remplissent quotidiennement les charniers du tiers monde ? Est-ce la fatalité ? Ces hommes, ces femmes, ces enfants sont-ils victimes de catastrophes naturelles incontrôlables, récurrentes ? Non. Pour chaque victime, il y a un assassin[1]. »

Dès lors, vieillard ou enfant, nous sommes à chaque instant coupables de tout ce qui va mal sur notre pauvre planète[2] ; nous participons à la destruction du monde[3], depuis les semences miracles jusqu'aux techniques de la coupe du bois[4] en passant par l'excision des petites filles[5]. L'Occident est le

1. Jean Ziegler, *Retournez les fusils !*, Seuil, coll. « Points-Politique », 1981, p. 47.

2. « L'effroyable misère que nous allons évoquer », expliquent René Dumont et Marie-France Mottin, au début de leur livre sur *le Mal-Développement en Amérique latine* (Seuil, 1981), « le lecteur n'oubliera pas qu'il en est (en pays riche) aussi responsable et profiteur, même si beaucoup refusent de le reconnaître » (p. 9).

3. « Hommes d'Occident, malgré nous ou avec notre muette complicité, nous sommes associés à l'œuvre de domination, d'exploitation et de mort de l'impérialisme. Nous collaborons avec l'oligarchie de nos pays respectifs, de France, de Suisse et d'ailleurs, à la destruction quotidienne de ce qui nous fait exister en tant qu'hommes : la conscience d'identité ontologique de tous les êtres humains » (Jean Ziegler, *Main basse sur l'Afrique*, Seuil, 1980, p. 14).

4. « Que l'Occident améliore ses techniques de coupe des forêts et perfectionne la monoculture, et c'est le déboisement des pentes de l'Himalaya, les inondations du Bangladesh ou les famines du Sahel. Progrès scientifiques et techniques incontestables qui conduisent au chiffre record de 50 millions de morts de faim dans le Tiers-Monde en 1980. Ces chiffres seront dépassés : 85 millions dans cinq ans. " On n'arrête pas le progrès ! " » (Roger Garaudy, *Promesses de l'Islam*, Seuil, 1981, p. 75).

5. Dans un article des *Nouvelles littéraires* du 29 octobre 1981 consacré aux mutilations sexuelles dont sont victimes des milliers de femmes en Afrique et au Proche-Orient, Simone de Beauvoir réussit le tour de force rhétorique d'innocenter l'islam et les populations autochtones du mal commis sur le sexe féminin, suggérant que tout le problème vient du néo-colonialisme, entendez l'Occident : « La plupart des voix qui s'élèvent pour fustiger la croisade en faveur de l'abolition des mutilations sont les mêmes qui pactisent avec le néo-colonialisme. » Ils pactisent avec le Nord, donc le Nord est coupable car il couvre leurs exactions. CQFD. Et voilà la mutilation des fillettes encore inscrite à notre débit moral...

grand, l'unique fautif de tous les maux de la planète. En un mot comme en dix : nous sommes inhumains, criminels, parce que nous ne voulons pas que les autres existent [1], les causes de la famine sont dans nos assiettes [2]. Qu'importe, bien sûr, qu'on ne puisse prouver une telle énormité : la culpabilité est une abréviation qui raccourcit les distances, gomme les intermédiaires et trace une ligne rouge impitoyable entre leur indigence et notre appétit comblé. *Ici le remords précède la faute, notre tort n'est pas de pécher mais d'exister;* la folie du soupçon fait de nous des coupables *a priori :* de la dégradation des infrastructures au Ghana, des magasins vides en Angola, de la hausse des prix en Amérique centrale, des nuages de sauterelles en Afrique subsaharienne, des cyclones qui ravagent les Caraïbes, des guerres tribales en Nouvelle-Guinée, etc. Ainsi, chaque enquête, chaque livre sur le Tiers-Monde, quel que soit son sujet, ne dit qu'une seule et même chose : la culpabilité de l'accusé est confirmée, de nouvelles preuves s'accumulent contre lui. Ce sont des registres d'épicier où, sur des pages quadrillées, s'allonge la liste des torts du Vieux Monde, tandis que croît celle des mérites du Sud, patient perfectionnement de points de détail à l'intérieur d'un cadre fondamental incontesté. Il s'agit là d'une démarche proche de la malédiction qui doit nous grandir dans l'horreur et nous persuader tous, employés, professeurs, notaires, ouvriers, routiers, de notre rapacité profonde. O toi, mon lecteur, le plus irremplaçable des salauds.

1. « La majeure accusation que les Brésiliens font aux Brésiliens et aux étrangers est une accusation sans paroles, mais c'est un cri suffoqué par la souffrance : " Vous êtes inhumains, criminels, vous ne voulez pas que nous existions " » (déclaration en 1973 des évêques du centre-ouest du Brésil, citée par René Dumont et Marie-France Mottin, *op. cit.*, p. 200).

2. « Les causes de la famine dans le monde, il faut les chercher dans nos propres assiettes, c'est-à-dire dans une politique qui permet aux multinationales de nous gaver de mets exotiques et, avec l'aide de nos gouvernements, de maintenir à la tête des pays qu'elles affament une oligarchie qui vit et pense à l'occidentale » (Michel Bosquet, *Nouvel Observateur*, 6 juin 1981).

Si la répétition obsessionnelle supplante le souci d'exactitude, c'est qu'*il faut faire à la misère du monde l'offrande de notre coulpe battue.* La Dette, héroïne insatiable et sans nom, inflige aux malheureux Européens les tortures d'un procès à la Kafka. Telle est la mauvaise foi de la mauvaise conscience : à défaut de pouvoir soulager concrètement tel ou tel fléau, on s'en désigne comme les auteurs. On recompose indéfiniment le cadre ancien des relations entre colonisateurs et colonisés, on feint de retrouver partout des réminiscences de l'impérialisme, bref on se cloître avec délice dans la certitude de notre ignominie.

Conclusion : notre existence est une injure à la création, et nous n'avons qu'un devoir : disparaître, nous effacer de la surface de la Terre[1]. L'avenir de l'hémisphère Nord, c'est le suicide.

Du guérillero au bébé phoque

C'est là que prend sa source cette religion de la sympathie compatissante à qui mieux mieux avec tout ce qui vit, souffre et sent, du paysan sahélien au bébé phoque, en passant par le prisonnier d'Amnesty International et les animaux à fourrure dépecés pour chauffer les épaules de nos élégantes. La glorification des instincts de bienveillance, « cette moralité

1. C'est à cette conclusion que parvient René Dumont lorsque, au terme d'un plaidoyer contre la famine, il écrit : « Sauvy dit à l'Europe : " Faites plus d'enfants, sinon vous êtes perdus. " Mais le riche Yankee consomme quatre cents fois plus d'énergie et de métaux rares que le paysan tropical pauvre. C'est la débauche et le gaspillage des riches qui menacent l'environnement mondial [...]. Comme le régime économique dominant ne parvient pas à réduire leur cannibalisme — 15 millions de morts de faim par an —, nous avons intérêt à ce que le nombre des riches diminue et qu'à long terme au moins ils perdent le pouvoir » (*Tricontinental, op. cit.*, p. 96-97).

instinctive qui ne possède pas de tête mais semble être composée seulement d'un cœur et de mains secourables » (Nietzsche), cette glorification chantée jour et nuit par les médias, la presse, les hommes politiques, les personnalités littéraires ou artistiques, plonge directement dans le christianisme le plus abâtardi. Ce que dit cette religion pour affligés, c'est qu'il faut pâtir de la vie comme d'une maladie. Tant que des hommes râlent, que des enfants endurent la faim, que les prisons sont pleines, nul n'a le droit d'être heureux[1]. Il s'agit là d'un impératif catégorique qui nous fait devoir d'aimer l'homme impersonnel et, de préférence, l'homme lointain. Exactement comme Jésus disait des pauvres qu'ils sont nos maîtres, les tiers-mondistes font de la détresse des pays du Sud une vertu à prendre pour modèle. On aime ces tropiques pour leurs failles et leurs lacunes, la famine et le mal sont à la fois subtilement combattus et valorisés ; il y a là une ambiguïté redoutable dont l'Église catholique n'est jamais sortie, mais qui contamine également toutes les organisations d'assistance au Tiers-Monde. Là où la souffrance n'existe pas, il faut la créer ; là où la souffrance existe, il faut l'accentuer ; partout le dolorisme commande la pétition de principe du malheur universel. Sans doute le ventre vide de millions d'enfants, les épidémies, les guerres, sont-elles intolérables, car autrui est mon prochain, mais cette douleur est également nécessaire car un univers sans infortune aurait usurpé la place du paradis.

Ainsi se place-t-on au service des pauvres, mais aussi de la pauvreté, du renoncement. Il faut qu'il y ait des sans-abri, des orphelins sur lesquels notre libéralité puisse s'exercer, pour nous remémorer constamment que « mon royaume n'est pas de ce monde » et rendre toute joie suspecte[2]. Dans le même

1. « Il ne peut y avoir d'hommes heureux dans un univers malheureux », disait le situationniste Raoul Vaneigem en 1967, dans son *Traité de savoir-vivre à l'usage des jeunes générations* (Gallimard).

2. Dans *Vies politiques* (Gallimard, 1974), Hanna Arendt a bien montré comment la compassion, depuis Robespierre, est devenue le mobile central

temps où l'on en appelle à la solidarité, on célèbre discrètement les coups du sort, prétextes à humilité. A l'heure où l'Église, par la voix de ses représentants les plus autorisés, fait elle-même justice des ambivalences de la charité[1] chrétienne, ce sont désormais des laïcs — et de préférence marxistes — qui en ressuscitent les réflexes les plus douteux. Car prendre les plus démunis comme mesure, ainsi que le font nos bons Samaritains, c'est sous-entendre que la souffrance et la mort ne sont pas seulement les ratés d'une machine économique mondiale qui est injuste, mais font aussi partie « du drame immémorial de notre relation au Créateur[2] », bref, que loin d'être seulement un scandale ou un viol, elles rehaussent et caractérisent notre condition humaine.

Ainsi, on fait de ce « fond sans fond de la douleur[3] » le tribunal, la barre du haut de laquelle on admoneste l'humanité privilégiée et oisive, on patauge dans les haillons et la boue pour mieux apostropher l'hermine et la soie. On jette sur l'univers, dont on stigmatise chaque jour l'insupportable désordre, le regard d'un Dieu vengeur qui le surplombe et en énumère sans discontinuer les tares et les défauts, on satanise l'Occident et l'on fige le Tiers-Monde dans son rôle de persécuté pour bien montrer qu'entre l'un et l'autre aucun compromis n'est possible, hors la repentance infinie du

---

des révolutionnaires, et le mal qu'elle a fait, avec son zèle pour les peuples parias, aux révolutions modernes.

1. Dans un livre remarquable sur *la Charité aujourd'hui* rassemblant les actes d'un colloque de théologiens, Henry Perroy note, par exemple, avec pertinence : « Je crois que nous devons beaucoup hésiter avant de dire que nous voyons le Christ dans le visage de celui qui a faim, de celui qui a soif, de celui qui est en prison : nous le verrons à la fin, commençons par pratiquer la charité avant de trouver des formules qui justifient notre action et risquent souvent de détourner la charité de ce qu'elle est en réalité et de la rendre finalement humiliante pour les autres » (Éditions SOS, 1981, p. 196).

2. Malcolm Muggeridge, *Mère Teresa de Calcutta*, Seuil, 1973, p. 121.

3. Selon l'expression d'Edgar Haulotte, *La Charité aujourd'hui, op. cit.*, p. 113.

premier. Avec un flair sans pareil pour détecter toutes les ethnies, toutes les catégories qui se trouvent d'une manière ou d'une autre acculées au désespoir[1], on fait le tour du monde de la tristesse, de la guigne, de la malchance ; on enregistre avec une joie perfide les millions de feux d'alarme dont clignote l'univers, on tire de la ruine systématique des mille formes de vie des continents une sorte de délectation morose. Amoureux des douleurs humaines, le démocrate hémophile, prêt à saigner pour toutes les causes, est la grande pleureuse de l'histoire moderne ; à peine a-t-il séché ses larmes qu'un nouveau sujet de désolation lui en arrache d'autres[2]. Et s'il collectionne à plaisir échecs et détresses, c'est pour nous lancer un avertissement sans équivoque : *vous avez trop joui,* trop gaspillé, préparez-vous à l'abstinence[3], à la chasteté, au retour à la terre. La faim dans le monde est la sanction de nos turpitudes européennes. Supermarchés, femmes nues, homosexualité[4], papier-monnaie, Coca-Cola, les voilà les corrup-

1. A cette nuance près, qui est de taille : s'il s'agit d'un pays socialiste, on insistera sur les bons côtés et le bilan positif. Mais, face à un pays de gestion libérale ou de vocation démocratique, on soulignera impitoyablement le moindre passif. On n'a jamais vu un seul de nos grands apôtres tiers-mondistes analyser les rapports inégaux qu'entretient l'URSS avec ses « colonies » d'outre-mer, Cuba, Angola, Éthiopie, etc. Il y a sur ce thème un blanc dans leur curiosité qui est symptomatique.

2. Le chef-d'œuvre incontesté de cette saint-sulpicerie chevrotante reste *le Massacre des innocents* de Bernard Clavel, cri d'alarme devant « les abîmes de la souffrance où la misère et la guerre jettent les enfants », Éditions « J'ai lu », 1970.

3 « Êtes-vous prêt à manger moins, mais mieux, si cela peut soulager la faim dans le monde ? », demande Michel Bosquet (*Le Nouvel Observateur,* 17 octobre 1981), qui ajoute : « En Norvège, 20 000 citoyens expérimentent volontairement des façons de vivre plus frugales et versent tout ou partie des économies qu'ils réalisent à des actions sur le terrain, dans le Tiers-Monde. »

4 « Il y a à Cuba des traditions d'homosexualité, restes de la colonisation sexuelle des Yankees... », écrit sans sourciller Marie-France Mottin, dans *Cuba quand même,* Seuil, 1980, p. 194.

teurs de la saine jeunesse tropicale [1]. La thématique du redressement, autrefois droitière, redevient de gauche : merveilleuse réconciliation des cendres de Pétain et du mausolée de Lénine sous le patronage d'un Christ napolitain en larmes.

Le fardeau des pleureuses

Si nous n'avons pas le droit d'être en repos « tant qu'un seul enfant continuera de souffrir [2] », c'est que nos procureurs nous ordonnent ni plus ni moins de prendre l'humanité entière en charge, de récuser liens de famille, d'amitié, de nationalité, pour n'honorer que la figure universelle de l'homme affligé [3] : aussi le combat de tout homme contre l'oppression devient-il mon combat [4]. Il ne vient pas à l'idée de nos bons apôtres qu'il n'existe pas de dénominateur

1. « Nous avons partout répandu nos exigences et nos manières de les satisfaire. Le dégât a été commis. La séduction de la puissance et du progrès technique et de l'argent a diffusé son poison jusqu'aux confins de l'univers. Le Coca-Cola, les Chips, les transistors, les femmes nues, les cravates et les billets de banque sont déjà dans la tête, sinon dans les mains de tous les hommes. Les vitrines des supermarchés sont les mêmes aujourd'hui à Hong-Kong, Rabat, Londres, Nairobi, Sao Paulo ou Abidjan » (Charles Condamines, in *Ici mieux se nourrir..., op. cit.*).

2. « Ton regard flambe de cette lumière dont tu voudrais qu'elle empêche de dormir tous les êtres humains tant qu'un seul enfant continuera de souffrir » (Bernard Clavel, *op. cit.*, p. 53-54).

3. « Un écrivain aujourd'hui ne peut pas ne pas écrire sur tout. Il y a trop de causes à défendre, trop de victimes » (Élie Wiesel, *Le Nouvel Observateur*, 28 novembre 1981).

4. L'initiateur de cet universalisme abstrait est évidemment Jean-Paul Sartre : « Chacun de mes choix a élargi mon monde. De sorte que je ne considère plus leurs implications comme limitées à la France. Les luttes avec lesquelles je m'identifie sont des luttes mondiales » (interview à Tito Gerani, 1974, citée par Simone de Beauvoir, dans *la Cérémonie des adieux*, Gallimard, 1981).

commun à tous les conflits et que le mot justice varie d'un pays à l'autre selon son contexte[1]. Non, il faudrait que je me dilate à l'infini, que le même jour je me mobilise pour les combattants du Nicaragua, la guérilla du Salvador, les femmes mutilées de l'islam, la vivisection des chats, chiens et souris, sans oublier telle grève dans une entreprise parisienne, telle revendication des étudiants contre leurs professeurs[2]. Car tout me concerne, je dois me placer à la hauteur de la multiplicité des mourants, des souffrants, des agonisants, des contestants, des mal-entendants, des affaiblis. Le monde est le jardin entier que je dois cultiver, j'embrasse l'étendue des épreuves du globe, dans un sentiment inclusif et océanique, je suis le Christ portant l'humanité endolorie sur mes épaules. Soldat de la faim, soldat de Dieu, je refuse avec horreur tout abandon aux plaisirs privés, je reste en état d'alerte permanente jusqu'à la fin du monde, je deviens en quelque sorte un héros du désintéressement.

Or nous ne prétendons pas imiter le Christ. Il n'y a d'hommes pour nous qu'à travers les situations où nous pouvons les rencontrer. Sans doute, en chacune de mes

1. Sur la vaine tentative de la gauche de trouver une racine commune à tous les combats, lire l'excellente critique de Kolakowski, dans *l'Esprit révolutionnaire,* Éditions Complexe, 1976, p. 37-38.

2. Ainsi, dans *le Monde* du 31 octobre 1981, un placard publicitaire (p. 4) nous invitait à donner nos signatures et de l'argent contre l'intervention américaine en Amérique centrale et pour le droit à l'autodétermination des peuples centre-américains, tandis qu'en page 9 un autre placard intitulé « Cet outrage doit être empêché » nous interpellait sur le drame des chiens martyrisés d'Asie du Sud-Est, chiens qu'on envoie ligotés et muselés avec des boîtes de conserve aux arêtes vives dans des abattoirs où ils seront dépecés pour être mangés. Bien sûr, le lecteur pense avec Lévi-Strauss « que le respect que nous souhaitons obtenir de l'homme envers ses pareils n'est qu'un cas du respect qu'il devrait ressentir pour toutes les formes de vie » (discours à l'UNESCO, 1971). Mais cette juxtaposition du Nicaragua et des toutous ne manquera pas de prendre une résonance étrange ; le même soir, je suppose, le lecteur sera sollicité à la télévision pour les réfugiés de Haïti, les *boat-people* du Vietnam, les chômeurs français, et tous ces appels à son bon cœur finiront par s'équivaloir, par s'annuler.

activités, le monde m'est-il intéressé, et cet élargissement spatial de mes responsabilités commande aussi leur dimension temporelle : mais certains hommes attendent de nous des secours immédiats parce qu'ils nous sont proches et ces attentes définissent des lignes d'action privilégiées. Même si chaque entreprise s'ouvre sur la totalité humaine, nos solidarités sont avant tout locales ou nationales. En quoi une grève des chauffeurs de taxi à Marseille rejoint-elle l'action des planteurs d'arachide en Côte-d'Ivoire ? En quoi les barrages routiers des viticulteurs du Midi peuvent-ils être solidaires de la lutte des Indiens navajos en Arizona contre l'administration fédérale ? Les situations ne sont pas superposables et l'on n'est le prochain de personne si l'on est le prochain de tous. Me proclamer solidaire des malheurs du genre humain, renier amis, parents, patrie au profit d'une vague sympathie universelle, c'est à proprement parler se moquer de tous. On ne s'évade pas d'un coup d'aile de son époque ni de son pays, et cet effort pour s'identifier à la « mondialité » reçoit aussitôt son démenti. La conscience boursouflée est une conscience vide.

Indifférence de la pitié

Cela, les cow-boys humanitaires le savent. Mais, ce qu'ils visent, à défaut de pouvoir soigner le mal, c'est à bichonner la faute. Ils entretiennent la honte comme les techniciens patinent et vérifient les machines confiées à leurs soins. Préposés à titiller notre conscience, soucieux de nous voir baigner dans le remords comme les frites dans l'huile, ils peaufinent invectives et prêchi-prêcha pour plonger leurs ouailles dans un désespoir passif, stérile, inconditionnel. Et cette mélancolie n'est pas immotivée. Il y aura toujours, de par le monde, assez de tristesse pour que nous nous rongions les sangs ; mais cette inquiétude ne sera jamais plus qu'un frisson sans effet. La compassion cesse s'il n'y a que compassion et la révolte tourne à l'insensibilité. Bref, l'on flatte la pitié molle[1] parce que la culpabilité est le substitut commode d'une action impossible. Faute de capacité réelle, c'est l'attendrissement qui domine. Il ne s'agit pas tant de faire quelque chose que d'être jugé, le salut est dans le verdict qui fait de nous des réprouvés, chacun à sa place dans un monde en ordre. Ce qui nous séduit dans la faim, c'est l'impossibilité de sa disparition immédiate ; et donc la liberté qui nous est allouée de nous lamenter sur elle.

C'est pourquoi la dénonciation est toujours le moment favori de nos pères fouettards. Tout doit graviter autour du pôle de l'anathème, sa force d'attraction est irrésistible. Peu importe alors que les appels à l'opinion publique soient suivis d'effets : il faut d'abord nous humilier, nous couvrir de cendres, la survie des populations sinistrées viendra ensuite. La force d'une campagne de charité se mesure dès lors au degré de déplaisir qu'elle procure à ses destinataires : elle doit provoquer chez le citoyen apostrophé la même intolérance qu'une cuillère d'huile de foie de morue sur un estomac délicat. Les misérables existent uniquement pour permettre aux athlètes du devoir, aux martyrs de l'opprobre, de faire chaque matin l'exercice de leur cœur déchiré en brandissant leurs gémissements comme des haltères. Question de vie ou de mort, le discours misérabiliste veut avant tout des gens malheureux : là-bas de ne rien avoir, ici d'avoir trop. Voilà

1. « Il y a deux sortes de pitié. L'une molle et sentimentale qui n'est en réalité que l'impatience du cœur à se débarrasser au plus vite de la pénible émotion qui vous étreint devant la souffrance d'autrui, qui n'est pas du tout la compassion mais un mouvement instinctif de défense de l'âme contre la souffrance étrangère. Et l'autre, la seule qui compte, la pitié non sentimentale mais créatrice, qui sait ce qu'elle veut et est décidée à persévérer jusqu'à l'extrême limite des forces humaines » (Stefan Zweig, *La Pitié dangereuse*, Grasset, 1939, p. 159).

pourquoi là où il y a misère il dit exploitation, là où il y a malaise, il dit misère : l'Histoire demeure de part et d'autre de la ligne Nord-Sud l'exaltant récit d'une déchéance et de son rachat. Douceur de la faute : on paie nos impôts à la misère du Tiers-Monde sous forme de scrupules et, ainsi, on n'a plus à répondre de soi. Il est entendu que nous sommes des êtres maudits qui ne pouvons manquer de faire souffrir les autres. Nous passons vêtus de bure, devant les foules, chargés d'un poids qui force le respect. Ce remords nous fait honneur, nous élève dans le sentiment magnifique de l'inévitable. Coupables, c'est-à-dire irresponsables [1].

Adieu, veaux, vaches, cochons !

Qu'on nous entende bien : manger est le premier droit de tout homme et la faim est le mal absolu à éliminer de toute urgence. Mais la prise de conscience des problèmes de la famine dans le monde peut être la meilleure comme la plus vaine des choses. La meilleure si elle est pratique, ponctuelle,

1. Est-il besoin de démonter la tartufferie profonde d'affirmations telles que celles-ci tenues par un pigiste du *Matin :* « Au fond des yeux de ces enfants [en Égypte] d'un marché noyé de poussière à une ruelle aux odeurs d'ânes, d'anis et de sésame, on lit l'insondable misère d'un tiers-monde abandonné. Chaque fois que j'y voyage, le même écœurement me gagne. En aurons-nous bientôt fini de nos bavardages oiseux de nantis ? Ou de nos terreurs douillettes pour 7 francs de *news magazine* ? Plutôt que de les acheter, c'est 7 bouches d'affamés que vous nourririez pour la même somme. Plutôt que de secourir un monde qui se meurt, redoutables égoïstes, nous remâchons le bout de gras de nos peurs. Ne sommes-nous pas assez odieusement riches ? Pas assez gavés aux cornes de la société d'abondance ? Tout ce que nous méritons : une guerre atomique, juste châtiment des médiocres Sodome et Gomorrhe de l'Occident » (Jean-Edern Hallier, 3 décembre 1981).

assortie d'actions effectives dans des situations particulières [1]. La plus futile si elle est globale, en appelle à une éradication immédiate du malheur tout en sachant qu'un tel objectif n'est pas réalisable : en quel cas on mobilise l'opinion pour du vent. Il faut bien constater, hélas, que c'est ce second type de campagne qui prédomine, entretenant une pitié qui n'est que rarement le point de départ d'une activité secourable.

Ainsi, une opération contre la faim, lancée par les organisations Terre des hommes et Frères des hommes, relayée par les médias et Antenne 2 (octobre 1981), nous abjurait-elle de réduire notre consommation de viande : puisqu'il faut de nombreuses protéines végétales pour produire une protéine animale, en diminuant notre appétit carnivore, on permettait au Tiers-Monde, principal producteur de céréales d'exportation, de se consacrer à une agriculture diversifiée, sage moyen de se prémunir contre les caprices des cours mondiaux. Ici, du même coup, on abaissait le taux des maladies dites de civilisation (infarctus, hypertension, etc.) que la richesse lipidique de la viande entraîne. C'était simple, si simple qu'on

1. Durant l'été 1981, de bonnes âmes s'émurent qu'Amnesty International, Médecins sans frontières ou l'UNESCO aient choisi de sensibiliser l'opinion sur les thèmes de leur mission par voie d'affiches publicitaires. Comment tant d'atrocités pouvaient-elles s'accommoder du même parrainage que les produits de beauté, les petites culottes ou les détergents ? Comment osait-on transformer une urgence éthique en caprice esthétique ? Ce qui a choqué ici, c'est la brutalité du média, c'est que les discours édifiants soient relégués au second plan, pour ne pas dire évincés, au privilège d'un souci de rentabilité. On nous a fait grâce du pathos usuel : un simple visage, une courte légende (« Son crime : penser. Si on l'oublie, il mourra », dit le prisonnier politique d'Amnesty International. « Cinq cents millions de non-consommateurs », narguait l'affiche d' « Action internationale contre la faim »). Et les résultats ont prouvé que la campagne avait porté ses fruits. Les œuvres humanitaires le savent : la pitié n'est pas sûre et la philanthropie trop fugace. Les passants ont besoin qu'on leur rafraîchisse à chaque instant la mémoire par des panneaux de 3 mètres sur 4, avec les méthodes d'insistance et de répétition qui ont fait la fortune de la publicité. La morale y perd peut-être mais le *charity business* a démontré son efficacité.

se demande comment personne n'y avait pensé avant ! Suivons donc pas à pas cette vaillante croisade.

D'abord on flétrit nos tares sans ménagement : nous sommes des « affameurs », écrit Michel Bosquet[1], proposition qu'il assortit cependant de circonstances atténuantes :

> « Bien sûr, nous ne sommes pas individuellement ni directement coupables [...]. Le détournement des ressources alimentaires du globe est organisé par des industries géantes, des maisons de courtage aux ramifications mondiales, des compagnies pétrolières et des banques qui ne nous ont pas demandé notre avis. Mais nous profitons de ce détournement, et nos habitudes alimentaires le reflètent[2]. »

Dès lors, l'impitoyable constat peut être proféré sur le ton neutre d'un théorème :

> « Notre mal-bouffe résulte du pillage du Tiers-Monde. La faim dans le Tiers-Monde est entretenue par notre mal-bouffe. »

« Les pays de la faim nous font vivre », titrait de son côté une émission d'Antenne 2 diffusée le 25 février 1982[3].

Heureusement une justice immanente nous punissait déjà

1. *Le Nouvel Observateur,* 17 octobre 1981.

2. Sur le thème récurrent de l'assiette maudite, beaucoup ont brodé allègrement : « Notre assiette est devenue aujourd'hui le maillon terminal d'un système de plus en plus complexe qui étend ses ramifications dans les coins les plus reculés de la planète pour s'approprier le travail et l'argent de tous les hommes » (*Ici mieux se nourrir..., op. cit.*). Admirons au passage le pudique « système de plus en plus complexe », véritable cheville persuasive qui permet de faire gober l'accusation : acceptez votre faute, car le processus qui l'a engendrée est si compliqué qu'il est inutile de vous l'expliquer.

3. Que sous-entend ce titre en clair ? Que 700 millions de sous-développés font vivre 60 millions de Français qui se tournent les pouces. Évacués d'un coup de baguette magique l'agriculture, les cultivateurs français. Aux fins de propagande, on utilise des formules scandaleusement réductrices qui contribuent un peu plus à entretenir la confusion.

de notre goinfrerie en envoyant sur notre organisme les sept plaies d'Égypte, c'est-à-dire

> « les caries dentaires, maladies cardio-vasculaires, calculs rénaux et biliaires, varices, constipation, hémorroïdes, cancer de l'intestin [...], qui entraînent une énorme consommation médico-pharmaceutique » (Michel Bosquet, *id.*).

Remédier à ces excès, combattre la malnutrition du Sud, aider les paysans sous-développés et, pendant qu'on y est, dénoncer la barbarie de l'élevage des poules

> « emprisonnées 4 par 4 pendant toute leur vie dans des cages de 40 × 40 cm, des centaines de milliers de veaux enfermés dans des boxes individuels de 1,20 × 0,65 m pendant les quelque 100 jours que dure leur engraissement »,

eux aussi sacrifiés à l'infâme dieu Profit [1], tout cela constitue donc un seul et même combat. Qui est l'ennemi ? Les trusts agro-alimentaires, bien sûr, mais aussi nous-mêmes. Quelle est l'arme du crime ? La viande, cette nouvelle brebis galeuse, cette peste de la diététique :

> « Lorsqu'on sait », écrit de son côté Jacques Grall dans *le Monde* du 18/19 octobre 1981, « qu'il faut 6 à 7 protéines végétales pour faire une protéine animale, on sait aussi qu'en réduisant notre consommation de viande, on détend du même coup la pression exercée par les pays en voie de développemant sommés par nous de produire des protéines. »

Et il ajoute plus loin :

> « Il ne s'agit pas de déclarer la guerre à telle ou telle production, mais de prendre conscience dans chaque famille qu'une réorientation de notre alimentation vers une ration plus équilibrée, avec plus de végétaux du cru, plus d'aliments

1. *Ici mieux se nourrir..., op. cit.*

fibreux pour — mais oui — favoriser le transit, sont autant de moyens de retirer au marché international sa toute-puissance. Absente des programmes et des discours, la nutrition aussi est politique. »

Ces propos amènent deux remarques : la première, c'est que le « tout est politique » des années 70, qui couvrait il y a peu jusqu'à la vie privée, descend maintenant au niveau intestinal. La deuxième, c'est que tout se passe, à en croire nos informateurs, comme si nous et nous seuls pouvions aider le Tiers-Monde à chasser la famine, lui-même se contentant du rôle de figurant. Non seulement on nous fait grief de la politique céréalière suivie par les gouvernements brésiliens ou thaïlandais, qui ont remplacé le riz, la pomme de terre ou l'oignon par des cultures de soja, de manioc ou d'arachide[1], mais on nous persuade que les indigènes ne s'en sortiront pas d'eux-mêmes, que les solutions sont entre nos mains[2].

« L'oblique génuflexion du dévot pressé[3] »

Passons sur le fait, assez douloureux en soi, que toutes les informations véhiculées étaient fausses, ainsi que l'a révélé un

1. *Ici mieux se nourrir...*, *op. cit.* « Le manioc thaïlandais pour les porcs européens », p. 33-34. « La dictature de l'arachide » (Sénégal), p. 36-37. « Tous les Brésiliens ne font pas leur beurre en vendant du soja », p. 38-39.

2. C'est ce que suggère une petite phrase de Charles Condamines dans cette même publication de Terre des hommes : « La réalité vécue par les peuples du Tiers-Monde est devenue tragique : la nourriture nécessaire pour calmer leur faim existe en suffisance, mais faute d'argent, ils ne peuvent se la procurer et leurs terres servent de plus en plus à l'alimentation de nos vaches et de nos cochons — et s'ils veulent résister ou se révolter, les forces de l'ordre les massacrent ou les jettent en prison » (p. 45).

3. Gustave Flaubert.

article de Gilbert Étienne dans *le Monde*[1] ; oublions qu'une chaîne de télévision, plusieurs grands quotidiens et hebdomadaires, nous ont mobilisés sur une supercherie. Même exacte, cette campagne eût été ridicule : si c'était pour nous dire que nous consommons trop de graisses, de sucre, de calories, nul besoin d'invoquer le Tiers-Monde : le ministère de la Santé, la presse féminine, les médecins, la nouvelle cuisine elle-même avec sa vogue des petites portions, nous répètent la même chose depuis des années. S'il s'agit « de soutenir les paysans et les États du Tiers-Monde dans leurs revendications pour des prix plus justes », on ne saurait qu'être d'accord ; s'il s'agit de freiner notre gaspillage alimentaire, d'amoindrir les coûts énergétiques de l'élevage du bétail en Europe, nous applaudissons à deux mains, mais pourquoi nous laisser croire qu'une simple diminution de notre consommation de viande

1. Dans *le Monde* du 24 mars 1982, Gilbert Étienne, professeur des Hautes Études du développement à Genève, révèle que les USA assurent plus des deux tiers des exportations mondiales de céréales secondaires, maïs et sorgho, qui nourrissent gros et petit bétail, après quoi viennent les pays de la CEE, le Canada puis l'Argentine. Conclusion : « L'alimentation de notre bétail est principalement une affaire entre riches. » De son côté, le quotidien *le Soleil* (Dakar) écrivait sur cette campagne, dont il saluait la générosité des intentions : « Présentée comme thérapeutique [elle] s'avère exagérément optimiste et tranche nettement sur le diagnostic qui l'a engendrée. L'existence de contraintes ne permet guère d'envisager des solutions de rupture, s'appuyant tout particulièrement sur un possible boycottage des cultures de rente. Que deviendrait dans un tel cas l'économie sénégalaise si, du jour au lendemain, elle était privée des recettes d'exportation tirées de l'arachide, qui est sa principale culture commerciale [...] En plus de l'extrême schématisation, cet appel au boycottage entraînerait une situation bien plus catastrophique » (Sidy Gaye, article publié dans le Supplément au *Monde* du 7 octobre 1982). Faut-il une dernière preuve ? Dans le numéro de la revue *Tricontinental* paru à l'automne 1982 et consacré aux idées reçues sur la famine, Francisco Vergara fait justice en quelques lignes de la campagne menée par Frères des hommes : « Les chiffres sont indiscutables : le Nord s'engraisse fondamentalement à partir de la nourriture qu'il produit lui-même, et il exporte vers le Sud plus de nourriture qu'il n'en importe. Mais la nourriture exportée par le Nord n'arrive pas aux couches mal nourries » (p. 101).

résoudrait comme par miracle les problèmes des pays sous-développés ?

> « La faim est un scandale parfaitement absurde », écrit à propos de la même campagne Jean Ziegler[1]. « Il suffirait, pour la vaincre, de changer les habitudes alimentaires, de réduire — entre autres — la surconsommation de viande. Les Occidentaux ne s'en porteraient que mieux et, dans le Tiers-Monde, des millions d'hommes accéderaient enfin à une existence humaine. Point n'est besoin de renverser des coalitions d'État, ni même de négocier sur le plan mondial de nouvelles conventions d'échanges : un simple et raisonnable choix de consommateurs suffirait. »

Hélas, pour cette solution miracle, dans le même numéro du *Monde diplomatique,* sept pages plus loin, une série d'articles sur les détournements de l'aide alimentaire par les bourgeoisies africaines nous avertit :

> « Les choses ne sont pas simples dans les relations Nord-Sud. Pour les apôtres d'une aide accrue au développement, il suffirait par exemple de réserver à cet effet une faible part des dépenses d'armement ou de mettre un terme au gaspillage des céréales qui vont nourrir le bétail pour que disparaissent famine et pauvreté. C'est oublier que l'assistance bilatérale ou multilatérale suit un cheminement complexe qui, schématiquement, peut se décrire comme un transfert de l'argent des " pauvres " des " pays riches " vers les " riches " des " pays pauvres "[2]. »

En d'autres termes, l'argent, les dons, les médicaments que vous aurez pu économiser grâce à votre sous-consommation de viande iront directement dans la poche de hauts fonctionnaires ou bourgeois sahéliens, ainsi que le démontre un article de Jean-Loup Amselle[3], et non dans l'estomac vide de leurs

1. *Le Monde diplomatique,* novembre 1981, p. 10.
2. *Ibid.,* p. 17.
3. *Ibid.,* p. 18-19.

populations. Nos doux propagandistes du végétarisme avaient, dans leur zèle, oublié un détail : que le Tiers-Monde n'est pas un milieu vide, amorphe, mais une série d'États indépendants avec une armée, une police et des élites qui disposent de l'aide alimentaire à leur gré. Même aveu pudique chez Charles Condamines, à la fin de son plaidoyer :

> « Il serait évidemment ingénu de croire qu'une diminution de notre consommation de viande résoudrait automatiquement le problème de la faim dans le monde. Mais il reste vrai que notre système de production et de consommation alimentaire crée une pression de plus en plus grande sur l'utilisation des ressources disponibles à l'intérieur des pays du Tiers-Monde. Il s'agit de faire baisser cette pression. »

Soudain, pris d'un scrupule de dernière minute, l'auteur lâche en catimini :

> « Certes, la réalité est plus compliquée » (suivent alors cinq aspects contradictoires, très techniques, de la production du manioc et démontrant les intérêts tout à fait antagonistes des éleveurs français, européens et des producteurs de céréales).

Frisson du lecteur : toute la belle construction va-t-elle s'effondrer ? N'y a-t-il donc plus d'espoir de voir un seul front dresser les victimes contre leurs exploiteurs ? Charles Condamines reprend ses troupes d'une main ferme :

> « Mais invoquer la complexité des mécanismes en jeu, le caractère contradictoire des intérêts en présence, n'est-ce pas se donner à bon compte des alibis pour ne rien faire ? Comme l'affirme Joël de Rosnay, manger n'est-ce pas aussi " voter tous les jours " ? N'y a-t-il pas des façons de se nourrir qui sont moins opprimantes que d'autres ? »

Le moral est sauf... Et voici la conclusion en forme de péroraison triomphale :

> « Si nous parvenons à rassembler 100 000 engagements personnels pour cette forme de solidarité avec les affamés du Tiers-Monde, nous aurons atteint nos objectifs. Nous aurons fait une grande mini-grève de la faim. La santé des Français aura été améliorée, un grand débat public aura été ouvert et la paix du monde sera un peu moins menacée[1]. »

Quelle modestie, mais aussi quelle révélation ! Tout ce bruit pour racoler des adhérents, pour gonfler les effectifs de Terre des hommes. Il faut faire quelque chose et plutôt n'importe quoi que rien[2] : même ce que Condamines ose appeler « une mini-grève de la faim », c'est-à-dire une collecte de signatures pour son organisation.

On touche ici au sublime casuistique, et le comble du cynisme rejoint le cœur sur la main avec une ingénuité sans faille. Car le plus important, c'est de porter sa part de la croix du Christ ; notre sympathie sera donc une condoléance, un souffrir avec, l'acte par lequel nous aiderons nos frères indigènes en partageant, partiellement, leur destin : sympathie mimétique jusqu'à un certain point, car si je suis les conseils de Terre des hommes, je mangerai moins mais les Africains, eux, ne mangeront toujours rien ; diète ici, disette là-bas, purs rites de ferveur dont il est difficile de comprendre l'utilité. Mais l'essentiel, n'est-ce pas, c'est d'être quitte avec le malheur des autres, rien que pour y avoir compati, c'est, à défaut de la connaître, de singer au moins la pauvreté[3]. Certes, le dédommagement des affamés ne sera pas immédiat, mais par ce petit système de compensation nous nous serons

1. *Ici mieux se nourrir...*, *op. cit.*
2. Sur l'inutilité d'une réduction de la consommation de viande, voir également Susan Georges, *op. cit.*, p. 336 *sq.*
3. C'est exactement l'idéal missionnaire, mais travesti : « Pour être un vrai Missionnaire de la Charité vous devez être une victime pleine d'allégresse », explique mère Teresa, et plus loin : « Nous ne pourrions pas comprendre et réellement secourir ceux qui manquent de tout si nous ne vivions pas comme eux » (*La Joie du don*, Seuil, 1975, p. 29, 34).

rapprochés d'eux. Une privation à droite, des portions plus réduites à gauche, moins de beurre sur les tartines, un sucre au lieu de deux dans le café : comment ne pas penser, au vu de ces recommandations, à la pratique des indulgences au XVIe siècle ? Notre culpabilité devient une marchandise qu'on trafique selon le principe : moins de viande à table et plus de céréales. Échangerai pardon contre pain de seigle, transit assuré. On négocie son rachat à coup de légumineuses et de fibres, les carnivores sont en déficit moral, quand les végétariens affichent un crédit illimité. Heureux les adeptes du boulgour et du sorgho, car le royaume des cieux leur appartient : on leur donnera le bouillon et le rôti sans confession avec, en prime, cette régularité intestinale tant convoitée ! La viande polarise sur elle tous les miasmes de l'Occident, le bœuf vampirise le globe, symbolise l'impérialisme, quand poireaux, carottes, céleris, scellent le rapprochement des peuples. Autrefois, on privait les enfants de dessert : aujourd'hui, le Saint-Office prononce que le vilain Blanc sera privé d'entrecôte un jour sur deux. Double purgation : et des passions, et du système digestif.

Bref, cette campagne, outre qu'elle est fondée sur une imposture, est fautive à deux titres : elle ramène des phénomènes économiques de haute technicité à des problèmes de moralité individuelle, puis elle nous déleste d'un trait de plume de cette culpabilité en la réduisant à une conception mercantile d'un plus ou moins manger. Ce sont les tiers-mondistes du steak, comme il y a les chrétiens du dimanche matin ; ils acquittent leur tribut au Tiers-Monde en s'abstenant une fois sur deux ou sur trois de manger de la viande. Grâce à ce régime, on devient de part en part moral, même en avalant sa soupe. Aucun sacrifice mais un calcul cauteleux, une prudente administration de notre péché, une soustraction qui se révèle bénéficiaire : la parfaite santé de mes organes va de pair avec l'estomac calé des petits Chinois. Ce carême est une providence. La Grande Inquisition est finalement clémente : elle nous a grondés mais c'était pour mieux nous cajoler. Et, dans la détente qui suit l'imprécation, survient le pardon. C'est ainsi que l'amende honorable, l'humilité deviennent des agents d'éconduction de la culpabilité. Bref, ces croisades contre la viande sont d'abord des machines à convertir la honte diffuse en autopunition heureuse.

Les dangers de l'incontinence rhétorique

On nous accusera ici de chicaner, de fuir l'horreur dans la frivolité de l'exégèse, de disséquer en vain, alors que l'urgence des famines appelle à des actions sans tarder. Or il n'en est rien : si les mots veulent être efficaces, ils doivent garder un sens. Quand les mots déforment le réel, nous embrassons une déformation et le réel s'évapore. Aucun combat ne peut être mené sur des prémisses erronées. La cause des pays sous-développés ne progressera pas en Occident sur la base de diagnostics douteux : à quoi bon, dans un déluge de bonnes intentions, embrouiller le problème avec des facteurs tiers-mondains souvent inexistants ? Dès qu'on évoque le Sud, le principe de réalité rend son dernier soupir, vite remplacé par des divagations qui offensent le savoir, la logique, l'histoire ou le simple bon sens. Partout le souci d'exactitude est supplanté par des convictions artificielles, des slogans préfabriqués applicables à n'importe quel pays ou conjoncture. La dégradation de l'information en propagande falsifie les débats les plus nobles et une nuée de malentendus guette l'appel inconsidéré au pathos. Très vite, le ridicule le dispute à l'odieux, la fausse sollicitude pour les pauvres rivalise avec le désintérêt le plus total.

La faim est en soi un scandale suffisant ; pourquoi, de

surcroît, nous en déclarer coupables et nous en offrir, en dédouanement, ce vague placebo diététique, selon les règles du catéchisme le plus niais ? Il y a deux façons de noyer un problème : ou l'oublier, ou le dissoudre dans l'outrance et accroître la confusion des valeurs. A traiter la question de la faim comme si elle relevait d'une simple attitude morale, on truque les choix dans une philanthropie à l'eau de rose, un abracadabra magique qui insensibilise efficacement la conscience. Le premier devoir envers les affamés du Tiers-Monde, c'est d'analyser chaque situation dans son contexte propre avec ses circonstances particulières, c'est de peser chaque mot sur une balance d'orfèvre afin d'approcher la vérité avec le maximum de rigueur et de finesse. En langage moral, cela s'appelle un scrupule.

Dicter le Tiers-Monde

> « Il est très malsain d'avaler les sentiments avec une grande cuillère. »
>
> Robert Musil.

La normalisation par l'apitoiement

L'information, on le sait, obéit à un impératif de troubles, et diffuser des nouvelles c'est toujours dire ce qui ne va pas. Seuls l'affaire dramatique, le fait divers choquant sous forme d'émeutes, de meurtres collectifs ou de calamités retiennent l'attention. L'ennui, c'est que les médias font profession de réalisme. Ils prétendent reproduire le monde. D'où cette ambiguïté : à voir sans cesse les pays étrangers représentés sous l'aspect de réprouvés fuyant des dictatures, de parias, de malades, une image se forme dans l'esprit du public, celle d'un univers en transe où la vie ne subsiste que par miracle. Et cette distorsion, loin d'être un écueil ou une perversité « idéologique », apparaît comme une condition de ces reportages. C'est là dans une évidence de véracité journalistique — il n'y a ni truquage ni falsification — que se joue une partie subtile : les scènes cruelles, violentes, qu'on nous montre presque chaque soir ne se contentent pas de transcrire des famines réelles, des douleurs évidentes ; sous leur allure de constats, elles les objectivent ; ainsi un moment de la vie d'un peuple est-il censé résumer toute la vie de ce peuple. Bref, les malheurs ponctuels de telle république tropicale, la malnutrition saisonnière de telle région africaine, symbolisent la détresse immémoriale, constante des continents extra-européens. Que conclure de ces portraits ? Sinon qu'aussi honnêtes et ingénieux soient-ils, ce sont avant tout des clichés. Dans leur volonté de nous émouvoir, ils produisent la misère comme vérité unique des pays sous-développés. Et cette production prend toute la forme d'un témoignage.

L'image est donc à la fois copie et modèle : elle reflète des événements réels qui se donnent pour prototype de tous les événements. Double subterfuge : la caméra dément que la vie outre-mer soit autre chose qu'un long soupir de la créature opprimée ; à l'égard de nos frères lointains, elle invente cette nouvelle pathologie : le bonheur. Bref, la compassion n'est plus un des rameaux de la charité, c'est une annexe de la géographie. Si, en dépit des terribles difficultés qui les accablent, les populations indiennes, thaïlandaises, coréennes, angolaises ou sahéliennes connaissent de réels moments de joie, si, sous ces latitudes, les éclats de rire, les passions amoureuses rapprochent les hommes, les femmes et les enfants exactement comme chez nous, en d'autres mots si les individus résistent à se laisser dicter par notre regard compatissant, ce ne peut être que le symptôme d'une corruption ou d'une inféodation à la propagande impérialiste[1]. Victime ou combattant, pris dans une logique du martyre ou une logique de la guerre, l'homme du Tiers-Monde n'a le droit d'exister que révolté ou souffrant. Pas de moyen terme : sa condition le désespère ou l'exaspère. Un indigène heureux, c'est déjà une contrefaçon, un cercle carré : il vaut mieux le peindre courbé dans une vallée de larmes et faire le deuil de sa liberté en gémissant sur lui. Cette loi de compassion exclut toute liaison concrète où d'autres sentiments tels que la colère, l'admiration, la méfiance, la fascination pourraient se donner libre cours. Il est tellement plus facile de sympathiser abstraitement avec des gens malheureux, la sympathie avec les gens heureux exigeant une plus grande noblesse d'âme, nous obligeant à lutter contre l'obstacle qu'elle trouve dans l'envie :

> « Si les hommes sont capables de compatir aux souffrances d'autrui, seuls les anges sont capables de se réjouir des joies d'autrui » (Jean-Paul[2]).

On fait donc coup double : on prélève dans le Sud un aspect réel mais partiel, puis on le hausse au rang de symbole et l'on

1. Pour avoir osé écrire, l'un que les femmes et jeunes filles des *slums* de Calcutta sont « d'une impeccable élégance, nettes et propres comme s'il n'y avait autour d'elles ni cloaque immonde, ni la bouse des buffles, ni les détritus, ni la glaise », l'autre « que l'allégresse des enfants de Bogota est évidente », le troisième enfin que, dans un maquis kurde au nord de l'Iran, « une petite fille en robe rouge vif, les yeux perdus vers un horizon de reliefs désertiques, lisse inlassablement ses longs cheveux noirs », Jean-Claude Guillebaud, Jacques Meunier et Marc Kravetz se sont fait agonir d'injures par le trotskiste Jean-Pierre Garnier qui les accuse, dans *le Monde diplomatique* d'août 1980, de sombrer dans l'esthétisme de la misère et de se faire les nouveaux fourriers de l'impérialisme occidental. Cumulant l'ignorance du casanier et la bêtise du militant, J.-P. Garnier prouve, par ses critiques, dans quelle piètre estime il tient ces peuples du Tiers-Monde dont il se proclame, par ailleurs, solidaire, puisqu'il leur refuse le droit à une humanité minimale qui est le droit au sourire et à la dignité.

2. Cité par Max Scheler, dans *Nature et Formes de la sympathie*, Payot, 1971.

présente cette extension abusive comme une vérité « nouvelle », « subversive ». Dicter le Tiers-Monde, et cette dictée lui donner le pouvoir d'une norme, la valeur d'une émancipation. Aussi les nouveaux croisés, sous couvert d'entamer la bonne conscience occidentale et de montrer les méfaits dont nous serions responsables là-bas, charrient-ils des poncifs aussi naïfs que ceux rapportés, en leur temps, par les Loti, Colette ou Paul Morand. Et les progressistes dressent des pays pauvres un tableau aussi stéréotypé dans le noir que les manuels de l'époque coloniale en donnaient dans le rose.

A qui dès lors décerner la palme du meilleur censeur ? Aux porte-parole des multinationales qui pillent l'hémisphère Sud en toute tranquillité ou aux indignés qui ne chérissent l'homme du Tiers-Monde que misérable, écrasé, déshérité ? Où est le préjugé ? Dans la malédiction proférée à l'encontre du Sud par les cartiéristes ou dans l'image larmoyante que ces soi-disant sympathisants en donnent ? Ce qui revient au fond à demander à l'autrui lointain quel assujettissement il préfère : l'étranglement par le néo-colonialisme ou la normalisation par l'apitoiement. Exaltante alternative qui ne déploie jamais que deux versions de l'imaginaire occidental.

La vocation excrémentielle du Sud

Pourquoi, en matière de pays sous-développés, la palme revient-elle toujours au discours le plus geignard ? C'est qu'il y a un sadisme de la pitié et qu'à trop l'étaler on fait ses délices du malheur des autres. Si les Asiatiques, Africains, Sud-Américains sont classés dans la catégorie du pathologique, c'est que nous ne pouvons parler d'eux qu'en chiffres : *nous sommes des individus, ils sont des foules.* Et l'on ne peut reconnaître au nombre une qualité humaine sinon comme emblème du macabre. D'où cette tentation de l'excès qui guette toute parole tiers-mondiste : on jongle avec les statistiques, on arrondit allègrement au zéro supérieur[1], et cela importe peu puisque ce ne sont pas des hommes, mais des êtres indifférenciés et pullulants. Pour nous toucher, ils doivent s'agglutiner en masses, être fauchés par millions. Réduits à leur animalité, les hommes des tropiques n'apparaissent plus que comme des loques parmi les loques[2].

Devant les images des charniers du Cambodge, des massacres du Liban, des routes jonchées de squelettes du Biafra ou de l'Ogaden, l'horreur se détruit d'elle-même et les vivants portent déjà sur eux la tranquillité stupide du cadavre : ce sont des morts en sursis, des hordes vouées à la pourriture et dont l'extermination ne fera pas plus de bruit que l'écrasement d'un insecte contre une vitre. D'ailleurs, à force de vivre de nos dons, c'est-à-dire de nos déchets, les voici eux-mêmes assimilés à des rebuts. Quelle que soit la manière dont on explique la pauvreté, par l'échange inégal, l'incompétence ou le pillage de la périphérie par le centre[3], on renforce notre dédain à l'égard du Sud dès qu'on l'enferme et le résume à cette pauvreté. De toute éternité, les hommes de ces continents seront la cible de nos largesses et ne pourront recevoir d'autre révélation que celle de leur abaissement. Au-delà des mers, n'existent que des tubes digestifs, et l'unique musique

1. 50 millions de morts de faim chaque année, clament les tiers-mondistes. Or, dans *le Monde* du 24 mars 1982, Joseph Klatzmann nous explique qu'en 1981 il est mort dans le monde entier 48 millions d'hommes, toutes raisons confondues...

2. « Loin de notre civilisation, regardez ces misérables mourir de faim sous nos yeux », dit symptomatiquement un élève de quatrième dans un poème publié à l'occasion de la Journée du Tiers-Monde à l'école organisée par l'UNESCO et l'UNICEF (23 octobre 1981).

3. Remarquons qu'aucune analyse sur les causes du sous-développement ne fait l'unanimité : quand les uns condamnent les multinationales, d'autres exaltent leur rôle positif. Les uns prônent un accroissement de l'aide alimentaire, d'autres la refusent. Il n'existe aucun accord ni sur le diagnostic ni sur le remède.

qui nous vient de ces lointains, l'entêtante mélopée qui se chante d'Istanbul à Bombay, de Tanger au Cap, de Panama à Rio est celle de la mendicité et du bakchich : les Arabes, les Orientaux, les Noirs ne sont qu'une immense armée de sous-hommes, l'émanation d'une idée abstraite, consolante : *l'indigène, c'est-à-dire l'indigent.*

En d'autres termes, *la pitié devient une modalité du mépris dès lors qu'elle monopolise et informe à elle seule l'image de l'autrui lointain.*

En popularisant la représentation d'êtres infrahumains, incapables de survivre sans les béquilles de notre bonté, on souligne leur infirmité et notre exquise sollicitude. Personne ne peut évoquer le Tiers-Monde, aujourd'hui, sans lever poliment son chapeau en direction de la Croix-Rouge, de l'UNICEF, du Haut Commissariat aux réfugiés, du Secours populaire, du Secours catholique, comme si ces organisations résumaient à elles seules les trois continents d'outre-mer.

Or réduire un pays à sa misère matérielle — même si cette dernière est considérable [1] —, c'est le tuer deux fois, puisque notre estime pour une nation réside dans notre capacité à nous identifier, à nous projeter en elle. Car c'est de partout et chaque jour qu'arrivent des appels de détresse. La tâche est sans fin ; et dans cette infinitude une image définitive se forme : celle d'un Tiers-Monde claudiquant, infirme, vivant la main tendue.

Ainsi, la philanthropie, l'appel à l'amour du prochain, deviennent-ils des mesures de protection capables de sauvegarder les égoïsmes les plus durs. S'ils attaquent un certain type d'indifférence, c'est toujours pour en nourrir une autre, sans doute plus terrible, car celle-ci a digéré paisiblement sa

1. Si tout paupérisme est un enfer, pour reprendre le mot de Marx, cet enfer peut connaître des degrés, lesquels peuvent aller du dénuement absolu à une survie précaire mais constante. Ne pas distinguer ces nuances, pourtant capitales, à l'échelle individuelle, c'est encore une fois noyer l'information sous la propagande.

critique sans en être ébranlée. Notre sensibilité cohabite avec notre détachement à son égard. Le spectacle de la misère cesse de nous bouleverser, car à trop vouloir éveiller la pitié, on l'étouffe : l'horreur dans ce cas s'absorbe comme un somnifère, une potion magique capable de niveler tous les événements. Vous vouliez provoquer notre mauvaise conscience ? Mais c'est elle désormais qui garantit notre tranquillité. Autant il est douteux de dissimuler les problèmes dramatiques du Sud, autant il est stupide de développer une systématique du malheur toujours prête à aligner des lieux communs sur le désespoir des petits Noirs, des petits Indiens. Car on suscite alors dans l'esprit du public cette question angoissée : mais comment font-ils donc pour vivre ? La réponse est immédiate : ils subsistent dans la cochonnerie parce qu'ils en font partie, la souillure est leur élément naturel comme la vase est le berceau du porc.

« 700 millions de Chinois, et moi et moi et moi[1] »

Il faut donc que, de toute éternité, la tragédie, la misère soient exotiques ; c'est tellement vrai que, dès qu'un pays en Europe s'appauvrit, il passe mentalement dans la catégorie Tiers-Monde : ainsi Naples, l'Andalousie, la Sicile glissent-elles avec armes et bagages sous cette rubrique. Nécessité structurale : le désarroi du Tiers-Monde est la planche de salut sur laquelle nous reconstruisons notre identité. Nous nous posons en nous opposant à leur infortune. Il est criminel certes de laisser les enfants d'Afrique et d'Asie mourir de faim parce que leur vie est sacrée, mais leur vie n'est sacrée que

1. Chanson de Jacques Dutronc, paroles de Jacques Lanzmann.

Y a-t-il une morale

On crut faire un grand progrès, il y a quelques années, en imposant, à propos de la tragédie des *boat-people* en Indochine, l'idée d'une morale de l'urgence. Une morale qui ne distinguerait plus les bonnes victimes des mauvaises, sauverait le communiste comme le contre-révolutionnaire, bref qui aurait chassé de nos têtes « l'esprit de la guerre froide » (André Glucksmann).

Comment ne pas voir pourtant que cette éthique des droits de l'homme, si elle se refuse à choisir entre les bons et les méchants, reste dépendante de nos caprices, comme elle relevait auparavant de nos convictions politiques. Quand près des deux tiers de l'humanité ont à peine accès au minimum vital, c'est chaque jour, chaque minute qu'une situation d'urgence devrait se présenter à nous ; or notre réponse au dénuement est toujours arbitraire. Pourquoi choisir les réfugiés vietnamiens aujourd'hui alors que depuis dix ans la population du Bihar est régulièrement décimée par la famine, les *boat-people* haïtiens plutôt que telle tribu amazonienne massacrée par les entrepreneurs brésiliens ? C'est qu'évidemment notre pitié est dépendante de l'effet média, lequel est tributaire de la plus ou moins grande liberté de la presse des pays belligérants. Aujourd'hui, un bon carnage est un carnage télévisé. Une tuerie que la caméra n'a pas filmée mérite à peine le titre de rumeur. Aussi oublie-t-on toujours d'autres

parce qu'ils meurent de faim. Ils sont les victimes expiatoires qui restaurent l'harmonie de notre communauté. Il faut maintenir intacts les abus qu'on dénonce pour pouvoir les dénoncer. Et plus on attaque les démocraties occidentales, plus on les respecte obscurément. Car le rejet verbal de notre richesse repose sur le postulat qu'à l'extérieur il existera toujours des civilisations démunies dont la vie frugale rachètera nos dilapidations, des foules en guenilles qui compense-

de l'urgence ?

misères tout aussi urgentes mais dont le petit écran, les journaux ne parlent pas. L'étendue de la détresse déborde toujours les bonnes volontés.

Constatons à ce propos que chacun découpe le monde selon ses affinités propres : l'Amérique du Sud est le terrain privilégié des adversaires des États-Unis ; l'Asie devient celui des anti-soviétiques de fraîche date, surtout depuis l'invasion de l'Afghanistan ; l'Afrique se partage à égalité entre les dénonciateurs de l'impérialisme US et de son petit frère la France ; les apolitiques choisissent des pays relativement éloignés de l'influence des grandes puissances. *Bref il n'y a d'autre urgence objective que celle que j'ai moi-même décrétée :* seuls nous décidons du côté insoutenable d'une situation et nous avons tous nos aires d'influence privilégiées. On fait comme si le choix nous était imposé par une nécessité impérieuse, manière grandiloquente d'appâter le public pour sa propre chapelle. Même une morale de l'extrême urgence ne peut manquer d'être discriminatoire : c'est là le scandale de la charité que de s'exercer de l'extérieur sur des malheureux qu'elle a en quelque sorte élus. Il y a toujours des crève-la-faim, des réprouvés que nous préférons à d'autres. Que les raisons de cette préférence ne soient plus politiques importe peu : aujourd'hui, comme hier, on choisit encore ses pauvres.

ront nos péchés[1]. Ainsi nos Pères blancs en vadrouille chez les déshérités, croyant nous faire honte en nous rapportant des témoignages accablants, nous réjouissent-ils secrètement. A force de dériver sur les désastres de l'Inde et du Sahel, la

1. La misère dans les pays riches n'est jamais prise en considération. Selon les dernières statistiques de la CEE, il y a pourtant 30 millions de « personnes précaires » à l'intérieur de la Communauté.

caméra, loin de nous faire rougir de notre quiétude, accroît le besoin de la renforcer. Quels que soient les dimensions vertigineuses du monde qui nous entoure, l'épaisseur de notre ignorance, les risques de catastrophes à venir et notre faiblesse individuelle, nous sommes alors certains que l'Occident est un îlot submergé par les eaux de l'indigence et donc d'autant plus précieux. Devant les plaies de l'Afrique, les impasses du Proche-Orient, les calamités de l'Asie, Dieu qu'il fait bon se sentir français. Et l'horreur du Tiers-Monde, qualifié pour toujours dans sa nature bestiale, devient la figure ténébreuse dont nous avons besoin pour nous aimer. Il faut des martyrs aux hommes libres... C'est exactement le mouvement qui les désigne comme des pauvres qui nous empêche de les regarder comme des hommes. Ce ne sont plus les esclaves de la Rome antique, ce n'est plus le Nègre Banania souriant de toutes ses dents, ce ne sont plus les Viets de l'Indochine française, ce sont les délaissés du Tiers-Monde, et c'est la même chose. On gémit sur leur sort pour nous en détacher un peu plus, on n'évoque ces abîmes qu'afin de mieux conforter notre douillette existence... Le blâme est donc aux deux sens que prend ce mot : agréable à vivre et finalement superficiel. En endossant les oripeaux des nantis, on s'installe, peinards, dans la crise et l'on jouit de notre paix en contemplant ces malheureux qui s'épuisent, là-bas, dans la fournaise et la crasse [1]. Sous l'effet de la honte qu'ils suscitent,

1. Pourquoi toutes les campagnes contre la faim se terminent-elles autour d'un gueuleton? Sinon pour donner à nos fringales l'auréole de rapines avant le déluge. Aidons-les à vaincre la faim : mille fois placardé, répété, quel peut être l'impact d'un tel slogan? Il freine la banalisation de notre nourriture. Si les hommes meurent de faim, mon assiette pleine est un miracle, une aubaine. Et nos grandes bouffes conjuguent sur elles le double prestige de l'abondant et du fragile. Loin de nous attrister, l'enfant au ventre gonflé nous pimente une coutume monotone : il nous signifie notre privilège, selon ce principe évident d'après lequel un plaisir précieux est un plaisir rare. Bref, il nous faut évoquer le rationnement pour savourer la brioche, frémir de la disette pour retrouver un goût au steak, au hot-dog, à la baguette.

la banalité quotidienne redevient attrayante. Le désordre absolu du Sud donne l'image d'un paradis septentrional qu'il faut à tout prix sauver ; ces terrifiants précis de décomposition réenchantent l'Occident. Et notre bonheur ne serait pas ce qu'il est si, à nos frontières, le piétinement de 4 milliards de rustres, abrutis de misère et basanés de surcroît, n'en rendait la réussite à la fois précaire et miraculeuse.

3. *Le mimétisme*
ou
les intoxiqués de l'Éden

« Elle était la sœur d'un duc anglais et passait la majeure partie de son temps dans une cellule d'un monastère bouddhiste du Bengale. Elle ne semblait rien trouver de choquant dans le fait que tous les autres occupants du saint lieu étaient des moines. Elle lui raconta que lorsqu'elle voyageait, elle dormait toujours allongée sur le quai des gares au milieu des coolies et des balayeurs. Elle déclara que c'était une pratique excellente pour la purification de l'âme et que dans les quelques années elle espérait bien être au-dessus de toutes les petites mesquineries de l'existence et atteindre le Nirvana. »

> Louis Bromfield, *Les Nuits de Bombay*, Stock, 1948, p. 195.

« Si l'Occident a produit des ethnographes, c'est qu'un bien puissant remords devait le tourmenter, l'obligeant à confronter son image à celle de sociétés différentes dans l'espoir qu'elles réfléchiront les mêmes tares ou l'aideront à expliquer comment les siennes se sont développées dans son sein. [...] L'ethnographe peut d'autant moins se désintéresser de sa civilisation et se désolidariser de ses fautes que son existence même est incompréhensible, sinon comme une tentative de rachat : il est le symbole de l'expiation. »

> Claude Lévi-Strauss, *Tristes Tropiques*, Plon, coll. « Terre humaine », 1955, p. 449-450.

« Dans mon cas particulier, un effort, prolongé pendant des années pour vivre dans le costume des Arabes et me plier à leur moule mental m'a dépouillé de ma personnalité anglaise : j'ai pu ainsi considérer l'Occident et ses conventions avec des yeux neufs — en fait cesser d'y croire. Mais comment se faire une peau arabe ? Ce fut de ma part affectation pure. Il est aisé de faire perdre sa foi à un homme, mais il est difficile, ensuite, de le convertir à une autre. Ayant dépouillé une forme sans en acquérir de nouvelle, j'étais devenu semblable au légendaire cercueil de Mohamed. Le résultat devait être un sentiment d'intense solitude accompagné de mépris non pour les autres mais pour tout ce qu'ils font. »

> T. E. Lawrence, *Les Sept Piliers de la sagesse*, Payot, 1963, p. 30-31.

En 1926, dans le district de Kyautkada, en Birmanie, deux hommes discutent sur la véranda d'un bungalow. L'un est indien, docteur de son état, l'autre anglais et marchand de bois. Comme à l'accoutumée, leur conversation s'ouvre sur la santé de l'Empire britannique. Le Blanc attaque ses compatriotes exilés comme lui en Asie, il les juge racistes et vulgaires, puis il expédie d'un mot les finalités du colonialisme anglais : une affaire de gros sous et non d'éducation. L'Indien sursaute : comment ose-t-il parler ainsi de l'Empire ? Les Anglais sont le sel de la terre : ils ont apporté la culture dans un Orient retardé. L'Européen lui coupe la parole : nous ne sommes ici que pour vous rançonner et livrer le pays à des gangs de *businessmen* écossais. A nouveau l'Indien lève les bras au ciel : son ami commet une erreur, il oublie que les Orientaux sont apathiques et superstitieux. Sans la colonisation, ils en seraient restés au Moyen Age. Faux, tranche le marchand de bois : la *pax britannica,* c'est l'alliance des banques et des prisons plus l'introduction des maladies vénériennes ; permettez, dit le docteur, ce sont les Indiens qui ont introduit les maladies vénériennes dans ce pays, etc. Le dialogue, on l'a compris, n'a pas de fin. Qu'il soit imaginaire et se passe entre deux personnages de roman [1] compte peu. Quiconque a un peu voyagé outre-mer en aura tenu des

1. George Orwell, *Burmese Days,* Penguin Books, p. 36 à 42.

dizaines de semblables avec des inconnus rencontrés en chemin. Les rôles sont bien partagés et ce n'est pas un des moindres paradoxes qu'au moment où une partie du monde cherche à s'occidentaliser, les Occidentaux s'appliquent avec férocité à dénigrer leur propre héritage.

Ce fut Ibn Khaldoun, le grand homme d'État, historien et juriste tunisien, qui, le premier, présenta une analyse sociologique de la fascination que le pouvoir exerce sur ceux qui lui sont soumis :

> « Les vaincus, écrivit-il en 1377, veulent toujours imiter le vainqueur dans ses traits distinctifs, dans son vêtement, sa profession et toutes ses conditions d'existence et coutumes. La raison en est que l'âme voit toujours la perfection dans l'individu qui occupe le rang supérieur et auquel elle est subordonnée. Elle le considère comme parfait soit parce que le respect qu'elle éprouve [pour lui] lui fait impression, ou parce qu'elle suppose faussement que sa propre subordination n'est pas une suite habituelle de la défaite, mais résulte de la perfection du vainqueur. Si cette fausse supposition se fixe dans l'âme, elle devient une croyance ferme. L'âme, alors, adopte toutes les manières du vainqueur et s'assimile à lui. Cela c'est l'imitation [...] Cette attraction va si loin qu'une nation dominée par une autre nation voisine poussera très avant l'assimilation et l'imitation[1]. »

Si Ibn Khaldoun décrit avec près de six cents ans d'avance les relations de la culture coloniale à la culture métropolitaine, ses propos peuvent également se renverser. Car à la conviction candide de l'Europe d'être absolument supérieure aux autres sociétés répond la certitude non moins candide de nombreux Occidentaux du peu de valeur de leur propre système. Comme si les seules conquêtes durables étaient celles où l'indigène triomphe du conquérant, les pays dévelop-

1. Cité par G. E. von Grunebaum dans son très bel ouvrage : *L'Identité culturelle de l'islam,* Gallimard, « Bibliothèque des histoires », 1973, p. 184-185.

pés, dans leur victoire, soupçonnent que quelque chose a été irrémédiablement perdu qu'il leur tarde de redécouvrir. L'irrespect du monde impérialiste qui a balayé tabous et coutumes pour asseoir sa suprématie est devenu la source de tous ses malheurs. Ce que Georges Simmel appelle la tragédie des cultures triomphantes a engendré chez l'individu euro-américain la nostalgie d'un retour en arrière. Invoquant l'influence de la Grèce sur Rome, il n'aspire plus qu'à être vaincu par ceux qu'il a soumis, c'est d'eux désormais qu'il tiendra ses vertus et l'assurance d'être un homme accompli. Parce qu'il a tout désacralisé, dans une histoire folle et sortie de ses gonds, il pleure dans l'hémisphère Sud un paradis perdu de la foi.

Le Tiers-Monde a ainsi inspiré deux idées de ressourcement ; la première, universaliste, a vu en lui les chances d'une nouvelle jeunesse du socialisme ; la seconde, différentialiste, a salué dans ses modes de vie le berceau spirituel où l'Europe matérialiste devait se retremper. C'est au moment où les peuples asservis réintègrent leur patrimoine qu'ils offrent à leurs anciens maîtres la chance de retrouver leur âme. Dès lors, le salut consiste non seulement dans un échange fécond d'influences, mais dans la reconnaissance de la supériorité des sagesses étrangères, dans l'étude de leurs doctrines, la conversion à leurs dogmes. Il faut prendre nos anciens esclaves comme modèle, ce n'est plus *Peau noire, Masques blancs*[1], mais peaux blanches, masques nègres, balinais, indiens, mélanésiens, etc. : il est de l'intérêt et du devoir de l'Occident d'être fait prisonnier par ses propres barbares :

> « Le phénomène capital du XXe siècle n'est pas la révolution du prolétariat mais la découverte de l'homme non européen et de son univers spirituel » (Mircea Eliade).

1. Frantz Fanon, Seuil, 1952.

Le pèlerinage aux sources[1]

En 1944, Somerset Maugham publie un curieux roman intitulé *le Fil du rasoir*. Le héros en est un jeune Américain, Larry, qui, profondément dégoûté par la guerre de 1914-1918 où il s'est engagé, refuse la brillante carrière à laquelle son éducation le prédestine, rompt ses fiançailles avec une ravissante et fortunée jeune fille de Chicago, séjourne quelque temps à Paris parmi la bohème de Montparnasse, puis va passer cinq ans en Inde dans l'ashram d'un yogi qui lui enseigne les vertus de la méditation orientale. A son retour, enfin en paix avec lui-même, il va conseiller, consoler, apaiser ses amis, tous ruinés entre-temps par le krach boursier de 1929…

Le roman connut un immense succès, mais son plus beau titre de gloire est sans doute d'avoir prédit avec près de vingt ans d'avance ce qu'on a appelé le phénomène hippy. La régénération par l'Orient est une attitude ancienne, déjà très répandue au XIXe siècle, et elle prit chez les romantiques une véritable allure d'épidémie, transposition vers l'Est d'un enthousiasme du même ordre ressenti par l'Europe au début de la Renaissance envers l'Antiquité grecque et latine. Cet engouement pour l'Asie naît bien sûr avec la révolution industrielle qui bouleverse les conditions de vie, brise les habitudes ancestrales, arrache les individus à leurs campagnes ; il traduit la nostalgie d'un monde en mouvement pour les civilisations immobiles : Friedrich Schlegel et Novalis, par

1. Une version légèrement abrégée de ce chapitre est parue dans la revue allemande *Palaver* en mai 1982 sous le titre : « Die Wallfahrt zu den Quellen. »

exemple, exhortaient leurs compatriotes à étudier l'Inde en détail, celle-ci étant seule à même de vaincre les tendances mécanistes et républicaines de la culture occidentale. Cette passion qui ne se dément pas jusqu'à nos jours et affecte des auteurs aussi variés que Goethe, Chateaubriand, Lamartine, Nerval, Vigny, Flaubert, Burton, René Guénon, Hermann Hesse, Kayserling, Michaux, René Daumal, Henry Miller, Allen Ginsberg ou Lanza del Vasto[1] atteste, selon la belle phrase de Heinrich Heine, « que l'Occident, dégoûté de sa faible et froide spiritualité, cherche la chaleur du sein de l'Orient[2] ». En somme, l'Orient ne doit son intégrité que d'être resté à l'écart de cette malédiction qui frappe les nations riches et s'appelle la révolution technologique : c'est pourquoi il est le cœur où bat l'humanité originelle, la source vive où l'Europe doit se revivifier[3].

Mais jamais, au grand jamais, ce « bouddhisme sentimental », pour reprendre un mot de Nietzsche, ne connaîtra des proportions semblables à celles des années 60-70 : il ne s'agit plus alors de modes intellectuelles ou d'itinéraires privés, mais

1. Sur l'orientalisme, consulter le livre du même nom d'Edward Saïd (Seuil, 1980), bon travail de synthèse quoique tout à fait contestable dans ses conclusions.

2. Cité par Mohammed Iqbal, *Le Message de l'Orient,* Les Belles-Lettres, 1956, p. 19. Ce très beau recueil du poète pakistanais, qui fait pendant au *Divan occidental-oriental* de Goethe, a pour origine ces lignes de Heine.

3. « Il faut respirer, reprendre haleine, se refaire aux sources vives qui gardent l'éternelle fraîcheur. Où la trouver si ce n'est au berceau de notre race, aux sommets sacrés d'où descendent ici l'Indus et le Gange, là les torrents de la Perse, les fleuves du Paradis », écrit Michelet dans *la Bible de l'humanité* (1864). Et Nerval dans son *Voyage en Orient* : « Il faut que je m'unisse à quelque fille ingénue de ce sol sacré qui est notre première patrie à tous, que je me retrempe à ces sources vivifiantes de l'humanité d'où ont découlé la poésie et le royaume de nos pères » (1851). En 1927, René Guénon, qui finira par se convertir à l'islam, reprend la même idée : « Pour restaurer la tradition perdue, la revivifier véritablement, il faut le contact de l'esprit traditionnel vivant et, nous l'avons déjà dit, ce n'est qu'en Orient que cet esprit est encore pleinement vivant » (*La Crise du monde moderne,* Gallimard, coll. « Idées », p. 49).

d'un élan de masse qui déporte une jeunesse anxieuse vers des rivages autres et véritablement authentiques ; alors que l'Amérique est au faîte de sa puissance et dicte sa loi à trois continents, que la bannière étoilée couvre les interventions les plus odieuses, des dizaines et des dizaines de milliers de jeunes gens, prenant sur eux les péchés du « monde libre », se faisant pauvres parmi les pauvres, partaient sur la route des Indes pour apprendre et non pour enseigner, allant au Tiers-Monde comme d'autres à la même époque allaient en usine partager la condition prolétarienne. Au moment où l'Occident triomphait économiquement, ces transfuges prouvaient sa faillite morale. Cette flambée de mysticisme, qui correspondait à la plus importante crise que les USA puis l'Europe aient connue depuis le *Great Collapse* de 1929[1], on nous permettra de l'envisager ici sous le seul aspect qui nous concerne : le pèlerinage en Orient.

L'identification avec l'Asie en révolte se double donc de l'identification avec l'Asie qui médite. Tandis que beaucoup à la même époque épousent le rêve des jeunes nations en lutte pour leur souveraineté (Vietnam, Chine), ceux-là, soucieux de vacciner l'Occident contre ses propres défauts, se placent à l'écoute de ces philosophies qui prêchent la non-violence et le renoncement, et que notre arrogance imbécile vouait au mépris. Entre les uns et les autres, ce n'est pas peu dire qu'il y a antagonisme : leur opposition répète exactement celle qui dressa le jeune Marx contre les utopistes présocialistes. Pour le gauchiste ou le radical des années 60, le hippy peut tout juste être gratifié d'une prise de conscience diffuse des contradictions de l'impérialisme : brouillon anticipateur des intuitions que lui, militant révolutionnaire, allait mettre au

1. Sur le mouvement hippy, on lira en français l'intéressant *Je veux regarder Dieu en face* de Michel Lancelot (Éditions « J'ai lu », 1971), les numéros d'*Actuel* de 1970 à 1975, le magazine *Rolling Stone* et les excellents reportages d'Alain Dister à San Francisco (1966-1970). Bien sûr, on consultera avant tout ses souvenirs personnels.

propre. Et c'est pourquoi la première vague de migrants vint des pays anglo-saxons, traditionnellement peu influencés par l'idéologie socialiste, n'atteignant l'Europe que dix années plus tard, quand les premiers revers de la solidarité mondiale en eurent détourné plus d'un du chemin politique. Et, de même que Marx s'indignait de voir les socialistes français tels Cabet, Considerant, Enfantin déserter le vrai théâtre des opérations, « la brèche de la vieille Europe », pour s'installer en Égypte ou en Amérique, le tiers-mondiste brocarde l'exode de ces jeunes gens en fleur prosternés devant des religions répressives et obscurantistes. En contrepartie, les hippies ne cachent pas leur hostilité envers les mouvements d'extrême gauche ou ceux des Noirs américains comme le Black Power de Carmichael, prêts à revendiquer leur indépendance par tous les moyens, y compris la terreur. Et les uns et les autres de s'accuser de faire le jeu de cet Occident inhumain qu'ils rejettent avec la même intransigeance.

Cette fuite en Orient, comme tout ce qu'inspire la mauvaise conscience, n'était pourtant pas sans une ambiguïté redoutable qui devait en précipiter l'échec.

La rédemption par l'exil

Car, d'emblée, la signification attachée à l'Orient ne correspond pas tant à ce qu'il est qu'à ce que les Occidentaux ne veulent plus être. Ils ne vont pas vers un monde concret mais vers le négatif de leur propre monde, s'attachent moins à un matériau original qu'à un projet de salut. Il s'agit là d'une thérapie spatiale : comme sur les dépliants touristiques, les lieux ne guérissent que si l'on vient d'ailleurs. C'est en ces localités lointaines, Égyptes merveilleuses, Indes fabuleuses, Tibets mystérieux, que nos Tamerlans des steppes espèrent trouver la délivrance[1]. La musique si charmeuse des partances est en elle-même déjà une garantie de justesse. Car la distance autorise cette fable : la perfection de l'homme lointain. Si vraiment certains peuples sont heureux, ce ne peut être que là-bas, aux confins du globe : ils ont trouvé, eux, la solution à l'énigme humaine, la clé qui ouvre toutes les portes. C'est pourquoi les Hindous (ou les Tibétains ou les Birmans ou les Balinais) font preuve de cette gravité noble qui nous fait tant défaut et auprès de laquelle nos allures affairées paraissent toujours un peu cocasses.

Voici donc venir le prophète infaillible et omniscient sous la forme d'un yogi, d'un moine bouddhiste, d'un sadou vishnouiste, et ils possèdent chacun une vérité toute faite, un secret longuement mijoté qu'à défaut de comprendre nous ne devons pas manquer de reproduire. Car ces malheureux roulants de l'Occident, aux tignasses blondes, au regard fatigué, tous fils d'une même chute, n'ont, en dehors du principe selon lequel leur société est pourrie, aucune notion du continent qu'ils abordent. Il faut des convictions simples pour renier sa propre culture, et cette conviction est la suivante : l'Est est l'Est, c'est-à-dire la patrie de l'être, comme disait Kipling, en face de quoi l'Occident ne peut apparaître

1. Pourquoi l'attrait vers l'Est s'est-il porté sur l'Inde ou l'Asie du Sud-Est plutôt que sur l'islam ? A cela plusieurs causes sans doute : religion monothéiste, l'islam est encore trop proche du christianisme et du judaïsme pour vraiment dépayser. Les traditions d'accueil des pays tels que l'Inde, Ceylan, la Thaïlande, le Népal, l'Indonésie permettaient l'établissement de nombreuses colonies d'Européens, que les autorités n'inquiétaient pas tant qu'elles se tenaient à l'écart des populations. Mais la raison primordiale réside peut-être dans le bouddhisme et l'hindouisme mêmes : tel qu'ils sont pratiqués par les « renonçants », l'un et l'autre privilégient une dimension individualiste familière à un Occidental. Pouvait les adopter ou les imiter quiconque était plus soucieux de son propre salut que de la fondation d'une communauté d'esprit et de croyance. Sur le « renonçant » hindouiste comme préfiguration des valeurs occidentales, voir l'excellente démonstration de Louis Dumont dans *Homo hierarchicus* (Gallimard, coll. « Tel », 1966, p. 299).

que comme un accident[1]. Bref, le pèlerinage en Asie répond à notre besoin de savoir que le sacré existe quelque part, comme il existe un pape à Rome ou des pyramides au Caire. L'Orient est à la fois une terre étrangère et un paysage familier vers lequel on retourne comme à ses origines disparues : on a sur ces nations une vision éternelle qui ne tient pas compte de leur histoire propre. Et le frisson de la nouveauté s'y double toujours d'une reconnaissance[2]. Cela permet d'attribuer à la réussite religieuse de ces continents un caractère normatif, une valeur absolue, qu'il nous plaît de supposer immuables.

Cet Orient comme modèle culturel est donc le résultat d'une fiction plutôt que d'une réalité correctement saisie ; mais cette approximation n'amoindrit pas son efficacité, bien au contraire. Vu de France, il y avait dans cet idéal tant de portes ouvertes vers l'indépendance qu'un jeune des années 60 ou 70 ne pouvait l'entendre sans une vive allégresse et une approbation intérieure. Mais les chemins de Katmandou se révèlent sans issue parce que le routard qui les emprunte apporte avec lui la réponse aux questions qu'il se pose : cet homme aux semelles de vent a gardé sous ses souliers la boue de son pays.

1. « L'Est est l'Est (dans le sens anglais d'Orient) et reste bien la patrie de l'Être. C'est sans doute aussi pourquoi l'on peut dire de l'Occident, sans vain cliquetis de paroles, qu'il s'intéresse à l' " accident ", comme de l'Asie, qu'elle privilégie évidemment l' " aséité " (Jean Biés, *L'Inde, ici et maintenant,* Devry Livres, 1979, p. 236). Roger Garaudy reprend ce calembour dans *Promesses de l'Islam* (Seuil, 1981) : « L'Occident est un accident. Sa culture une anomalie » (p. 17). Il va de soi qu'un tel jeu de mots présente aussi peu de sens que si l'on écrivait : Roger Garaudy est un Gros Radis.

2. « La tendance à trouver des absolus qui se réalisent en des périodes historiques définies constitue l'un des traits saillants des temps modernes depuis la Renaissance », écrit von Grunebaum (*op. cit.,* p. 105).

Le contact impossible

Comment s'y prendre pour s'implanter à Bénarès ? L'Occidental aborde ces terres individuellement en tant qu'homme et non en tant que Français, Allemand ou Américain. Pourtant, il n'arrive pas sur une île déserte, mais dans une contrée chargée de millénaires où ses ancêtres avaient déjà posé le pied et laissé quelques souvenirs. Il veut s'afficher comme pure bonne volonté ; on le classe tout de suite comme Blanc, descendant un peu folklorique des sahibs. Il vient témoigner de la division de la culture européenne : on ridiculise sa prétention à divorcer de lui-même. Par la seule vertu d'un regard qui le constitue en héritier, cet individu en rupture de ban est ramené au bercail au moment où il le fuit. Les meilleures intentions ne peuvent rien contre la mémoire.

Et surtout là où il attendait des indigènes dévoués, il rencontre d'abord des marchands. Ce qui intéresse les Indiens, les Népalais, les Thaïs, ce n'est pas sa connaissance des Vedas, ses dissertations savantes sur le Grand ou le Petit Véhicule, c'est d'abord son pouvoir d'achat. Et pour cause : un Français, un Italien même pauvres chez eux sont encore plus riches que la moyenne des locaux. Obscénité de ce rappel : l'Histoire revient au visage du pèlerin comme un mauvais relent au moment même où il tentait de la gommer. Et puis, alors qu'il s'applique à tuer le vieil homme en soi, il réalise avec stupeur que les autochtones n'aspirent qu'à l'imiter : ils sont vêtus de chemises et de pantalons à l'européenne quand il avait endossé la tenue de rigueur : chemises indiennes, jodhpurs, dhotis, vestes afghanes ; ils lui parlent de voitures, d'argent, de machines, de gadgets quand il attendait une pluie de mots savants, de bénédictions graves, de sentences judicieuses. Horreur : ils sont plus européens que lui, la civilisation matérialiste les a déjà corrompus[1]. Bref, l'indigène déçoit : ou il est trop intéressé et ne cherche qu'à le voler, ou il est trop conformiste et l'ennuie[2]. Jamais doté de ce merveilleux exotisme dont il l'avait gratifié. Désespoir de l'apprenti : il s'était mis en situation d'appartenir au Tiers-Monde, et voilà que le Tiers-Monde l'assimile à un touriste, à ces abonnés des charters pour lesquels il n'a que mépris. Il était parti réapprendre la grande simplicité, il retrouve l'universelle duplicité[3]. Ces pays sont dirigés par des régimes autoritaires ou violents, accablés d'une misère noire, grevés d'inégalités et d'injustices bien pires que chez lui, encadrés d'une armée, d'une police redoutables. Il attendait une carte postale, il retrouve un État et ses lois. Dans ce monde, il se sent de trop : assigné à une fonction dont il ne veut pas, en quête d'une reconnaissance que nul ne lui concède. D'où cette première solution des globe-trotters chevelus : se regrouper entre soi, entre visages pâles. On était parti pour effacer l'ardoise, mais on se retrouve entre fugueurs : la fuite était un alibi, un ailleurs et un faux-fuyant. On avait confondu l'Orient avec ses textes sacrés pour ne pas voir que chaque pays qui le compose est aussi doté d'une Constitution politique.

1. « Dans un futur assez proche, quand un Indien voudra connaître son propre pays, il devra consulter l'Occident, et quand les Occidentaux voudront se souvenir comment ils étaient, ils devront venir à nous. Cela s'appelle aussi le rock'n roll », écrit l'auteur indien Gita Mehta dans *Karma Cola* (Delhi, Penguin Books, 1979, p. 20).

2. D'où le fameux cri du routard à l'époque héroïque : « J'ai pris un thé avec un Afghan », manière de confesser la difficulté des contacts avec les Orientaux et de se réjouir de ce degré zéro de la communication qui consiste à partager autour d'une table avec un inconnu une tasse de thé.

3. « Quant au mantra que l'Inde glisse dans nos cœurs, il tient en un mot : " Simplicité ". Réapprendre la simplicité, dont on nous dit qu'elle est la chose la plus difficile à réaliser, telle est l'œuvre qu'elle nous propose : la simplicité de vie avec ces milliers de gens simples qui ont l'être en guise de paraître » (Jean Biés, *op. cit.*, p. 46).

Voilà donc ces communautés de Blancs spontanément recréées, ces petites sociétés qui refleurissent comme à la belle époque, les natifs d'un côté, les sahibs de l'autre[1]. Ils retrouvent alors la pratique du « cantonnement » (les quartiers résidentiels des Anglais au moment du British Raj), réduisent leurs rapports avec les autochtones au strict minimum, ne rencontrent plus que ces archétypes de tout séjour touristique : l'hôtelier, l'employé, le serveur, le douanier, le fonctionnaire, sans oublier ce personnage indispensable à tout déplacement : le *dealer.* La déception engendre l'isolement et, les foules orientales une fois écartées, l'esprit européen peut alors se promener seul dans cet Orient remodelé jusqu'à la nausée. Les tropiques enchanteurs additionnent donc tous les traits d'un univers carcéral : on y est prisonnier dans sa qualité d'étranger, et les relations humaines prennent alors une forme aussi codée et rigide que sous l'Empire. *C'est un enfermement paradoxal dans un océan humain illimité.* Certains, on le sait, choisiront la drogue, facilement disponible dans ces contrées, et la voie d'une déchéance d'autant plus inéluctable qu'elle se passe en terre étrangère[2]. D'autres

1. L'utopie de la route n'a jamais été autre chose qu'un rêve colonial : celui de vivre à bon marché, sinon pour rien, chez les plus démunis, au besoin en profitant de leur hospitalité pour les voler. Mais, au contraire du colonialisme, les valeurs du routard ne sont pas celles de l'épargne, de l'effort et du travail ; pique-assiette ou parasite, il est plus proche du vagabond de l'ancienne Europe que des colons du siècle dernier.

2. Très naturellement, le rêve de renaissance se renverse alors en épopée de l'autodestruction. Le junkie connaît le comble de l'autisme : il se ferme aux autres, y compris à ses compagnons de route, dans une société qui n'est pas la sienne. Parti sur une idée manichéiste, le bon Orient, le mauvais Occident, il se retrouve dans un monde où le degré d'iniquité dépasse tout ce qu'il a vu en Europe. Voué au mépris de ses compatriotes, à la haine des locaux qui le tolèrent aussi longtemps qu'il peut payer sa nourriture et son hôtel, le junkie cumule les ostracismes : exploité par les *dealers,* n'entretenant d'autre amitié que celle, furtive, d'un coup ou d'un *trip*, contraint de se méfier en permanence de ses fournisseurs, il glisse alors dans une semi-délinquance pour survivre, évolue dans les gangs locaux où il n'est malgré tout qu'un outsider, utilisé aux basses besognes, dénoncé aux autorités

poursuivront leur idéal régénérateur, auquel la drogue servira d'appoint et non de but. La plupart mêleront les deux. Et c'est alors que le gourou intervient pour réconcilier ces jeunes gens avec l' « Inde profonde ». Car il faut à ces *freaks* un homme du cru qui les reconnaisse pour ce qu'ils veulent être : de grands initiés, de futurs *sannyasins* (renonçants).

Délices de la claustration

Et c'est ce qu'avec un génie sans égal des affaires, une parfaite connaissance de la mentalité européenne affinée par deux siècles de colonialisme britannique, les Indiens ont compris quand, aux alentours des années 60-70, ils ont vu débarquer sur leur sol ces hordes de Californiens extatiques, prêts à délier grand leur bourse pour une seule parcelle de sagesse. Ils leur ont alors concocté le produit que cette génération en rupture de ban attendait : une spiritualité standard, des ashrams sur mesure, c'est-à-dire éclectiques et plus chers que les ashrams indiens. Ce marché du sacré représente aujourd'hui un véritable empire financier dans

---

quand on n'a plus besoin de ses services. Son lot est une solitude totale doublée d'une insécurité permanente. La dépendance à la poudre ou aux acides, la méfiance envers tous et chacun, le cortège de maladies mentales et physiques qui attaquent son organisme affaibli, font de lui un paria et l'amènent à se regrouper dans ces communautés de spectres qui s'égrènent de Goa à Katmandou, de Bangkok à Denpasar. C'est une pente folle où l'on tombe plus bas que le dernier des derniers jusqu'à l'épuisement ou l'*overdose* dans une cage d'escalier ou dans la rue. Ils meurent de façon singulière et abjecte dans le vaste évier d'un bidonville ou deviennent fous et sont enfermés dans un asile qui leur arrache les derniers lambeaux de raison. Ils vont jusqu'à ce qu'ils arrivent au dernier cercle de l'Enfer par un chemin long, tranquille, inéluctable. On lira sur ce sujet la stupéfiante confession de Charles Duchaussois, premier rapatrié sanitaire du Népal en 1969 : *Flash ou le Grand Voyage*, LGF, « Le Livre de poche », 1975.

l'économie de l'Union indienne [1]. Il faut se départir de cette idée selon laquelle il y aurait de bons prophètes et de nombreux charlatans : l'imposture n'est pas du côté du lettré indien ou tibétain qui va profiter des gogos qui se jettent dans ses bras, trop heureux par ailleurs de prendre une revanche sur ces Blancs vaniteux et riches (ainsi Rajnesh, le célèbre pape de Poona, avait coutume chaque matin, pour franchir les quatre-vingts mètres qui séparaient sa maison de l'ashram, de monter dans sa somptueuse Rolls beige devant laquelle ses disciples devaient se prosterner. Quel paradoxe que de voir ces Européens antimatérialistes courber le front devant une carrosserie !). L'imposture réside dans l'humilité des aspirants, dans l'esprit d'aveugle confiance qui les guide : ils ne sont pas venus dialoguer mais abdiquer (l'ironie étant bien sûr que cette humilité ressuscite *in petto* les réflexes coloniaux les plus vivaces). Double duperie : le Blanc se choisit un sage de pacotille qui lui prodigue en échange une religion imaginaire.

Cela explique que l'idolâtrie de l'hindouisme puisse se doubler d'un réel mépris des Indiens. La coexistence d'une mentalité coloniale et d'une modestie intellectuelle ne doit pas surprendre. *Le gourou, c'est l'otage que les Européens élisent contre le peuple auquel il appartient.* C'est cet Indien dont ils suivent aveuglément les ordres pour ne pas voir l'Inde, éviter de se remettre en cause au contact des Indiens.

1. Trois ou quatre grands messies se partagent aujourd'hui en Inde la clientèle européenne : Maharishi Mahesh Yogi (l'ancien gourou des Beatles), génial inventeur de la « méditation transcendantale » et dont le royaume et les dividendes s'étendent sur quatre continents ; Bhagwan Rajnesh, le plus fou des charlatans de l'Asie, aujourd'hui exilé aux USA à la tête d'une fortune colossale et d'une communauté de près de 200 000 adeptes ; Swami Muktananda, qui travaille à égalité entre Los Angeles et Ganeshpuri, au nord de Bombay, et à qui son austérité vaut de plus en plus de disciples dans la *jet set* internationale. On comprendra qu'attirant d'énormes quantités de devises, ces gourous soient non seulement protégés mais choyés par la jeune République indienne. Pour plus d'informations, voir mon article dans l'hebdomadaire *le Point*, « Gourous du troisième type », juin 1982.

L'ashram devient le Club Méditerranée de l'âme, la capture d'un fragment de spiritualité étrangère qu'on s'approprie sans bouleverser d'un iota son mode de vie. L'appareillage vers l'Illumination admet un peu de différence — personnel local, maître local, vêtement local, formules susurrées en sanskrit — et le maintien intégral des privilèges offerts par la qualité de Blancs. Ainsi peut-on devenir indien, tibétain, bouddhiste sans cesser d'être occidental.

Le voici donc ce mystérieux « swami », ce suprême d'entre les suprêmes en quête de qui l'on s'est mis en marche. C'est lui le sage parfait au zénith de son excellence qui se répand en sentences bienfaisantes et sereines ainsi qu'un fleuve tranquille. Comme il est beau, comme il ressemble à l'image qu'on en avait : vénérable, rieur, barbu, dégageant la bonté, mais aussi une redoutable énergie qui nous terrasse. Aucun doute, il est vraiment le dieu vivant autoproclamé tant par la pureté sacerdotale que par la puissance temporelle. Il a vu des choses que nous n'avons pas vues, assimilé des forces que nous n'assimilerons jamais. Il a tout lu, tout compris et, en vertu de ce principe, nous devons le croire sur parole, le suivre aveuglément, car il réunit sur sa tête l'autorité d'un père, la bonté du patriarche et le savoir d'un dieu.

Le gourou devra donc persuader ses partisans que tout peut s'apprendre, les traditions religieuses comme les recettes de cuisine, les messages spirituels au même titre que la mécanique[1]. Que leur promet-il en effet ? Qu'eux tous, Durand de Nanterre, Smith de Liverpool, Muller de Francfort, ils connaîtront la Révélation en quelques semaines, alors que tant d'autres qui, depuis des années, dans l'austérité et la

1. « Jamais avant on n'avait poursuivi le vide avec un tel optimisme et un tel entrain. Chacun soupçonnait que tout ce que l'Amérique désirait, l'Amérique l'obtenait. Pourquoi pas le Nirvana ? » (Gita Mehta, *op. cit.*, p. 7).

mortification, s'efforcent d'y atteindre, l'attendent toujours [1]. Quant au message lui-même, c'est un bric-à-brac hétéroclite. L'habileté insigne de ces entrepreneurs divins est d'assembler des familles de pensée et de piété divergentes, voire ennemies, de créer une utopie mouvante, multiple, qui joue sur plusieurs volants, dans laquelle chacun trouvera son compte : synthèse de techniques psychologiques occidentales (cri primal, biothérapie, immersion, relaxation, re-birth...) et orientales (yoga, taï-chi), vaste panthéon qui réunit Reich, Jésus, Bouddha, Freud, Krishna et Gandhi, bricolage de mythologies religieuses, mixture de chamanisme raspoutinien, de tantrisme tibétain, de théosophie, qui sous l'égide du swami se trouvent mystérieusement réconciliés. La force de ce dernier n'est pas seulement de juxtaposer des traditions antagonistes mais de les rendre compatibles et d'offrir à ses adhérents le charme d'une jouissance composée. Bref, le leader magnétique combine l'Orient et l'Occident, défait l'opposition science/religion : mi-pharmacien, mi-abbé, il accapare toutes les formes de maîtrise, cumule les pouvoirs du sorcier et le savoir du spécialiste. Il offre au novice juste assez de dépaysement pour l'étourdir. L'Orient est suggéré plutôt qu'imposé, car on doit rester dans les limites d'un exotisme de bon aloi.

De ces anciens militants, fils de famille, fugueurs, chômeurs ou révoltés, le bon gourou n'exige qu'une chose : une obéissance sans partage, prix à payer pour avoir le privilège d'affecter à sa vie un sens garanti et une cause à défendre. On rejette les frontières, les polices, la folie technocratique, les

1. A raison de vingt minutes de méditation matin et soir, Mahesh Yogi assure ses partisans qu'ils pourront pratiquer la lévitation au bout de quelques mois... Il y a évidemment un caractère concurrentiel de cette sainteté qui fait de tous les gourous les ennemis irréductibles les uns des autres. D'où leur surenchère dans leur production d'effets magiques, l'inflation des promesses, des miracles, qui est d'abord une bataille pour séduire et attirer les disciples. Chacun s'arrogeant le monopole de la vérité révélée, l'accès au paradis devient une foire d'empoigne, une compétitivité sans merci entre fabricants de croyances.

Églises et leur autoritarisme, mais c'est pour mieux créer un enclos privé, une famille prosternée devant son chef. Cette foule d'Italiens, d'Allemands, d'Anglais, en quête de credos substitutifs, poussée sur les routes par un esprit violemment négateur contre l'Europe et ses religions, perd soudain tout sens critique et retrouve, face à un lama bouddhiste, un yogi ou un moine, les réflexes de soumission du christianisme le plus archaïque. Prêts, ces rebelles, à se dévouer corps et âme à un maître, à baiser ses pieds, prier son image, diffuser sa pensée, nettoyer son linge, balayer sa chambre, repeindre sa maison, biner son jardin, pourvu qu'il les bénisse et les gratifie de sa lumière[1] !

Car tout dans l'ashram est comblé par l'absolu du règlement, c'est lui la véritable religion diffusée, le remède radical contre le malaise d'être, le grand trésor de ressources consolatrices. Dès lors, le moinillon originaire de Belleville ou du Trastevere peut croire réalisé le fol espoir d'avoir exclu tout risque, toute possibilité de souffrance. Et ce, bien sûr, moyennant finances dûment et régulièrement versées sous peine de renvoi. C'est pourquoi, très vite, la quête spirituelle se dégrade en demande de soins, la prise en charge n'est pas seulement acceptée mais exigée. On ne rechigne pas devant

1. Très peu d'Indiens sont admis dans les ashrams réservés aux Occidentaux, sous le prétexte, ô combien philanthropique, qu'ils ne sont pas assez évolués pour partager la nourriture spirituelle des Blancs. Illégitimité constante du routard : étranger venu s'installer dans ces pays par la voie d'une devise forte, il réussit à prendre la place de l'habitant, à s'octroyer des privilèges dans l'ashram aux dépens des ayants droit. Le gourou, il est vrai, compense cette usurpation par des tarifs élevés, quand ce n'est pas une exploitation éhontée (comme à Poona chez Rajnesh). En quelque sorte et contrairement à la situation coloniale, le privilège de se retrouver entre Blancs est payé très cher. Ce privilège est donc relatif, mais il reste d'autant plus odieux qu'il prend la forme d'une ségrégation à l'intérieur même du pays. Il est vrai que, depuis quelques années, les Indiens, à leur tour, restreignent l'entrée de certains ashrams aux Européens, abandonnant le commerce du tourisme spirituel aux moins scrupuleux de leurs compatriotes.

les ingérences de l'Autorité, le contrôle permanent des déplacements et des expressions, on accepte que rien ne lui échappe et que, jusqu'au sommeil, jusqu'aux rêves, elle garde la haute main sur le psychisme des impétrants. Le règlement totalitaire qui instaure une hiérarchie des fonctions et des individus rend impossible toute référence au pouvoir qui ne soit pas pur et simple dévouement de chacun au maître. Car, à la différence du maître occidental, celui-ci n'est pas seulement un médiateur qui dispense un enseignement, il incarne une expérience unique qui garantit la véracité de ses paroles. Il est la Voie faite homme. Et les adeptes tournent autour de ce phare merveilleux, rivalisant de zèle ou de surveillance mutuelle pour attirer son attention, alors que le saint d'entre les saints sait se rendre rare, n'apparaître qu'une fois par jour et se protéger des contacts trop fréquents grâce aux nombreux gardes du corps qui préservent son intimité. Merveille de l'enceinte, il n'y a plus rien à désirer que ce qui est déjà écrit. C'est l'adaptation maximale : on colmate toute inquiétude, toute angoisse pour interdire au sujet d'assumer et de vivre son manque. L'ashram a projeté le mal une fois pour toutes sur la société occidentale (ou la société indienne qui l'imite) et se présente ainsi comme le lieu thérapeutique total. Et l'homme de Dieu tiendra son pouvoir de l'extrême pointillisme avec lequel il surveille les gestes de ses fidèles, de l'attention maniaque qu'il accorde au respect des règles qu'il a lui-même édictées : *il était venu annoncer l'Orient, nous n'avons eu que des sectes*[1].

1. C'est du succès du mouvement hippy que date, en Europe et aux USA, l'extraordinaire prolifération des sectes : dès 1966, Timoty Leary, agacé par « la gentillesse et la foi naïve » des hippies, annonce à New York la formation d'une nouvelle religion qu'il baptise « League for Spiritual Discovery », allusion par les initiales au LSD. A son exemple, d'autres sectes apparaissent sur tout le territoire : la Neo-American Church d'Arthur Keleps à Miami, sans oublier les communautés religieuses psychédéliques où le LSD est utilisé en guise de sacrement. C'est alors le départ d'une floraison infinie de groupuscules, l'extension à grande échelle du marché de

Aussi, sous couvert de révéler les individus à eux-mêmes, ce sont des infirmes et non des saints que fabrique l'ermitage, des enfants apeurés par l'univers extérieur et non des sages agrandis par la méditation. La joie de se dévouer à l'institution, le fonctionnement ecclésial de la secte qui devient à elle-même son propre but, rendent la réadaptation à la vie profane quasi impossible. On ne peut plus se passer de l'ashram parce que l'ashram remplace le monde qu'il déréalise au profit d'un sanctuaire. Sous couvert d'initiation, il installe ses membres dans la défaillance et la fragilité, instaure un rapport de dépendance morale qu'il sera difficile d'interrompre. Dans ces vallées himalayennes toutes vibrantes d'un très ancien magnétisme, ces usines du conditionnement produisent des handicapés à la chaîne. Après des mois de communication éperdue, d'intimité obligatoire, de sourires forcés, de chaleur maternelle, comment se réhabituer à la froideur de rapports anonymes ? Tombé du nid, l'oiseau est paralysé. Et son retour auprès du maître sera sujet aux conditions les plus draconiennes, fussent-elles celles de la servitude maximale. Qu'importe le servage pourvu qu'on ait l'harmonie[1] (à se demander, d'ailleurs, si ce n'est pas un surcroît de discipline que vient chercher le *drop-out* en Asie à l'heure où les Églises en Occident se libéralisent). Ainsi ces enclos népalais ou indiens deviennent les cliniques de nos échecs, les Disneylands de toutes les pathologies occidentales, où les troupeaux blonds, en quête de la Lumière, viennent subir un détraquage

---

la communication, le lancement de chaînes de supermarchés du zen et de l'intimité, la dégradation de la religion en psychologie et de l'Église en annexe de l'hôpital. Voir à ce propos Alain Woodrow, *Les Nouvelles Sectes*, Seuil, 1977.

1. Là encore, c'est le Bhagwan Rajnesh qui avait su, mieux que les autres, additionner dans ses divers centres toutes les techniques d'embrigadement conçues au XXe siècle ; véritable génie de la manipulation, il avait fait de son ashram un laboratoire de la coercition consentie.

irréparable[1]. Et parce que l'Orient n'est rien d'autre alors que la guirlande qui orne le traitement, l'ashram peut être transporté n'importe où, au Texas comme au pied de l'Everest, à Zinal comme à Los Angeles ; l'Orient a cessé d'être géographique, l'Orient a tout simplement cessé d'être oriental.

Les candidats à la ressemblance

Le fin du fin pour le préposé à l'extase, c'est d'être aussi efflanqué et fiévreux que l'Indien. En vertu de ce principe selon lequel une foi ardente creuse les joues, c'est quand il aura la fixité du fakir et la maigreur du Christ qu'il se sentira prêt pour le grand plongeon. Tous ces déracinés, quel que soit le stupéfiant auquel ils s'adonnent, ont donc en commun le mimétisme qui les incite à puiser dans les attitudes de l'Asie comme dans une malle à costumes. D'où la laborieuse patience avec laquelle ils vont se travestir en empruntant les tics et les haillons de l'homme contemplatif. Contraint de jouer à qui sera le plus indigène, à en remettre sur les postures, l'Européen, pieds nus, vêtu d'un dhoti s'il est un homme, d'un sari pour une femme, adopte le côté bucolique, farouche, inspiré des moines mendiants qui sillonnent les routes du pays ; il en copie la longue tignasse jamais démêlée

1. Il faut noter, à ce propos, l'étrange partage des tâches qui affecte la communauté européenne en Inde et au Népal (évaluée entre 20 000 et 40 000 personnes) ; alors que l'Europe calviniste et riche (Allemands, Hollandais, Suisses et Nordiques) peuple en majorité les ashrams, surtout dans l'Himalaya, l'Europe catholique (Français et Italiens) choisit plutôt l'illégalité et la délinquance : trafic de drogues, de passeports et de bijoux. A quoi attribuer cette division du travail ; voilà une belle énigme pour une sociologie des mentalités. A noter également l'arrivée sur le marché de la spiritualité, depuis trois ans, des enfants des classes dirigeantes sud-américaines : Argentins, Brésiliens, Vénézuéliens.

pareille à des toisons de laine, le visage peinturluré, le corps couvert de cendres. Ses propos sont abondamment émaillés de mots hindis, il donne à ses compagnons du *baba* à tour de bras (en sanskrit : « sage »), ne dit plus d'accord mais *atcha,* se frappe le front avec son shilom avant de fumer, ne boit pas le thé dans la tasse mais le renverse dans la soucoupe, qu'il lape ensuite à la façon locale. Il jongle avec un empilement de formules pompeuses, de mots étrangers, d'expressions ampoulées et obscures et, comme le latin dans l'Église classique, le sanskrit est doté de pouvoirs mystérieux du seul fait d'être incompréhensible [1].

C'est que l'apparence est plus qu'une surface ; la vérité de celui qu'elle enveloppe. Le monde intelligible et le monde sensible ont échangé leurs fonctions ; le vêtement, la figure, le maquillage sont désormais le foyer, l'essence dont la vie intérieure n'est que l'écorce. *L'âme est dans la couleur du tissu, non dans la profondeur de la conviction.* On palpe l'Absolu à travers les mailles de la chemise ou du pyjama, expérience bien moins théâtrale que platonicienne. Mon allure est un avatar des Vedas ou de la Gita, elle signifie tout un arrière-monde, preuve que l'Orient est descendu en moi [2].

1. « J'étais repoussé par les mots religieux anglais que j'avais appris dans l'enfance et j'étais reconnaissant au Vedanta de parler sanskrit [...] J'avais besoin d'un vocabulaire tout neuf et il était là, avec un bagage de termes philosophiques qui était exact, sans émotion, non taché par de vieilles et dégoûtantes associations avec les sermons du pasteur, les discussions du maître d'école, les discours patriotiques de politiciens », écrit Christopher Isherwood dans la relation mi-cocasse, mi-sérieuse qu'il a donnée de ses rapports avec Swami Prabhvananda de 1939 à 1965, moine bengali de l'ordre de Ramakrishna qui a également influencé Aldous Huxley et Henry Miller (*My Guru and his Disciple,* New York, Farrar, Strauss and Giroux, 1980, p. 37 et 49).

2. Sans oublier ce qu'ont d'ironique les préoccupations sanitaires quasi obsessionnelles des Européens en Asie ; dans la patrie des dieux, ils n'ont d'angoisses que pour leurs intestins, examinent leur langue, surveillent leur digestion. Le rouleau de papier sous le bras, le routard, parti pour élever son âme, n'a plus d'yeux que pour son fondement et les inquiétants borborygmes qui perturbent sa méditation.

Goa,

Voulez-vous savoir ce qu'était la gentry anglaise du temps du British Raj ? Allez à Goa, ancien comptoir portugais, au sud-ouest de l'Inde, curieuse et nonchalante réincarnation de l'Empire. Vous y trouverez les échantillons les plus divers de l'*Homo europeanus* des vingt dernières années ; contemplatifs et agités, punks et intellectuels, vieux marginaux et jeunes glabres, ermites et bavards, prêcheurs et bouffons, cadres moyens vêtus en fakirs et voyous aux allures de *babas cools*, sans compter le petit lot, inévitable sous ces latitudes, d'épaves, de ratés, de loques, de destins naufragés. Ici, l'homme blanc jouit de sa propre diversité, de sa vaste aptitude à se déguiser, à multiplier les apparences. D'où la sensation d'être en permanence au théâtre : la beauté de certains vêtements tout en couleurs chatoyantes, la splendeur des broderies et des soies, la drôlerie de certains personnages accoutrés en flibustiers, en méditants, en cheiks arabes, roulant des yeux terribles, faisant tourner une canne ou une épée dans leur main. L'Occidental travesti en Asiatique de comédie donne à ses congénères le spectacle de sa propre extravagance devant un public d'Indiens ébahis.

Naturellement, les petits-fils des anciens dominateurs ont changé d'habitudes : ils ne jouent pas au golf mais au backgammon, ont abandonné le short et le casque pour le dhoti, le string ou le tonga, se couvrent de bijoux, pratiquent l'astrologie comme les locaux, fument la ganja et l'opium, sniffent des poudres, absorbent de l'acide au lieu d'alcool et leur vie amoureuse semble plus proche de la polygamie que de la sévère conjugalité victorienne. Mais surtout ils se baignent nus, affichent avec délectation leur liberté corporelle ; chaque organe dévoilé proclame orgueilleusement leur appartenance

Bref, pour se sentir de plain-pied avec Vishnou, il suffit que les nippes soient de circonstance. Et pourtant, homme des alliages, grand bricoleur de cultes, l'apôtre de la contre-culture ne doit pas faire illusion : sous le manteau de Noé du

petit comprimé d'Europe

à la race des seigneurs : voyez comme je suis affranchi, moi le Blanc. L'Indien qui, le dimanche surtout, vient photographier, renifler ces spécimens peu vêtus de l'hémisphère Nord, contemple, perplexe, ces poitrines bronzées, ces verges et ces derrières rougis avec un regard où se mêle l'envie autant que la désapprobation ; car lui-même est engoncé dans des pantalons étroits et tristes, des chemises étriquées, quand il ne porte pas des bottes à talons hauts ! Stupéfiant renversement : en 1852, le gouvernement portugais de Panjim interdit aux Goanais vêtus de leurs habits traditionnels l'entrée des villes du territoire, accessibles uniquement aux personnes munies de jupes et de pantalons ; à la même époque, le colonisateur anglais ordonne aux Indiens de cacher leur nudité offensante. Aujourd'hui, c'est le natif de Madras, de Bombay, de Delhi qui est devenu le meilleur dépositaire des valeurs européennes, tandis que Français, Italiens, Allemands redécouvrent les qualités de bien-être et d'aisance qui étaient celles des habitants originaires du sous-continent. D'où la stupéfaction des autochtones : ils ne reconnaissent plus leurs Blancs !

Et voilà quelques milliers de hippies devenus les nouveaux indigènes de cet ancien comptoir ! Goa ou le colonialisme comme cliché, carte postale moins ses conséquences économiques ou politiques ; puce sur le dos de l'éléphant indien, elle le distrait sans le dissiper. Cette vitrine de l'Europe en territoire étranger permet aux nationaux de venir s'instruire par les yeux des dernières mœurs de cette espèce mal connue : les Occidentaux. Sous les tropiques idylliques, c'est une foire à l'homme blanc où le Ponant se représente et défile devant le Levant.

méditant reste l'Occidental. Ce qu'il emprunte aux autres — puisque le pèlerinage est une forme de copie — est encore la preuve de sa supériorité. Il représente, bien sûr, une autre qualité d'Européen ; il est un initié qui a connu le grand frisson. Eux, le titi d'Aubervilliers, l'étudiant de Berlin, le tourneur de Liverpool, ils ajoutent à leur nationalité respective la récitation mécanique des mantras, la connaissance des postures yogiques, l'apprentissage de la respiration harmonique ; ils jouissent d'un double privilège, affirment leur supériorité sur les deux cultures ; eux, les « sauvés », forment une race d'élite qui a pris le meilleur de l'Asie tout en gardant ce qu'il y avait de bon en Europe, ils appartiennent à cette minuscule fraction de l'humanité détentrice de la vérité. Tous, dévots de la Mère, Aurovilliens, Harekrishna et autres amateurs de syncrétismes simplifiés, ruines errantes ou hirsutes, angéliques ou patibulaires, le principe de leur pieuse mascarade est exactement inverse de l'intérêt qu'ils portent à l'Inde ; je vous singe d'autant plus volontiers que rien de ce qui vous concerne ne m'intéresse ; je vous imite surtout pour ne pas vous ressembler. Dira-t-on jamais l'obscénité, le ridicule de ces théories d'ectoplasmes ambulants sans âge, sans sexe et sans saveur, français, anglais ou allemands, de ces moines en pyjama qui sillonnent la péninsule du nord au sud et de l'est à l'ouest, increvables cohortes de vieilles filles rances et de vieux hippies enveloppés de linge blanc, tous unis par la même imposture, dans le culte de la bondieuserie à visage exotique ?

Ne reconnaissant ni les traditions, ni les lois, ni les mœurs du pays hormis sa spiritualité, ne se sentant plus lié à sa patrie d'origine sinon par les mandats que lui envoient ses proches, le routard est soumis à une double et négative appartenance sociologique. Il navigue entre une culture lointaine qu'il a désertée et à laquelle seule la langue le rattache, et une société qu'il refuse et méprise. Dût-il même terminer sur le grabat d'un *slum*, usé par la drogue [1], les privations ou la

1. Là aussi, la confusion entre la drogue et la mystique mérite d'être soulignée. L'ère de la Grande Mutation grâce aux hallucinogènes annoncée par Jean-Jacques Lebel en 1967 (cité par Michel Lancelot, *op. cit.*, p. 286),

macération, il ne veut à aucun prix être confondu avec la plèbe locale ; il rejette les valeurs des Indiens comme appartenant à un monde déchu mais il ne veut pas plus partager la situation des touristes, résidents, coopérants ou diplomates. Et s'il jacasse autour des *stupas* avec l'accent de Saint-Ouen ou de Manchester, c'est pour mieux savourer le privilège, tout en appartenant aux deux camps, de ne participer à aucun, sinon à cette mystérieuse confrérie de la route. Il lui faut nécessairement mimer une séparation qui, sans une constante vigilance, risquerait de rester inaperçue. Son déracinement est symbolique ; il ne passe pas de l'autre côté, il passe à côté des deux civilisations. C'est ainsi que ces vagabonds, partis dans un esprit d'humilité, se retrouvent presque malgré eux dans la peau du colonial, leur père ou leur grand-père. L'effort de sympathie, la négation de soi, n'ont pu venir à bout de vieux réflexes solidement ancrés ; les Kerouac bronzés venus téter les mystères de l'absolu ne peuvent que mesurer l'éloignement pathétique qui les sépare d'une Asie éternellement étrangère [1].

---

la précision des dosages pour parvenir à l'extase, donnée par Tim Leary dans son livre *l'Expérience psychédélique :* « La colonne A indique un dosage suffisant pour une personne inexpérimentée aux fins d'entrer dans les mondes transcendantaux décrits dans ce manuel » (cité par M. Lancelot, p. 133), toutes proviennent de cette illusion selon quoi le mangeur d'opium ou d'acide accède plus vite à des états de conscience que la méditation n'apporte qu'après plusieurs années. La conscience obtenue de cette façon étant des plus fragiles, la redescente est vécue comme une chute, incitant le toxicomane à doubler ses doses pour continuer à planer. Et la volonté d'aiguiser l'acuité de l'esprit se dégrade en assoupissement, en léthargie maximale.

1. Il est, bien sûr, des ashrams d'où l'on sort, des initiations qui méritent d'être entreprises, pourvu qu'on distingue et qu'on ne télescope pas les contextes culturels différents, les références à l'Être diverses ; pourvu encore qu'aucune limite temporelle ne soit posée à la quête, pourvu enfin qu'on aille à la rencontre de religions étrangères en connaissant la sienne de telle façon que le choc soit aussi échange. C'est pourquoi en général les dialogues culturels les plus authentiques sont effectués par des prêtres ou des ecclésiastiques. On sait la place que le concile de Vatican II a faite au

Partis pour rédimer le Vieux Monde et refuser l'égoïsme des nations nanties, ils en viennent à affirmer leur existence et leur existence seulement. La grande fraternité des marginaux débouche sur la révolution solitaire du *trip*. La foi, simple affaire de conviction, n'échappe pas à la privatisation et cesse d'être un facteur de rassemblement. Chacun devient une île qui a passé son contrat avec Dieu. Et puisque le « je » est désormais la seule instance à laquelle on a envie de rendre des comptes, on égrène toutes les croyances du monde comme les feuilles d'une marguerite. L'anachorète en herbe, prêt à donner crédit à tous les vendeurs d'illusions, de cosmologies fantaisistes, de pouvoirs miraculeux, s'enferme à triple tour dans son petit ghetto de piété. Les mysticismes les plus saugrenus font bon ménage avec des syncrétismes frelatés, l'intériorité devient synonyme de vacuité, partout fleurissent fraudes, confusions, idéalismes en toc, occultismes de Monoprix, vulgarités millénaristes qui devraient scandaliser si elles n'étaient avant tout ridicules ! Que reste-t-il alors de l'Asie, de ce monde gigantesque et pullulant : des rituels caricaturés, des statuettes de plâtre, le grincement d'un sitar, des bâtonnets d'encens, des manteaux afghans, des chemises de coton, une panoplie de grand magasin !

Soyons juste, le mouvement hippy a eu l'immense effet de sensibiliser nos générations aux prestiges du voyage et il reste à bien des égards synonyme de liberté et d'aventure. Mais, victime de son optimisme excessif, de sa croyance positiviste

---

choc des cultures et la dimension particulière que lui a donnée le père Arupe, ancien général des jésuites, qui avait passé plusieurs années au Japon. On lira à ce propos les très belles pages que Mircea Eliade consacre à son séjour dans un ashram de Rishikesh en 1931 et l'on pourra méditer la réflexion que ce séjour lui a inspirée : « Ce que j'avais tenté dans mon désir de m'arracher à mes racines occidentales pour mieux me fondre dans un univers exotique spirituel équivalait au fond à renoncer avant terme à ma créativité. Pour créer, il faut demeurer dans le monde auquel on appartient » (*Mémoires I. Les Promesses de l'équinoxe*, Gallimard, 1980, p. 281).

dans la perméabilité des cultures, il ne nous apprend rien sur l'Orient lui-même. Tous les grands intercesseurs qui ont lancé un pont entre l'Est et l'Ouest lui furent et lui demeurent étrangers ; agnostiques, croyants ou simples curieux, ils se sont plongés dans l'épaisseur d'une humanité, quitte à souffrir de cette étrangeté qui les fascinait. Cet effort, ils l'ont payé du travail de toute une vie, souvent de leur santé, au point de devenir les fils d'une double culture avec les risques et les merveilles qu'une telle démarche implique [1].

Mais les jeunes gens en fleur de San Francisco, Paris, Rome ou Amsterdam ont tous communié dans une même indifférence à l'altérité de l'Asie : ils se sont voulus tout proches des Indiens, plus détachés que des bouddhistes, ils ont nié toute diversité culturelle et ce fut là leur drame, car désormais la distance leur manque pour communiquer avec ces peuples au milieu desquels ils vivent [2]. On ne raye pas ses origines d'un trait de plume. Les entichés du Nirvana ont cru d'un même geste fusionner avec l'Absolu et congédier l'Europe. L'Europe est revenue au galop et l'Absolu n'était pas au rendez-vous. Ces grands voyageurs sous l'éternel se sont retrouvés face à eux-mêmes, enfermés à jamais dans un blockhaus imprenable.

1. Mircea Eliade, Alexandra David-Neel, Arnaud Desjardins, Lanza del Vasto, les pères Monchanin et Le Saux, Guy Deleury ont essayé, chacun avec des fortunes diverses, ce passage à la limite. On consultera à ce propos la très belle réflexion que le jésuite allemand Hans Waldenfels a tirée d'un séjour de neuf ans au Japon : *La Méditation en Orient et en Occident*, Seuil, 1981.

2. « Par un phénomène étrange, c'est justement la réceptivité de l'Amérique, son désir d'entendre, d'explorer et d'expérimenter, qui dressent la barrière la plus infranchissable à l'écoute de la spiritualité orientale. [...] C'est l'histoire du cheval de Troie, mais inversée », écrit très judicieusement Harvey Cox dans *l'Appel de l'Orient*, Seuil, 1979, p. 164.

L'Occident est-il une
(Sur deux arguments

1. Chaque culture, dit Claude Lévi-Strauss, est le fruit d'une coalition, ce qui explique que les grandes inventions de l'humanité se soient déroulées à peu près aux mêmes époques ; il faut donc ôter à l'Occident la prérogative de la révolution industrielle qui serait intervenue de toutes les façons, tôt ou tard, sur un autre point du globe (*Anthropologie structurale II,* Plon, 1973, p. 410). « C'est ici que nous touchons du doigt l'absurdité qu'il y a à déclarer une culture supérieure à une autre. Car, dans la mesure où elle serait seule, une culture ne pourrait jamais être " supérieure " [...]. Elle est toujours donnée en coalition avec d'autres cultures et c'est cela qui lui permet d'édifier des séries cumulatives » (*id.*, p. 413). Sans doute, mais cela n'explique pas pourquoi, si toutes les sociétés sont le fruit d'une coalition, seul l'Occident en a réalisé les virtualités. Cela n'explique pas que l'Europe et elle seule ait pu totaliser cet ensemble complexe d'inventions qui l'a distinguée des autres cultures avec lesquelles elle communiquait et échangeait. Si toutes les sociétés, au départ, étaient placées dans la même configuration, comment expliquer que seule la nôtre ait pu décoller et réussir comme elle l'a fait ?

2. L'ethnocentrisme, « cette attitude de pensée au nom de laquelle on rejette les " sauvages " (ou tous ceux qu'on choisit

Les impasses du relativisme culturel

Alors que la suzeraineté française, belge, hollandaise, allemande, anglaise sur les peuples africains ou asiatiques s'accompagnait de la conviction ingénue d'apporter, outre le

culture supérieure ?
de C. Lévi-Strauss)

de considérer comme tels) hors de l'humanité, est justement l'attitude la plus marquante et la plus distinctive de ces sauvages mêmes » (*id.*, p. 383). « En refusant l'humanité à ceux qui apparaissent comme les plus " sauvages " ou " barbares " de ses représentants, on ne fait que leur emprunter une de leurs attitudes typiques. Le barbare, c'est d'abord l'homme qui croit à la barbarie » (*id.*, p. 384). Étrange argument qui, pour réfuter le racisme occidental, commence par le justifier en l'assurant que ces indigènes qu'il méprise sont bien des barbares ! Donc, la seule raison qui devrait nous éloigner de l'ethnocentrisme serait une répugnance bien sentie à nous identifier avec ces « sauvages » !

Curieuse manière de combattre le mal et de rendre aux peuples lointains la dignité que certains ici leur contestent ! Il est vrai que la pensée de Lévi-Strauss est si riche qu'il semble presque impossible de la réfuter tant elle joue avec brio de ses propres contradictions. Et pourtant ne venons-nous pas de mettre le doigt sur ce qu'on pourrait appeler *deux sophismes de la bonne volonté* ? Dans son souci quasi paternaliste de prouver aux autres cultures que l'Europe n'est rien, trois fois rien — toujours au nom du fameux remords ! —, Claude Lévi-Strauss, presque malgré lui, démontre exactement le contraire. Il est des lapsus bienvenus.

progrès et la science, la liberté — « Partout où flotte ce pavillon, les esclaves retrouvent leur liberté », avait déclaré Brazza aux esclaves africains qu'il venait de racheter en leur faisant toucher les plis du drapeau tricolore [1] —, l'exercice même de la colonisation devait remettre en cause cette profession de foi triomphante. Plus les empires s'affirmaient,

1. Anecdote citée dans l'excellent ouvrage de Raoul Girardet, *L'Idée coloniale en France*, LGF, coll. « Pluriel ».

plus ils s'exposaient à vaciller : dans les métropoles mêmes, les voix se faisaient nombreuses pour défendre ces civilisations indigènes dont les premiers anthropologues et administrateurs avaient donné une description souvent admirative ; à l'intérieur des contrées occupées, une nouvelle couche d'intellectuels, de penseurs, de juristes, souvent formés dans les universités de France ou d'Angleterre, allaient retourner contre l'Europe les valeurs que cette dernière leur avait inculquées : le respect de la souveraineté politique, la démocratie et, bien sûr, le droit des peuples à disposer d'eux-mêmes. Enfin, les suites morales de la boucherie de 1914, le doute sur la modernité — dont deux livres aussi dissemblables que *le Déclin de l'Occident* d'Oswald Spengler et *le Journal de voyage d'un philosophe* du comte de Keyserling témoignent chacun à leur manière — et surtout l'irrémédiable dommage infligé à l'idée européenne par les convulsions de l'hitlérisme et du stalinisme devaient secouer les orgueilleuses assurances sur lesquelles les nations industrialisées avaient fondé leur entreprise. Les guerres d'indépendance aussi bien que la décolonisation allaient achever de briser le sommeil dogmatique de l'Européen, et nul aujourd'hui n'oserait plus se risquer à postuler la supériorité globale de l'Occident, surtout à l'heure où il connaît une crise qui est moins celle du pétrole ou des marchés que de son projet même de civilisation.

On peut se demander pourtant si « ce nouvel assaut du spécifique dans l'histoire contemporaine », pour reprendre une excellente expression de Jacques Berque[1], n'engendre pas à son tour, en dépit de ses aspects positifs, d'autres errements. Sans doute les docteurs du relativisme culturel — entendons par là les ethnologues et les anthropologues, par opposition aux marxistes, adeptes de l'universel — ont-ils inspiré une tolérance civile et religieuse dont toutes les personnes de bonne volonté ne peuvent que se féliciter. Il

1. *L'Islam au défi*, Gallimard, 1980, p. 90.

semble pourtant qu'au-delà d'une certaine frontière cette souplesse idéologique se contredise elle-même et sombre dans une forme de scepticisme difficilement acceptable. Ce sont précisément ces impasses que nous voudrions définir ici en étudiant les répercussions du discours ethnologique sur la sensibilité contemporaine.

L'Eldorado de Gauguin

> « Nous autres Européens, nous nous portons plutôt mal. Nos conditions de vie sont trop éloignées de la saine nature et nos relations sociales manquent de charité et de bienveillance [...] Souvent on souhaiterait être un de ces soi-disant sauvages nés dans les îles des mers du Sud pour pouvoir au moins une fois goûter l'existence humaine dans sa pureté, sans aucun arrière-goût frelaté. »
>
> Goethe, conversation avec Eckermann, 12 mars 1828.

Si l'héritage culturel de l'humanité fait l'objet d'un engouement général, c'est que pour nous autres, Occidentaux, le moindre folklore, us ou coutume trahit cette essence rare qui nous aurait abandonnés : l'*authenticité.* Parce que les dieux ont déserté nos terres à pas de loup, il nous faut partir les retrouver dans les îles les plus lointaines, sous les cieux les plus colorés. L'idée, bien sûr, puise ses origines dans le XVIIIe siècle, essentiellement chez Rousseau, Condillac, Condorcet et Diderot[1], mais, après la parenthèse du

1. « La vie sauvage si simple et nos sociétés sont des machines si compliquées. Le Tahitien touche à l'origine du monde, l'Européen touche à sa vieillesse », écrit Diderot dans le *Supplément au voyage de Bougainville* (Garnier-Flammarion, p. 146). Et Condillac : « Nous qui nous croyons

XIXe siècle, elle connaît de nos jours un regain inaccoutumé qui l'élève presque au rang d'un dogme. C'est le linguiste anthropologue Sapir qui la conceptualise en 1925[1], mais surtout le grand Malinowski, charmé par le mode de vie des Trobriandais, qui la popularise : à ses yeux, la discipline qu'il pratique est une fuite romantique vers des sociétés demeurées pures ; alors que, chez Tylor et Morgan, l'anthropologie protège la civilisation scientifique des aberrations et de la grossièreté des peuples sauvages, elle joue chez Malinowski le rôle d'une mission préservatrice. Les survivances primitives dénoncées avec hauteur par les missionnaires et les ethnologues de l'Empire florissant sont dorénavant chéries comme autant de trésors à sauvegarder. A une pensée de l'élagage succède un souci du patrimoine dicté par la nostalgie de fabuleuses retrouvailles. Et le fait que l'Occident soit plus avancé sur le plan techno-économique ne signifie rien : le progrès est monstrueux et n'implique aucune justice. « Cela peut paraître une vue pessimiste du progrès, mais beaucoup la ressentent fortement et voient dans la poussée sans but de la mécanisation moderne une menace à toutes les vraies valeurs spirituelles et artistiques », dit Malinowski en 1930 (*Africa*). Le monde moderne est une aberration monstrueuse, écrit René Guénon à peu près à la même époque[2]. Déjà, dans *les*

instruits, nous aurions besoin d'aller chez les peuples les plus ignorants pour apprendre d'eux le commencement de nos découvertes ; car c'est surtout ce commencement dont nous aurions besoin ; nous l'ignorons parce qu'il y a longtemps que nous ne sommes plus les disciples de la nature » (« La langue des calculs », 1760, cité par Gérard Leclerc, *Anthropologie et Colonialisme*, Fayard, 1973, p. 223).

1. En proposant sa distinction entre cultures authentiques (*genuine*) et cultures inauthentiques (*spurious*). Les premières sont « harmonieuses, équilibrées et vivent en parfaite adéquation avec elles-mêmes », les secondes « réduisent l'individu à l'état de rouage, entraînant frustration et aliénation » (cité par Gérard Leclerc, *op. cit.*, p. 155).

2. « Ce qui ne s'était jamais vu, jusqu'ici, c'est une civilisation édifiée tout entière sur quelque chose de négatif, sur ce qu'on pourrait appeler une absence de principe ; c'est là, précisément, ce qui donne au monde moderne

Immémoriaux (1907), Victor Segalen, racontant la déchéance du peuple Maori, avait mis l'accent sur l'inévitable dégradation que le contact de la civilisation industrielle ne peut manquer de susciter sur les anciens modes de vie. Un demi-siècle plus tard, Claude Lévi-Strauss évoque avec honte le « monstrueux et incompréhensible cataclysme que fut pour une si large et si innocente fraction de l'humanité le développement de la civilisation occidentale » (*Tristes Tropiques, op. cit.*, p. 375), et Garaudy, plus récemment, conclut par une de ces formules panoramiques qui lui sont chères : « Le développement de l'Occident est une exception maudite » (*Pour un dialogue des civilisations*, Denoël, 1977).

Bref, pour nous, possesseurs et esclaves de la technologie qui avons perdu notre âme, c'est à la culture des autres que nous devrions de pouvoir survivre ; sur ces sociétés minuscules, arriérées, on plaque l'âge d'or, on matérialise ce que l'imagination collective situait naguère dans le passé ; et puisque le passé est accessible désormais par un simple déplacement dans l'espace, c'est là-bas qu'on retrouvera le Paradis terrestre, les Iles fortunées, « les sources de l'humanité en enfance » (Paul Gauguin). Alors qu'au XIXe siècle, le sauvage n'était qu'une ébauche maladroite promise au patronage des peuples civilisés, il redevient, au début du XXe, l'homme des origines, l'homme d'avant le péché [1] au contact

---

son caractère anormal, ce qui en fait une sorte de monstruosité » (*La Crise du monde moderne* [1927], Gallimard, coll. « Idées », 1974, p. 90-91).

1. « Le visiteur qui, pour la première fois, campe dans la brousse avec les Indiens se sent pris d'angoisse et de pitié devant cette humanité si totalement démunie [...] Mais cette misère est animée de chuchotements et de rires. Les couples s'étreignent comme dans la nostalgie d'une unité perdue ; les caresses ne s'interrompent pas au passage de l'étranger. On devine chez tous une immense gentillesse, une profonde insouciance, une naïve et charmante satisfaction animale », écrit Lévi-Strauss dans *Tristes Tropiques, op. cit.*, p. 335-336.

Et Pierre Clastres lui-même, décrivant le sauvage d'avant la chute, c'est-à-dire d'avant la naissance de l'État, écrit : « Ce qui est ici désigné, c'est bien ce moment historique de la naissance de l'Histoire, cette rupture fatale

duquel l'Occident est appelé à se régénérer. Ainsi les populations primitives reçoivent-elles leurs tributs d'éloges ; petites communautés à structure cristalline où la solidarité et la réciprocité sont des pratiques quotidiennes (Lévi-Strauss), bienheureuse anarchie des Indiens Guayakis du sud-est du Paraguay vivant sans pouvoir central, sans divisions (Pierre Clastres), société unifiée par la présence bienveillante et nourricière d'une forêt, d'une jungle ou d'un fleuve qui pourvoient aux besoins de tous (Marshall Sahlins), société de l'harmonie spontanée et du conflit bienheureux (Robert Jaulin), profusion des sens et du bonheur érotique des atolls du Pacifique-Sud (Malinowski), telles sont les utopies au demeurant séduisantes qui animent l'ethnologie contemporaine. A nous le mal de vivre, les valeurs débilitantes[1], les soucis, à eux le symbolique, le bonheur, la transparence qui agissent avec toute la magie d'un envoûtement collectif.

Contre les monstres froids de l'hémisphère Nord, on ne se lassera jamais d'exalter la grande beauté du primitif[2] ou

---

qui n'aurait jamais dû se produire, cet irrationnel événement que nous autres modernes nommons, de manière semblable, la naissance de l'État. En cette chute de la société dans la soumission volontaire de presque tous à un seul, La Boétie déchiffre le signe répugnant d'une déchéance peut-être irréversible [...] L'ethnologie inscrit son projet sur l'horizon du partage jadis reconnu par La Boétie [...] Elles sont certes les bien-nommées, ces sociétés primitives, sociétés premières de se déployer dans l'ignorance de la division, premières d'exister avant le fatal malencontre » (« Liberté, malencontre, innommable », dans l'édition du *Discours de la servitude volontaire*, par Étienne de La Boétie, Payot, 1976, p. 231-233).

1. Parlant de la colonisation en Afrique et des avantages respectifs qu'en ont retirés envahisseurs et indigènes, Guy de Bosschère écrit : « Les Blancs, en revanche, de quoi peuvent-ils prétendre avoir enrichi la culture noire, sinon par l'apport des valeurs débilitantes de leurs civilisations utilitaires et matérialistes, de leur désespoir congénital » (*Autopsie de la colonisation*, Albin Michel, 1967, p. 180). Et Robert Jaulin : « La paix, la discrétion, la maîtrise de soi indiennes contrastent avec ce drame occidental d'être » (*La Paix blanche*, Seuil, coll. « Combats », 1970, p. 15).

2. Lisons par exemple ce passage d'un texte de 1555 sur les habitants du Nouveau Monde : « Il est prouvé que chez eux la terre appartient à tout le monde comme le soleil ou l'eau. Ils ne connaissent ni le tien, ni le mien,

encore le réveil des identités meurtries, la remontée du religieux, la fidélité à soi-même, la récapitulation incessante de son propre legs, « ce rapport vécu entre un groupe et ses bases, un rapport qu'il faut sans cesse ranimer[1] ».

Les promesses de renouveau semblent multiples dès lors qu'elles se ramènent à l'observance d'un héritage ancien. Synonyme au XVIIIe siècle d'un état de nature réfutant l'idée de religion, le monde extra-occidental symbolise de nos jours le foyer du sacré, le dépositaire d'une transcendance absente de nos latitudes. Levier contre l'obscurantisme sous l'Ancien Régime, instrument d'éveil à une vérité perdue, dans les deux cas les cultures exotiques servent de miroir dans lequel l'Occident souligne ses insuffisances, corrige ses défauts. Dès lors, tout est authentique du seul fait d'être ancien, c'est-à-dire proche de l'origine ; l'anachronique est survalorisé, le statisme encouragé, comme sur les brochures touristiques, l'archaïque est toujours plus « vrai » que le moderne[2], et l'on

---

source de tous les maux. [...] c'est le régime de l'âge d'or. Ni fossés, ni murs, ni haies pour enclore leur domaine. Ils vivent dans des jardins ouverts à tous. Sans lois, sans codes, sans juges, ils agissent naturellement d'après l'équité » (Pierre Martyr Anghiera, cité par Richard Marienstras, *Le Proche et le Lointain,* Minuit, 1981, p. 242). Comparons ces lignes aux écrits des ethnologues modernes exaltant la liberté amoureuse du sauvage, sa haine de l'État, son refus de la propriété, sa justice naturelle, et l'on comprendra qu'un même mythe se poursuit depuis la Renaissance, mythe que ni l'enquête sur le terrain ni les études « scientifiques » n'ont entamé d'un pouce, lui conférant un vernis de respectabilité qui a permis de mieux l'avaliser. On a déjà vu dans le chapitre sur les solidarités militantes ce que l'observation des faits et les voyages sur place pouvaient comporter d'erreurs et de cautions à la cécité la plus grossière.

1. Jacques Berque, *L'Islam au défi,* Gallimard, 1980, p. 275.

2. La vérité du discours ethnologique, c'est dans l'idéologie touristique qu'elle éclate aujourd'hui ; soit, par exemple, ce commentaire d'un dépliant sur les villages berbères du grand Sud tunisien : « Ensemble, ils tissent le quotidien d'une vie restée comme un îlot de sage dépouillement dans notre monde hanté par la turbulence et l'inquiétude. Le voyage prend ici les dimensions d'un vrai retour aux sources. » Voilà de quoi rendre perplexe : en quoi un village berbère pourrait-il, pour un Européen, constituer un retour aux origines de sa propre civilisation ?

refuse l'idée même de survivances parce qu'il est clair « que si la survivance se perpétue, c'est qu'elle a acquis un sens nouveau, une fonction nouvelle » (Malinowski). D'ailleurs, il s'agit là d'un faux débat, car il est bien entendu « que les sociétés primitives sont l'avenir des nôtres [1] » (Jean Malaurie) et que « la nécessaire révolution blanche, pour le moment utopique, a tout à apprendre et à attendre des Indiens (et rien à leur enseigner) [2] » (R. Renaud).

Comment ne pas voir en premier lieu que le culte de la différence suppose une idée *a priori* sur ce qu'elle incarne et que l'intelligentsia occidentale retombe dans l'ethnocentrisme lors même qu'elle croit lui tourner le dos ? Aucun désintéressement dans notre quête des « œuvres vives » puisqu'on pose nous-mêmes les valeurs qu'on va dénicher aux antipodes dans les traditions des autres peuples. La défense passionnée des sociétés inaugurales n'est jamais qu'un moyen de les juger et de nous juger par le biais de nos propres catégories ; où l'on criait autrefois à la barbarie, l'on s'émerveille aujourd'hui d'un équilibre miraculeux, mais la démarche est la même, car le présupposé reste le mode de vie occidental : on défend « l'archaïque comme pure valeur anti-occidentale parce qu'[on] aspire *occidentalement* à l'absolu qui est hors de [notre] portée [3] ». Exalter la négritude, la franchise amoureuse des Mélanésiens, la non-violence des Indiens, l'innocence virginale des Araras et des Bororos, la spontanéité des

1. « Ce dont je suis persuadé, c'est que les sociétés primitives sont complexes, sophistiquées, ce sont des sociétés d'avenir, elles sont peut-être notre second souffle. D'abord parce qu'elles sont profondément différentes des nôtres et qu'il n'y a d'espérance pour l'homme — j'en ai la conviction — que dans la diversité de son destin » (Interview de Jean Malaurie par *le Nouvel Observateur*, mars 1981).

Et Jaulin : « Lier donc notre futur à l'intelligence du monde indien me semble *a priori* parfait » (*La Paix Blanche, op. cit.*, p. 259).

2. In *De l'ethnocide*, UGE, 1972, p. 35.

3. Remo Guidieri, « Les sociétés primitives aujourd'hui », in *Philosopher*, Fayard, 1980, p. 62.

Balinais, n'est-ce pas les voir à travers nos manques et nos difficultés, les poser en contre-valeurs exemplaires du monde où nous vivons[1] ? Pourquoi, dans ces conditions, ne pas célébrer l'anthropophagie, les pratiques des coupeurs de têtes, les cultes sanglants des Aztèques tout aussi « authentiques » que les métaphysiques d'Océanie ? Nous glorifions le rustique tropical parce que nous savons d'emblée ce que nous venons y chercher, des trésors de sagesse, des abîmes de sincérité et de détachement, une fête du corps, un délassement pour nos tracas[2], alors que toute rencontre culturelle devrait se reconnaître, me semble-t-il, à l'impossibilité de penser d'avance son résultat. Considérer l'autre comme « une partie de moi-même qui m'habite et me révèle ce qui me manque[3] », c'est dégrader la découverte en simple retour au pays perdu ; si je manque de toutes les sociétés, je ne suis rien plus que la somme vide d'influences extérieures, un vaste dépôt ouvert à tout vent et où vont s'empiler sans suite ni grâce les comportements, rituels et gestes de l'humanité.

1. Dans la conclusion de la remarquable étude qu'il consacre à Lévi-Strauss, Jacques Derrida écrit : « La critique de l'ethnocentrisme, thème si cher à l'auteur des *Tristes Tropiques,* n'a le plus souvent pour fonction que de constituer l'autre en modèle de bonté originelle et naturelle, de s'accuser, de s'humilier, d'exhiber son être-inacceptable dans un miroir contre-ethnocentrique » (*De la grammatologie,* Minuit, 1967, p. 167-168).

2. Que certaines îles de l'océan Indien, des Caraïbes, du Pacifique-Sud puissent nous sembler l'image du paradis est incontestable. Et nul ne niera que les longues grèves des Seychelles, les côtes de Ceylan et des Maldives, les rizières de Bali et des Philippines, les plages des Antilles, soient incomparablement plus envoûtantes que les banlieues de Liverpool, les hauts fourneaux de la Ruhr ou les corons de Roubaix. Cela posé, l'Occidental ne peut oublier qu'il ne jette sur ces lieux édéniques qu'un regard fragmentaire, le temps d'un séjour, effectué en général dans les meilleures conditions de luxe et de confort. Et la splendeur tropicale, la douceur des contacts, la beauté des espèces et des fleurs, ne devraient pas faire oublier l'extrême précarité, sinon la dureté de la vie primitive, fût-ce sur les bords de mer les plus enchanteurs. Il n'en reste pas moins que pour nous, habitants de contrées froides au climat inconstant, les pays du soleil resteront toujours frappés d'une fascination sans égale.

3. Roger Garaudy, *Pour un dialogue des civilisations, op. cit.,* p. 154.

A la phobie du « divers », caractéristique de la phase expansionniste, s'est substituée une toquade pour le primitif, à qui l'on accorde d'emblée toute la générosité, toute la pureté que l'on se refuse. Mais ce naturel nu et bronzé, armé d'un arc et guidé par un instinct infaillible, il n'est jamais que notre frère en projection, en nostalgie ; c'est ainsi qu'on a pu ces dernières années fabriquer un sauvage libertaire dont tous les actes visent à empêcher l'avènement de l'État et des classes sociales [1] (Pierre Clastres), un sauvage d'une civilité exquise refusant tout ce qui nous écrase : les tabous, les impôts, la cupidité, la vignette, la méchanceté, la concurrence, la tricherie, le béton et même les chasses d'eau, un sauvage libéré, adepte frénétique des « machines désirantes » (Deleuze-Guattari), un sauvage épicurien offrant le spectacle édifiant d'une sexualité non réprimée où la sodomie [2] est accomplie sans mauvaise conscience (Jacques Lizot), un sauvage dix-huitiémiste convaincu et fin lecteur de Rousseau (les Nambikwaras chez Lévi-Strauss), un sauvage prodigue de ses biens, dépensant sans compter loin de notre avarice petite-bourgeoise (Bataille), un sauvage *cool* refusant le surmenage et ne travaillant que quatre heures par jour (Sahlins), bref, toujours et partout un sauvage comme spectacle, fantasme, figure rhétorique, mélange de gai savoir et d'éloge de la

1. Sans doute Pierre Clastres n'a-t-il jamais explicitement offert les Guayakis ou les Yanomamis en modèle social. Sa connaissance du terrain lui a permis au contraire d'élaborer un modèle théorique — fictif ou non — pour analyser la domination et le pouvoir dans nos sociétés. Il n'empêche que sa lecture — à son insu peut-être — ne peut manquer de nous faire rêver sur ces antithèses de nos métropoles inhumaines que sont les tribus amazoniennes et, par là même, réactiver le mythe du bon sauvage.

2. La sodomie est « une activité sexuelle marginale [...] mais elle n'a pas pour conséquence un sentiment de mauvaise conscience, lequel, comme le repentir, est justement banni de la morale indienne », écrit J. Lizot dans *le Cercle des feux* (Seuil, 1976, p. 44). Le journal *Libération* du 1er avril 1976 donnera en extrait le récit des expériences précoces d'« Hebëwë, le petit Indien ».

paresse pour la plus grande joie de la rive gauche ou de Manhattan.

Racisme à l'envers mais racisme tout de même : le ravissement apparent de n'être plus soi se paye de la plus grossière réduction : on ne bénit chez l'autre que le négatif de notre société, l'alibi introuvable de nos peurs, le porte-parole de nos hantises[1]. Ces sauvages-là sont des idées pures comme le guérillero bolivien ou le combattant palestinien n'étaient qu'une idée pour le militant tiers-mondiste : une véritable médecine cathartique qu'on s'injecte à doses régulières pour s'immuniser contre l'État, le Capital, la Pollution, la Frigidité, que sais-je encore, au gré des obsessions de chacun[2]. On s'extasie que l'homme préhistorique n'ait pas envie de devenir capitaliste, d'édifier un État, de s'enrichir, et nous rêvons sur lui parce que nous lui prêtons le dessein de refuser ce que nous sommes. Encore une fois, l'éloignement du regard, le renouveau romantique de la sensibilité, nous renvoient à nous-mêmes ; seules nous paraissent respectables les sociétés qui contredisent les valeurs de la nôtre ; et nos efforts pour échapper à l'emprise de notre milieu culturel sont une

1. Dans un collectif paru sous le titre *le Sauvage à la mode* (Sycomore, 1979), Jean-Loup Amselle, Marc Augé, Jean Copans, Jean-Claude Godin, Christian Deverre, Jean Bazin, Ugo Fabietti se livrent à une décapante et salutaire démystification de la littérature ethnographique contemporaine, démystification qui serait la bienvenue si elle n'était gâtée par un dogmatisme marxiste à l'épreuve des balles. Comme si l'on ne dénonçait une bêtise que pour mieux retomber dans une autre !

2. A quel point une certaine ethnologie est peu crédible dès lors qu'elle mêle les sociétés primitives à nos débats théoriques, c'est ce que prouve, par exemple, la réfutation de Deleuze-Guattari mais aussi de Pierre Clastres par Marc Augé, anthropologue spécialiste de l'Afrique noire, qui soutient que toutes les sociétés sont répressives, même les plus primitives, puisqu'elles imposent un ordre individuel et social : « Les logiques du pouvoir sont toujours comparables, non certes par l'ampleur de leurs effets mais par l'efficace rigueur de leurs formes » (*Génie du paganisme*, Gallimard, 1982). Pour les profanes que nous sommes, privés de la possibilité d'une vérification sur place, comment s'y reconnaître dans cette avalanche de pensées contradictoires ?

manière honteuse de confesser sa supériorité sur les autres.

Et puis, sous couleur d'exalter l'aube du monde, la maison des commencements, le véridique, on est livré à l'arbitraire le plus parfait. D'abord, de quelle société va-t-on s'éprendre ? Car, à l'heure du choix, l'abondance est redoutable : quelle tribu lointaine du Mato Grosso ou de Bornéo élira-t-on comme parangon d'équilibre et de vertu ? Là encore notre ethnologue don Juan a trop de femmes : en proclamant qu'il « cherche son inspiration au sein des sociétés les plus humbles, les plus méprisées », « que rien d'humain ne saurait être étranger à l'homme [1] », il se perd immédiatement dans une multiplicité de mythes, dans l'inventaire interminable de toutes les manières que les hommes ont inventées pour s'accommoder de la difficulté d'être humains. Parce qu'aux quatre coins de la planète, cent peuples fabriquent cent mille dieux locaux, on se passionne pour ces divinités spécialisées et décentralisées à l'échelle d'un village ou d'une tribu, on s'émerveille des petits peuples murés dans leur particularisme et qu'on nous désigne comme des modèles d'humanité supérieure.

L'Occident, c'est entendu, a tout désacralisé, c'est là son crime et son péché [2] : mais dès lors qu'à son irrespect on oppose d'autres sagesses, toutes se concurrencent, aucune n'a titre à dominer plus qu'une autre, chacune d'elles est « authentique », et notre société peut apprendre à les singer parce qu'elle-même n'en parle aucune. Le fait de s'incliner

1. Claude Lévi-Strauss, *Anthropologie structurale II, op. cit.*, p. 322.
2. « Ce que nous appelons l'aventure occidentale, c'est cette application de l'intelligence à l'investigation scientifique d'une nature désacralisée, qu'il faut violenter pour en connaître les lois et en soumettre les forces à la volonté de l'homme. [...] Elle nous a menés à une situation que nous appellerons antidémiurgique, en ce qu'elle est la négation de l'œuvre créatrice, puisqu'elle met l'humanité en mesure de détruire, d'anéantir son habitacle, cette Terre » (Henri Corbin, *Philosophie iranienne et Philosophie comparée,* Téhéran, 1977, p. 47).

devant la supériorité absolue de telle ou telle forme de vie fait du monde le menu devant lequel l'Occidental prend place. Si l'on reconnaît à tous les peuples étrangers la capacité inouïe, unique, de tremper dans l'originel, comment va-t-on les différencier entre eux ? Ce que l'un exalte dans l'islam, un autre le célèbre dans l'hindouisme, un troisième dans le bouddhisme du Petit Véhicule, d'autres nous vantent les charmes inoubliables des Dayaks de Bornéo, des Toradjas des Célèbes, des Eskimos ou des Lapons, des aborigènes d'Australie, et chaque fois leurs arguments sont irréfutables, probants, enthousiasmants. Pourquoi suivre le druide plutôt que le bonze ou le mollah ? Chacun présente comme des solutions planétaires des options individuelles parfaitement contingentes, même si elles sont justifiées. On en arrive alors au même type de gratuité que face aux goûts amoureux : pourquoi tel homme préfère-t-il tel type de femme à tel autre, les blondes aux brunes, les boulottes aux minces, les velues aux imberbes ? Chacun plaide pour sa paroisse, nous certifiant qu'elle est la meilleure, l'élue entre toutes, chacun nous certifie qu'il possède l'idéologie miracle qui permettra de soulever les montagnes et vitupère ses concurrents. On se chamaille sur des dogmes étrangers, on ferraille au nom du Coran ou des Vedas et, surtout, comble du comble, on se permet de faire la leçon, au nom de l'authenticité, aux indigènes qui ont trahi leur culture [1].

1. Déjà, en 1927, René Guénon vomissait « ces Orientaux qui se sont [...] " occidentalisés ", qui ont abandonné leurs traditions pour adopter toutes les aberrations de l'esprit moderne, et ces éléments dévoyés, grâce à l'enseignement des Universités européennes et américaines, deviennent dans leur propre pays une cause de trouble et d'agitation » (*op. cit.*, p. 153). On connaît la fortune du thème des « bourgeoisies locales vendues à l'impérialisme européen », qui ressortit au même ordre d'idées, et quel usage en ont fait certains orientalistes pour fustiger le président Sadate, renégat à l'islam et à la cause arabe. Ailleurs, ce sont les Indiens que Robert Jaulin maudira puisqu'ils trahissent l'indianité en s'occidentalisant : « Le contact, la paix, la vie en symbiose avec les Blancs, tout cela a fait d'eux des

L'injure suprême

Que reproche le militant politique à l'ethnologue ? De ne pas retrouver le schéma de la lutte des classes chez les aborigènes d'Andaman et Nicobar, d'oublier la loi universelle de l'exploitation dans le bassin de l'Orénoque ou le périmètre du Kilimandjaro. A ses yeux, tout est clair, l'ethnographe est « un aristocrate individualiste » qui prône le « bouddhisme démobilisateur[1] », le mythe du bon sauvage, l'islam des origines pour détourner les peuples du devoir de révolution, bref, un agent de l'Occident impérialiste. L'ethnologue, à son tour, n'est pas de reste : pour lui, « l'idéologie marxiste, communiste et totalitaire est une ruse de l'Histoire pour promouvoir l'occidentalisation accélérée de peuples restés en dehors jusqu'à une époque récente[2] », un colonialisme comme les autres ! L'automatisme salivaire du discours communiste et ethnologique quand il s'agit de l'Occident est remarquablement synchronisé, deux comparses qui se renvoient la balle. Et voilà le pauvre Occident pris en sandwich entre des pensées qui le vomissent et se le jettent à la figure, bien qu'elles en soient chacune l'expression. Triste époque qui fait d'une immense civilisation une insulte synonyme de barbarie ou de fascisme !

1. Reproches adressés à Claude Lévi-Strauss par J. Copans, dans *le Sauvage à la mode, op. cit.*, p. 45 (note).
2. Claude Lévi-Strauss, interview au journal *le Monde*, 21-22 janvier 1979.

---

mendigots, des parasites, des gens infiniment moins allants et plus sales qu'ils n'étaient » (*La Décivilisation*, Éditions Complexe, 1974). Et Jaulin se revendiquera bientôt comme le seul Indien authentique de tout le bassin amazonien, vainqueur par K.O. dans la surenchère des puristes pour l'appropriation d'une culture étrangère ! C'est Jaulin encore qui exaltera le thème de l'indianité blanche, le romantisme du hors-la-loi, du marginal, du loubard, du zonard, dont il encense la pure « sauvagerie », qui, espère-t-il, sauvera l'Occident par sa capacité de révolte et de désordre ! Mais c'est en Inde qu'on touche aux frontières du ridicule absolu puisque aux tenants d'une pureté aryenne répond la secte non moins curieuse des adeptes de la

Très vite, le spectateur de ces querelles comprend que tous ces remèdes se valent parce qu'aucun ne vaut plus qu'un autre, sinon dans le caprice de celui qui le défend. Sous couleur de bousculer la distinction simpliste entre société supérieure et société inférieure, on les nivelle toutes. Le relativisme glorifie l'authentique mais fait douter en même temps qu'il existe, parce qu'il en présente trop d'échantillons divers qui ont la même prétention : il y a pléthore de pôles attractifs, de divinités, bref, l'on souffre d'un excès de sacré plutôt que d'un manque. Le désir est alors aiguillonné et douché : le club ultra-fermé des cultures originelles se révèle un hall de gare bondé d'une foule hétéroclite. Et le culte farouche de la différence devient l'approbation au tout-venant, c'est-à-dire à n'importe quoi.

A chacun sa barbarie

En 1947, le Bureau exécutif de l'American Anthropological Association soumet à la commission des droits de l'homme des Nations unies un projet de déclaration[1]. Prenant note du grand nombre de sociétés qui sont entrées en contact étroit avec le monde moderne et soucieux d'édicter une Déclaration des droits de l'homme qui soit applicable à tous les peuples et pas seulement à ceux d'Europe occidentale et d'Amérique, les

pureté dravidienne (c'est-à-dire du Sud), proclamée exempte du contact corrupteur avec l'Occident. Bel exemple de cette intransigeance, l'excellent Alain Daniélou récuse d'un trait de plume Gandhi et Nehru, mais aussi Tagore, Vivekananda, Aurobindo, tous coupables d'avoir collaboré avec la culture anglaise (*Les Chemins du labyrinthe,* Laffont, 1981, p. 146-147). Le vrai hindou, c'est lui, et les autres n'ont qu'à bien se tenir !

1. « A Statement on Human Rights », *American Anthropologist* (1947), cité par Gérard Leclerc, *op. cit.*, p. 161-163.

cosignataires, après avoir rappelé les conséquences désastreuses du colonialisme pour l'humanité, proposent la déclaration suivante :

« 1. L'individu réalise sa personnalité par la culture : le respect des différences individuelles entraîne donc un respect des différences culturelles.

2. Le respect de ces différences entre cultures est validé par le fait scientifique qu'aucune technique d'évaluation quantitative des cultures n'a été découverte. Les buts qui guident la vie d'un peuple sont évidents par eux-mêmes dans leur signification pour ce peuple et ne peuvent être dépassés par aucun point de vue, y compris celui des pseudo-vérités éternelles.

3. Les standards et les valeurs sont relatifs à la culture dont ils dérivent, de telle sorte que toutes les tentatives pour formuler des postulats qui dérivent des croyances ou des codes moraux d'une culture doivent être retirées de l'application de toute Déclaration des droits de l'homme à l'humanité tout entière. »

Au nom du droit à la diversité, un premier discours sacralise avec émotion l'authenticité de l'homme primitif ; invoquant le même pluralisme, un second discours cultive le doute absolu quant à la possibilité d'unifier le genre humain et salue avec le même loyalisme la succession des identités d'où qu'elles surgissent. En vertu du respect de la singularité de chacun, on trouve les mots les plus persuasifs pour expliquer le cannibalisme de telle tribu, la lapidation des femmes adultères ou la section des mains des voleurs dans certains pays islamiques, la mutilation sexuelle des fillettes en Afrique et au Moyen-Orient, la ségrégation et le massacre des intouchables en Inde, et l'argument est alors celui-ci : à chacun sa vérité. Autrefois, la divulgation des statistiques pouvait susciter une nouvelle forme de culpabilité : celle d'être différent. Désormais, la tendance est de cantonner chacun dans sa différence et de lui interdire d'en sortir ; et si l'on défend des mœurs un peu cruelles ou barbares, ce n'est pas qu'on voudrait les adopter chez nous, mais parce qu'elles témoignent d'une saveur, d'une altérité bénéfiques en elles-mêmes [1].

Bref, on reconnaît dans le développement culturel de toutes les formations sociales aussi rudimentaires soient-elles une réalisation parfaite et complète des dons potentiels de l'homme : tout est bon à garder dans toutes les traditions, même l'immoral, l'erroné ou l'anachronique, et, qu'il s'agisse des Dogons, des Yanomamis, des Baris ou d'un village de haute Provence, chacune a le caractère d'une réussite unique. Chaque civilisation forme un tout organique solidaire, indissociable (Toynbee [2]), l'Occident est ramené à la particularité d'une société parmi un millier d'autres, la carte du monde n'est plus une macédoine mais une marqueterie où chaque pièce doit être bien séparée des autres. Pour maintenir le *statu quo,* on appuiera les luttes des peuples du Tiers-Monde contre l'influence occidentale, véhicule de l'incroyance et de la permissivité. Le principe intangible de la non-confusion des cultures fait devoir à chaque peuple de défendre à tout prix son intégrité.

Pour cette pensée de la différence comme avoir et titre de propriété, chaque groupe ou rassemblement humain combine de manière paradoxale la représentation d'une particularité et l'idée d'une légitimité. C'est la singularité qui fonde le droit et non l'inverse :

1. Dans son ouvrage *l'Europe et l'Islam,* Hichem Djaït raille gentiment « le concert de voix nouvelles [...] qui s'élève en Occident pour adjurer les musulmans de rester eux-mêmes [et qui] représente d'abord la naïve conscience malheureuse de l'Occident qui, face à l'aliénation dont elle souffre, voit dans l'Islam mythique ou réel l'envers de sa souffrance : un sens du bonheur, de la spiritualité, des valeurs communautaires » (Seuil, 1978, p. 184-185).

2. *Le Monde et l'Occident,* Gonthier, coll. « Bibliothèque des médiations », 1965, p. 72.

> « Le sentiment de gratitude et d'humilité que chaque membre d'une culture donnée peut et doit éprouver envers toutes les autres ne saurait se fonder que sur une seule conviction : c'est que les autres cultures sont différentes de la sienne de la façon la plus variée ; et cela même si la nature dernière de ces différences lui échappe ou si, malgré tous ses efforts, il n'arrive que très imparfaitement à la pénétrer[1] » (Claude Lévi-Strauss).

Ainsi, toute volonté collective avec ses mœurs et son langage spécifique a droit à notre hommage du moment qu'elle se distingue d'une autre, et les critères du juste et de l'injuste, du criminel, du barbare, de l'ignoble, s'effacent devant ce critère absolu qu'est le droit à la personnalité. Il n'est plus aucune vérité éternelle, sinon celle qui découlerait d'un « ethnocentrisme naïf[2] » générateur d'impérialisme. Et quiconque rappelle timidement que la liberté ne se divise pas, que la vie d'un être humain a la même valeur partout, se voit dûment tancé au nom de la nécessaire tolérance envers les autres cultures. Comment vivent et souffrent les autres, là-bas, on s'en moque une fois qu'on les a parqués dans le ghetto de leur particularité inviolable, on s'allège de leur altérité en la décrétant inaccessible.

Bien sûr, on favorise le rapprochement entre les peuples, on organise de belles rencontres où, par exemple, le catholique, le juif, le musulman, le bouddhiste, sont censés échanger leurs credos respectifs, écouter leurs différences, pour mieux se jeter au cou les uns des autres, frères à jamais[3]. Mais cela

1. *Anthropologie structurale II, op. cit.*, p. 417.
2. Melville Herskovits, anthropologue américain, fondateur du relativisme culturel, définissait l'ethnocentrisme comme « la position de ceux qui estiment leur propre manière de vivre préférable à toutes autres » (cité par Gérard Leclerc, *op. cit.*, p. 157).
3. Par exemple, le père Michel Lelong, chargé auprès du Vatican des relations avec les religions extérieures, après avoir constaté que le Coran comme la Bible appellent à la justice, à l'adoration, à l'action, écrit : « L'univers spirituel de l'Islam est bien le même que celui de la tradition judéo-chrétienne » (*Deux fidélités, une espérance*, Cerf, 1979).

se réduit invariablement à un vieux numéro de cirque éculé, à une arche de Noé où l'on aurait entassé un chat, un chien, un éléphant, une marmotte et deux renards sous l'œil d'un garde-chiourme vigilant. Car sauter par-dessus le mur des rites et des fois n'est pas simple : c'est le plus souvent une chevauchée sauvage dans le vide où les curés, les rabbins, les bonzes et les brahmanes se congratulent pour mieux se raccrocher à leurs dogmes intangibles.

Très vite, les groupes de discussion se réduisent à des apologétiques parallèles où les références rivales à l'Absolu s'entrechoquent sans se croiser : nos frères musulmans sont ravis de notre compréhension des sourates du Coran, mais ils préféreraient une conversion en bonne et due forme. Nos frères chrétiens respectent certes le message du Prophète, mais ils n'en suggèrent pas moins que le meilleur de l'islam est déjà contenu dans les Évangiles. Nos frères juifs, avec beaucoup de déférence, soulignent tout ce que le Nouveau Testament doit à l'Ancien. Quant à nos frères hindouistes et bouddhistes, ils sont ravis des attentions manifestées à leur égard et, pour prouver leur bonne volonté, ils ajouteront volontiers nos dieux aux leurs dans leurs prières. Chacun se montre d'une extrême courtoisie mais repousse discrètement le moindre prosélytisme tenté dans sa direction. Et c'est ainsi que les conciliabules entre grandes confessions se transforment en une sainte alliance du dialogue de sourds[1].

1. Révélatrice à cet égard est l'évolution des missions françaises ; à la période bénie du colonialisme où les trois M, le marchand, le militaire et le missionnaire, marchaient la main dans la main — et encore un tel jugement mériterait-il d'être nuancé —, ont succédé les doutes et les incertitudes d'une certaine gauche chrétienne, qui se refuse même à évangéliser. Une fois les indépendances acquises et les religions autochtones rétablies dans leur droit, beaucoup de jeunes missionnaires opèrent un revirement spectaculaire dont un ouvrage, *L'Asie nous interpelle* (Cerf, 1979) d'Antoine-Marcel Henry, se fait l'écho à la fois désolé et compréhensif : « Il faudrait que soit entendu entre nous que nous ne faisons pas de conversions [...] Nous répugnons aujourd'hui à transmettre directement l'Évangile [...]

Si « la singularité d'un sujet constitue son lien véritable avec les autres », écrit Jacques Berque[1] qui s'en félicite à propos de l'islam, il ne nous précise guère en somme comment cette singularité, une fois posée, peut communiquer avec d'autres. Une chose est de vanter les identités des peuples nouvellement décolonisés, d'expliquer ou même d'excuser la défensive parfois rageuse à laquelle ils ont recours, une autre de donner sa bénédiction à des communautés insulaires, fermées à toute propagation, hostiles à toute contamination[2]. Comment bénir les différences si elles excluent l'humain au lieu de le convier ? Qu'un certain nombre de fondamentalistes dans les pays musulmans, asiatiques ou africains veuillent restructurer le corps national affaibli, rien de plus compréhensible, mais qu'au nom de ce projet ils verrouillent leurs frontières, édifient un rideau de fer culturel avec l'extérieur, installent leurs citoyens dans une quarantaine indéfinie, est

---

Chacun a sa religion, chacun sa conscience, tel est le slogan » (p. 150-151). Désormais, les missions se soucient moins d'évangéliser que d'être avec, que de plonger en pleine pâte humaine (p. 178). On s'attache à des œuvres de bienfaisance, Petites Sœurs du père de Foucauld à Beyrouth, Téhéran ou Kaboul, Missionnaires de la Charité de mère Teresa en Inde. On s'habille dans le costume local pour mieux se fondre dans le milieu, religieuse en sari en Inde et au Bangladesh, en tunique nationale au Vietnam, en kimono au Japon, bref on se relègue à l'action au service des autres, on préfère prouver sa foi que l'imposer par une argumentation rationnelle. Et l'auteur de conclure : « Les missionnaires ne sont pas colporteurs d'une civilisation et d'une culture mais les témoins du Christ à travers leur culture [...] Qu'ils soient eux-mêmes d'abord, et qu'ils soient croyants : l'interlocuteur " verra " ce qu'il doit accueillir » (p. 186-187). L'embarras de la pensée prouve un dilemme douloureux : comment détacher le christianisme de son contexte occidental sans renier par ailleurs la portée universelle de la révélation évangélique ?

1. *L'Islam au défi, op. cit.*, p. 298.

2. L'indulgence, il est vrai, ne peut s'exercer de façon identique envers des microsociétés pour qui le moindre métissage serait mortel — ce qu'explique très bien Robert Jaulin dans *la Paix blanche* — et des formations sociales plus vastes, plus solides et structurées qui s'autorisent de l'égalitarisme culturel pour refuser tout jugement sur les actes inhumains qu'elles perpétuent.

déjà plus contestable ; si nous faisions preuve à leur égard de la même intransigeance, il régnerait bientôt sur la planète un silence absolu. Au nom de la tolérance, on nous invite à approuver bruyamment l'intolérance des autres sociétés à notre égard ! On confond ici l'énumératif et le normatif. Dans l'immense bacchanale de coutumes, de prohibitions barbares, saugrenues, dont l'histoire et l'ethnologie déroulent pour nous le film pittoresque, on célèbre le triomphe de l'esprit de clan, du tribalisme, qui ne reconnaît pas aux étrangers le statut d'êtres humains ! Du coup, on se prive de tout arbitrage, qui rassemblerait et surplomberait cet hétérogène, les disparates se heurtent les uns aux autres comme des molécules folles, rien ne distingue le juste de l'injuste, le monde est livré au caprice et à l'arbitraire. *En aucun cas la célébration de la différence en tant que norme suprême ne peut fonder une mesure d'évaluation ;* c'est l'idée même d'une communauté humaine qui est ici sabordée. On appuie chaleureusement le souci quasi névrotique de tel régime de se garder de tout contact impur avec l'Occident, on s'interroge sur sa capacité à préserver devant l'invasion des machines la superbe impavidité de sa morale, on l'encourage fermement à nous résister, mais notre propre souci de son devenir contredit le conseil que nous lui donnons. Nous lui tendons une main amicale au moment où il retire la sienne, nous lui lançons une passerelle alors qu'il tire orgueil d'avoir coupé les ponts avec nous, bref, nous glorifions chez autrui ce que nous avons toujours critiqué chez nous : le protectionnisme outrancier, le narcissisme culturel, l'ethnocentrisme invétéré [1].

On comprend bien sûr l'avantage qu'un régime tyrannique, un gouvernement sanguinaire, peut tirer de ces zones de surdité entretenues dès lors qu'il fait l'objet de critiques pour

1. C'est ce que Mohammed Bedjaoui, ambassadeur de l'Algérie auprès des Nations unies, reproche à l'Europe dans sa préface au livre de Roger Garaudy, *Promesses de l'Islam, op. cit.*, p. 12-13.

son infraction aux libertés élémentaires : « Ce n'est pas votre faute, mais vous ne pouvez pas nous comprendre[1]. » Vos préjugés d'Occidentaux vous aveuglent[2]. Vous n'avez le droit que d'acquiescer ou de vous taire, toute objection serait un acte inqualifiable d'impérialisme. Bref, chaque fois qu'on met en doute le bien-fondé de la mutilation des fillettes, des fusillades, des pendaisons, des tortures des républiques tropicales, le régime ou l'État incriminé se drape dans sa spécificité comme une vierge effarouchée et clame qu'on veut le violer, qu'on caricature ses intentions. Et à l'abri de ces sophismes, les forfaitures les plus infâmes, les nihilismes les plus fous, peuvent s'exercer avec la bénédiction des grandes têtes pensantes de l'Occident[3].

On se souvient qu'au XIXe siècle on trouvait les indigènes si différents de nous qu'on jugeait impossible de leur inculquer le modèle européen ou même de leur accorder la citoyenneté française. Perçue alors comme infériorité, la différence est vue désormais comme distance infranchissable. Poussée dans sa logique extrême, cet éloge de l'autarcie aboutit aux politiques discriminatoires de triste renom : qu'est-ce d'autre en effet que l'apartheid sud-africain, sinon le respect de la

1. Réflexions de gardiens de la révolution, rapportées par Marc Kravetz dans son livre sur l'Iran : *Irano Nox,* Grasset, 1982.

2. L'anthropologue américain Melville Herskovits se demandait déjà comment on peut porter des jugements de valeur sur telle ou telle culture, puisque « les jugements sont basés sur l'expérience, et que chacun interprète l'expérience dans les limites de sa propre acculturation ; il est donc illusoire de la part de la culture euro-américaine de vouloir porter des jugements fondés sur d'autres cultures, jugements qui serviraient de base ensuite aux pratiques coloniales » (cité par Gérard Leclerc, *op. cit.*, p. 156-157).

3. C'est exactement la conclusion du livre d'Edward Saïd, *l'Orientalisme* (Seuil, 1980). A l'en croire, l'Occident aveuglé par ses préjugés conquérants s'est constamment trompé dans sa vision de l'Orient ; à vrai dire, ce dernier est si mystérieux que seuls ses admirateurs ou ses partisans inconditionnels peuvent en entendre la musique intime. En d'autres termes et dans le cas de Saïd, soutenez la politique de l'OLP et l'ineffable secret de l'islam vous sera dévoilé d'un coup !

spécificité pris au pied de la lettre, jusqu'au point où l'autre est si distinct de moi qu'il n'a plus le droit de m'approcher ? On sait qu'à Pretoria la règle du « chacun chez soi et tout le monde sera content » est une religion d'État et que la balkanisation des ethnies, la ségrégation des Noirs, Métis et Blancs est toujours prononcée au nom du souci pointilleux de la particularité. (Et de même, pour les théoriciens du racisme, tel Gobineau, la dégénérescence résidait dans le mélange et non dans les races elles-mêmes, dotées chacune d'un génie propre qui leur commandait de ne pas se métisser.) On peut ainsi au nom de la merveilleuse singularité freiner volontairement l'évolution des peuples, leur refuser les techniques, les moyens matériels du progrès, entériner une inégalité en la camouflant du beau nom de diversité. Preuve s'il en est que la louange sans retenue des « caractères distinctifs » et des traditions peut cacher le même paternalisme retors que celui des coloniaux les plus condescendants[1].

1. Dans le discours plein d'humour et d'intelligence que fit Roger Caillois dans sa réponse à Lévi-Strauss lors de la réception de ce dernier à l'Académie française, il est tracé un portrait de l'ethnologue qui ne manque pas d'une troublante vérité : « Ils [les indigènes] ne se résignent pas à demeurer objets d'études et de musées, parfois habitants de réserves où l'on s'ingénie à les protéger du progrès. Étudiants, boursiers, ouvriers transplantés, ils n'ajoutent guère foi à l'éloquence des tentateurs, car ils en savent peu qui abandonnent leur civilisation pour cet état " sauvage " qu'ils louent avec effusion. Ils n'ignorent pas que ces savants sont venus les étudier avec sympathie, compréhension, admiration, qu'ils ont partagé leur vie. Mais la rancune leur suggère que leurs hôtes passagers étaient là d'abord pour écrire une thèse, conquérir un diplôme, puisqu'ils sont retournés enseigner à leurs élèves les coutumes étranges, " primitives ", qu'ils avaient observées et qu'ils ont retrouvé là-bas du même coup auto, téléphone, chauffage central, réfrigérateur, les mille commodités que la technique traîne après soi. Dès lors, comment ne pas être exaspéré d'entendre ces bons apôtres vanter les conditions de félicité rustique, d'équilibre et de sagesse simple que garantit l'analphabétisme ? Éveillées à des ambitions neuves, les générations qui étudient et qui, naguère, étaient étudiées, n'écoutent pas sans sarcasmes ces discours flatteurs où elles croient reconnaître l'accent attendri des riches quand ils expliquent aux pauvres que l'argent ne fait pas le bonheur — encore moins sans doute que ne le font les ressources de la civilisation industrielle. A d'autres » (*Le Monde*, 28 juin 1974).

J'ai survolé toutes les cimes du monde... je me suis baigné dans toutes les mers... j'ai franchi toutes les portes... j'ai pu me recueillir dans tous les hauts lieux où l'homme a laissé la trace de ses œuvres [1]...

Au nom du respect du divers, le relativisme vante dans l'homme sauvage le dernier témoin d'une humanité authentique et heureuse ; ou bien, en vertu des mêmes prémisses, il célèbre les individualités culturelles comme autant de patries étanches les unes aux autres ; troisième et dernière figure, il se réjouit maintenant de l'accessibilité de toutes les cultures. Dans un cas, il érige des remparts, dans l'autre, il les abat. A un pessimisme séparateur fait pendant un optimisme intégrateur. Où l'on décrétait l'âme chinoise, camerounaise, océanienne impénétrable, on affirme maintenant bien haut la fluidité de toutes les civilisations. Troisième et dernier slogan des adorateurs de la différence, le *cosmopolitisme* rassemble sous un même drapeau la cohorte de ceux qui veulent enrichir l'esprit européen de toutes les thématiques ensoleillées et tropicales. Très tôt, au XXe siècle, est née l'idée que les grandes religions pouvaient s'harmoniser du fait de l'expansion uniformisante de la technologie qui brise les frontières, casse les chauvinismes et rapproche des familles autrefois opposées.

Depuis la Société théosophique fondée par Mme Blavatsky jusqu'à Roger Garaudy en passant par René Guénon, René Daumal, Hermann Hesse, Alan Watts, Lanza del Vasto, la liste est longue de tous ceux qui ont fait de l'œcuménisme le credo des temps modernes. La certitude que tous les grands livres disent la même chose jointe à l'idée que les diverses

1. Roger Garaudy, *Pour un dialogue des civilisations, op. cit.*, p. 9.

fois, loin de s'opposer, devraient connaître une sorte de complémentarité, animent ce courant de pensée qui connaît des fortunes diverses mais toujours renaissantes. Il faut mettre un terme définitif à cette négation de l'autre qui caractérise l'Occident dans sa période impérialiste, ne plus affronter stérilement les trésors spirituels de l'humanité[1], car il n'y a qu'une seule religion, la même sous toutes les latitudes[2]. L'homme d'Occident doit prêter sa voix à une conception non plus hégémonique mais symphonique du monde.

Quel que soit le motif invoqué, impulsion de tolérance contre les fanatismes (Drieu La Rochelle), goût de l'expérimentation (Daumal), volonté de réconcilier l'Orient et l'Occident (Lanza del Vasto), besoin de parer à la menace nucléaire (Garaudy), cette vision planétaire traduit toujours l'attitude détachée de celui qui aborde les grandes constructions spirituelles d'un point de vue esthétique et les trouve toutes également belles et valables. Il se refuse à les partager en entités distinctes, car, du point de vue où il se place, il importe peu que l'être suprême se nomme Dieu, Yahvé, Allah, Brahma, Bouddha, Isis ou Osiris. Il veut penser mondial et non plus national, il tente de réaliser à l'envers ce que beaucoup d'intellectuels indiens, pakistanais, malais, africains, maghrébins ont subi involontairement : la double ou triple appartenance, la bâtardise volontaire[3]. Il s'affiche

1. « Il est temps — trop tard peut-être, et nous serions alors voués à des vies sans signification, sans but et à la mort — d'interroger les sagesses et la foi de trois mondes pour tenter de concevoir et de vivre d'autres formes d'existence » (Roger Garaudy, *Promesses de l'Islam, op. cit.*, p. 58).

2. « Il n'y a pourtant qu'une religion, la même en Égypte et la même en Amérique précolombienne, la même en Chine et en Inde, la même en Grèce et dans l'Europe médiévale. Toujours un Dieu au-dessus des dieux, des héros, des saints, des démons. Toujours le mystère de la création du monde, toujours une âme immortelle » (Drieu La Rochelle, « Journal d'un délicat », in *Histoires déplaisantes,* Gallimard, 1963, p. 78).

3. « Quel Européen peut se flatter (ou se plaindre) d'avoir investi dans l'apprentissage d'une société “ traditionnelle ” le temps, les études et les

transplanté, multiple, citoyen du monde, pas moins. Il se veut la somme de toutes les humanités antérieures ; en son âme confluent les civilisations passées, ce qui l'autorise à se proclamer l'héritier indistinct de Bossuet, Lao Tseu, Platon, Mahomet, Ramanuja ; le monde entier devient le théâtre dont il joue tour à tour les rôles et les personnages[1]. « Tous les noms de l'histoire, c'est moi » (Nietzsche). Voilà ce que claironne ce métis planétaire, sans jamais se demander comment concilier tant d'images contradictoires, assurer l'unité de philosophies aussi hostiles ou dissemblables[2]. Il a perdu les œillères de l'homme quelconque, surmonté les fanatismes ; athlète de la pensée et des relations humaines, il parle une sorte de super-espéranto, il est le légataire universel, le grand synthétiseur de l'Histoire.

---

efforts déployés [...] par des milliers d'intellectuels du Tiers-Monde pour *apprendre* l'Europe ? », écrit justement Ahmed Baba Miské dans sa *Lettre ouverte aux élites du Tiers-Monde,* Sycomore, 1981, p. 143.

1. « Nos descendants ne seront pas simplement, comme nous, des Occidentaux. Ils seront les héritiers de Confucius et de Lao Tseu aussi bien que de Socrate, Platon et Plotin ; héritiers de Gautama Bouddha aussi bien que du second Isaïe et du Christ ; héritiers de Zarathoustra et de Mahomet aussi bien que d'Élie et d'Élisée, de Pierre et Paul ; héritiers de Cankara et Ramanuja aussi bien que de Clément et d'Origène ; héritiers des Pères cappadociens de l'Église orthodoxe aussi bien que de notre Augustin l'Africain et de notre Benoît l'Ombrien ; héritiers d'Ibn Khaldun aussi bien que de Bossuet ; les héritiers, enfin, pour peu que nous pataugions toujours dans le marécage de la politique, de Lénine, de Gandhi et de Sun Yat-sen, aussi bien que de Cromwell, de George Washington et de Mazzini », écrit par exemple Arnold Toynbee dans *la Civilisation à l'épreuve,* Gallimard, 1951, p. 101-102.

2. « S'imaginer que nos petits-enfants combineront toutes les traditions contradictoires dans un ensemble harmonieux, qu'ils seront en même temps panthéistes, théistes et athées, libéraux et totalitaires, enthousiastes de la violence et ennemis de la violence, c'est imaginer qu'ils vivront dans un monde qui non seulement dépasse notre imagination et nos dons prophétiques, mais dans lequel il n'y aura plus aucune tradition viable, ce qui veut dire qu'ils seront des barbares au sens le plus fort du terme », écrit Kolakowski dans une remarquable réfutation de l'universalisme culturel (*Commentaire,* Julliard, automne 1980, p. 369).

Mais, une fois encore, le relativisme culturel se contredit lui-même en s'affirmant. L'éblouissement positif devant les autres sociétés cache mal le peu de considération qu'on accorde à chacune. Prenons par exemple tel prophète de notre temps, Roger Garaudy, dont le succès de taille a valeur de symptôme : « Faire en sorte que chacun soit habité par la culture de tous les peuples, de tous les temps[1] », tel est son programme. Noble formule, dira-t-on, mais qui fait invariablement penser à ces soupes de pain perdu qu'on prépare l'hiver à la campagne et dans lesquelles on jette les restes de la semaine. Au supermarché de la pensée, Garaudy nous offre en effet en solde toutes les sagesses de l'humanité, des origines à nos jours : un zeste de zen, deux pincées de taoïsme, une lichette d'Empire inca, un peu de Livre des morts tibétain, deux cuillerées de socialisme tanzanien, un grand bol de révolution culturelle chinoise, une tranche de chiisme iranien, laissez mijoter, la potion du salut magique est prête. Le projet de Garaudy est en effet impressionnant, mais il présente aussi toute la bêtise de l'ubiquité : car, à moins de n'être personne nulle part ni jamais, je ne vois pas comment, moi, Français de 1983, je pourrais devenir tour à tour vishnouiste le lundi, vaudou le mardi, castriste le mercredi, protestant le jeudi, confucéen le vendredi, yogi le samedi, socialiste, juif et catholique le dimanche, sans compter, bien sûr, mes convictions personnelles. Telle est la naïveté des perspectives mondialistes : elles perdent contact avec l'Absolu qui les autorise[2] et ne forment plus qu'un

1. *Pour un dialogue des civilisations, op. cit.*, p. 94. Voir également *Appel aux vivants* et *Promesses de l'Islam* où l'auteur semble avoir élu dans son cœur l'islamisme intransigeant du régime iranien.

2. Dans une conférence prononcée à Hawaï en décembre 1981, « La *xenitheia* ou la voie de l'expatriation », l'ancien jésuite Guy Deleury souligne à juste titre l'absurdité de parler de Dieu chez les hindous ou les bouddhistes, alors que notre Dieu n'est intelligible que dans le contexte des traditions religieuses de l'Occident.

patchwork mal cousu de citations sans date ni référence, de credos qu'on enfile comme des perles, sans souci de cohérence ou de perspective historique. Cette bouillabaisse monstrueuse combine évidemment une grande ignorance des traditions ainsi qu'un dédain profond de chacune. Et si Garaudy se permet d'enjamber siècles et continents, c'est qu'il avance avec la bonhomie du bulldozer qui ne fait pas de détails et aplanit tout sous sa foulée impérieuse [1].

Le cosmopolitisme pourrait se traduire sous la forme du syllogisme suivant. La majeure affirme : toutes les cultures sont également vraies, aucune ne l'est plus qu'une autre. D'où il suit (mineure) que l'homme total doit être la somme des cultures autrefois divisées. Conclusion : toutes les cultures sont une seule culture, donc aucune culture en soi n'est plus respectable qu'une autre, n'étant qu'un échantillon de la civilisation universelle. Et l'on aboutit à l'inverse de ce que soutenaient les prémisses : chaque culture désormais doit se sentir coupable de sa nature de fragment (puisqu'elle n'est rien en dehors de son rattachement aux autres). Le culte de la différence débouche sur l'indifférence quiétiste : si tout se vaut, les visions du monde se détruisent et se démentent les unes les autres. Une chose est de pénétrer les finesses des sociétés chinoises, japonaises, yaquis, peules ou zouloues pour légitimer un immense élargissement du champ de la conscience, une autre de décréter ces modèles substituables les uns aux autres, entassables comme une pile d'assiettes. A procéder ainsi, l'ethnologue, le voyageur, le cosmopolite dépeuplent le monde au moment où ils font éclater en lui certaines richesses : ils suppriment la diversité des cultures tout en feignant de la reconnaître pleinement. Si le christia-

1. Pour une critique de Roger Garaudy, on lira l'excellente étude de Michel Crépu dans la revue *Esprit*, janvier 1980, ainsi que l'article percutant de Pierre Chaunu dans *le Figaro* du 23 janvier 1982 intitulé « Un sottisier plein à ras bords ».

nisme, l'islam, le bouddhisme ne valent que réunis, c'est que séparément ils ne valent rien : chacun n'est qu'une ébauche d'une religion mondiale dont ils forment les étapes. A l'ivresse de la découverte succède le désenchantement devant la multitude bigarrée des postulations de l'humain : et la folle variété des rites et des dieux pris en enfilade se pulvérise en mille éclats solitaires. Ce n'est plus que du sacré en gros, comme on vend du tissu au mètre, une vaste amphore vide dont les flancs sonnent creux.

La reconstruction colossale accouche d'un épuisé « à quoi bon ? ». *Je ne reconnais ta différence que pour souligner à quel point elle me laisse froid, nous sommes tous égaux parce que vous m'êtes tous égal.* Au nom de l'égalité, on prononce l'équivalence, la tolérance débouche sur l'homogénéisation. Sans doute l'Europe a-t-elle cessé d'être la dépositaire infaillible et la dispensatrice légitime de la vérité ; c'est qu'aussi il n'y a plus de vérité du tout. Cette monoculture qu'on dénonçait en aval comme responsabilité de l'Occident [1] revient en amont une fois toutes les expressions culturelles étalées côte à côte comme autant de papillons sur les planches de l'entomologiste. C'est la possibilité même d'une coexistence des identités nationales qui est grevée dans ce tohu-bohu encyclopédique, la grande addition les fige dans l'éternité sinistre du musée. La dernière étape de l'humanité est aussi celle du nihilisme absolu. L'Occidental feuillette, désabusé, le décalogue bigarré des diverses attitudes de l'espèce humaine, saluant d'un adieu mélancolique les civilisations agonisantes, prêt à vouer la sienne au même destin : ce touriste planétaire a tout épuisé sans avoir rien connu [2].

1. « L'humanité s'installe dans la monoculture ; elle s'apprête à produire la civilisation en masse comme la betterave. Son ordinaire ne comportera plus que ce plat » (Claude Lévi-Strauss, *Tristes Tropiques, op. cit.*, p. 39).

2. Peut-être, comme l'a prouvé l'Empire austro-hongrois, n'y a-t-il de vrai cosmopolitisme qu'à l'intérieur de l'espace européen, c'est-à-dire d'une culture qui, en dépit de ses expressions latines, anglo-saxonnes, celtes,

En aucun cas, nous ne tomberons dans le ridicule de condamner et encore moins de juger l'ethnologie. Son bilan est remarquable ; elle a rendu à des empires désintégrés l'âme d'une nouvelle vie collective, révélé aux peuples assujettis leurs textes sacrés, fourni aux nationalismes indigènes les munitions avec lesquelles ils allaient s'émanciper de la tutelle coloniale, retrouver une dimension de dignité et de transcendance. Missionnaires, linguistes, anthropologues, ethnologues, tous ont apporté aux peuples que leur patrie d'origine écrasait et rançonnait les armes pour la combattre. Et, en retour, sur le monde euro-américain, exagérément imbu de ses propres valeurs, leurs études ont eu l'effet d'un ébranlement salutaire, contrariant l'ethnocentrisme meurtrier des périodes de conquête.

Mais, sur ce travail exemplaire, s'est érigée une idéologie réductrice qui a fini par le supplanter. L'ersatz dilué et vulgaire de l'ethnographie, le relativisme culturel, a cessé, de nos jours, d'être attentatoire ou subversif pour se généraliser à son tour en conformité. L'interminable effort pour se mettre à la place des autres, cette épreuve d'un passage à la ligne qui fait l'honneur des chercheurs, a été remplacé par le triple péché d'abstraction, de scepticisme et de tiédeur. L'impérialisme engendrait l'intolérance, le libéralisme suscite à son tour l'indifférence. Oscillant entre un mauvais universel et un

---

nordiques, juives, orientales ou slaves, baigne au tronc commun du judéo-christianisme, de la Renaissance et des Lumières. Et, bien entendu, le cosmopolitisme est une réalité dans le domaine artistique où les influences, les emprunts, les plagiats forment la substance même de la fécondité créatrice. Mais ce qui est possible dans le champ littéraire, pictural ou sonore ne l'est plus dans l'existence quotidienne ; on ne peut profiter du style de vie d'une autre civilisation sans renoncer à la sienne ; à moins d'appeler cosmopolitisme le fait de manger du couscous, des tacos, du riz cantonais, de porter des soieries chinoises, d'écouter de la musique orientale ou de se teindre les cheveux au henné. Le juste discrédit porté sur les chauvinismes régionaux ne devrait pas déboucher sur cet aimable dilettantisme.

particularisme borné, il esquive la tension entre l'un et le multiple, résorbe le différent dans l'identique. Par un revirement vicieux, l'immense trésor ethnologique en vient alors à légitimer, à travers des lectures hâtives sans doute, ce contre quoi cette discipline s'est dressée dès ses origines : le colonialisme spirituel, le désintérêt généralisé, le mépris d'autrui. Le parti pris d'ouverture aux cultures étrangères devait engendrer cet avorton théorique : le différencialisme, fourre-tout capable d'inspirer les conversions foudroyantes comme les racismes les plus sophistiqués. Il appartenait à notre époque d'apprendre que l'europćo-centrisme fait son miel de toutes les fleurs, y compris les plus généreuses, et que l'aveuglement de l'humilité vaut bien l'aveuglement de l'arrogance. La passion d'être un autre exige d'abord qu'on reconnaisse l'altérité de celui vers qui l'on tend ; sinon elle se réduit au délice d'être soi. N'est pas hérétique qui veut et l'on ne quitte pas sa société sur un coup de tête ; il y faut l'acharnement, le courage et peut-être la folie qui ont habité tous les grands médiateurs. Face à ces mutants, d'où qu'ils viennent, l'Européen « cosmopolite » ne peut manquer d'apparaître comme un simulateur, un comédien de l'âme. « Le tronc d'arbre a beau rester longtemps dans le marigot, jamais il ne deviendra crocodile » (proverbe sénégalais).

4. Tu haïras ton prochain comme toi-même

« Il sera fait Dieu ou dévoré. »

Eugène Mannoni, *Psychologie du colonialisme*, p. 31.

« Redoutable est la tentation d'être bon. »

Bertolt Brecht.

En 1964, l'anthropologue américain Colin Turnbull part dans l'Ouganda septentrional étudier le peuple des Iks, anciens chasseurs collecteurs, contraints par la création d'un parc national de quitter leur région d'origine et de se fixer en villages. Turnbull va chez les Iks armé d'une seule conviction : celle de la bonté naturelle de l'homme africain, surtout sous sa forme nomade, non corrompue par la civilisation occidentale. Persuadé de ne rencontrer partout que « gentillesse, générosité, considération, affection, honnêteté, hospitalité, compassion [1] », il déchante vite : la sédentarisation des Iks, pareille à une chute au sens biblique, les a proprement corrompus ; les vertus chrétiennes chantées par Turnbull dans les sociétés de chasseurs précédemment étudiées [2] ont ici disparu. Ces hommes naguère heureux et prospères se sont transformés en moins de trois générations en villageois dégénérés dont le seul souci est la survie individuelle. Ils ont renoncé à toute existence sociale dans le même temps qu'ils perdaient jusqu'à la notion de l'espoir, de l'amour et du respect. Les Iks arrachent la nourriture de la bouche de leurs parents, chassent leurs enfants de l'enclos familial pour

1. *Un peuple de fauves* (Stock, 1973, p. 27) constitue le récit que Turnbull a tiré de ses trois ans de séjour chez les Iks.

2. Turnbull a déjà consacré deux livres aux chasseurs, notamment les Pygmées M'buti : *le Peuple de la forêt,* Stock, 1963, et *l'Africain désemparé,* Seuil, 1965.

n'avoir pas à les nourrir, laissent mourir dans une totale indifférence les vieux, les malades, les infirmes. L'Éden est devenu un « monde hideux » (p. 224), un « cercle de carnivores » (p. 64), toujours prêts à s'entre-tuer pour manger, se surpassant dans ce qu'on « appellerait la bestialité, si ce n'était faire injure aux animaux » (p. 270). Turnbull ne pardonne pas à ces Africains d'avoir fracassé sa robinsonnade. La fin de son livre est proprement stupéfiante. Dans la déchéance des Iks, par une sorte d'évolutionnisme à rebours, il voit le sort qui attend l'humanité riche, vouée aux aberrations du progrès et au culte de « la ville camelote technologique ». Puis, le ton monte d'un cran et s'enfle jusqu'à l'invective : l'Américain recommande au gouvernement ougandais de déporter et de disperser les Iks afin que leur mauvais exemple ne contamine pas les populations voisines. L'administration n'ayant pas obtempéré, il se borne à espérer que les deux mille survivants du peuple ik disparaîtront rapidement de la surface de la Terre[1].

Un ethnologue appelant de ses vœux le génocide de la population qu'il étudie, le phénomène est évidemment unique ! Jusque dans ses outrances, pourtant, cette démarche reste exemplaire du tiers-mondisme : c'est toujours le même mouvement de balancier de l'éloge à l'anathème, de l'adoration de l'autre à son exécration dès lors qu'il ne soutient pas les placements de bonté, de gentillesse qu'on avait mis en lui[2]. *Cette volonté de maîtrise par le compliment* qui constitue

1. « Heureusement les Iks ne sont pas nombreux : environ deux mille, et ces deux années ont encore sensiblement réduit leur nombre. J'espère donc que leur isolement restera aussi grand que dans le passé jusqu'à ce qu'ils disparaissent complètement. Je déplore seulement que tant d'individus doivent mourir lentement et douloureusement avant que la fin arrive pour tous » (*op. cit.*, p. 274).

2. Sur le livre de Colin Turnbull, on lira en français les deux études suivantes : Maurice Godelier, « Heurs et malheurs de l'ethnologue », *Les Temps modernes,* mars 1975, et Jean-Loup Amselle, « Le sauvage méchant », in *le Sauvage à la mode,* Sycomore, 1979.

le Tiers-Monde en sujet neutre contrôlable se transforme en rage impuissante dès lors que le guérillero, l'indigène ou le sauvage se révèlent plus riches qu'on ne croyait. Puisque les faits sont indociles, c'est que les cieux tropicaux camouflent un enfer encore plus abominable que le nôtre : la réserve de chérubins n'est qu'un chaudron de trois milliards de monstres. Et le cercle est bouclé, la preuve administrée : l'autoflagellation est la voie royale vers la haine du genre humain !

L'ambiguïté du masochisme occidental

L'orgueil du criminel

Il y a quelques années, lorsque l'ayatollah Khomeiny qualifia les USA et la France respectivement de Grand et de Petit Satan, les esprits forts crurent bon de s'esclaffer. Ils avaient tort ; car l'apostrophe de l'imam reflète exactement ce que tout homme blanc pense de la société qui l'abrite, à savoir que, « dans la perspective des millénaires, l'Occident est le plus grand criminel de l'Histoire [1] ». Nous autres, les gâtés de la Terre, qui avons « fait » le colonialisme, la traite des Noirs, le génocide des Indiens, et qui anéantissons chaque année « 50 millions » d'êtres humains par le seul jeu des échanges inégaux, détenons le monopole de l'assassinat des peuples. Être les pires, tel est notre narcissisme maladif, en face de quoi les hommes du Tiers-Monde seront les titulaires du pur. Il y a cent ans, dans un poème célèbre, Rudyard Kipling

1. Roger Garaudy, *Promesses de l'Islam*, Seuil, 1981, p. 20.

exhortait l'homme blanc à porter son fardeau de civilisateur pour le plus grand bien du genre humain. Aujourd'hui, nous portons avec orgueil notre fardeau de péchés, prenons tous les torts à notre compte sans laisser aux autres la place d'avoir les leurs. Or cette intempérance dans l'injure portée contre soi a quelque chose d'ambigu. Si nous nous appliquons les plus larges superlatifs dans le vil, le sordide, le méprisable, c'est que la critique de soi cache mal une glorification détournée : rois de l'inique, princes de l'infâme, nous demeurons encore à la cime de l'histoire. Nous sommes bien ces alchimistes diaboliques qui émettent leurs malfaisances aux quatre points cardinaux, nous avons la consolation de nous savoir les maîtres : on peut tout nous contester sauf notre noirceur, notre ignominie. Si la méchanceté était une discipline homologuée aux Jeux olympiques, la civilisation industrielle serait sacrée championne toutes catégories ! Flagrant délit d'impérialisme à l'envers : *l'homme du remords a constamment besoin de cumuler deux conditions : il doit être paranoïaque parce qu'il est mégalomane.* Il voit dans chaque infortune de l'humanité la main de l'Euramérique pour mieux se désigner comme le Grand Dépravé par la faute de qui la planète se détraque. Atteint par la folie des grandeurs dans l'ordre du macabre, il entretient une pensée constante du complot (où l'on reconnaîtra sans peine un avatar de la conspiration judéo-maçonnique), parce qu'elle lui permet de gonfler sa chétive personne aux dimensions de la planète. Si coupable il y a, quelle ivresse de l'être à l'échelle universelle plutôt que régionale ou familiale ! Ces guerres fratricides, ces enfants au ventre ballonné, c'est moi ; ces nuages de sauterelles, ces terribles sécheresses, c'est encore moi ; partout les catastrophes, les empoisonnements, les tornades, les tueries me renvoient mon propre visage. Ce capharnaüm a un ordre, ces millions d'hommes sont agis par une logique invisible dont je suis l'origine.

C'est encore chez nous que ça se passe : telle est la certitude du tiers-mondiste, grenouille qui n'a pas renoncé à se faire bœuf et donne du Nord une image à la fois maléfique et suridéalisée. La colonisation a frappé notre complexe de supériorité — il n'est plus en notre pouvoir de décider du sort des Patagons, des Zoulous ou des Moï vietnamiens —, mais on ne supporte pas cette mise à l'écart et, dans une colossale surestime de soi, l'on continue à voir l'Europe comme le centre de gravité dont dépend l'univers. Il y a là contradiction dans les termes : on affirme que notre société n'a rien de particulier à part sa nocivité, mais, en mettant l'accent sur cette nocivité, on lui confère en dernière analyse une singularité inouïe, absolue. Notre culture est vénéneuse comme la ciguë et l'on rechute dans l'ethnocentrisme alors même qu'on croit lui échapper. Double prestige : on avoue sa faute et l'on tire une vanité puérile d'être à la source de toute l'horreur du monde.

Éternité de la souillure

> « Je n'ai ni le droit ni le devoir d'exiger réparation pour mes ancêtres domestiqués. Il n'y a pas de mission nègre ; il n'y a pas de fardeau blanc. »
>
> Frantz Fanon, *Peau noire, Masques blancs,* Seuil, coll. « Points », 1952, p. 185.

Lorsqu'on charge l'Occident des malheurs du Tiers-Monde, on réunit trois chefs d'accusation :

— Vous êtes responsables de l'effroyable génocide colonial commis de la Renaissance au XXe siècle par vos ancêtres sur la personne des Indiens et des Noirs (culpabilité historique).

— Vous êtes coupables d'être les descendants heureux de

ces forbans sans scrupules et vous ne devez pas oublier que votre prospérité est bâtie sur les cadavres de millions d'indigènes (culpabilité de contagion).

— Vous vous montrez enfin les dignes petits-fils de ces conquérants puisque vous ne réagissez pas alors que la faim fauche les enfants et que les jeunes nations piétinent dans le sous-développement par votre égoïsme (culpabilité de confirmation).

Bref, le présent entérine le passé, que l'avenir à son tour répétera : les issues sont fermées ; chaque jour, chaque année voit s'allonger un peu plus la liste des péchés imputés à une communauté sur qui pèse l'ancestral soupçon de souiller les sources de la vie. La méchanceté est une sorte de malédiction anthropologique attachée aux peuples des pays tempérés : l'Occident serait cruel et allergique aux autres comme l'asthmatique aux poils de chat. Quoi que nous fassions, la faute prospère à notre place, l'inexpiable nous tient. Par un mécanisme analogue au délire antisémite ou raciste, on procède par désignations collectives[1], on fait d'un peuple entier en ses diversités un seul individu qu'on coiffe du vocable de criminel. Il n'y a plus d'êtres humains, seulement des entités : les Français, les Allemands, les Américains, comme on dit les Juifs et les Arabes. L'amalgame immédiat entre tel groupe d'hommes, régime ou gouvernement qui se rend effectivement coupable de mauvaises actions et le peuple auquel il appartient transforme la culpabilité politique en culpabilité métaphysique.

Mais si l'Occident est génocidaire par essence comme l'eau

1. Jaspers dirait qu'on confond une conception basée sur les genres avec une conception basée sur des types (cf. *la Culpabilité allemande*, Minuit, 1946, p. 76-77). Ce mécanisme de « marque du pluriel », Albert Memmi, dans son célèbre essai, rappelait qu'il soutenait toujours le portrait du colonisé par le colonisateur. Ce n'est pas une des moindres ironies de l'histoire que les Occidentaux s'appliquent aujourd'hui le même portrait schématique et caricatural qu'ils donnaient autrefois des peuples soumis.

est fluide, si la faute est collective et remonte à la nuit des temps, à quoi bon dénoncer ses forfaits contingents ici ou là au Salvador, au Brésil, en Afrique du Sud et chercher à protéger ses victimes ? Ce qui a eu lieu a eu lieu, à jamais, mais pourquoi en serions-nous responsables pour toujours ? Combien de temps va-t-on encore inculper les peuples d'Europe et d'Amérique pour les vilenies commises par leurs ancêtres ? Quand ce chantage généalogique qui voudrait faire de nous, au nom de dommages et intérêts collectifs, les complices indirects de la traite, des massacres, du pillage cessera-t-il ? Rien n'est plus dangereux que cette idée d'une responsabilité collective, qui se transmettrait indéfiniment de génération en génération et qui rappelle les pires procédés de la coercition totalitaire (par exemple, en ce qui nous concerne, l'application par l'armée française en Algérie des méthodes de responsabilité collective, permettant, après chaque attentat, de raser des villages, de massacrer les populations, de torturer les suspects). Le respect de la mémoire ne peut déboucher sur une telle confusion des devoirs et des charges, on ne peut confondre indéfiniment l'irréversibilité des torts commis avec une éternité compacte et sans fissure. Supposer que les Euraméricains sont naturellement ou culturellement mauvais est aussi paresseux et moralisateur que de faire l'hypothèse inverse : cela évite de réfléchir aux conditions modernes de la violence et de l'oppression. On n'a pas le droit de décréter l'Occident coupable du seul fait d'exister, comme s'il était à lui seul une injure à la création, une catastrophe cosmique, une monstruosité à rayer de la carte du monde (et c'est pourquoi la question d'Israël est capitale : à travers la non-reconnaissance de l'État hébreu, c'est toute l'illégitimité de l'Occident qui est en cause).

La mauvaise conscience paisible

Le prédicateur et jésuite français Louis Bourdaloue (XVIIe siècle) distinguait quatre sortes de conscience : la bonne tranquille (le paradis), la bonne troublée (le purgatoire), la mauvaise troublée (l'enfer) et la mauvaise paisible (le désespoir) [1]. Le tiers-mondisme, on l'a compris, ressortit à cette dernière catégorie. L'Occidental accepte d'être l'Ordure des nations, car il s'en accommode parfaitement. En se traitant d'être maudit, pernicieux, il affirme du même coup qu'il est d'une élite. Et celle-ci ressemble en tout point à une aristocratie de naissance. Il n'a rien fait pour mériter son abjection et ne peut pas non plus l'abdiquer. Elle lui est donnée une fois pour toutes, car il y a en lui un principe qui le pousse à faire le mal en toutes circonstances, y compris contre lui-même. Sa faute lui confère une dignité, une place dans la hiérarchie des temps, il est à l'abri sous le regard courroucé du grand tribunal de l'Histoire. Ce surmoi dont il se coiffe en permanence et qui règle de loin sa vision abstraite des autres ne l'aide pas à combattre l'injustice mais à coexister avec elle.

Qu'est-ce qu'une culpabilité qui refuse le repentir, sinon un endurcissement dans le péché, une complaisance au mal, une façon de faire chambre commune avec l'horreur ? On bat sa coulpe par fanfaronnade, on jouit de la répulsion qu'on inspire, on se vautre avec cynisme dans sa fange, mais les imprécations que l'on s'adresse n'ont plus que l'automatisme et le radotage du perroquet. Cette comédie de l'accablement est un renfort inattendu pour la bonne conscience, un narcotique qui l'insensibilise contre les coups d'éperon du

1. Cité par Vladimir Jankélévitch, *La Mauvaise Conscience*, Aubier, 1970.

hasard. Et les injures rituelles des juges d'instruction de l'Europe ne sont pas sans évoquer ces piqûres de rappel qu'on fait aux enfants chaque année : comme dans la vaccination, on injecte un peu d'angoisse, de réprimande, pour se débarrasser de l'examen moral. Terrible école du double langage : des ténors d'arrondissement pathétiques crient à perdre haleine leur aversion de l'Occident, des clercs blêmes édifient toute une carrière à dénoncer l'impérialisme : mais le caractère machinal de cette phobie donne à leurs insultes la dérision d'un bégaiement. La rumination morbide s'attendrit sur elle-même et les pénitents intarissables s'acquittent de la misère du monde en une phrase pour retourner ensuite à leurs affaires. Ils aiment encore trop leur ennemi pour vouloir vraiment l'éliminer. Ils ressuscitent leur victime pour le seul plaisir de la retuer, ils voient des CIA partout, car une rage désespérée les saisirait si, par hasard, leur cible favorite venait à disparaître. Ce sont des prêtres de messe noire ; ils vomissent le Nord et le bafouent, mais c'est afin de mieux l'affirmer et conserver cette position critique qu'ils chérissent tant. Ces persécuteurs irréconciliables d'eux-mêmes n'ont plus de comptes à rendre à personne. *Bref, vient un moment où la culpabilité morale, métaphysique, permet de se dérober à toute responsabilité politique actuelle.*

Si l'on compare les deux hypothèses, bonne et mauvaise conscience, il faut admettre qu'à ce stade leur plausibilité respective est égale : de ce fait, leur opposition se neutralise. L'homme de la conviction comme l'homme de la contrition ne doutent plus, ils sont l'un et l'autre péremptoires : le dernier a tout soumis au soupçon, sauf le soupçon lui-même, dont il devient la dupe après en avoir été le héraut ; par excès de lucidité, il laisse le meilleur de sa critique se liquéfier en un aigre persiflage sans noblesse. La méfiance qu'il affectait envers l'Occident et ses œuvres lui interdit de se méfier de cette méfiance. Et sa vigilance porte en elle-même sa propre cécité ; il existe un fanatisme du doute comme il y a un fanatisme de la foi, et la volonté de n'être jamais floué est peut-être la bêtise majeure de notre temps. Aveugle à force de clairvoyance, menteur par excès de sincérité, le tiers-mondiste finit par rejoindre son ennemi, son double, le conservateur autarcique et sûr de lui (ce qui explique que tant de maoïstes ou castristes exaltés soient revenus aujourd'hui sur des positions ouvertement réactionnaires ou coloniales : sur le terrain de la honte, les nostalgies vénéneuses ont rapidement repoussé). Entre l'un qui affirme : nous leur apportons la civilisation, et l'autre qui répond : nous leur inculquons l'enfer, le résultat est le même : les codes symétriques de la flétrissure et de la béatitude indiquent une fermeture dramatique à l'Autre.

Comme l'autosatisfaction, une culpabilité excessive entraîne un mépris honteux d'autrui. Nous ne voulons pas des pays du Sud pour le bien qu'ils pourraient nous faire, mais pour le mal que nous pourrions nous faire les uns aux autres grâce à leur collaboration. Avec la bonne comme avec la mauvaise conscience, on se met en position de n'être jamais surpris, le monde est pensé de toute éternité. C'est pourquoi nous nous montrons vis-à-vis du Tiers-Monde en permanence permissifs et évasifs, intransigeants et futiles. Notre soutien inconditionnel à telle forme de lutte, à tel peuple, ne peut cacher la frivolité de notre engagement. La sévérité déraisonnable du surmoi collectif qui agita les élites occidentales des années 60 aux années 80 devait engendrer un effet contraire à celui qui était recherché : à savoir l'impossibilité d'aimer réellement ces peuples lointains au nom de qui l'on s'affrontait [1]. Le souci de se fustiger était encore souci de soi, égoïsme

1. Phénomène identique avec le philosémitisme : on adorait les Juifs persécutés, errants, déracinés, on les exècre dès qu'ils se dotent d'une terre, d'un État, d'une armée. Bref, dans l'israélite, on n'aimait pas une mémoire, une culture, un rapport particulier aux Écritures et à la foi, on aimait la victime impersonnelle, souffrante, pure projection d'un fantasme christique.

rampant. Le tiers-mondisme n'a jamais été autre chose que ceci : l'ignorance militante d'autrui [1].

Sa majesté l'enfant

> « Je suis deux choses qui ne peuvent être ridicules : un sauvage et un enfant. »
>
> Paul Gauguin.

Un Tiers-Monde spontané, sentimental et juste ; un Occident rapace et cruel : sur cette antithèse primaire, tout un courant de la gauche européenne a construit, on l'a vu, une véritable orthopédie de la conscience. Mais cette dichotomie brutale ne peut cacher son ambivalence : pour innocenter les pays en voie de développement, il faut les infantiliser. Pour les doter de cette candeur introuvable chez nous, il faut donc les priver une seconde fois de cette souveraineté dont nos pères avaient fait si bon marché. Risquons ici une hypothèse et prenons acte d'une étrange coïncidence : en Occident, la promotion de l'enfance est contemporaine de l'aventure coloniale et de son agonie. Ce n'est pas un hasard si, en France, le fondateur de l'école publique (Jules Ferry) est aussi le promoteur de l'empire d'outre-mer ; si toute l'idéologie

1. Rien peut-être n'illustre mieux la frivolité profonde du tiers-mondisme que les propos tenus par le ministre de la Culture Jack Lang au mois de juin 1982 à Cuba encensant le régime de Fidel et dénonçant l'impérialisme américain. De la part d'un homme qui n'est ni un imbécile ni un partisan du totalitarisme, de tels égarements de langage ne peuvent s'expliquer que par l'insouciance : si le peuple cubain et les milliers de victimes de la dictature castriste n'ont pas retenu son attention, c'est que la louange ou le blâme d'une république bananière ne sont rien de plus qu'une formalité mondaine. Dans les conversations ou dîners, l'éloge d'un *caudillo* tropical est propice à des effets de tribune.

coloniale a insisté avec force sur l'immaturité des peuples soumis à la férule européenne et sur la nécessité de les éduquer[1] ; si médecins, psychiatres, savants se sont penchés avec intérêt sur la psychologie du Nègre, de l'Arabe, de l'Hindou, du Peau-Rouge pour justifier la domination de la race européenne : indolent ou cruel, primitif ou charmant, l'indigène est toujours l'objet d'une pédagogie attentive, un passionnant terrain d'expérience propice à aiguiser les dons d'enseignement du conquérant. Des rizières du delta tonkinois aux douars de Constantine, la grande saga des peuples enfants, crédules, capricieux ou versatiles justifie la mission des sociétés civilisées : les Africains, les Asiates, les Arabes ont trop besoin de nos lumières pour qu'on les abandonne à leur propre sort, toujours il faut que, « dans l'argile informe des multitudes primitives, la France modèle patiemment le visage d'une nouvelle humanité » (Albert Sarrault, ministre des Colonies; discours prononcé en 1923 à la séance de réouverture des cours de l'École coloniale).

Mais ce n'est pas un hasard non plus si, à notre époque où « la pédagogie est devenue théologie[2] », on confie à l'enfant le soin inverse d'instruire l'adulte comme les sociétés primitives se voient dévolues le rôle de guider le monde civilisé. Cette tendance moderne à voir la maturité comme une

1. On abolirait le système colonial lorsque l'œuvre de civilisation aurait porté ses fruits et que le décalage entre métropole et territoire colonisé serait atténué : telles étaient les formules utilisées par l'occupant pour repousser l'indépendance dans un futur indéterminé. En 1919, la SDN reconnaît par exemple dans ses statuts que les pays du Levant ne sont pas encore capables de se diriger eux-mêmes « dans les conditions particulièrement difficiles du monde moderne » et décident de les confier à titre de mandats aux puissances qui les occupaient. Dans un autre domaine, le journal *l'Humanité* n'abandonnera qu'en 1954 la formule de Maurice Thorez définissant l'Algérie comme « nation en formation ». Toute l'idéologie du développement et de l'arriération découle évidemment de cette métaphore enfant/maturité.

2. J.-B. Pontalis, *Nouvelle Revue de psychanalyse,* numéro spécial sur l'enfance, 1979.

déchéance qui n'a pas su tenir les promesses du jeune âge est exactement corrélative de cette adulation du Sud présenté comme seul avenir du Nord[1]. Depuis l'Alice de Lewis Carroll (1865) où, pour la première fois en Europe, une petite fille est placée au centre et les grandes personnes à la périphérie jusqu'à l'émergence des jeunes nations vantées pour leur jouvence et leur fougue, se dessine une symétrie qui plonge peut-être ses racines dans le XVIIIe siècle et dont il appartiendrait à un historien des idées de mesurer très précisément l'amplitude. Toujours est-il que rien dans notre vision des peuples non européens n'a vraiment changé depuis l'époque coloniale : nous continuons à les voir comme des enfants, mais nous avons confié à l'immaturité une valeur telle qu'elle se renverse en sagesse, en supériorité. De cette illusion, les tiers-mondistes restent preneurs. La référence à l'infantile demeure le présupposé fondamental de leur croyance. Ainsi fonctionne leur machine dialectique à deux temps : c'est parce qu'il est sous-développé que l'Africain, le Chinois ou le Péruvien nous surpasse ; il est en avance parce qu'en retard, arriéré parce que prématuré, si l'on veut bien admettre que toute croissance est une chute, toute histoire une décadence ; cet inférieur est notre maître, car il touche aux origines du monde quand nous en sommes déjà au crépuscule ; cadet de la révolution pour les marxistes, enfant martyr pour les humanistes, sauvage d'avant le péché pour les ethnologues, dans tous les cas l'homme du Sud est « ce nourrisson savant » (selon le mot de Ferenczi) qui, du fond de son dénuement, se met à proférer un savoir étonnant, à dire des vérités cachées qui effrayent le Vieux Monde.

1. C'est là tout le fondement théorique de la pensée de Frantz Fanon. Contre-exemple : le psychanalyste Gérard Mendel donne à l'un de ses ouvrages le titre suivant : *Pour décoloniser l'enfant* (Payot, 1971).

Le grand pervers et la chaste vierge

Pourquoi la conquête coloniale, en ses divers épisodes, est-elle si valorisée ? Parce qu'elle réédite le mythe de la chute. Avant la Renaissance était le temps béni des Hespérides sur les autres continents ; temps où les bêtes parlaient, où la Nature versait à profusion des bienfaits sur des naturels épanouis et splendides qui ne connaissaient ni la distinction du bien et du mal ni la division du tien et du mien. Puis, des êtres casqués et barbus sont venus de l'autre côté des océans, porteurs de feu et de meurtres, et le paradis s'est volatilisé : les hommes libres et heureux ont sombré dans l'esclavage. Or « là où se trouvent des enfants, se trouve aussi un âge d'or » (Novalis). C'est pourquoi, aux fins de préserver ce mythe, les tiers-mondistes n'auront de cesse de parler des nouvelles nations du Sud dans les mêmes termes que les parents de leurs chers petits : en termes de droiture et de spontanéité corrompues. Comme l'enfance, le Tiers-Monde est un éternel printemps, un royaume fragile sur qui des adultes vicieux, des banquiers avides, s'acharnent.

Dans l'histoire biblique de la sortie du paradis terrestre, il y avait quatre personnages : l'homme tenté, la tentatrice féminine, l'animal tentateur et la chose tentante. Plus deux médiations : du serpent à la femme, puis de la femme ambassadrice du péché à l'homme. Histoire simple au regard des multiples déguisements que l'Occident utilise pour circonvenir et séduire le chaste Tiers-Monde : le mal européen est multiforme, tour à tour pornographie, rock, gadgets, jeans, drogues, boissons gazeuses, technologie, tourisme, argent ; Satan est légion, il a cent masques, cent travestis pour séduire l'oasis printanière. De là cette nuance d'indéfinissable regret avec laquelle nous accueillons les maturations les plus normales de ces nations qui rentrent dans le cycle des épreuves initiatrices à la vie politique ; de là aussi notre colère contre le corrupteur sacrilège, le monde industrialisé, qui précipite l'évolution en déniaisant prématurément l'humanité innocente.

Ainsi, pour expliquer les désastres, la répression, la corruption, le népotisme, la stagnation qui sévissent dans l'hémisphère Sud, recourt-on à ce concept magique entre tous : le *néo-colonialisme.* Puisque l'Europe n'a quitté ses possessions que pour mieux y rester, c'est à elle d'assumer les fautes et les erreurs qui s'y commettent. Merveilleux court-circuit : à nouveau le présent n'est qu'un duplicata du passé, et l'antique imprécation peut se donner libre cours : torture-t-on dans les prisons d'Iran, de Syrie, d'Algérie ? C'est que leurs policiers « sont les élèves de nos flics [1] » (Claude Bourdet). Le chiisme se raidit-il en un fondamentalisme obscurantiste ? C'est parce que « les " solutions " de l'Occident ont fait faillite » et condamnent certains pays à l'intégrisme [2] (Roger Garaudy). La misère progresse-t-elle à grands pas ? C'est en raison bien entendu des multinationales et de leur pillage éhonté. Toujours pour expliquer l'analphabétisme, les épidémies, les guerres, la chute du niveau de vie, le despotisme des nouveaux pères du peuple, on invoque les colonialistes français, les impérialistes américains, les hégémonistes anglais, les affairistes hollandais, allemands ou suisses, car il n'y a de par le globe que deux sortes de pays : les « pays malades » et les « pays trompés [3] » (Roger Garaudy). Bref, au lieu de faire la part des choses, de chercher les causalités déterminantes, on entretient avec prédilection les causalités lointaines qui exonèrent les États tropicaux : fauteur univer-

1. *Le Tiers-Monde et la Gauche,* ouvrage collectif présenté par *le Nouvel Observateur,* Seuil, 1979, p. 132.
2. *Promesses de l'Islam, op. cit.,* p. 164-165.
3. *Id.,* p. 166.

sel, le néo-colonialisme devient ainsi le moyen de repousser à perpétuité les vrais problèmes[1].

Autre notion qui fait fortune et s'apparente à la première : celle d'*élites téléguidées*[2]. Les bourgeoisies du Tiers-Monde seraient toutes sans exception des produits artificiels de l'impérialisme maintenus au pouvoir par ce dernier pour lui assurer, moyennant redevances et appui militaire, des matières premières à bon marché, de la main-d'œuvre à bas prix, des débouchés et des marchés juteux.

Conlusion : ces classes sociales, ces États, sont des relais, des fantoches soutenus à bout de bras par la CIA, Unilever, United Fruits ou Nestlé. Ce qui est suspect dans cette accusation, c'est la globalité de son objet : pas une classe dirigeante qui ne soit un corps étranger, un kyste greffé sur la peau du peuple martyr, et ce, quelles que soient les conditions géographiques, sociologiques, culturelles ou historiques des

1. « La dépendance néo-coloniale ne détermine pas tout l'espace politique que nous vivons », écrit, à propos de la Tunisie, Hélé Béji (*Le Désenchantement national,* Maspero, 1982), dans une excellente analyse du désarroi et même de l'accablement qui saisit les jeunes nations du Maghreb au lendemain de la décolonisation. Brisant la vision simpliste et caricaturale qui consiste à attribuer systématiquement les échecs et les oppressions de la société décolonisée à des forces extérieures, l'auteur découvre les mécanismes d'un nouveau nationalisme d'État qui, autour de la figure charismatique du Chef, du Combattant suprême, fait surgir, après le départ du colonisateur, ses propres rapports de domination au sein de la société.

2. C'est Samir Amin qui, dans *Classe et Nation* (Minuit, 1979), a poussé le plus loin l'analyse des « bourgeoisies compradores ». Mais le thème court dans toute la littérature tiers-mondiste depuis ses origines. Deux citations prises entre mille : « La non-représentativité de ceux qui revendiquent, face aux dominateurs impérialistes, le droit de parler au nom des dominés [...] est au cœur de la problématique des rapports internationaux... » (Jean Ziegler, *Main basse sur l'Afrique, op. cit.*, p. 266). « Se définissant dès leur naissance comme un appendice des classes dominantes métropolitaines, les élites périphériques sont systématiquement allées chercher hors de leur propre société la quasi-totalité de leurs valeurs, de leurs normes sociales, de leur pensée scientifique, philosophique et politique et même une grande partie de l r inspiration artistique et littéraire » (Yves Eudes, *La Conquête des esprits,* Maspero, 1982, p. 13).

pays considérés. C'est comme ça, un point c'est tout : les élites sont usurpatrices en Côte-d'Ivoire comme au Bénin, à Caracas comme à Taïpeh. Quelque zèle ou patriotisme qu'elles déploient, elles ne seront jamais que des parasites et des courroies de transmission. C'est même un double mépris qui s'attache à la personne des riches africains, arabes ou asiatiques : ils attirent sur eux les foudres que suscitent les hérétiques, d'une répulsion cent fois plus forte que celle ressentie devant un ennemi : à l'opprobre d'être bourgeois s'ajoute le péché d'imitation. Non seulement ils perpétuent en terre étrangère la classe maudite entre toutes à laquelle un siècle de socialisme promet les poubelles de l'Histoire, mais encore ils jouent leur rôle à tort et à travers. Ils redoublent l'odieux par le ridicule, car du modèle au pastiche s'interpose l'intervalle dégradé de la singerie. On rejette tous les métis culturels au néant, oubliant par exemple la contribution d'intellectuels du Sud à la culture universelle : Senghor, Césaire, Gandhi, Nehru, Tagore, Naipaul, on les disqualifie comme des déracinés, on instruit contre eux, au nom de la glèbe, un procès à la Barrès. Et l'on a pour dépeindre les pantomimes simiesques des rois nègres copiant le faste napoléonien, des nantis asiatiques vivant à l'heure anglaise, des riches mexicains, panaméens, salvadoriens totalement américanisés les mêmes termes de mépris railleur que les coloniaux en leur temps face aux Arabes et aux Noirs qui mangeaient au restaurant, conduisaient une voiture ou portaient cravate.

Qu'importe que des africanistes ou des orientalistes démentent ou nuancent ce dogme, prouvent, études à l'appui, que la disparité entre riches et pauvres reproduit souvent les structures sociales antérieures au colonialisme et ne sont pas explicables par la division en classes des sociétés industrielles[1],

1. Dans *le Monde diplomatique* de novembre 1981, Jean-François Bayart, rédacteur en chef de *Politique africaine,* démontre que l'apparition d'une bourgeoisie africaine n'est pas un sous-produit de l'impérialisme mais bien

que des intellectuels du Tiers-Monde, de plus en plus nombreux, en appellent à leur propre bourgeoisie pour prendre en main leur destin et nous certifient que la cause essentielle du drame est d'abord interne, psychologique, spirituelle [1], que les jeunes nationalismes puisent dans leur volonté de se défendre les instruments mêmes de leur écrasement [2] ou encore récusent cette idéologie des causalités diaboliques qui attribue trop facilement les maladies de l'hémisphère Sud à des virus extérieurs [3]. Nos tiers-mondistes ne veulent pas en démordre : les équipes au pouvoir, leurs familles et leurs proches ne sont, ne peuvent être, que des courroies de transmission, des « valets ».

plutôt l'expression de la domination historique des élites traditionnelles, et demande qu'on n'explique pas l'évolution des continents du Sud dans la perspective de l'histoire occidentale (p. 17, 18). Dans *India, a Wounded Civilization* (Penguin Books, 1974), l'écrivain anglo-indien V. S. Naipaul explique de son côté que les emprunts effectués par la bourgeoisie indienne au mode de vie britannique traduisent une distinction supplémentaire vis-à-vis des castes inférieures et non une altération du patrimoine culturel.

1. Ce que fait avec brio Ahmed Baba Miské en conviant les élites d'Afrique et d'Asie à entreprendre d'elles-mêmes une renaissance salutaire sans rien attendre de l'Occident (*Lettre ouverte aux élites du Tiers-monde*, Sycomore, 1981).

2. Hélé Beji (*op. cit.*) et naturellement toute l'œuvre de fiction et d'essais de V. S. Naipaul, vaste réflexion sur le naufrage et le désarroi des jeunes nations décolonisées.

3. Dans un numéro d'*Esprit* de janvier 1980, l'économiste libanais Georges Corm soutient que les théories de l'échange inégal, de l'impérialisme, etc., n'aident en rien à la compréhension interne du sous-développement, puisqu'elles ne lui assignent que des causes externes : « Il est toujours plus rassurant de penser que la maladie est due à un microbe externe et qu'en s'unissant dans la fraternité révolutionnaire pour la supprimer [...] on parviendra à rétablir les sociétés malades du Tiers-Monde » (p. 113).

Sois candide et tais-toi !

La qualité d'anciens colonisés fait donc des Africains, des Vietnamiens, des Sud-Américains des sortes d'intouchables dont toutes les erreurs doivent être dédouanées au nom de la barbarie de l'Occident ; mais la contrepartie de ce monopole exorbitant, c'est pour eux une impuissance radicale à définir leur propre politique. Autrement dit, le tiers-mondisme ne supporte pas que le malheur des pays du Sud soit d'abord l'œuvre de ces pays eux-mêmes, car pour lui *ils n'existent pas en tant que tels, sinon comme un canton, un protectorat mental des nations industrielles.* Pas plus que les Cecil Rhodes, les Bugeaud, les Lyautey, nos pieux zélotes n'admettent que l'émancipation du Tiers-Monde puisse être l'œuvre du Tiers-Monde lui-même. Ils mettent autant d'acharnement à embellir les pays en voie d'équipement que leurs pères à les rabaisser, car les deux pensées procèdent d'un même racisme, d'une même différence dépréciée ici, survalorisée là. Comme aux plus belles heures de l'Empire, il s'agit toujours d'exonérer les sociétés orientales ou africaines du gros des décisions en matière de responsabilité et donc à leur épargner la dureté des remises en cause.

On récuse donc successivement les possédants, simple épiphénomène, et, pour la même raison, les intellectuels des pays du Sud, coupables d'avoir été formés en Amérique ou en Europe, on récuse l'administration, la police, les cadres, les techniciens, les bureaucrates, les fonctionnaires, tous ceux qui, par leur faste, leur brutalité, ne peuvent que trahir la véritable Afrique, la profonde Asie. Restent alors les masses, ces grandes muettes, abruties de misère et de douleur mais aussi gardiennes du trésor des traditions ; et ce sont elles que nos chers paternalistes vont élire comme appartenant au véritable Tiers-Monde, comme d'autres vous exhibent tel fragment de la vraie Croix. Sur ce troupeau humain, sans visage et sans voix, ils vont pouvoir appliquer leur stock de clichés et lui prêter leur langue : *comme l'enfant, il faut que le Tiers-Monde ne parle pas pour qu'ils puissent parler en son lieu et à sa place.* Et ceux-là mêmes qui accusent les bourgeoisies exotiques de plagier leurs homologues des pays avancés s'empressent de mettre dans la bouche des paysans africains ou sud-américains les mots et les paroles qu'ils voudraient leur entendre dire. Monstre omniprésent, semblable à ces idoles shivaïques à douze bras et quatre têtes, l'impérialisme entoure le globe d'une surveillance multiforme et constante, intervient partout où il veut, comme il le veut, déplace présidents, généraux, états-majors et régimes tels des pions sur un échiquier. Conclusion : les pays en voie d'avancement, n'ayant aucune capacité à se gérer eux-mêmes, sont innocents de leurs malheurs. Déni de la souveraineté nationale, déni de la représentativité locale, déni de la responsabilité morale : on aura reconnu dans ce triple credo du tiers-mondisme les grandes lignes de la pensée coloniale.

La trahison des purs

> « C'est ici une véritable révolution copernicienne qu'il faut imposer tant est enracinée en Europe et dans tous les partis de l'extrême droite à l'extrême gauche l'habitude de faire pour nous, de penser pour nous, de disposer pour nous, bref l'habitude de nous contester le droit à l'initiative qui est en définitive le droit à la personnalité. »
>
> Aimé Césaire, « Lettre à Maurice Thorez », 1956.

Dans cet univers peuplé de victimes et de vampires, il n'est pour l'autrui lointain que deux apparitions possibles : le révolté ou le traître, l'opprimé ou le complice. Classés d'avance, l'Asiatique, l'Africain, le primitif ne sont tolérés qu'à la condition de ne pas nous contredire ; qu'ils le veuillent ou non, ils doivent endosser la livrée que leur ont faite nos militants. Mais ils sont tellement parfaits, irréprochables, souffrants à souhait — trois milliards de Christ réincarnés — qu'on ne peut plus les aimer, ces héros à la peau décharnée. Au lieu de cela, on les respecte, on se découvre devant eux comme dans une église ou un cimetière, *on les entoure d'une morose idolâtrie.* Tant de mérites éminents face à nos démérites ne peuvent que lasser. Cette politesse, cette sympathie forcée, nous gâtent. Aucun échange ne devient possible tant nous avons hâte de tomber d'accord, de nous montrer conciliants. Que d'amabilité dans nos panégyriques du Tiers-Monde, mais aussi quelle résignation ! On ne parle plus d'hommes et de femmes en chair et en os, mais d'oiseaux empaillés dans un corset de bonne conduite. Incapable de reconnaître autrui comme autrui, on l'idéalise quand nos prédécesseurs le ravalaient. Mais *rechercher l'autre absolument parfait empêche de voir l'autre réel.* Chargé de tant d'espérances n'est-il pas fatalement condamné à décevoir ceux qui le magnifient ? On exige de lui ce qu'on n'exige de personne et on veut lui interdire ce qui est permis à tous. Hors de la cité et de l'Histoire, privé du pouvoir de mener la paix ou la guerre à sa guise, l'ex-colonisé n'est qu'une somme de soustractions, un individu qu'il a fallu désincarner pour nous projeter en lui : le voici devenu sujet d'une morale folle, c'est-à-dire une morale de l'homme sans visage que l'on peut à son gré écraser ou idéaliser.

Ce Tiers-Monde saint-sulpicien n'est donc pas un continent mais un personnage évangélique qui, n'étant pas compromis dans les horreurs du monde occidental, conjugue en lui les deux figures de l'innocent et du héros. Hélas, il y a quelqu'un qui proteste tout à fait inconsciemment contre cette adoration, c'est le divinisé lui-même, qui fait peu de cas de ces louanges, de cet encens, et trahit de façon abominable sa nature fort peu divine. De quoi est faite en effet l'histoire des nations du Sud depuis Bandung ? De la résistance farouche, des ruses multiples que ces peuples ont opposées à l'image édifiante donnée d'eux par une certaine idéologie. Qu'ont fait les Algériens, les Vietnamiens, les Tunisiens à peine livrés à eux-mêmes : ces jeunes républiques ont quitté les jardins clos de la candeur, ont acheté des tanks, des canons, des armes, rempli les prisons, déclaré la guerre, bafoué les droits des opposants, mis en place des structures despotiques, etc. La revendication à devenir banals, c'est-à-dire des États dotés des mêmes droits et des mêmes prérogatives que les autres, passe aussi par la capacité de se tromper, d'ériger des dictatures, de faire un usage immodéré de la violence. La liberté est à ce prix. Le premier traître au tiers-mondisme, c'est le Tiers-Monde lui-même, qui ne s'est jamais conformé à ce qu'on lui présentait comme sa propre cause et s'est empressé de renverser le piédestal sur lequel on l'avait érigé.

D'où l'indignation de nos crédules bernés : ils ne tolèrent pas de savoir que l'âge d'or était déjà corrompu et qu'il puisse y avoir d'autres assassins sur terre à part nous : « Ils ne peuvent pas avoir fait ça eux-mêmes, ces guerres de pauvres sont manipulées par les riches[1]. » Mais cette amertume est

1. Sur le thème : « Ils ne sont pas capables de commettre de pareilles horreurs », on lira avec profit la mémorable table ronde qui a reuni Régis Debray et Noam Chomsky, publiée sous le titre « Narration et pouvoir » par la revue *Change* (n° 38, octobre 1979). Le linguiste américain et le philosophe français y tombent d'accord en effet pour minimiser le génocide cambodgien — à peine 100 000 personnes, selon eux, victimes de « revanches paysannes locales » (p. 106) — et dénoncent d'un même élan le véritable fautif, l'unique criminel, le grand méchant loup : l'Occident. A leurs yeux, le « génocide » est une invention des médias, un lavage de cerveau organisé par la presse occidentale pour discréditer les États révolutionnaires et dissimuler les responsabilités véritables.

vaine : car, ce faisant, on exproprie les peuples de leur propre histoire exactement comme les dirigeants des grandes puissances font de chaque événement local une péripétie de la lutte entre les deux Super-Grands. Curieux, ce refus des « turbulences autonomes », cette confusion pratiquée par tous les camps ; ici, telle administration américaine explique les tensions politiques au Salvador, au Guatemala, en Colombie par la main secrète de l'Union soviétique, oubliant la misère noire des peones, le sous-développement, l'égoïsme, l'aveuglement des rois du café ou de la banane ; là, on vous jure doctement que tel affrontement entre deux pays du Moyen-Orient est alimenté en sous-main par le sionisme et ses alliés, que telle sécession en pays d'Afrique est encouragée, financée par une centrale de renseignements à l'accent du Texas. Dans les deux cas, on fait des hommes du Sud les agents à demi inconscients d'un conflit qui les dépasse : c'est tout simple, ils n'existent pas en tant que tels, et les soubresauts qui agitent ces terres imbibées de sang et de sueur ne sont que la folle orchestration d'intérêts lointains. Bref, cette irresponsabilité merveilleuse dont nous les dotons n'est, pour eux, que l'antichambre de l'expulsion : « Il n'est ni naturel ni raisonnable que les puissants se disputent nos disputes comme si elles étaient leur patrimoine » (président mexicain Lopez Portillo, 24 février 1981).

Le Tiers-Monde n'existe plus [1] !

Au sens le plus simple du terme, le Tiers-Monde, c'est quoi ? Le reste, dans son acception ambiguë de résidu et de

1. Nous reprenons ici le titre d'un excellent article de Manuel Pietri paru dans *le Matin* du 25 avril 1982.

La fin

Une page de l'Histoire se tourne aujourd'hui : le système international qui s'est effondré à la fin des années 70 a cessé également de régir notre vision du monde. Jamais la Terre n'a été aussi parcellisée, et l'ordre mondial a cessé d'apparaître comme un possible à l'horizon de l'humanité. Au-delà des nations ou derrière elles, il n'y a plus un sens ultime pour les ordonner en une belle harmonie. Toute tentative pour recréer une unité internationale, même sous forme d'un affrontement entre deux grandes puissances, ne pourrait dans ces conditions être que postiche ou artificielle. Sauf à voir la dictature d'une opinion particulière érigée en vérité mondiale, on ne peut que suspendre l'élaboration d'un autre universel sur les ruines de l'ancien.

En particulier, tous les remèdes proposés au cours des trois dernières décennies pour sortir le Sud de l'ornière ont échoué : aussi bien la voie révolutionnaire que les politiques d'intégration ou de coopération se sont révélées inopérantes ou catastrophiques pour les pays d'accueil. Les anciens schémas s'effondrent sans que de nouveaux apparaissent : dans cet intervalle, il n'est d'autre issue que de recourir à des hypothèses révocables, comme dans les sciences, et de multiplier la modestie et l'empirisme de nos approches. Vis-à-vis du Tiers-Monde, nous n'avons plus que des certitudes négatives — nous savons ce qu'il ne faut plus faire. D'où la nécessité de suspendre provisoirement notre jugement et d'acquérir des structures mentales compatibles avec les défis

déchet, témoignant de cette indistinction méprisante qu'on réserve à l'Autre dès qu'on se refuse à le qualifier. Cette notion commode, malléable et corvéable à merci qui s'applique à l'ensemble du globe une fois retranchées l'Euramérique, l'URSS, l'Afrique du Sud, l'Australie et la Nouvelle-Zélande. Quand on lit dans une publication chrétienne de gauche les propos suivants : « Il n'est pas nécessaire de

du village global

qui attendent la planète. L'Histoire redevient improvisation.

Bref, nous en sommes revenus au XVIIIe siècle, moins l'illusion des Lumières, plus les communications rapides. Loin que l'univers soit une communauté unique en puissance, un village global « qui rendrait tous les hommes équidistants » (Lester Brown), annihilerait les fossés culturels, idéologiques ou nationaux, il est de nouveau un pullulement de tribus hostiles ou méfiantes les unes envers les autres. A l'heure où se pulvérisent les hégémonies, où l'Oncle Sam et l'Oncle Ivan voient s'effilocher les empires qu'ils contrôlaient, une balkanisation générale divise l'humanité en groupes ethniques, religieux, raciaux opposés. Et le risque est là, toujours possible, de voir le monde se défaire en un fourmillement de compartiments étanches, se dissoudre dans sa propre multiplicité. De ce que les autres sociétés ne nous sont plus impensables, on ne peut en déduire qu'elles sont devenues transparentes ; elles ont renforcé au contraire notre part d'impensé et de nuit. Partout la lumière et la vitesse, résultat de la science et de la technologie, ont multiplié les pesanteurs et les ombres. L'étendue de ce qui nous échappe dépasse de loin ce qui nous est connu : ce n'est pas notre savoir qui acquiert plus d'importance, c'est notre ignorance qui devient plus raffinée et plus complexe. Comment distinguer encore les justes et les mauvaises causes, déchiffrer les conflits qui endeuillent notre sphère terrestre ? Le globe a beau être clos et petit, il n'a jamais été si ténébreux.

franchir les océans pour rencontrer le Tiers-Monde. Nous le rencontrons à chaque instant dans notre vie de tous les jours. Il est présent dans notre café matinal, les vêtements que nous portons, l'essence que nous mettons dans nos moteurs[1] », on

1. *Ici et là-bas, d'abord bien se nourrir,* brochure publiée par Frères des hommes et Terre des hommes, mars 1981.

peut légitimement se demander si, pour des besoins de propagande, les Guatémaltèques et les Colombiens méritent d'être réduits à un grain de café, les Saoudiens et les Yéménites à une goutte de pétrole, les Coréens et les Indiens à une pièce de tissu ; si cet économisme vulgaire, qui tient lieu de morale et n'envisage les nations que sous l'angle de la rareté, n'est pas l'exact pendant des appétits coloniaux qui ne supputaient la valeur d'un État que sous l'angle des bénéfices et des profits. Quand Mohammed n'est plus qu'un bidon d'essence, Abdou un litre d'huile d'arachide, Lopez un espresso, le racisme de la désincarnation n'est pas loin. Et de même qu'il existe un antisémitisme sans Juifs, il y a un tiers-mondisme sans Tiers-Monde où les mots de « Brésil », « Thaïlande », « Sénégal », loin de faire référence à des pays ou des cultures précises, ne servent que d'armatures dans une construction théorique abstraite. L'autre n'est pas évoqué mais, comme dans la prière, invoqué, désiré pour son absence même, et les pays au nom de qui l'on se frappe la poitrine n'existent que pour exhaler notre rancœur vis-à-vis du nôtre.

Dans la pratique quotidienne, la notion de Tiers-Monde ne jette pas la moindre lueur sur la réalité : elle est uniquement un instrument à déverser des invectives sur ses adversaires. Les tiers-mondistes donnent alors le curieux spectacle d'une rixe de sacristains en délire qui se fendraient mutuellement le crâne au moyen de leurs saintes icônes : mais ce au nom de quoi ils se battent n'existe que dans leurs discours. Le Sud devient alors cette divinité évanescente qui rappelle un peu la définition de la poésie selon Paul Valéry : une activité purement solipsiste que les habiles pratiquent par amour de l'art, laissant les nigauds à leur illusion de communiquer avec quelqu'un. Slogan niveleur et polémique, rejetant une majorité de l'humanité dans les ténèbres de la statistique, le mot « Tiers-Monde » relève d'un universalisme ossifié. A une époque où les économistes eux-mêmes récusent une communauté de destin identique à tous les pays en voie d'avancement et tentent de diversifier leurs approches[1], où le mouvement des non-alignés sombre dans l'incohérence et la division, l'usage machinal du mot « Tiers-Monde » trahit une paresse intellectuelle sans précédent. Notre première marque de respect envers les nations du Sud devrait être de ne pas les agréger sous le même label vague. *Prenons-y garde : à travers ce terme d'usage courant, c'est toute une bataille symbolique qui est en jeu : celle de l'espace mental que nous réserverons, dans les années à venir, aux peuples non européens. A parler du Tiers-Monde comme d'un hospice, on rétrécit l'horizon psychique de nos contemporains, on disqualifie 4 milliards d'hommes pour les générations futures.* Dans *le Cœur des ténèbres,* Joseph Conrad évoque, à propos des Noirs du Congo, « l'extraordinaire effort d'imagination qu'il nous a fallu pour voir dans ces gens-là des ennemis ». Mais quelle extraordinaire absence d'imagination, quelle myopie il nous faut aujourd'hui pour ne voir dans les Africains, les Asiates, les Océaniens, que les pensionnaires d'un gigantesque asile ! Contre cette fiction d'un monde à trois dimensions, il faut répondre chaque fois par des cultures précises : c'est dès l'école qu'il faut donner une idée du scintillement, du désordre de ces continents rebelles aux inventaires et aux généralisations, et que le concept de Tiers-Monde ne suffit pas à épuiser. Il est des cas

1. René Dumont, par exemple, propose le concept de mal-développement pour expliquer les déséquilibres des pays nouvellement industrialisés, tels le Mexique, la Colombie, le Brésil, vivant sur les bénéfices d'une matière première exportée mais sans développer parallèlement un secteur agricole conséquent. Le directeur de la Banque mondiale Alden Clausen propose, quant à lui, de distinguer huit zones économiques : quatre zones de régions fortement industrialisées (Europe du Nord, Amérique de l'Ouest, Japon, Europe de l'Est) ; la cinquième est constituée par les pays exportateurs de pétrole à excédents de capitaux du Proche-Orient ; la sixième se compose d'une vingtaine de pays en voie d'industrialisation (Afrique du Sud, Argentine, Brésil, Corée du Sud, Colombie, Philippines, Hong-Kong, Israël, etc.) ; la septième comprend les pays très peuplés d'Asie (Chine, Inde, Indonésie, Bangladesh, Pakistan) et la huitième les pays très pauvres de l'Afrique sud-saharienne.

où le flou savamment entretenu a la gravité d'un préjudice et, là encore, la précision sémantique est capitale : il n'y a pas de baptême innocent. Si l'on veut sortir du colonialisme, il faut sortir de la commisération, de la triste poésie de l'hélas, du tissu de génuflexions et de devoirs à quoi se résume notre attitude envers les pays d'outre-mer. On peut rêver indéfiniment sur les hommes lointains, improviser dans l'à-peu-près, mais les hommes réels ne donnent-ils pas mieux à rêver que les autres ? Et le double tort de la littérature tiers-mondiste n'est-il pas de donner de l'Europe une vision outrée jusqu'à la caricature et de sculpter des peuples étrangers une statue à la fois souffreteuse et risiblement vertueuse ? Elle se rend coupable de bêtise et d'inconséquence et l'on ne sait ce qu'il y a de plus blâmable en elle, le doute qu'elle contribue à entretenir sur notre culture ou la dépréciation qu'elle répand sur les autres.

En définitive, c'était donc encore le modèle colonial qui prévalait chez ceux-là mêmes qui portaient les jeunes nations sur les fonts baptismaux du radicalisme. Sans doute le colonialisme était-il en déroute dans les milieux de la gauche française et européenne ; mais il en restait assez de traces et d'habitudes pour qu'un discours dont la raison dernière était le soulèvement universel des opprimés en charrie encore les germes essentiels. Ainsi l'idéal impérial ne fut-il nullement vaincu mais bien au contraire fortifié par son contraire et son successeur : le tiers-mondisme. Nous posons que, dans la querelle qui oppose ces deux attitudes, existent des hypothèses communes ; une même impatience à résoudre les problèmes des autres plutôt que les nôtres propres ; une même tendance à voir le monde entier comme un problème de politique intérieure (la formule est de J. F. Kennedy) ; une même croyance dans un univers du Bien et du Mal que l'on place ici dans le Nord, là dans le Sud ; une même transformation de l'Asie et de l'Afrique en une sorte de garenne commerciale dans un cas, de vivier à fantasmes dans l'autre, et donc une manière commune de maintenir Africains et Asiates dans un état d'infantilisme politique ; un égal prosélytisme, un égal opportunisme à défendre son camp quoi qu'il fasse et en toutes circonstances ; une même rage à signer les mêmes épitaphes élogieuses pour des sociétés différentes ; une même foi dans les vertus éducatrices et progressistes du temps ici et là chargé d'une eschatologie triomphante. Le colonialisme posait en absolu la relation du maître et de l'élève ; le tiers-mondisme a inversé la dialectique et a fait de l'élève le maître du maître. Il enseigne le contraire de ce qui avait cours hier. Est combattu ce qui était naguère glorifié et glorifié ce qui était combattu. Comme saint Remi au chef franc, sa devise pourrait être : « Brûle ce que tu as adoré, adore ce que tu as brûlé. » Ce renversement est donc un retour à la case départ. Cette critique est « une critique encore religieuse de la religion » (Marx), c'est-à-dire un assassinat rituel de l'impérialisme occidental qui prend des allures de « vendredi Saint spéculatif » : deux jours après, le mort ressuscite dans toute sa gloire. Tous éléments qui font de ces adversaires nécessairement des alliés, de sorte *que combattre le tiers-mondisme aujourd'hui, c'est prolonger l'anticolonialisme d'hier.*

La fin du messianisme

Les mains sales

> « La supériorité du Purgatoire sur l'Enfer ou le Paradis, c'est qu'il a un avenir. »
>
> Chateaubriand.

Il n'est plus question de voir dans le Tiers-Monde un sauveur quel qu'il soit, un porteur d'espoir ou l'avenir radieux d'une humanité égarée. Ce qui aurait dû se passer n'est pas arrivé, des irruptions imprévues ont bousculé la belle prophétie. Pas plus le Nord que le Sud ne détiennent le monopole de la vérité ou de l'horreur, et c'est d'un même geste qu'il faut balayer les illusions de la candeur chez soi et de la perfectibilité chez les autres[1]. Le grand traumatisme de la dernière décennie, c'est que les persécutés ont eux aussi perdu leur innocence ; ceux-là mêmes dont on attendait une résurrection se sont transformés à leur tour en geôliers, bourreaux, fusilleurs, pourvoyeurs de charniers, comme si l'indépendance pour un peuple était avant tout le droit de tuer chez soi, avec ses propres armes, sous l'emblème de son propre drapeau ! Il faut en prendre son parti : l'ancien esclave vaut bien le maître dans sa capacité d'asservir d'autres esclaves à ses ambitions. *La terrible vérité que nous affrontons depuis peu, c'est que tous les hommes sont pécheurs, même ceux-là que des siècles de souffrance avaient désignés à la tâche exaltante de racheter le genre humain.*

Le même mouvement qui interdit la bonne conscience à l'Occident interdit toute ingénuité à ses voisins. Si une malédiction pèse sur les États du Nord, elle pèse également sur les grandes civilisations ; autant l'islam, grand rassembleur par la conquête et le glaive, que la Chine, le Japon ou l'Inde, autant l'Empire inca que les royaumes africains d'avant la colonisation ou l'Empire ottoman, il n'est pas une société qui ne soit fondée sur le crime, les massacres, la subordination de peuples plus faibles. Nul n'a le droit, invoquant les forfaits des autres, de se blanchir soi-même. Expliquer, c'est-à-dire excuser les atrocités des jeunes nations du Sud, par le

1. Comment, par exemple, pourrait-on ajouter foi aux propos du directeur général de l'UNESCO, Amadou Mahtar M'Bow, déclarant à la revue *Third World Quarterly* (Londres, avril 1982) : « Les pays du Tiers-Monde sont les porteurs de l'espoir dans le monde ; en dépit de leur faiblesse interne et de leurs ressources naturelles inadéquates, ils sont les croisés naturels pour la justice et la liberté » ?

colonialisme, l'impérialisme, l'influence américaine, que sais-je encore, relève d'une falsification grossière : si N'Guema, Sekou Touré, Amin Dada, Pol Pot, Khomeiny, Somoza, Pinochet, pour ne citer que les plus sanglants, restent des dictateurs abjects, c'est qu'ils sont entièrement responsables de leurs méfaits et n'ont aucun droit de s'en délester sur des facteurs extérieurs qui auraient déterminé leur conduite. Ni l'exemple de l'autorité coloniale précédente : « J'ai été formé à l'école anglaise ou française », ni l'argument de la pression internationale : « J'ai agi sous l'effet d'un encerclement », ni les nécessités démiurgiques de l'histoire : « J'ai dû liquider les traîtres pour sauver la Révolution », ni la bonne raison de manipulation : « J'ai été berné par Moscou ou Washington » n'ont une quelconque valeur. Aucun de ces arguments ne détruit la liberté de choix, donc la culpabilité. Et les soldats, les gardiens, les miliciens qui obéissent aux ordres de ces tyrans, les peuples qui leur donnent leur aval, sont responsables au même titre[1]. Bref, il n'y a pas deux poids, deux

1. Ainsi de la violence en Argentine : on sait qu'elle est devevue un sport national abondamment pratiqué par la droite et la gauche ; toute l'œuvre, par exemple, d'un Ernesto Sabato ou d'un Borges est une réflexion sur ce mystère, sur ce pays atypique, zone de fracture entre l'Amérique et l'Europe ; ceux qui l'ont fondé étaient des intellectuels inspirés par les Lumières françaises, portant *le Contrat social* et l'*Émile* dans leur poche, mais aussi les héritiers du plus grand génocide de l'Histoire, celui des Indiens. D'une façon plus générale, il est étrange de noter combien l'ensemble de la gauche sud-américaine — à l'exception toutefois des socialistes brésiliens — fait de l'impérialisme américain un bouc émissaire trop facile des maux qui endeuillent les pays latins depuis deux siècles. Même un livre aussi admirable sur le plan littéraire que *les Veines ouvertes de l'Amérique latine* d'Edouardo Galeano n'a d'autre fonction que de disculper les actuels peuples sud-américains et de faire retomber toute la faute sur des envahisseurs extérieurs, Espagnols, Anglais, Portugais, Américains, etc. On ne fait ainsi que reconduire les impasses et se donner bonne conscience à peu de frais en endossant la défroque de la victime éternelle. Ne parlons pas des prises de position ouvertement staliniennes des grands intellectuels sud-américains tel Garcia Marquez, dont le soutien inconditionnel à l'URSS, aux régimes castriste et sandiniste a quelque chose de confondant.

mesures, pour deux humanités différentes, celle des méchants Blancs et celle des bons indigènes cantonnés dans l'irresponsabilité, le caprice et la naïveté. *Leur qualité d'anciens colonisés ne confère aux États du Tiers-Monde aucun privilège, aucun passe-droit, aucune supériorité morale.* Aucun peuple n'a acquis la grâce de l'élection du fait des persécutions qu'il a subies, aucun ne peut arguer d'un brevet d'innocence qui le dispenserait de rendre des comptes et l'autoriserait à soutenir que ses intérêts se confondent avec celui de la morale et du droit. Aujourd'hui que l'impérialisme est la chose du monde la mieux partagée — c'est un gouvernement « révolutionnaire » qui, au Nicaragua, s'est conduit envers les Indiens Miskitos avec la même brutalité et la morgue des conquistadores classiques —, les jeunes nations ont déjà derrière elles les mêmes horreurs guerrières, les mêmes bestialités qui ont terni l'histoire du Vieux Monde. S'il y a une culpabilité fondamentale de tous les hommes due au fait qu'ils se trouvent pris dans des rapports de forces qui les font vivre, il en ressort que les pays du Sud ne sont ni plus mauvais ni meilleurs que nous, mais, tout comme nous, capables du sublime et du pire.

Finies donc ces nations archanges qui fixent d'un œil réprobateur la vieille Europe toute chargée de crimes, profitant du repentir des Occidentaux pour se redécouvrir soudain tout un passé de blancheur liliale et profiter de cette couverture pour se livrer à des actes rien moins que moraux. Pourquoi rendraient-elles des comptes puisqu'on leur doit tout en raison de l'outrage autrefois perpétré [1] ? Placées en

1. En ce sens, l'État d'Israël, qui recourt fréquemment à ce type d'arguments, voudrait cumuler les avantages d'une nation du Sud et d'un peuple occidental. Au nom du tort immense infligé au peuple juif, l'administration israélienne voit toute critique comme une menace directe à son existence, tout ennemi comme un exterminateur en puissance. A l'inverse, les Palestiniens se présentent à leur tour comme les spoliés types et revendiquent pour eux tous les anciens titres des Juifs — diaspora, persécution, génocide. D'où, entre Juifs et Arabes, cette concurrence

état d'angélisme perpétuel, elles peuvent commettre les pires forfaits sans se croire les obligées de personne. Ainsi font-elles la leçon à tout le monde sans tolérer elles-mêmes le moindre reproche. Toujours en position de réclamer au nom de droits historiques séculairement bafoués, elles nous refu-

---

victimale qui pourrait s'énoncer ainsi : nous sommes les plus malheureux, donc nous avons tous les droits et nos ennemis n'en ont aucun. Stupéfiant chassé-croisé : alors que l'antisémitisme européen a été adopté en bloc par les pays arabes, Israël se met à parler le langage tiers-mondiste de l'innocence absolue — « Les Juifs ne s'inclinent devant personne sauf devant Dieu », s'exclame par exemple Begin durant l'été 1982 —, tandis que les Palestiniens se donnent comme les damnés de l'Histoire chassés par les « sionistes-nazis ». Les uns et les autres se veulent dépositaires de la dépossession maximale et tiennent leurs adversaires pour des criminels. Il n'y avait déjà qu'une terre pour deux peuples, on se dispute maintenant le malheur absolu. Dans cet affrontement des purs, c'est un effroi rhétorique qui paralyse les parties et peut conduire de part et d'autre aux pires excès : d'où l'effort des partisans de la paix en Israël et chez les Palestiniens pour sortir de cette double impasse et empêcher que les deux peuples se vivent comme l'Autre intouchable, intègre, exempt de toute responsabilité. Israël est haï parce qu'il est un pays occidental qui s'avance masqué sous le privilège du Tiers-Monde et camoufle sa force sous le paravent d'un tort immémorial : il a confisqué aux peuples anciennement colonisés leur rhétorique et en a fait une arme contre eux. En quoi le conflit israélo-arabe est à la fois exemplaire et unique : unique en ce qu'il combine de façon inédite la problématique Nord-Sud ; exemplaire en ce que la haine de l'Occident passe aujourd'hui par la haine des Juifs qui en deviennent la communauté emblématique après en avoir été deux millénaires durant le bouc émissaire. On sait, par exemple, qu'en France comme en Allemagne fédérale, plus l'on se déplace vers la gauche dans l'éventail politique, plus les critiques à l'égard d'Israël se font virulentes ; c'est que la gauche a transféré contre l'État hébreu son anti-occidentalisme de principe. A l'ancien reproche de cosmopolitisme adressé par l'extrême droite antisémite répond celui d'illégitimité fait par la gauche : Israël incarne toute l'obscénité de l'Occident, d'autant qu'il se situe en terre orientale ! Son affiliation à l'Empire invisible du Nord en ferait, à en croire certains, la réincarnation la plus fidèle du IIIe Reich, bref un monstre plus redoutable que l'Empire soviétique ou telle dictature proche-orientale ! Sans doute Israël a-t-il cessé d'être le créancier moral de l'Occident ; la guerre du Liban et la politique de colonisation pratiquée dans les territoires occupés ont dilapidé le capital de sympathie dont il jouissait dans l'opinion publique et accéléré sa normalisation. Emmanuel Lévinas le disait déjà en 1963 lorsqu'il écrivait : « Israël

sent le droit de les juger, arguant de notre éloignement du théâtre des événements, alors que la distance où nous nous trouvons nous préserve des passions locales, nous rend plus désintéressés, plus impartiaux. Ne me jugez pas, dit l'islam, car il faut être musulman pour me comprendre [1]. Ne me jugez pas, dit l'Africain, car il faut être noir pour m'entendre. Ce sont curieusement les mêmes arguments dont Sören Kierkegaard se servait pour défendre le christianisme lorsqu'il déclarait que, pour le comprendre, il faut d'abord se convertir à la religion du Christ ! Or, dès qu'une race, un régime aspirent à l'intouchabilité, ils sont près de verser dans la barbarie. Dès qu'un peuple se prétend « élu » et fait de cette qualité une permanence que l'Histoire ne pourra plus entamer quoi qu'il arrive, il se transforme lui-même et transforme les hommes en espèces animales aussi distinctes que les chiens et les chats. Et comment ne pas avoir la plus grande méfiance, le plus grand dégoût vis-à-vis de tout mouvement, toute révolte qui proclame son anti-occidentalisme *a priori* et prend le caractère macabre d'une croisade raciale contre l'homme blanc ? *Quand l'ONU inscrira-t-elle l'anti-occidentalisme et le racisme anti-blanc au rang des crimes contre l'humanité ?*

En pratiquant les indignations sélectives à l'égard des peuples du Sud, en leur accordant dans le domaine moral la

---

n'est pas devenu pire que le monde ambiant, quoi qu'en disent les antisémites. Mais il a cessé d'être le meilleur » (*Difficile Liberté*, Albin Michel, 1963, p. 16). Soutiendra-t-on pourtant qu'Israël est devenu un État comme les autres après les bombardements de Beyrouth ? Un État démocratique comme la France, l'Italie ou l'Angleterre, oui, mais non un État despotique comme l'Irak, la Syrie ou l'Égypte. Cette nuance est capitale, car elle nous interdit à jamais de criminaliser la nation juive, pas plus qu'il n'était pertinent de diaboliser la France durant le conflit algérien ou les USA au cours de la guerre du Vietnam.

1. « Les incroyants n'ont pas le droit de venir voir comment nous vivons, comment nous traitons nos femmes, comment nous gouvernons notre patrie islamique », dit le prône du vendredi dans les mosquées du Caire (cité par J. Peroncel-Hugoz, *Le Monde*, 24 octobre 1980).

clause des nations les plus favorisées [1], nous manifestons un paternalisme condescendant, nous contribuons de fait à leur sous-développement, au martyre de leurs victimes. Affirmer que nous n'avons rien à leur apprendre, rien à leur remontrer devient le summum de l'échec et du laisser-aller. Appuyer cette démission par crainte de faire le jeu de l'impérialisme manifeste un chantage odieux : la critique de tel ou tel régime n'est pas l'apologie secrète du colonialisme et l'opposition de l'ami qui ne fait pas chorus est plus précieuse que les insultes de l'ennemi déclaré ! Bref, le partage manichéen des bons et des méchants n'est pas plus tôt esquissé qu'il s'effondre : le Bien n'est donné nulle part, l'entrée dans l'Histoire salit nécessairement, et il fallait que le Tiers-Monde nous déçoive pour prouver son authenticité. Une page est tournée, les anciens asservis ont rejeté leurs maîtres étrangers, se sont choisi d'autres maîtres, d'autres servitudes, mais cela ne nous regarde plus. Ils ont perdu la caution du calvaire qui justifiait leurs origines, ils ont atteint leur maturité nationale : qu'ils se débrouillent. Leur liberté est hors de notre atteinte, ils demeurent seuls juges du régime dont ils entendent se doter ou souhaitent éventuellement se défaire. Nous ne pouvons rien de plus pour eux que ce qu'ils nous demandent, c'est-à-dire un maximum d'équité dans un contexte d'interdépendance économique ; nous pouvons relever le cours des matières premières, créer les termes d'un échange plus égalitaire, engager des négociations globales, annuler ou rééchelonner les dettes, mais non nous substituer à eux. Nous ne pouvons faire plus que leur donner des points de départ, et ces pays demeurent libres ou non de répondre à cet appel, de profiter

1. On sait que Noam Chomsky, champion toutes catégories en autoflagellation, est devenu le spécialiste mondial de ces jongleries qui consistent à noircir une partie de l'humanité — les Yankees bien sûr — pour blanchir l'autre, le Tiers-Monde. Pour cet adorateur des pays pauvres, la planète est un territoire magique immédiatement balisé par des lieux maléfiques, les pays tempérés, et des lieux extraordinaires, le Sud.

de cette situation. « Le Tiers-Monde n'est ni un paradis ni un enfer, mais plutôt une sorte de purgatoire où s'élabore un monde nouveau qui sera ce que les peuples mériteront qu'il soit[1] » (Jean Rous).

La question des droits de l'homme

> « L'Occident n'a pas créé les droits de l'homme, ce sont les droits de l'homme qui ont créé l'Occident. »
>
> Jimmy Carter.

Aucun peuple n'est dégagé des obligations que son appartenance à la communauté des nations lui impose. En ce sens, une seule règle devrait, dans le domaine moral, régler les échanges entre le Nord et le Sud : tout ce qui est bon pour l'un est bon pour l'autre. Rejeter l'idéologie des droits de l'homme parce qu'elle est née sur le sol européen, c'est oublier que ces droits ont été proclamés dans une société pauvre, la France du XVIIIe siècle, où les gens ne mangeaient pas à leur faim[2], qu'ils ne furent pas édictés pour une classe, une race ou une nation, mais pour l'humanité entière. S'exposer au reproche d'impérialisme parce que l'on pose certains universaux sous-entend que certains peuples, en raison de leur origine ou de la couleur de leur peau, échapperaient aux souffrances communes à tous; que la peur de la mort et le goût de la vie s'amoindriraient dès qu'on traverse les mers, et qu'un Égyptien, un Malien ou un Guinéen, quand il est battu, ne mérite

1. *Le Tiers-Monde et la Gauche,* ouvrage collectif présenté par *le Nouvel Observateur,* Seuil, 1979, p. 125.
2. Jean-Marie Domenach le rappelle dans une remarquable contribution à l'ouvrage : *Philosopher,* Fayard, 1980.

pas la même assistance qu'un Européen. Dénoncer l'internationale politique des droits de l'homme parce qu'elle a « les limites économiques de l'OCDE, qui regroupe les vingt-cinq pays les plus riches de la planète, dont dix-neuf européens », et que « nos libertés politiques sont la face ensoleillée d'une inégalité économique fondamentale, qui plonge les trois quarts de l'humanité dans l'ombre, la pénurie et la lutte biologique pour la survie[1] », c'est énoncer de façon brillante un sophisme qui ne l'est pas. Dans la tradition du mercantilisme le plus pur, on feint de croire que la liberté est un bien en quantité limitée qu'on pourrait fractionner tel un gâteau, les uns s'arrogeant la plus grande part, les autres les miettes, on fait des valeurs et de la justice des marchandises soumises comme les autres au cycle de la rareté et de l'abondance. D'autant que réclamer plus d'égalité, l'arrêt de la surexploitation du Sud, la destitution des dictatures soutenues par les Super-Grands, c'est encore œuvrer pour la dignité de la personne en l'incarnant jusqu'aux rapports les plus concrets de la vie quotidienne.

Si les libertés ne peuvent être revendiquées dans l'abstrait, il est tout aussi dangereux de les subordonner unilatéralement à une situation matérielle. A partir de quel niveau de prospérité va-t-on décider qu'enfin il est temps de rétablir la liberté de la presse, d'autoriser le droit de grève, le pluralisme des partis, etc. ? Et si les libertés civiles, loin d'être un luxe de nantis, étaient au contraire la condition minimale de toute richesse ? Écraser la pureté métaphysique des principes au nom de l'intendance nécessaire — par exemple, de la priorité absolue de la lutte contre la faim[2] —, c'est rendre deux mauvais services d'un coup ; c'est ignorer que toute dictature coûte cher ; qu'on perd à réprimer, écraser, torturer, surveil-

1. Régis Debray in *le Tiers-Monde et la Gauche, op. cit.*, p. 92-93.
2. C'est la thèse de René Dumont : du pain d'abord, les libertés civiles ensuite. Résultat : la liberté est bâillonnée et le pain manque toujours.

ler, déporter des forces utiles qui auraient pu trouver à s'employer à meilleur escient ; et qu'enfin le monstre froid de l'État totalitaire non seulement martyrise les hommes, mais perpétue de ce fait la famine, le sous-développement et l'anarchie. Aucune nécessité autre que la folie et la méchanceté ne justifie la masse d'horreurs qui ont été commises en Chine, au Cambodge, en Iran, en Ouganda, au Salvador, au Liban ; jamais la torture d'un poète en prison, l'assassinat d'enfants, la délation érigée en devoir civique n'ont donné une bouchée de pain supplémentaire aux affamés. Et pas plus que le respect scrupuleux d'une élection cantonale en Ariège n'est corrélative des charniers africains, l'écrasement de minorités ou le massacre d'opposants ne sont générateurs de richesses ou d'élévation du niveau de vie [1].

Loin qu'il faille « des esclaves aux hommes libres [2] » (Régis Debray), la servitude, le mépris du droit, forment une spirale infernale qui s'auto-engendre indéfiniment : il y a toujours assez d'argent dans les dictatures du Sud pour acheter fusils-mitrailleurs, canons, couteaux et barbelés, payer tortionnaires et mouchards, et jamais assez pour investir dans du matériel

1. N'oublions pas qu'à l'encontre d'une idée reçue en Europe, ce sont souvent les sociétés civiles qui, dans les pays du Sud, forment le plus grand réservoir de despotisme et de cruauté. Voir par exemple l'horrible violence engendrée par le système des castes en Inde, le déchirement entre factions confessionnelles au Liban ou la crispation sur les mœurs du passé dans les sociétés musulmanes, dont le film *Yol* d'Yilmaz Güney s'est fait le brillant témoin. Bien souvent, l'État joue dans ces pays le rôle de conciliateur ou même de modérateur entre groupes rivaux dans une société blessée par le choc de la modernité. Dans les nations à État faible, les individus se retrouvent sans autorité ni institutions pour garantir et protéger leurs droits minimaux. Voir, à ce propos, mon article dans *le Débat* du moins de janvier 1982 : « L'Inde ou les malheurs d'une société sans État. »

2. On aimerait savoir ce que Régis Debray, qui a accédé à d'importantes fonctions depuis le 10 mai 1981, pense du scrutin qui a porté son camp au pouvoir : ne s'agit-il là que d'une mascarade entre deux coteries d'un pays riche en lutte pour la suprématie de la planète, et ce constat invalide-t-il la victoire socialiste et, par conséquent, les fonctions de l'actuel conseiller du président ?

agricole, industriel ou hospitalier. Il en découle un lien de nécessité unissant le déficit démocratique des États du Sud à leur pénurie économique[1]. La répression et le déchaînement des soldatesques deviennent alors le seul luxe des pays sans argent, les entraînant dans une logique du pire où la vengeance appelle d'autres vengeances, le dénuement matériel la soif du sang. La démocratie n'est pas un état miraculeux qu'on pourrait atteindre une fois obtenu un PNB élevé par tête d'habitant : car elle commence toujours par elle-même, et c'est pourquoi, comme on apprend à marcher en marchant, on apprend à respecter les droits démocratiques en les respectant. C'est une pétition de principe : la démocratie se construit chaque jour, patiemment, par petits pas et conquêtes minuscules, comme une éducation à la liberté, et il n'y a pas à attendre le bon moment où les peuples seraient enfin mûrs. Ici l'action doit briser la velléité. Comment pourrait-on édifier un avenir de bien-être et d'indépendance si, dans la lutte, on commence par répudier toutes ces valeurs ? Comment pourrait-on prétendre agir au nom des masses si on porte les États au pinacle au détriment des peuples sur lesquels ils règnent ? Qu'est-ce qui nous garantit que la liberté piétinée resurgira intacte au terme du processus ? C'est pourquoi quelques libertés formelles valent mieux qu'un totalitarisme intégral ; quelques conquêtes sociales, même si elles voisinent avec une exploitation impitoyable, sont préférables à toute absence de législation ; tout ce qui peut sauver l'homme de l'inhumain est une chance à saisir. Les institutions parlementaires ne représentent certes pas une formule magique applicable telle quelle à chaque régime ; il n'empêche

1. « La cinquième modernisation, la démocratie », demandait justement le contestataire chinois Wei Jingsheng dans un texte célèbre publié en 1978, durant le printemps de Pékin. Pour lui, le programme de modernisation de la Chine mis sur pied par l'homme fort du régime, Deng Xiaoping, ne pouvait se réaliser sans la démocratisation du système. Wei a été condamné en octobre 1979 à vingt ans de prison.

Amnesty

Chaque année arrive en librairie le terrible rapport d'Amnesty International, recensement systématique des infractions aux droits de l'homme, liste monstrueuse des violences que les États infligent à leurs citoyens. Un tel ouvrage suppose que le mal peut faire l'objet d'une comptabilité, comme ces hérétiques du Moyen Age qui, croyant dans une somme fixe de péchés, commettaient toutes les fautes dans l'espoir de hâter le retour du Messie. Sous la forme d'un annuaire téléphonique, d'une fiabilité indiscutable, d'une impartialité qui interdit de faire deux poids, deux mesures, ce rapport pointe un index partout où des hommes souffrent de l'arbitraire : Syrie, Pakistan, URSS, Afrique du Sud, chaque pays est mesuré sans complaisance à l'aune stricte du respect des droits de la personne. Dans cette confrontation systématique de l'humanité avec sa propre boue, trouvons-nous des raisons de désespérer ? Peut-être.

C'est à notre époque, pourtant, que revient le mérite de ce relevé. Il y a un siècle, la carte solidement dressée du goulag planétaire eût rempli sans doute cent pages de plus : ainsi, dans l'accablement de ces assassinats à grande échelle, de ces

qu'en dépit de leurs imperfections, elles demeurent supérieures aux dictatures, à l'autocratie d'un caïd ou d'un parti, à la toute-puissance des cliques militaro-policières.

En somme, au nom des ambiguïtés de la démocratie, de l'abstraction des droits de l'homme, on voudrait en conclure à leur illusion : puisque la liberté des pays riches voisine avec les dictatures des pays pauvres, cette liberté n'est qu'un paravent qui masque un système d'extorsion. Il faut donc la détruire. Raisonnement pervers qui, pour redistribuer la liberté au plus grand nombre, commence par en priver tout le monde. Et l'on retombe alors dans les impasses d'une logique du tout ou rien : ou l'humanité s'éveille un beau matin libre

International

exécutions sans jugement, se fait jour paradoxalement un immense progrès. Cette interminable liste d'abus et d'atrocités prouve non seulement qu'il est de plus en plus difficile de dissimuler la répression, mais que notre intolérance au malheur ne cesse de grandir. Ce qui était admis devient scandaleux : l'ampleur des violations les rend proprement inacceptables. C'est une éducation de la conscience morale, et le fait que les régimes, même s'ils continuent à torturer et à emprisonner, doivent s'abriter derrière une phraséologie humaniste pour expliquer de tels recours prouve que l'idée de l'*habeas corpus* s'est enracinée dans la vie publique. Le mot d'ordre abstrait et moralisateur des droits de l'homme connaît ainsi un début de réalisation, certes incomplet, mais qu'il serait stupide de mésestimer sous prétexte qu'il est fragmentaire et ne répond pas aux exigences maximales. L'insupportable monotonie du constat peut donc voisiner avec un optimisme relatif : il est infamant de figurer dans le rapport d'Amnesty, et l'organisation britannique, si elle ne les renverse pas, met toutes les dictatures en crise.

de ses chaînes, ou elle gémit sous le joug d'un État d'exception. C'est ainsi qu'au nom d'un avenir radieux les contempteurs des droits de l'homme et des libertés civiques se font les complices actifs de l'âge de fer[1].

1. En ce sens, la meilleure évaluation possible d'une démocratie réside dans la condition réservée aux femmes. Si « l'extension des privilèges des femmes est le principe général de tous progrès sociaux » (Charles Fourier), c'est au sort réservé au deuxième sexe qu'on peut mesurer le degré d'ouverture d'une société. La femme étant « véhicule de l'altérité » (Jankélévitch), elle est aussi le biais par où l'altérité déchire le tissu confortable de l'identité. D'où la vigilance des sociétés traditionnelles sur la question des mœurs, seul vrai point de blocage, leur difficulté à sortir l'épouse, la mère ou la vierge de leur condition de mineures qui leur est

Un universel sans frontières

> « On refuse de comprendre le droit du Zaïre à la différence. Avant, nous avions 44 partis et 7 syndicats. Ça a conduit le Zaïre dans le chaos et l'anarchie. J'ai dit : les 44 partis dans le fleuve, c'est terminé. »
>
> Président Mobutu[1].

On croit pouvoir oublier les droits de l'homme parce que l'Occident qui les brandit ne cesse en même temps de les violer. Mais ces valeurs nées du sol européen n'appartiennent plus en titre à l'Europe : si l'oppression a pris successivement la figure de l'Espagne, du Portugal, de la Hollande, de l'Angleterre, de la France et des USA, les acquisitions morales et culturelles de ces mêmes nations sont désormais la

---

réservée dans presque toutes les religions. Dans ces pays comme à la veille de la Révolution en France, tout ce que nous nommons « libération de la femme » s'appelle « libertinage » et revient en bloc à l'immoralité des classes dirigeantes. Toute femme de haut rang est une catin supposée et le pouvoir est forcément synonyme de corruption des mœurs. Quand une femme s'occupe des affaires publiques, ce ne peut être qu'une femme publique (voir, par exemple, les critiques dont ont été l'objet Indira Gandhi en Inde et Mme Bandanaraike à Ceylan). Le tabou du « fait culturel » sert souvent à justifier les pires exactions sur la personne des femmes, à perpétuer des traditions barbares. Il est remarquable à cet égard qu'aux griefs traditionnellement adressés aux nations nanties s'ajoute depuis les années 60 celui de corruption et de débauche : l'émancipation féminine est vue comme la menace suprême qui non seulement dévirilise les hommes, mais fait sauter toutes les barrières. *A contrario,* on sait la difficulté qu'il y a pour une femme seule à voyager dans certaines parties du monde, spécialement dans les régimes musulmans. En ce sens, la misogynie est le pilier fondateur de l'idéologie tiers-mondiste.

1. Président Mobutu, conférence de presse donnée à l'occasion du voyage de François Mitterrand à Kinshasa, 7 octobre 1982.

propriété de tous les peuples. Les droits des individus comme les réalisations scientifiques ne sont ni occidentaux ni orientaux, ni africains ni américains. Il n'y a que deux manières de traiter un homme : le respect ou la violence, et cette loi ne souffre aucune exception. Si, en tout homme, il faut postuler l'humanité pour chercher ensuite le Chinois, le Grec, le Yéménite, cela veut dire qu'à tout ordre social existant, on peut opposer un ensemble d'exigences déduites du concept d'humanité comme la réalité dernière et ultime. Chacun porte en lui la même essence indéformable et aucune spécificité culturelle ne peut rentrer en violation avec ce droit. Que les États riches trahissent ces grands principes qu'ils mettent en avant, en pillant telle région du Sud, n'empêche pas ces grands principes d'être indépassables. L'Occident, en tant que berceau des valeurs morales, peut à tout instant être dérobé à ceux qu'on appelle les Occidentaux, à savoir la race blanche, ce qui explique qu'il soit sans visage et puisse demain parler ivoirien, chinois, malien autant qu'allemand ou anglais. Ce n'est pas l'Europe qui triomphe, c'est une parcelle de l'esprit européen qui s'est détachée de sa patrie d'origine, est devenue le patrimoine du genre humain.

Les droits de l'homme sont ce privilège qui appartient à tous, et dont aucun bloc ou camp n'a vocation à disposer pour lui seul. Aussi n'importe quel État a-t-il le droit de faire la leçon à l'Europe au nom d'une autre tradition européenne, que cette dernière aurait oubliée [1]. C'est toujours un européo-

1. C'est en ce sens que l'écrivain mexicain Carlos Fuentes (*le Débat*, novembre 1981) adjure les USA de cesser toute ingérence en Amérique centrale au nom des valeurs qu'a défendues la jeune nation américaine en lutte contre l'impérialisme britannique. Si la politique de Washington en Amérique latine présente « un extraordinaire mélange d'innocence et de vilenie, d'arrogance et d'ignorance », c'est au nom de valeurs fondatrices des USA que cette politique peut être condamnée et que les États-Unis resteront fidèles à eux-mêmes en tant que communauté née d'une révolution.

centrisme contre un autre, exactement comme les colonisés réclamant l'indépendance ne faisaient que retourner contre leurs maîtres les principes au nom desquels ceux-ci les asservissaient. Mettre les grandes puissances en contradiction avec elles-mêmes, chaque fois que leur avidité les entraîne à intervenir hors de leurs frontières, c'est travailler à faire de cette contradiction externe une contradiction interne aux régimes eux-mêmes. En ce sens, la morale internationale ne peut être qu'une vigilance et un droit de critique perpétuel de la communauté des nations à l'endroit de chacun de ses membres qui enfreint les règles les plus élémentaires du droit, afin que diminue la distance, inévitable bien sûr, entre les vertus qu'une société affiche et celles, plus modestes, auxquelles elle accède.

La ressemblance maudite

> « Tu m'as appris ta langue, et tout ce que j'en ai retiré, c'est la possibilité de te maudire. »
>
> Shakespeare, *Prosper et Caliban.*

Dans un ouvrage passionnant[1], le philosophe ivoirien Abdou Touré décrit avec une sorte d'ironie désespérée l'état de dépendance culturelle dans laquelle vit la Côte-d'Ivoire : la diffusion des manières de table françaises érigées en parangon du savoir-vivre, les dépenses somptueuses pour recréer à Abidjan le double de l'avenue Foch ou de la Tour d'Argent, l'apprentissage du français au détriment des langues nationales, l'élection du couple comme seule forme de famille,

1. *La Civilisation quotidienne en Côte-d'Ivoire*, Éd. Karthala, 1982.

l'encensement d'artistes, peintres et joailliers parisiens en mission culturelle et commerciale à Abidjan, la femme blanche proposée en idéal de beauté, autant de signes d'une grave crise de l'imagination nationale qui, à défaut d'inventer, doit tout importer. Tout se passe comme si, vingt années après l'indépendance, les élites ivoiriennes demeuraient de sages élèves de la France qui continue à monopoliser la matière grise et l'art de vivre. Ce phénomène de mimétisme, on le sait, est commun à de nombreux pays du Sud : un article du *New York Times,* du 13 janvier 1982, signalait avec stupeur l'engouement unanime des classes moyennes mexicaines pour le mode de vie américain, au point que la télévision nationale, pourtant indépendante, ne montre que des dessins animés de Superman, des parties de football américain et des spots publicitaires où des blondes vaporeuses vantent les mérites du Coca-Cola et des Ford Mustang. La dépersonnalisation est telle que les jeunes enfants connaissent par cœur toutes les marques importées de pommes de terre chips et de cornflakes mais sont incapables d'identifier l'emblème national mexicain ou de reconnaître le monument de la Révolution.

Contre cette forme larvée de colonialisme culturel, beaucoup de jeunes nations, à commencer par l'Iran, ont réagi violemment. La décolonisation les a émancipées en leur intimant de disparaître comme culture, elles sont entrées dans la modernité par une logique associant étroitement l'indépendance et la similitude. Le risque d'une perte de l'identité — spécialement dans les pays qui ont mené une politique d'industrialisation active —, la mystique de la sauvegarde des fondements, poussent alors chaque régime du Sud à effacer ses analogies éventuelles avec l'Occident haï. Tu ressembles à l'impérialisme corrompu, dit la propagande de ces gouvernements à leurs voisins, c'est-à-dire : tu portes sur toi la marque d'une filiation infâme. C'est une symétrie conflictuelle qui, désormais, surdétermine tous les antagonismes locaux et explique par exemple que le Maroc, qui engloutit des fortunes contre le Polisario que soutient l'Algérie et la Libye, l'Égypte et la Libye qui se sont fait la guerre, l'Irak et l'Iran qui continuent les hostilités, la Syrie qui occupe le Liban, l'Iran qui exporte sa révolution dans les Émirats arabes, aient tous pour ennemi commun, alibi commode et repoussoir maléfique, le petit État d'Israël. Ainsi des sociétés absolument semblables peuvent-elles, au nom des mêmes idéaux, se faire la guerre avec acharnement. L'effacement des différences au niveau planétaire a exaspéré la haine contre l'Occident, devenu obstacle et modèle universel, et désormais pourchassé comme l'incarnation même du mal.

L'accouchement aux forceps d'une identité nationale embryonnaire, par-delà les divisions tribales, ethniques ou religieuses, prend donc comme dénominateur commun une aversion du Nord, engendrant en chaîne représailles, massacres et guerres fratricides chaque fois qu'un membre de la communauté ou un voisin est accusé d'être passé à l'ennemi. Par le culte de la pureté, de l'authenticité (Zaïre), de la tradition (Iran, Indonésie), les gouvernements du Sud croient écarter tout risque de contamination satanique. Mais le mauvais tour joué à la plupart des nations africaines, océaniennes, asiatiques, musulmanes ou centre-américaines, chaque fois qu'elles invoquent leur fond culturel contre l'Occident, c'est de ne pas prendre garde que cette pureté est par construction impliquée dans l'organisation de l'Occident adversaire et qu'ainsi, croyant le réfuter, elles font elles-mêmes partie de son théâtre. On stigmatise, à juste raison, le mauvais mimétisme consommatoire, mais c'est pour retomber aussitôt dans un autre mimétisme tout aussi désastreux, celui du crime, de l'horreur, de la violence qui marque une véritable aptitude à copier les pires défauts des anciens oppresseurs. *Telle est la tromperie : pour échapper à l'Occident consommateur et permissif, on se lance dans l'Occident totalitaire.* La terrifiante montée des certitudes se double d'une méprise fondamentale qui fait que plus l'on clame la haine des pays avancés, plus l'on se trouve proche des formes les plus viles de leur histoire. Même la rhétorique utilisée pour les vomir est encore un succédané de la langue tiers-mondiste inventée en Europe, langage de seconde main, relique antédiluvienne, comme s'il leur était impossible de s'affirmer sans nous singer. Ce sont donc des pays où l'on ne jouit d'aucune des garanties et de la liberté de mœurs de l'Europe, mais où, en revanche, l'on retrouve toutes les tracasseries et les gênes qu'on avait laissées dans sa patrie, augmentées de beaucoup d'autres qu'on ne connaissait pas.

Ainsi, que sont les grands dictateurs du monde arabe, africain ou sud-américain, si ce n'est la répétition dégradée, criarde, de tous les tribuns, césars et colonels de l'histoire européenne ; qu'est-ce que Khadafi sinon la version bédouine du *Duce,* Khomeiny un Robespierre déguisé en Ali Baba doublé d'un Torquemada manipulateur de médias, Bokassa les noces bouffonnes de Bonaparte et du général Boulanger, Mobutu un court-bouillon de monarque absolu aromatisé à la sauce gaullienne, les Pinochet, Castro, Galtieri, Stroesser et consorts des cocktails de mafiosi et de mini-*Führer* hispaniques ? Tyranneaux, fanfarons sanglants, Frankensteins tropicaux, tous ceux-là qui traitent la liberté comme un délit reproduisent les heures les plus sombres de notre passé et ne sont eux-mêmes que des histrions de seconde main. Partout le sacrilège vis-à-vis de l'Europe et ses traditions démocratiques est encore une marque de gratitude à l'égard de ces valeurs qu'on piétine rageusement. Parce qu'ils « prennent un remède occidental contre l'Occident[1] » et se laissent prendre à cette ruse de la raison, chacun de leurs blasphèmes et

1. Daryus Shayegan, interview au *Matin* (23 novembre 1979). Daryus Shayegan, philosophe persan, disciple de Corbin, a magistralement analysé cette perversion dans son très beau livre : *Qu'est-ce qu'une révolution religieuse ?* (Presses d'Aujourd'hui, 1981), première et exemplaire étude sur l'intégrisme musulman.

chacune de leurs malédictions est encore un acte de piété envers ce continent qu'ils abhorrent.

Chaque fois donc qu'au nom de la négritude, des Vedas, du socialisme incaïque, de l'hispanité ou du Coran, on récuse les principes démocratiques comme entachés de la souillure impérialiste, c'est en général pour en revenir à des formes de despotisme que la tradition démocratique a déjà intégrées et combattues. On connaît par exemple ce slogan qui fait fureur en ce moment dans le golfe Persique : ni Ouest ni Est, république islamique. Quel est donc ce monstre bifrons, ce bâtard des noces de la théocratie et de la laïcité qui, sous couleur de récuser l'Occident en ses deux variantes libérale et socialiste, se contente d'annuler réciproquement l'islam et la légalité républicaine et justifie un arbitraire qui n'a rien à voir avec la miséricorde du Coran ou les principes de la République[1] ? En opposant rageusement son héritage religieux à la pensée scientifico-technique, le Tiers-Monde reste bien le dernier bastion des pensées mortes et adopte des valeurs, des doctrines, des idéologies que l'Europe a déjà expérimentées et rejetées. Le mirage du dépassement n'est qu'un prétexte à déchaîner la violence et à bafouer les peuples. Ainsi d'une sous-vulgate marxiste, d'un intégrisme sans faille, hybrides monstrueux retombant dans les travers que l'Europe a déjà empruntés, avec l'idée que cela fait partie de l'arsenal anti-européen. A vouloir « dépasser » l'Europe selon le risible projet de Frantz Fanon, on sombre dans la reproduction inconsciente des formes les plus dégradées des sociétés

1. Slogan qui n'est pas sans rappeler le « Ni droite ni gauche » des fascistes d'avant-guerre et le « Ni goulag ni hamburger » de la nouvelle droite actuelle. Comment ne pas rappeler, d'autre part, que l'esprit anti-occidental a été l'apanage des mouvements panslavistes et pangermanistes dans la Russie prérévolutionnaire, l'Allemagne et l'Autriche préhitlériennes, les uns et les autres exaltant l'irrationnel profond et plein de richesses de l'âme russe ou du peuple allemand par opposition à la superficialité et à la corruption de l'Occident ? Voir l'analyse de ces courants dans l'ouvrage magistral d'Hanna Arendt, *L'Impérialisme*, Fayard, 1982, p. 209.

industrielles. Il n'y a pas d'au-delà de la démocratie. Peuples du Tiers-Monde, encore un peu plus d'Occident pour devenir vraiment vous-mêmes !

L'Europe, c'est-à-dire la pensée critique

> « Le doute, notre moderne couronne d'épines. »
>
> T. E. Lawrence.

S'il est une leçon que l'Europe peut enseigner aux autres, c'est la remise en question d'elle-même, qu'elle a pratiquée de façon systématique. Elle seule a risqué son identité en unifiant ses cultures par l'angoisse et le doute, offrant l'exemple unique d'une mosaïque d'ethnies et de sociétés qui ont su prospérer par l'interrogation, la menace constante de leur anéantissement. La convergence unique d'une aire géographique et culturelle explique qu'aux antagonismes propres des régions et des croyances se soit ajouté l'élément fondamental de la division de chacune d'avec soi [1]. A peine née, l'Europe elle-même se dresse contre soi et, de ce fait, ayant placé l'ennemi en son cœur, a pu s'ouvrir aux autres cultures sans disparaître pour autant. Seule culture à se voir dans le regard de l'autre — fût-il imaginaire —, aucune n'a autant douté de son identité et donc fait une telle place à l'altérité.

Cette petite presqu'île à la pointe de l'Asie est la seule

1. Sur le fait que l'Occident soit venu révéler aux autres sociétés que la solution à l'existence humaine n'existait pas, Nietzsche d'abord, puis Husserl, Valéry, Malraux, Raymond Aron, et surtout aujourd'hui Leszek Kolakowski et Milan Kundera, ont chacun apporté des contributions éclairantes. Un universitaire suisse, André Reszler, a même consacré un livre entier à la tradition d'autocritique de l'Europe : *L'Intellectuel contre l'Europe*, PUF, 1976.

civilisation dans l'Histoire à avoir su « penser » ses crimes. Et le candide espoir de renouveler le continent européen par la haine de l'Europe est le geste occidental par excellence depuis la Renaissance [1]. Cette espèce de délectation qu'on éprouve à vouer sa patrie aux gémonies, à manier le scalpel avec sûreté et violence dans son cœur n'est propre qu'à nos latitudes. Cette fausse rupture n'est donc qu'une allégeance redoublée : la révolte blasphématoire des intellectuels ne peut masquer dans l'anti-occidentalisme un phénomène ambigu qui participe lui-même de la réalité qu'il dénonce. Car le succès de cette remise en cause laisse à penser que la « méchanceté » de l'Occident n'est qu'un de ses aspects et n'esquive en rien la remarquable élasticité qui lui permet de diriger contre soi les reproches les plus vifs. En s'insurgeant contre sa société, le critique prouve qu'elle n'est plus ce qu'il en dit, puisqu'il appartient lui-même à cette société comme à une de ses alternatives. Ainsi les ennemis de l'Europe sont-ils aussi ses amis ; quand on la blesse, cette blessure la sauve, le traître n'est qu'une variante du partisan car il ouvre une voie contestante qui dénie à la voie dominante le monopole de la vérité. Après tout, la guerre d'Algérie comme celle du Vietnam ne furent-elles pas stoppées aussi par les opinions publiques de France et des États-Unis ? Et les manifestations pour la paix à Paris comme à Washington, la fidélité du contingent aux valeurs républicaines dans un cas, la décomposition de l'armée américaine dans l'autre, n'ont-elles pas contribué, autant que le courage du FLN et du Vietcong, à l'arrêt des hostilités ? Dans les pays démocratiques, la force garde mal de ce que la conscience lui dispute. Pour que

1. Ainsi la naissance de l'Europe laïque est-elle une division : à savoir la signature par François Ier d'une alliance avec le sultan Soliman le Magnifique contre Charles Quint, c'est-à-dire la fin des solidarités religieuses issues de la chrétienté. Voir J.-B. Duroselle, *L'Idée d'Europe dans l'Histoire,* Denoël, p. 72, et B. Voyenne, *Histoire de l'idée européenne,* Payot, 1980, p. 70.

l'incrimination du système fasse à ce point partie du système lui-même, pour que toute l'histoire coloniale soit redoublée par le courant virulent de l'anticolonialisme de Las Casas et Montaigne jusqu'à Sartre, n'est-ce pas qu'il y a dans l'Europe, autant qu'un principe d'expansion et de profit, un espace de tolérance, un pluralisme de pensées et de fois[1] ?

Le tiers-mondiste revendique les prestiges de l'ennemi public ; il ne mérite que le titre de supporter honteux. Comment pourrait-on échapper à l'européo-centrisme, puisque la négation de soi, l'autocondamnation, l'ouverture à autrui, n'ont été posées historiquement que par l'Europe ? L'Europe s'affirme dans sa présence et sa plénitude à l'intérieur même du doute qui prétend la nier : être européen, c'est toujours, d'une manière ou d'une autre, être l'ennemi de soi-même. L'Occident n'est pas en crise, il est la crise par excellence, c'est-à-dire une certaine insastisfaction fondamentale, une confusion qui se cherche et axe sa quête sur l'infini et le réexamen permanent. Et l'on pourrait dire de lui ce que Borges disait de Shakespeare, à savoir que, dans l'intimité centrale de son être, il n'était personne, quoiqu'il se fût entraîné à simuler qu'il était quelqu'un. Large spectre de pensées contradictoires vivant sous le même toit comme une grande famille bruyante et querelleuse, coexistence polémique de cultures sans qu'aucune ne parvienne à éliminer les autres (seul dans l'Histoire, le nazisme, aujourd'hui relayé par le soviétisme, a tenté de tuer l'Europe comme diversité antagoniste), l'Europe n'a jamais été un empire quoique des nations européennes aient été impérialistes. On ne peut donc pas plus déduire l'Occident de la conquête coloniale que l'islam des excès iraniens ou la Chine des crimes de la

1. Sait-on que l'anticolonialisme est une idéologie achevée à la veille de la Révolution française et dont les arguments ne seront pas renouvelés par la suite ? Voir, à ce propos, Marcel Merle, *L'Anticolonialisme européen de Las Casas à Karl Marx,* Armand Colin, 1969, p. 22.

révolution culturelle. Une civilisation coupable des pires atrocités comme des réalisations les plus sublimes ne mérite pas d'être qualifiée d'une seule épithète puisqu'elle n'a jamais assujetti son existence à un seul principe : loin que le « génocide » soit une invention occidentale, c'est l'Occident qui a permis de penser certains forfaits comme étant des crimes contre l'humanité[1], c'est lui, et lui seul, qui a donné un sens précis au mot « barbarie ».

On ne peut nier la supériorité de l'Europe qu'au nom d'une certaine idée de l'Europe par une dynamique infinie, et son principal mérite est d'avoir produit l'anticolonialisme qui n'est jamais qu'une autre manière d'être occidental sur le mode de refus. *A l'exemple du Vieux Monde, aucun peuple aujourd'hui ne peut échapper au devoir de penser contre lui-même*[2].

1. C'est ce qu'apparemment Simone de Beauvoir ne veut pas comprendre lorsqu'elle écrit : « En matière de barbarie, l'Occident a donné et donne encore des preuves assez éclatantes pour qu'il soit indécent d'utiliser ce terme à l'encontre de pratiques qui, si absurdes et cruelles soient-elles [il s'agit de la mutilation sexuelle des fillettes en Afrique], n'ont aucun rapport avec les camps nazis, l'enfer de l'Amérique latine ou le Goulag » (*Les Nouvelles littéraires,* 29 octobre 1981). Et pourtant, lorsque le Vietcong accusait les USA d'atrocités, lorsque l'OLP criait — à tort — au génocide lors des bombardements israéliens sur Beyrouth, ce sont des concepts forgés en Occident qu'ils reprenaient pour se défendre contre des nations occidentales.

2. La force de l'Europe, c'est un paradoxe poussé à l'extrême : elle a tout inventé, l'oppression comme la démocratie, la barbarie comme la sainteté ; l'effondrement de l'État féodal a donné naissance à l'État rationnel, l'arbitraire monarchique a engendré la démocratie, l'absolutisme médiéval a suscité le monde relativisé de la Renaissance, l'oppression de l'Église la liberté de conscience, les antagonismes nationaux l'idée de communauté internationale. Pareil à un geôlier qui vous jette en prison et vous glisse dans la main les clés de la cellule, l'Occident apporta au monde à la fois le despotisme et la liberté. Le dommage subi par les peuples colonisés fut un traumatisme, un préjudice incalculable, mais aussi un défi, un appel aux génies propres des peuples subjugués. Si le colonialisme n'avait été que le piétinement sombre et stupide d'aventuriers assoiffés d'or et de sang, comment expliquer que les nations colonisées, au lendemain de l'indépendance, aient toutes adopté librement des systèmes politiques et des valeurs hérités de l'ancienne métropole. Le mot « Europe » ou « Occident »,

Contre le sein maternel

> « N'y a-t-il pas des cas où le refus de servir est un devoir sacré, où la trahison signifie le respect courageux du vrai ? »
>
> Manifeste des 121 (1961).

Mais c'est une vérité qu'il faut rappeler avec force aux Européens eux-mêmes. On ne voit pas en vertu de quel privilège les quelque trente nations qui composent ce continent se verraient soudain gratifiées d'une virginité qu'elles n'ont d'ailleurs jamais eue. L'affirmation parfaitement exacte selon laquelle les pays sous-développés ne sont pas plus que nous exempts du péché de violence ne retire rien au fait effroyable du génocide des Indiens d'Amérique latine, aux guerres meurtrières de l'impérialisme et de la décolonisation, au scandale insoutenable du fossé entre riches et pauvres, qui constituent un déni de justice monstrueux et à jamais irréparable. Ce serait une dérobade navrante que de vouloir atténuer notre responsabilité en nous référant à celle de l'humanité en général.

Encore une fois, la mauvaise conscience est une maladie que le pire des malheurs serait de ne pas avoir quand la situation l'exige. Dans les circonstances difficiles d'une guerre douteuse, d'un massacre ou d'une bavure sanglante, le premier devoir d'une démocratie est de diffuser les images qui

---

déconsidéré par l'usage hystérique qu'en ont fait quelques dictatures ou groupes d'extrême droite, est devenu un objet d'horreur, un terme presque hors la loi qu'il faut mettre entre guillements tant son usage est douteux. N'est-il pas temps de le revaloriser, n'est-il pas temps pour la gauche de se réapproprier l'Europe et ne plus en laisser le monopole à quelques nostalgiques véreux ou despostes maladifs qui en défigurent le sens ?

la déshonorent, de relater les faits qui la condamnent. On ne peut considérer qu'avec effroi les administrations, les partis politiques ou les intellectuels qui versent dans l'éloge inconditionnel du « monde libre » et gomment d'un trait de plume que le sublime européen a aussi fleuri sur un terreau de sang, d'esclavage et de boucherie. Un pays comme les États-Unis a payé cher, ces dernières années, son rêve de pieuse simplicité dans le culte des pères fondateurs, sa conviction inébranlable d'être la patrie du beau, du bon et du bien, sa croyance ingénue que tout ce qui est bon pour l'Oncle Sam est bon pour la planète [1]. La bêtise et l'aveuglement de certains dirigeants des nations développées qui maintiennent dans leur arrière-cour des Caligula sanguinaires au mépris des droits les plus élémentaires des peuples sont plus dangereux pour l'Occident que ses critiques les plus bruyants. Ce sont eux qui, en

1. Ainsi l'Amérique est-elle un impérialisme empêché et en péché, si on nous permet ce jeu de mots, tandis qu'en Union soviétique aucune opposition interne de taille ne vient freiner ou même entraver les décisions du Parti. Cette différence est capitale : elle fait de l'URSS la seule nation vraiment impérialiste au monde régnant sur l'Europe de l'Est, occupant militairement l'Afghanistan, intervenant par ses satellites cubains ou vietnamiens en Afrique australe, en Asie ou en Amérique du Sud. Pour avoir établi sans discernement l'équivalence des impérialismes américain et soviétique, l'écrivain ouest-allemand Günter Grass, dans un article tristement mémorable (*Die Zeit*, automne 1982, repris dans *le Nouvel Observateur* du 1er au 7 janvier 1983), a osé comparer le mouvement syndical polonais Solidarité avec l'actuel gouvernement du Nicaragua, l'un et l'autre aux prises avec le Super-Grand régional. Il a écrit sur le régime sandiniste qui sévit à Managua, au moment où ce dernier poursuit les opposants, remplit les prisons et déporte les Indiens Miskitos, ces lignes qu'on ne croyait plus possibles en 1983, surtout sous la plume d'un intellectuel : « Les révolutions française, américaine et russe ont connu la guillotine, la loi du talion, la balle dans la nuque et les exécutions de masse. Jusqu'ici, toutes les révolutions ont noyé dans le sang leur volonté théorique de faire le bonheur de l'humanité. La révolution sandiniste nous offre pour la première fois l'exemple du contraire. Dans un petit pays épuisé par les exactions, à la population clairsemée, les paroles du Christ ont été enfin prises au pied de la lettre. » Peut-on aller plus loin dans la jobardise, la contre-vérité et, pour tout dire, l'inconscience ?

bichonnant des dictateurs fous, précipitent le déclin du monde démocratique et préparent la voie royale au communisme. Les politiques bornées qui, confondant la cause de la liberté avec les intérêts d'une oligarchie, défendent à tort et à travers la notion d'un « camp occidental » font malgré elles le jeu du Kremlin. Comme si une petite partie du monde pouvait continuer à baser sa vie sur un accaparement démesuré des ressources planétaires ! Comme si une chose utile à l'Europe, mais préjudiciable à l'humanité, n'était pas un crime !

D'une manière générale, on ne peut avoir que la plus vive répulsion envers tous ceux qui assignent à un peuple ou à un camp, à quelque langue ou latitude qu'il appartienne, une mission de rédemption envers le monde entier. Les apôtres frais émoulus du libéralisme — en général anciens castristes ou maoïstes convaincus, tous unis dans la manière dont le « Tiers-Monde » les a déçus — ont rectifié le tir de leur machine à écrire et mitraillent aujourd'hui pour la libre entreprise, les multinationales, la chrétienté, etc. ; mais, ce faisant, ils se contentent de renverser le sablier, de revenir à la case départ. Le chauvinisme « pantouflardement » cocardier des occidentalistes à tout crin vaut bien les réductions sommaires des tiers-mondistes. Ce double fanatisme-là, c'est l'opium des simples d'esprit, dont la première caractéristique est d'être réversible comme un gant et de servir toutes les causes en les dénaturant. Les Lyssenko de l'Histoire ont assez sévi. Sans vergogne, les uns et les autres triturent les faits, les piétinent, les trafiquent pour ne laisser plus rien subsister. Leur frénésie idéologique va jusqu'au saccage, jusqu'à la suppression pure et simple de la réalité. Si l'on veut désarmer le cercle mortel de la haine et de l'imprécation, on ne va pas recommencer l'éternel jeu de la mauvaise foi, inculper les nations nouvellement indépendantes pour nous blanchir, comme si, au compte des profits et pertes entre l'Ouest et le Sud, l'aiguille était revenue à zéro ! Au royaume de la langue de bois, tous les discours finissent par se valoir.

Fiers de notre pays, de ses prouesses technologiques ou culturelles, pourquoi faudrait-il que nous l'innocentions chaque fois qu'en son nom se commet une action crapuleuse ? Tout Occidental porte la responsabilité historique de la culture qui est la sienne : solidaire de sa grandeur, il doit l'être également de ses avatars les moins glorieux. Contre la culpabilité passive, il faut maintenir en veilleuse la flamme de la colère et de l'indignation : ainsi faire son deuil du colonialisme aujourd'hui, ce n'est pas l'ensevelir sous une pieuse amnésie, mais l'enseigner aux enfants des écoles, leur apprendre de quelles infamies notre patrie s'est montrée capable, sur quel contingent de cadavres notre république s'est édifiée, quels furent les tortionnaires et les complices qui ont perpétré leurs méfaits. On n'efface pas une erreur commise en l'oubliant mais en l'affrontant, en dévoilant jusqu'à ses plus lointaines ignominies. Qui oserait nier que la France n'ait une dette vis-à-vis du Maghreb et de l'Afrique noire, l'Angleterre une créance envers l'Inde et l'Afrique australe, les USA enfin un devoir moral à l'égard de l'Amérique latine ? Parce qu'il y eut dans notre civilisation des épisodes iniques, des époques de honte et d'horreur, nous n'avons pas le droit de l'encenser béatement, d'afficher notre bonheur sur l'indifférence aux autres. Ce n'est pas demain qu'un soupçon mortel cessera de peser sur les réussites les plus éclatantes de la vieille Europe et du Nouveau Monde [1].

1. « Un fantôme plane sur l'Europe et son passé, la mauvaise conscience d'une réussite éclatante qui contredit les principes mêmes grâce auxquels elle a pu s'accomplir : l'affirmation de la liberté qui se change en volonté de domination, la recherche de l'égalité qui engendre l'asservissement, la proclamation de la fraternité, source de tant de luttes sanglantes et de divisions sans espoir... Notre avenir est grevé du soupçon sur nous-mêmes qui provoque les déchirements mortels de notre jeunesse » (Mgr Lustiger, discours à la rencontre des Églises d'Allemagne, Bonn, 8 octobre 1981).

« C'est en Europe, à brefs intervalles, qu'ont éclaté deux guerres mondiales qui ont provoqué d'infinies souffrances dans de nombreux peuples et plongé l'humanité entière dans la peur et la terreur. C'est de

Les dangers de la haine de soi

> « Il faut craindre celui qui se hait lui-même car nous serons les victimes de sa vengeance. Ayons donc soin de l'induire à l'amour de lui-même. »
>
> Nietzsche, *Aurore.*

De ce qui précède, il suit ceci : que la haine de l'Occident est en réalité haine de toutes les cultures en une seule. On commence par ne plus rien trouver d'aimable en soi et l'on finit par désapprendre d'aimer les autres. Si le prix qu'on attache aux sociétés étrangères est fonction du dédain qu'on porte à la nôtre, il y a fort à parier que cet engouement déclinera dès qu'on sera réconcilié avec son milieu ou qu'il sombrera au mieux dans un éclectisme esthétisant. Une doctrine qui prêche la libération de l'humanité ne saurait s'appuyer sur le mépris d'une civilisation prise globalement ; ce n'est pas à se rétrécir que travaille l'homme mais à accroître son pouvoir ; et l'on a tout lieu de se méfier d'un humanisme qui commence par dépeupler le monde d'un quart de sa superficie et en appelle à rejeter une société dans la nuit du dédain et de l'oubli. Grandes religions, philosophies, croyances sont tellement imbriquées qu'en reniant l'une, on renie toutes les autres.

Il est donc dérisoire de penser que le culte systématique de

---

l'Europe que, sur le monde entier, se sont répandues les idéologies qui, en bien des endroits, exercent une influence prépondérante comme une maladie importée. Cette commune culpabilité signifie pour l'Europe une particulière responsabilité, ne serait-ce que pour apporter une contribution décisive à la résolution de l'actuelle crise mondiale » (Jean Paul II, discours au congrès de l'Institut culturel romain, 12 novembre 1981).

la honte va nous ouvrir comme par miracle aux sociétés lointaines, effacer les malentendus. Dira-t-on pourtant que cette culpabilité est notre dernière chance de garder un minimum d'égards vis-à-vis des déshérités ? Il s'agirait là d'un pur cynisme : ce serait admettre qu'en dehors d'un vague malaise rien ne nous rattache à eux. Puisque l'abandon proclamé de l'européo-centrisme en est encore une manifestation involontaire, la première condition de l'accueil d'autrui réside dans une déférence consentie envers notre propre culture : redevenons les amis de nous-mêmes pour l'être à nouveau des autres. On fait un médiocre usage des autres quand on est fatigué de sa propre existence. Nous contestons que l'avenir et l'amour du « Tiers-Monde » doivent passer par une répudiation de l'Europe ; et plus encore que le futur des pays industrialisés soit fonction d'un oubli des nations du Sud. Toute volonté de suicide porte en elle un nihilisme généralisé qui vise à la ruine du monde.

CONCLUSION

Il n'y a qu'un remède à l'amour : aimer davantage[1]...

1. Henry-David Thoreau.

« Celui qui voit l'éclair surgir à l'Orient aspire à l'Orient ; s'il luit pour lui à l'Occident, qu'il aspire à l'Occident. Mon désir, c'est l'éclair dans sa fulgurance et non dans les lieux qu'il touche. »

Ibn Arabi.

Sur cette dissonance, nous voulons établir notre foi

> « Si la hardiesse de tes entreprises m'en dérobe parfois l'atrocité, je suis toujours également confondu, soit que tes forfaits me glacent d'horreur, soit que tes vertus me transportent d'admiration. »
>
> Diderot, « Discours pour Raynal », 1781.

Entre la bonne conscience pharisienne et l'autodénigrement stérile, la seule prédilection que nous pouvons porter à notre monde est la dissonance. L'admiration pour l'Europe et la méfiance de l'Europe, toutes deux fondées sur des expériences évidentes, apparaissent ainsi dans un antagonisme insurmontable. Chacune aspire au rang de croyance universelle et rend compte de l'autre comme d'un aveuglement, mais leur vérité commune réside dans leur conjonction. En d'autres termes, le réquisitoire anti-européen autant que l'européo-centrisme agressif doivent être affirmés ensemble : puisqu'on ne peut éluder les options déchirantes, il faut déclarer légitimes le soupçon autant que l'adhésion.

Ainsi doit-on se faire, vis-à-vis de l'Europe, les défenseurs d'une double tradition, celle du consentement et celle de la contestation. Notre histoire actuelle continue de présenter une somme particulièrement imposante de faits scandaleux, et pourtant on ne peut oublier que tout ce qui s'est accompli de grand en Europe s'est fait contre les pouvoirs établis au nom d'une Europe idéale : la répulsion se double d'une aimantation irrésistible ; vis-à-vis d'elle, on ne peut qu'être follement séduits et follement indignés. La coexistence d'affirmations incompatibles est explicable pour cette raison que chacune d'elles est éprouvée comme nécessaire par celui qui les profère. Le devoir de persévérance en soi implique une distance critique. Plus je respecte l'Europe, plus je la mets en cause ; plus je la mets en cause, plus je la soutiens ; le cercle se ferme, s'entrouvre, se referme, mais chaque fois à un exposant supérieur. La fuite en avant dans la haine de soi ne nous fait pas échapper à la honte, elle la rend simplement supportable en la privant de ce coefficient d'arbitraire qui en faisait un sentiment révolutionnaire ; aussi, converti aux prestiges de l'irrespect, l'Européen n'a pas désappris d'aimer son milieu ; attaché à l'Europe, il ne doit pas oublier les leçons de l'Histoire. La négation de la négation ne défait pas entièrement le travail de la première : le doute subsiste *mezza-voce* même au sein de la plénitude qui en garde intacts les acquis par une sorte de lapsus contrôlé.

Une voix secrète chuchote à notre oreille qu'aucune des deux positions n'est tenable séparément ; jusque dans le sacrilège, il faut garder un semblant de gratitude à l'égard des valeurs qu'on piétine. Si haine il y a, elle s'exhale toujours au nom d'une vénération plus profonde. C'est l'amour de l'Europe qui nous dicte une réserve prudente vis-à-vis des aventures militaires ou coloniales où elle voudrait s'engager. C'est un mouvement qui nous oblige à condamner, au nom d'une certaine idée de l'Europe, les agissements, les égarements de certains Européens [1]. L'élan de l'amour n'est jamais

1. Ainsi Francis Jeanson, pendant la guerre d'Algérie, accepte de soutenir le FLN pour maintenir les chances d'une amitié franco-algérienne après la guerre. La trahison du pouvoir français est accomplie pour le salut

assez impétueux pour outrepasser l'autoexamen ; ce dernier, en retour, ne peut effacer l'inclination ; l'identité européenne est cette alternance convulsée.

Requis de prêter simultanément attention à deux valeurs, il nous faut demeurer fidèles à l'admirable génie du Vieux Monde sans renier les sacrifices qu'exige toute volonté de justice, cultiver la voie d'une affiliation vigilante à égale distance du nihilisme suicidaire et de la satisfaction de soi. Entretenir une pensée rebelle, démolisseuse d'idoles, et une pensée de la célébration, une pensée commémorante qui préserve et une pensée déviante qui désintègre, ce n'est peut-être qu'à cette condition qu'on pourra combiner l'effort critique des Lumières et la capacité inventive de la Renaissance, affirmer la force de la raison et la puissance de l'imagination, être absolument modernes parce que résolument traditionnels. La réconciliation des fondateurs, hommes de tumulte, et des imprécateurs, hommes du remords, est seule porteuse de perspectives, peut-être dramatiques, mais passionnantes à explorer [1]. L'Européen ne doit pas mettre fin à la guerre qu'il est en lui-même, mais transformer son malaise en principe de conquête : là où il y a volonté de désunion, il faut montrer la continuité profonde ; là où il y a respect de la tradition, il faut discerner l'émergence du neuf.

---

de la France. Voir Hervé Hamon et Patrick Rotman, *Les Porteurs de valises*, Albin Michel, 1979 (repris en collection « Points-Histoire » par les Éditions du Seuil), p. 91.

1. Tel est peut-être le type de fascination — ou d'agacement — qu'exerce Israël pour un Européen. État pionnier, voué à la mort dès sa naissance par ses voisins, il sert à la fois de modèle et de repoussoir pour une Europe gagnée depuis trop longtemps à l'incertitude et la mollesse. Ces « Cosaques parlant hébreu » (le mot est de Begin à propos de Sharon) dépourvus de toute mauvaise conscience et qui ravivent le mythe du fondateur et du soldat nous rappellent à juste titre qu'une société n'est forte qu'à ses débuts, lorsqu'elle a la volonté de se battre et de s'imposer. Qu'on l'approuve ou non, on ne peut pas ne pas reconnaître en Israël un passé proche et une invitation toujours vivace à la résistance.

Orient / Occident

S'il est devenu absurde aujourd'hui d'opposer un Orient spiritualiste à un Occident matérialiste, s'il n'est plus possible de soutenir, comme le disait encore Élie Faure en 1932, que « l'Oriental a vécu dans le sujet au point d'oublier le dehors », et « l'Occidental s'est cramponné à l'objet au point d'oublier le dedans » (« D'autres terres en vue », *Nouvelle Revue critique*), l'alternance Orient / Occident reste pertinente non en ce que les deux termes s'emboîteraient comme les deux moitiés complémentaires d'un œuf, mais parce que chacun est le trop de l'autre et qu'ils se fuient comme les deux pôles d'un aimant. Qu'importe finalement le contenu qu'on place en eux : c'est l'antagonisme qui est riche de sens, le tic-tac sémantique qui permet de faire jouer un déclic, d'engendrer des échappées heureuses. Les catégories sont brouillées : on peut parler désormais d'un affairisme asiatique et d'un mysticisme européen, et l'Orient peut travailler sur le mode de l'expérience, l'Occident sur le mode de la révélation. L'essentiel est de maintenir sur chacun d'eux le point de vue de l'autre : voyez par exemple le travail admirable d'un Roland Barthes opposant un Japon du raffinement et de la civilité à l'idéologie du naturel et du spontané qui fleurissait en Europe et en Amérique à la fin des années 60 [1]. C'est à cette condition seulement qu'on pourra continuer à faire de l'Orient le lieu d'une utopie critique, heureux ferment contre l'assoupissement dans l'autarcie de nos conduites.

1. *L'Empire des signes*, Skira, 1971.

Les avatars de l'Histoire, les divergences d'intérêts, la cupidité des blocs, nous obligeront encore longtemps à aimer notre culture en amant malheureux, obsédé par la méchanceté de sa compagne et incapable de la quitter, contraint de stigmatiser où il voudrait adorer. Être européen aujourd'hui, c'est parler simultanément les deux langues de l'enthousiasme et de la réticence. A ne pas se cicatriser, notre perplexité sauvegarde à tout instant une chance de salut. Si l'on veut s'aimer sans aucun centrisme obsessionnel, il n'est pas d'autre solution que ce ballet interminable entre rupture et fidélité.

Il y aura toujours les autres

> « La reconnaissance de l'humanité en tout homme a pour conséquence immédiate la reconnaissance de la pluralité humaine. L'homme est l'être qui parle, mais il y a des milliers de langues. Quiconque oublie un des deux termes retombe dans la barbarie. »
>
> Raymond Aron.

Apparemment, on s'est livré ici au rassurant travail de la démystification comme si on disposait enfin de la bonne attitude à tenir envers l'Autre. Pourtant, nous ne sommes les porteurs d'aucune lucidité, nous n'annonçons pas l'aube radieuse des fraternités authentiques. Il est trop aisé de railler une utopie dès lors qu'on lui substitue une chimère tout aussi contestable. Le démasquage est un nouveau masque à son tour et, en matière de relations à autrui, on ne fait que passer d'un égarement à un autre. Il n'est pas question de remplacer le tiers-mondisme en ses différents avatars par une nouvelle mouture qui participerait comme lui à l'illusion d'être infaillible et de pouvoir enfin surplomber euphoriquement l'univers. La critique radicale des différents regards portés par la gauche occidentale sur les pays du Sud ne débouche pas sur un nouveau savoir, mais sur une nouvelle indécision. Au commencement de tout rapport avec l'Autre est le malentendu.

Car il y aura toujours des autres : aussi tolérante, libérale que devienne la culture occidentale, elle ne fera jamais de l'altérité un département de l'identité. Il y aura toujours des autres, c'est-à-dire nous ne sommes pas seuls au monde, des transcendances qui ne sont pas les nôtres ne cessent de nous voler notre existence. Et c'est pourquoi l'exotisme autant que le racisme sont promis au plus bel avenir, puisqu'il faudrait, pour les éliminer, détruire ce qui les suscite : l'étrangeté d'autrui. Si chaque culture est pour elle-même un absolu qui suppose solitude et suffisance, toutes les cultures, loin de se compléter, sont supplémentaires, s'excèdent, se superposent, s'enchevêtrent comme des lianes d'une jungle. Il n'y a pas de cosmos harmonieux, il y a trop d'humanités distinctes. La prétention de chacune à une même suzeraineté engendre la tension : l'univers m'est hostile parce que je ne suis pas tout l'univers, et l'allergie naît d'abord de la diversité. La guerre, l'incompréhension, la conquête, avant d'être le fruit de la méchanceté des hommes, découlent du voisinage des multiples expressions de l'être que leur pluralité affole et jette dans l'effroi.

Il existe certes un genre humain comme entité biologique, concept commun qui réunit tous nos semblables. Que tous les hommes soient frères est une vérité abstraite tant que je n'ai pas éprouvé une fraternité concrète en face d'un homme en chair et en os. Et cette relation s'engage dans l'équivoque, dans le partage indiscernable de l'antipathie et de l'attirance. Toute amitié pour l'étranger emprunte le chemin d'une réserve nécessaire : quelles que soient mes capacités de digestion, la largesse de mon cœur, je n'éliminerai jamais l'extériorité de celui qui vient à moi. Même si le globe était un vase clos où les essences du Nord et du Sud, de l'Ouest et de l'Est, venaient se condenser, il me serait impossible de les accueillir toutes sans les sélectionner et les transformer. Il n'est pas vrai qu'à force de dialogue et de bonne volonté les peuples et les nations pourront se réconcilier et s'entendre sur les principes fondamentaux : la division des croyances et des races entrave à jamais une communication parfaite : l'autre demeure impénétrable, ni si différent ni si proche qu'on le croit, et c'est pourquoi la transparence de l'humanité à elle-même est un songe irréalisable.

Mais il faut immédiatement renverser cette proposition et la compléter ainsi : vis-à-vis de l'étranger, la source de la peur et la source de l'émerveillement sont une seule et même source. La porte qui sépare est aussi le pont qui unit et, à ce stade, la convivialité se distingue mal du conflit, tout est lié quand tout est dissocié. Ce n'est pas « la société occidentale qui est un miracle » (les Broyelle), c'est le foisonnement des sociétés côte à côte qui est miraculeux, en dehors de toute qualité ou don exceptionnel qui rendrait telle culture particulièrement aimable ou fascinante. La Terre agrandie, des langues différenciées, les patries multiples, amèneront toujours les hommes à s'opposer et à sympathiser. Mon premier sentiment de gratitude envers l'autrui africain, asiatique ou sud-américain, c'est de le savoir différent de moi. Le babélisme des langues et des races est tout ensemble un scandale et un prodige, nous sommes confrontés à un monde dont nous n'avons pas la clé, également incapables de l'absorber ou de l'ignorer. Il est peut-être temps d'accepter cette bizarre évidence de l'altérité ; non seulement de l'accepter mais de la promouvoir sur un mode nouveau qui ne serait plus fondé sur la dépréciation ou l'idéalisation. L'affirmation de la perfection de l'homme lointain a sûrement constitué une étape nécessaire après l'injuste mutilation opérée par le colonialisme. Mais on ne peut indéfiniment baser un combat sur une contre-vérité.

Les attractions passionnelles

> « Cet immense autrui m'a sauvé moi-même bien plus que je ne l'aurais voulu. »
>
> Maurice Blanchot.

Pourquoi faut-il toujours que notre sympathie n'aille qu'aux peuples souffrants, quitte à les oublier une fois que le malheur ne les frappe plus ? Pourquoi seuls les pays où les libertés sont menacées, les enfants affamés, les opposants torturés retiennent-ils notre attention ? Nous devrions savoir pourtant qu'aucun engagement durable ne naît de la compassion et qu'on ne tombe pas plus amoureux d'un misérable que d'une courbe de croissance. Ou plutôt la philanthropie n'est rien si elle n'est d'abord attraction passionnée vers telle ou telle ethnie, et l'universalisme moral doit toujours être soutenu d'un particularisme de type sentimental. Loin que le stade éthique précède ou devance le stade esthétique, ils se renforcent et coexistent dans le mystère de l'altérité : ma responsabilité morale ne peut se soutenir que d'un éblouissement admiratif d'autrui. Au-delà du pathétique, il y a encore et toujours l'amour, et il n'est pas de relation éthique où n'entre pas d'abord une relation affective. Ni la générosité ni le devoir ne peuvent suffire à établir des liens solides, et les seuls impératifs de la conscience ne sont pas ce qui d'ordinaire oriente les intérêts des individus. C'est là le danger de toute politique trop exclusive des droits de l'homme, celui d'une justice indifférente qui se contente de réparer, ne veut pas accorder à une culture plus qu'à une autre et se contente d'intervenir partout où il y a douleur, cauchemar et sang. Le caractère impersonnel de cette triste vertu sans spontanéité ni sympathie risque de donner des pays du Sud une image misérable et donc mensongère. La conviction nécessaire à l'aboutissement d'une grande cause ne saurait naître, bien sûr, de la mesquinerie et de l'égoïsme, mais moins encore de la seule charité.

Aucune force ne nous pousserait à regarder au-delà des parapets du Vieux Monde s'il n'y avait là-bas l'attrait d'une humanité qui nous aimante et nous intrigue. *On ne quitterait jamais ses frontières nationales si l'autrui lointain n'était d'abord séduction,* s'il n'était pas à lui seul mes raisons de le chercher. Je ne me suffis pas à moi-même et l'enchantement ne me vient que du dehors. L'homme étranger m'inspire avant de m'apitoyer et de m'étonner, et mon obligation envers lui jaillit d'un magnétisme irrésistible. Il m'inspire parce qu'il est le lieu par où échapper à moi-même à cette terrible adhérence à soi qui est notre lot. Comment ne pas demander sa nourriture, ses rêves, ses espoirs à l'outre-mer? On n'admire pas la Chine, le Maroc, l'Inde ou le Japon par bonne volonté condescendante ou pure curiosité archéologique, mais parce que les cultures respectives de ces pays sont tout bonnement autant de chefs-d'œuvre d'une beauté à tirer les larmes. Nous côtoyons là-bas des êtres dont l'intelligence, le raffinement, la grâce nous stupéfient. Les tropiques ne sont pas seulement un objet de savoir, mais le lieu rêvé d'un autre destin possible. A quel autre critère, sinon à l'agrément d'une vie nouvelle, mesurer la légitimité d'une patrie élective? Pays en voie de développement, dites-vous? Peut-être, mais d'abord pays en voie d'enveloppement.

Nous avons découvert le monde extérieur à travers la décolonisation, comment faire pour que le goût de la découverte survive à la fin du colonialisme? Pour l'Europe, faire son deuil de l'Empire n'est pas se désinvestir de ses anciennes possessions et se retirer, chagrine et meurtrie, dans ses forteresses septentrionales, c'est nouer des liens d'amitié avec les anciens vassaux, substituer l'affectivité à la tutelle. Contre la pénitence, la mélancolie ou la mésestime de soi, c'est un autre contact qui est sollicité pour un meilleur rapprochement entre les civilisations. L'amitié entre les peuples n'est pas une simple tolérance de chaque État envers ses voisins, mais une certaine volonté de chaque population de tisser des liens concrets avec une autre. C'est dans cet espace de bienveillance que politique et polémique s'estompent pour ouvrir des zones d'écoute et d'amour.

Pour l'européo-centrisme

> « Si un chrétien venait me dire qu'enthousiasmé par sa lecture du Bhagavad Gita, il veut se convertir à l'hindouisme, je lui répondrais : la Bible a tout autant à vous offrir que la Gita. Mais vous n'avez pas vraiment essayé de la découvrir. Faites cet effort et soyez pleinement chrétien. »
>
> Gandhi.

Pourquoi étudier les langues étrangères, partir en Afrique ou au Brésil ? Pour apprendre d'abord que nous ne sommes pas seuls au monde, nous fertiliser en nous contredisant ; mais ressentir également que je ne suis pas chez moi partout, et ne puis échapper à l'attraction de ma terre natale. Aller vers l'Autre, c'est hypothéquer son intégrité, mais aussi approfondir sa solitude. *En d'autres termes, n'avoir qu'une culture nationale est mortel pour l'esprit ; ne pas en avoir est aussi mortel ; d'où la nécessité de soutenir en les perdant à la fois les deux exigences.*

A la bêtise de toute communauté qui se suffit à elle-même et se prémunit contre les meilleures choses du monde, répond la désinvolture d'un aimable éclectisme, perméable aux messages les plus divers, c'est-à-dire éminemment désintéressé de chacun. Seule la réaffirmation d'une identité persévérante nous permet de sortir de l'ici et du maintenant : toute rencontre suppose un centre minimal, une patrie, condition élémentaire du cosmopolitisme. Le même impératif qui nous ordonne de rester attentif à l'Autre nous commande aussi de vivre un peu pour nous-mêmes. L'homme « aux semelles de vent » est cosmopolite, non pas malgré sa qualité d'Européen, mais en tant qu'Européen ; il a beau être scandaleusement muré dans sa différence culturelle, il est paradoxalement d'autant plus international que plus français, allemand ou danois. Le point inerte des attaches nationales est aussi le point d'appui qui donne à l'expatriation son ressort dynamique. Sans cette langue maternelle, cette implantation dans un paysage où le cœur et l'imagination trouvent un milieu naturel d'épanouissement, sans ce morceau de mémoire, ces liens familiaux, ce quartier où j'ai grandi, il n'y aurait rien pour attiser ma curiosité, me pousser vers telle ou telle direction : je pourrais m'éprendre à volonté de n'importe quelle nation et me déprendre de toutes parce que je ne tiendrais à aucune. Une force freinée par ses pesanteurs propres et qui surmonte ces obstacles en se jetant vers les autres : tel est le ressort de mon élan vers le monde. C'est mon attachement à l'Europe qui passionnément aiguise mon goût pour le départ, branche fixe du compas dont l'autre vagabonde au gré des péripéties. C'est pourquoi le cosmopolitisme n'est au mieux qu'une utopie qui nous prémunit des œillères d'un nationalisme outrancier, une contradiction féconde tant qu'elle reste de l'ordre de l'inaccessible et tend à instiller le maximum de dépaysement dans le minimum d'identité.

Si l'arrachement à la sécurité domestique n'était pas une douloureuse et patiente ascèse, il ne serait pas migration, et l'on pourrait voyager dans toutes les cultures sans problèmes comme le sang circule dans les veines. L'empêchement est ici condition de l'accomplissement, et l'esprit de clocher est aussi ce qui encourage la pulsion de fuite. La vérité insupportable que nous souffle tout déplacement à l'étranger est celle-ci : à chaque être échoit de vivre et de mourir dans l'impasse que représente sa culture. Et, inversement, l'épreuve d'un autre monde me dénie le droit d'exister en toute naïveté, paralyse la possession de mes propres racines, m'interdit de rester attaché à ma terre comme le bouledogue à son os. Nous ne sommes pas des êtres éminemment adaptables à n'importe quel climat, alimentation ou langage : c'est pourquoi l'avenir du monde est pour nous ici au cœur de la vieille Europe, dussions-nous interposer entre elle et nous toute l'épaisseur de la planète. L'Europe est notre chance, notre lot, c'est plus que jamais dans le respect de ses frontières, de ses traditions et de son intégrité territoriale que prend place le développement de nos personnes. La revendication des forces telluriques, l'appel du *Blut und Boden* qui anime tous les chauvinismes, sont aussi dangereux qu'un lyrisme interplanétaire qui butine maximes et sagesses et fait défiler la sarabande des humanités noire, blanche et rouge comme autant de montures interchangeables dans un manège de foire [1].

Oublions donc ce dilemme absurde selon quoi aimer l'Occident serait synonyme d'un oubli des cultures du Sud ; c'est au contraire à partir de la réappropriation de l'Occident comme culture (et non plus comme monstre militaro-impérialiste) que s'ouvrira une brèche en direction des autres sociétés. On ne peut pas ne pas être tiers-mondiste : mais ce tiers-mondisme-là ne peut plus passer par la haine de l'Europe

1. « L'exil est toujours pour moi une compulsion, une chose forcée, un moment monstrueux de la nature humaine et de la lutte entre les hommes. C'est le déracinement provoqué par la force brute : le choix entre être tué, emprisonné, réduit au silence, et continuer à s'exprimer sur une terre d'asile. C'est à partir de là que les exilés eux-mêmes se doivent de réfléchir et de réagir contre la mécanique spécifique de l'exil » (Julio Cortazar, *Le Monde*, 5/6 avril 1981).

Bilingues, polyglottes...

Si parfaitement que je maîtrise une langue étrangère, si au fait que je sois de ses arcanes les plus subtiles, il en est toujours des versants qui m'échapperont. La langue maternelle, mon habitacle, mon abri, me met dans une dépendance que je ne puis renier. Je suis enraciné en elle d'une assise que rien ne saurait arracher. Cette cellule séminale qui m'ouvre au monde me ferme à certaines de ses expressions. Ici le médium destiné à communiquer est le principal obstacle à la communication : le tissu commun est aussi un barrage. Les exigences multiples de la syntaxe et du lexique dont la pression s'inscrit en moi sous forme de culture me prouvent alors que l'univers n'est pas tout entier dans les mots que je prononce. Ma vie est bâtie sur le silence de ces parlers que je ne comprends pas : mon insertion dans une langue constitue l'ouverture et la limite de ma compréhension aux autres.

Aussi la traduction est-elle l'expérience ontologique de la division entre les hommes : le génie de chaque langue s'exprime dans une dimension unique, il est des choses intransmissibles, des facettes que je ne saisis jamais. A la source commune de ce déploiement de paroles qui conversent et cessent de bavarder chacune pour soi, il y a d'abord un divorce. Si la langue est « cette maison de l'être » dont parle Heidegger, ce qui rend possible l'entretien de maison à maison nous interdit aussi de les visiter toutes. Bilingue ou polyglotte, toujours je manquerai à l'appropriation de ces sonorités, de ces souffles qui forment le quotidien des peuples étrangers. D'où la jubilation et la détresse de tout apprentissage d'une langue étrangère ; au cœur de moi-même, je me heurte au handicap d'un vocable irréductiblement autre. Quelle que soit ma connaissance de l'anglais, de l'allemand, du chinois, de l'arabe, je ne serai jamais que le propriétaire fictif de ce bruissement de voyelles et de consonnes. Déjà inapte à dominer ma langue maternelle, il s'en faut de beaucoup que cet enrichissement s'accompagne d'un pouvoir. Ou plutôt c'est un pouvoir tissé d'impuissance, une souveraineté sans royaume. Toute la noblesse des échanges entre nations est dans cette défaillance, toujours reconduite, toujours surmontée.

et le mépris de ses acquis. Ignorer aujourd'hui notre propre histoire ou la falsifier constitue la voie royale pour ignorer l'histoire des autres peuples, stériliser leur apport propre. Comment un Français ou un Allemand pourraient-ils entendre quoi que ce soit aux courants de l'islam, aux complexes métaphysiques de l'Asie, s'ils n'ont d'abord pris connaissance de leur propre héritage religieux, fussent-ils incroyants ? Et c'est au prix d'approfondir le trésor de son passé sans complaisance ni malveillance que l'Européen restera un homme de fidélités multiples, pénétré de cultures étrangères, parlant grec, arabe ou hindi, et pourtant fils de la Seine, de la Tamise ou du Tibre. Européen, il le reste jusque dans ses altérations, ses trahisons de l'Europe. Toute démarche qui esquiverait cette équivoque entre loyauté et inconstance ressusciterait l'ethnocentrisme arrogant de l'Empire ou le masochisme imbécile du tiers-mondisme.

Soyons poreux

> « La folie est proche, je crois, de tout homme qui peut voir simultanément l'univers à travers les voiles de deux coutumes, de deux éducations, de deux milieux. »
>
> T. E. Lawrence, *Les Sept Piliers de la sagesse.*

En somme, il faut se garder de deux illusions : que nous n'avons rien à apprendre des autres, que nous avons tout à apprendre d'eux[1]. Échapper à l'impasse de l'intolérance et de

1. A la place de la relation pédagogique classique du colonialisme ou renversée du tiers-mondisme, il faudrait mettre en place une situation dialogique où le Nord et le Sud apparaissent confrontés comme éducateur-

l'autopunition, conserver le respect de soi parce qu'on place le respect des autres au-dessus de tout, définit un double mouvement d'assimilation et de sauvegarde. La fermeture complète serait une mort spirituelle, l'ouverture totale un désastre. Livré à sa propre inertie, au recensement vaniteux de ses richesses, l'Occident tendrait toujours immanquablement non à grandir, mais à diminuer, à perdre son acuité. S'il a tout intérêt à donner aux pays du Sud les moyens non seulement de le critiquer, mais de le concurrencer, de se hausser à son niveau de richesse et de prospérité, c'est qu'une tranquillité achetée au prix d'un étouffement, d'un bâillonnement, est une tranquillité très cher payée (la crise du pétrole des années 70 en est peut-être la meilleure illustration). Moins les Occidentaux sont intelligents, plus les autres nations leur paraissent bêtes. Et la xénophobie des premiers est alors corrélative du fanatisme des seconds. Au moment où la crise impose à tous de se sauver ensemble ou de périr ensemble, l'autosuffisance protectionniste n'est plus de mise et l'on doit exiger de l'Occident qu'il s'expose, prenne le risque d'autrui, vive en permanence sous la grande clarté du dehors. La vitalité d'une culture se mesure à sa capacité d'échapper à son propre destin, de contenir plus qu'elle ne peut tirer de soi.

Mais l'hospitalité au supplément qu'est l'Autre, pour reprendre l'admirable terminologie de Lévinas, suppose que l'on va au-dehors à partir d'un chez-soi, d'un domaine privé où on peut à tout instant se retirer. Je ne suis pas Sirius et n'ai pas loisir de m'incarner à volonté dans telle peau, climat, race ou langue. Contre la dispersion universelle, il faut une possibilité de recueillement, de descente dans l'intériorité qui assure la préservation d'une mémoire et le sentiment d'une

---

élève et élève-éducateur. Comme le dit le Brésilien Paulo Freire : « Personne n'éduque autrui, personne ne s'éduque seul, seuls les hommes s'éduquent ensemble par l'intermédiaire du monde », *Pédagogie des opprimés,* Maspero, 1974.

continuité historique. Mais, du centre même de cette intimité, un arrachement doit me détourner de cette complaisance animale en moi, favoriser la reprise de contacts avec l'extérieur[1]. Je ne peux échapper à l'Europe, sans doute ; mais autre chose est d'en être persuadé sans s'exposer, sans tenter constamment de se perdre[2] loin de ses frontières. L'ouverture d'une fenêtre sur le dehors ajourne mon enracinement dans un horizon vicinal, me désincarne quand la préservation d'un chez-soi offre au moins à l'Autre l'hospitalité d'une terre d'asile. S'oublier sans oblation, savoir se soucier de l'Autre et savoir l'ignorer, tel est le battement oscillatoire qui devrait régler nos rapports avec l'étranger.

A l'idée d'une totalité planétaire ou d'une « civilisation universelle », il s'agit de substituer l'idée d'une séparation résistant à la synthèse : la distance ne doit pas détruire la relation, ni la relation la distance. Toute société démesurément accueillante est menacée d'une perte d'identité, comme toute collectivité excessivement fermée souffre de dégénérescence précoce et pourrit sur pied. Et puisque l'état du monde ne permet à aucune nation de se replier sur elle-même, c'est à chacune de trouver le bon intervalle entre le repli et l'ouverture qui permette les chocs créateurs, les dissonances savoureuses, les contradictions fécondes. Inviter les cultures étran-

1. Il est évident, à cet égard, que les rapports des pays européens entre eux, Est et Ouest inclus, seront témoins des rapports de l'Europe avec le reste du monde. Cela suppose d'abord une volonté de reconquête de l'Europe colonisée sur l'Empire soviétique ; enfin une porosité maximale de chaque nation occidentale à ses voisines, c'est-à-dire la révocation définitive des nationalismes agressifs. La fondation d'une communauté authentique va bien au-delà des incidents contingents sur la politique agricole ou la guerre des exportations. C'est dès aujourd'hui, par exemple, que tout Européen conséquent devrait être trilingue afin qu'aucun citoyen de ce continent ne se sente exilé en aucune de ses parties.

2. On sait par exemple que beaucoup de voyageurs, militaires, chercheurs ont été reconvertis à l'Europe et à la foi chrétienne par leur passage en terre d'islam : Psichari, Foucauld, Lyautey, Massignon, pour ne citer que les plus illustres.

gères aux débats de la révolution industrielle, ce n'est pas les fondre dans un magma réducteur, mais ajouter leur voix au concert général. Et si l'on fait le compte de ce que l'Occident doit aujourd'hui aux peuples étrangers — que ce soit dans l'ordre de la redécouverte du corps, du souci religieux, du goût pour la danse et la musique —, on découvre autant d'apports irréfutables sans lesquels notre époque n'aurait ni saveur ni génie. Au-delà des joutes et des méfiances, ce sont ces emprunts magiques qui militent plus que tout en faveur d'une main tendue à l'Autre : cette forme créée en commun, reprise par les uns, modifiée par les autres, n'est-ce pas là une communication authentique ?

Fidèle trahison

> « Ne faites pas de notre renoncement à notre patrie le prix de notre attachement à la France. »
>
> Jacques Rabemanangara, poète malgache.

Tout attrait pour une société n'a que peu à voir avec sa valeur propre et n'est en rien corrélatif d'un mérite. Il y a d'immenses civilisations qui nous laissent froids et des tribus de second ordre sur lesquelles nous nous sentons intarissables. Aimer une culture étrangère est une élection injuste qui en exclut beaucoup d'autres, mais n'aimer aucune culture étrangère est une terrible preuve d'avarice spirituelle. Il n'y a attirance que lorsqu'un rapport privilégié, une intonation particulière, sollicitent ma liberté : pour se féliciter de l'existence de la musique orientale, de la littérature sud-américaine ou du bouddhisme, il faut préférer à toute autre une certaine ligne mélodique, un certain baroque dans la narration, une certaine qualité d'apaisement dans la méditation ; une fois connues les unes et les autres, j'intègre ces formes d'expression à mon patrimoine, j'en fais des besoins et, du fond de cette richesse extérieure, je découvre des lacunes qui me semblent intolérables dans ma culture nationale. Certes aimer plus que tout la musique arabe n'est pas s'engager dans le monde du même nom et encore moins se rapprocher des populations qui l'écoutent. C'est du moins ouvrir entre les « Arabes » et moi une communauté de goût, partager un domaine, franchir un fossé à partir duquel il m'est loisible de m'engager plus avant ; deux univers qui se côtoyaient sont soudain superposés par la magie d'une passion : communion fragmentaire sans doute, mais bien préférable à un dégoût réciproque.

Certes, je ne connaîtrai jamais non plus la totalité des formes artistiques ou littéraires de la planète, je ne visiterai pas tous les continents, ne pourrai embrasser tous les cultes, ne serai jamais l'ami de tous les hommes ; mais en aimant quelques hommes, en apprenant une ou deux langues étrangères, en élisant une patrie de cœur à des milliers de kilomètres de chez moi, je rends un hommage indirect, personnel, au principe d'extériorité. Il y a toujours de par le globe un pays qui vous élit autant que vous le choisissez. C'est à travers le particularisme d'un choix — qu'il se porte sur les Masaïs, l'Inde, les Lapons ou les aborigènes australiens — que je préserve un universel de l'étrangeté, que je cultive des énergies transcontinentales auxquelles ni les frontières ni les races ne correspondent. Les écarts qui séparent les cultures tiennent à la fois d'une géographie affective, donc hiérarchisée (de façon variable par l'effet d'un engouement ou d'une mode), et d'une égalité postulée : toutes peuvent être honorées à un moment ou un autre. S'il n'existe donc pas d'intérêt gratuit pour les autres, si l'on n'étudie pas impunément l'islam, l'art nègre ou le mode de vie des Trobriandais sans connexion avec nos passions propres, ma prédilection pour celui-ci ou celle-là ne signifie nullement l'infériorité des autres ; elle ne vient pas contredire le principe moral de l'égalité de tous les hommes, elle empêche ce principe d'égalité de glisser dans l'identité ; en cultivant telle différence, c'est le fait même du pluralisme que je défends, sans cacher l'arbitraire de mon option. S'il y a une bêtise de l'amour qui ne fait pas de choix — une inflation aussi grandiose ne peut qu'abaisser sa valeur —, c'est que la dilection supporte mal l'œcuménisme : chaque culture est bien la plus irremplaçable, parce que toutes peuvent revendiquer cette qualité. L'essentiel étant que je vive en dehors de moi-même, que je jette des ponts qui ne soient pas des compromis ou des abdications réciproques. L'essentiel étant qu'un charme nous précipite sur les routes, nous déporte vers un sol où nous ne sommes pas nés.

Ainsi notre génie du lieu est-il un génie de la fuite : la multitude des humanités qui nous côtoient nous interdit de vivre sur notre terre natale comme sur une terre promise où la vérité aurait été fixée une fois pour toutes. Défaire les liens qui nous attachent à la sédentarité suppose que l'on vive chez soi sur le mode de l'inconstance, tendu vers un ailleurs, homme d'allégeances multiples, capables de la plus haute constance comme de la plus extrême dispersion. Mes patries culturelles, linguistiques, romanesques ne se confondent nullement avec ma patrie biologique ou mon appartenance ethnique. Ce souffle qui vient de très loin et permet aux communautés de s'ouvrir les unes aux autres comme des fleurs au-delà de leurs limites nous enseigne que *l'exil est aujourd'hui une modalité de l'enracinement.* Savoir se séparer de ce dont on est proche afin de rejoindre ce dont on est séparé implique que notre propre patrie nous devienne étrangère et que tout sol lointain ait pour nous la douceur et le charme du sol natal. La double ou triple appartenance qui marqua de manière dramatique le destin d'un certain nombre d'intellectuels des pays de la périphérie, au lendemain de la décolonisation, devrait être revendiquée aujourd'hui de manière positive : si les écrivains et penseurs asiatiques, maghrébins ou africains ont tant à nous apprendre [1], c'est que la condition de métèque et de bâtard culturel, hier anomalie des annexions coloniales, doit devenir aujourd'hui la norme de l'homme contemporain, contraint de vivre en plusieurs univers spirituels, accomplissant l'alliance paradoxale du particularisme et de l'indétermination. Être les *go-between* qui font sauter les murs de l'incompréhension, déguster les écarts qui séparent les coutumes et les rites, n'est-ce pas le meilleur moyen de prévenir la standardisation des mœurs, la monotonie d'une langue unique, le despotisme d'un impérialisme ? Ce dont le monde a le plus besoin aujourd'hui, c'est de transfuges culturels qui transitent d'un univers à un autre, brisent les classements, amortissent les oppositions, fluidifient les échanges. Exactement comme l'utopiste Charles Fourier célébrait dans le brugnon l'alliance de la prune et de la pêche, ou dans l'enfance ce troisième sexe passionnel ni homme ni femme, il faut dire aujourd'hui la « beauté du métis » (Guy Hocquenghem), homme polyglotte et de multiples racines, seul capable de nous prémunir de la barbarie des certitudes

1. Pour nous autres francophones, c'est naturellement les deux figures magistrales de Léopold Senghor et d'Aimé Césaire qui devraient plus que tout nous inspirer. Leur volonté de ne renier aucune branche de leur héritage, leur position d'hommes des carrefours à cheval sur l'Afrique, les Caraïbes et la France, le courage avec lequel, contre tous les fanatismes, ils ont cultivé de front les traditions qui confluaient en eux, l'admirable leçon de refus qu'ils ont donnée à Paris au temps de son expansion hégémonique, puis leur insistance, une fois les indépendances acquises, pour continuer à dialoguer avec la France, font d'eux non seulement de grands poètes africain et martiniquais, mais aussi les porte-parole des angoisses et des espoirs de tout homme, les porte-voix d'ondes innombrables qui trouvent en eux d'immenses échos. L'ironie de l'Histoire n'est-elle pas que nous ayons plus à apprendre de nos jours de ces anciens « sujets » de l'Empire que de nos propres nationaux ?

autant que du repli frileux sur la sphère nationale ou régionale. Ainsi s'épanouit notre haine amoureuse envers la demeure qui nous a vu naître, la langue que nous parlons, les sites chéris où l'on a lié de tendres amitiés : du fond de notre terre natale, en appeler à un au-delà et, à partir de cet au-delà, retrouver une saveur, une diversité au *Heimat*[1]. Je hais l'Europe ou la France ou l'Allemagne, cela veut dire : je les fuis et j'y reviens toujours, je ne les épouse qu'en les abandonnant. L'Europe est mon tremplin pour bondir vers le monde et le monde à son tour me renvoie à l'Europe...

Pour une solidarité relative

> « Nous embrassons tout, mais nous n'estreignons que du vent. »
>
> Montaigne.

Le tiers-mondisme, on l'a vu, entretient une confusion constante entre culpabilité et responsabilité ; être coupable suppose qu'il y a eu faute précise, crime commis, acte grave. La responsabilité, elle, implique une obligation de chaque homme envers tous, un sentiment de coappartenance à une même espèce. Sommes-nous coupables des famines du Tiers-Monde au sens où le meurtrier est coupable de son délit ? Jusqu'à preuve du contraire, non. Mais responsables, oui, puisque le devoir de tout homme est d'aider les autres à vivre lorsque ceux-ci en sont réduits au plus extrême besoin. Je ne

1. Ainsi le dernier tableau que peint Gauguin à Tahiti avant de mourir en 1903 est un « village breton sous la neige ». La toile fut achetée par Victor Segalen quelques mois après la mort du peintre.

Hommage à

Il y eut un premier génie de l'Empire britannique, qui fut de transporter dans tous les recoins du monde ses moindres manies et rituels. Il y en a un autre aujourd'hui qui consiste, grâce à ce mode d'association entre les anciennes terres de la Couronne qu'est le Commonwealth, à s'ouvrir aux peuples autrefois conquis et, par-delà les rancœurs et rancunes légitimes, à se faire pardonner son ancienne rapacité en se mettant à leur école. Là où la France n'a gardé que des contacts commerciaux ou techniques avec l'Algérie, le Vietnam et l'Afrique noire, et s'est recroquevillée sur l'Hexagone, l'Angleterre a subi tour à tour l'influence de l'Inde, de la Malaisie, des USA, des Caraïbes, de l'Afrique australe. Le reflux des ex-colonies sur l'île n'est pas seulement une source de racisme et d'affrontements entre communautés hostiles sur le sol même de la Grande-Bretagne, il marque aussi la fascination réciproque de cultures qui n'avaient encore, il y a trente ans, que des rapports de subordination. L'épargne austère de l'anglicanisme a su comprendre, intégrer la prodigalité baroque de tant de religions et de rites divers.

L'Angleterre, bien sûr, est morte de son énormité, mais elle

puis rester insensible au sort de mes frères, car je suis concerné par leur souffrance comme si elle était ma propre souffrance. Ainsi s'impose une exigence absolue : si ignorant que je sois des drames du monde ou des vicissitudes de l'Histoire, je suis toujours coresponsable des injustices commises, des assassinats perpétrés sur la personne d'autres hommes.

Mais, là encore, il faut affiner l'analyse. Car une solidarité universelle, angélique, que rien n'entraverait serait une solidarité bien désincarnée, indifférente aux malheurs contingents de telle catégorie ou population. Sans doute à travers le

Mother England

est morte en triomphant, puisque tout le monde parle anglais. A tous les pays dont ils pillèrent l'or et les richesses, les officiers de Sa Majesté laissèrent un trésor : leur langue. Langue extraordinairement plastique, commune au maître et à l'esclave, langue de la domination et de la révolte, de l'ordre et de la rébellion, du pouvoir et de la liberté, langue des carrefours, résultat de plusieurs nations, eau de cet océan qui relie toutes les îles et nous fait sentir *at home* dans les décors les plus lointains. En retour, l'anglais a explosé en une multitude d'idiomes variés, jamaïquain, nigérian, américain, anglo-indien, australien, autant de bâtards faits au vieux parler châtié d'Oxford. Minée, affaiblie, divisée, la Grande-Bretagne, en dépit des réticences qu'elle peut inspirer, a réussi mieux qu'aucune autre cette imprégnation progressive du colonisateur par le colonisé qui est le destin final de tout empire. Sa victoire, c'est de ne se reconnaître désormais que dans le visage de ses anciens vaincus et dans l'obligation qui lui est faite, pour se perpétuer, de les écouter et de les aimer. Cette admirable marâtre d'où est sorti le monde moderne est aussi notre patrie à tous ; aujourd'hui, chaque Européen est un peu citoyen d'Albion.

relais de grandes institutions, syndicats, partis politiques, associations, puis-je l'étayer, l'élargir à des dimensions planétaires ; sans doute à travers eux suis-je contraint à des gestes de charité abstraite — dons de vivres, de médicaments, d'argent — envers des pays dont je ne connais que le nom. Mais nous choisissons nos causes comme elles nous choisissent, dans une rencontre entre l'intérieur et l'extérieur, où le monde propose autant que nous disposons. C'est pourquoi nous ne pouvons sans sophisme épouser toutes les causes et pareillement nous désintéresser d'aucune. A ceux qui nous abjurent, quand nous nous soucions de la Pologne, de ne pas oublier le Salvador, le Liban ou l'Afrique du Sud[1], il faut répondre que ces mille raisons de s'indigner deviennent mille raisons de se démobiliser ; qu'en nous sommant de ne préférer aucun combat à un autre, pas plus l'Est que l'Ouest ou le Sud, on nous incite à un engagement tous azimuts, qui est le summum du désengagement. On retombe dans la féerie d'une solidarité sans contenu ; je suis solidaire, un point c'est tout, tel un amour immaculé et mystique qui flotte dans le ciel.

Or une solidarité effective est une solidarité circonscrite, canalisée, sur le fond de laquelle d'autres solidarités apparaissent, mais à pur titre d'horizons assumés par d'autres hommes. Tout se passe comme si, pour être effective, la responsabilité devait se choisir un champ de fraternité limitée et une géographie propre (à laquelle la distance ne doit rien), sans quoi elle resterait indéterminée, c'est-à-dire aveugle. Notre besoin d'action politique et de sympathie au-delà des frontières nationales doit découper sur l'échelle des causes un certain secteur, au-delà duquel il n'y a plus que le brouillage et la bouillie des médias. En ce domaine, un excès de générosité est suspect : une solidarité qui se solidarise en général et n'est même pas capable de dire le nom de ceux à qui elle porte secours, cette solidarité-là est du vacarme de salon. Elle meurt de sa pureté, elle meurt de tout choisir, elle n'est plus qu'une appellation grandiose comme le label « Sartre », après guerre, fut sollicité partout en n'importe quelle occasion. On

1. Comment expliquer les atermoiements, les réticences de la gauche face à l'affaire polonaise ? C'est qu'elle est incapable de penser l'Europe colonisée : puisque l'Occident est impérialiste par nature, comment pourrait-il être à son tour colonisé par un autre empire ? Tant qu'on ne comprendra pas que le combat des Polonais, des Tchèques, des Hongrois contre l'URSS est aussi un combat pour notre indépendance nationale et la réunification de l'Europe déchirée, on ne pourra avoir vis-à-vis d'eux que des réactions d'apitoiement condescendant, de tiers-mondisme honteux, une vague « alliance intellectuelle », comme le disait déjà Lamartine en 1848 aux patriotes polonais qui lui réclamaient des armes et se voyaient offrir, à la place, de beaux discours et de généreuses proclamations.

soutient inconditionnellement et avec le même enthousiasme les causes les plus dissemblables. Les mêmes qui appuient la Pologne en décembre soutiennent avec des arguments semblables l'OLP en juillet, comme ils défendront tel autre mouvement de résistance six mois plus tard ; les particularités sont rabattues les unes sur les autres, on essentialise des données historiques qui auraient mérité chaque fois des analyses précises, des enseignements stricts. C'est une fidélité purement sentimentale aux figures du dehors : dans la case Victime, défilent tour à tour les Cambodgiens, les Palestiniens, les Libanais, c'est un rite conçu à l'avance pour des figurants variés. Cette solidarité-là est celle des mercenaires de l'actualité qui doivent balayer vite et sans insister tous les points chauds de la planète. Ne demandons pas aux médias plus qu'ils ne font et font en général très bien : nous sensibiliser aux problèmes brûlants. Notre type d'attachement à l'étranger ne doit pas suivre le rythme des événements, même s'il ne peut s'en désintéresser. Sachons nous déprendre du fracas des gros titres et des « une » pour prendre racine en tel ou tel point du globe. En aucun cas, journal et télévision ne sauraient nous servir de guides dans l'action : les pays dont le petit écran ne parle plus continuent à exister. A calquer notre attention au monde sur le modèle des nouvelles, on tombe dans la versatilité d'une opinion publique trop prompte à prendre un jour parti pour un camp, le lendemain pour un autre, solidarité technologique de l'homme pressé qui se dilapide, se disperse ici et là. Dans cette main tendue, on pressent déjà la rétraction ; la solidarité réflexe ne porte secours que pour mieux se reprendre.

C'est donc quand on est le frère de tous qu'il fait si froid entre les hommes. L'indispensable partage des tâches nous commande de toujours vivre l'idée à travers l'amitié, de renoncer à l'ubiquité, à l'omniprésence. Je ne suis l'ami de l'homme que si je noue des liens plus étroits avec certains au détriment des autres : ce qui empêche de les aimer tous est aussi ce qui permet d'en aider quelques-uns. La partialité dément l'altruisme, et pourtant l'altruisme présuppose cette partialité qui est sa condition contradictoirement vitale. L'étroitesse du choix garantit son authenticité. Ce découpage n'est pas seulement un élément limitateur, il est notre point d'insertion dans le monde, à la fois l'empêchement et l'instrument. L'escorte ininterrompue d'un pays ami n'est pas une incarcération : cette cause, dès lors que je l'épouse, révèle une profondeur, une richesse infinies. Aucune solidarité ne va de soi, derrière chacune se profile une préférence injuste, un arbitraire irréductible, de l'égoïsme. Telle est l'ambiguïté des soutiens ou des aversions : ils laissent à chacun la liberté de choisir sa place et désignent sur le mode du morcellement le caractère mondial du vivre ensemble. L'universalisme est le remords permanent de cette philanthropie partielle, laquelle ne cesse de presser l'universalisme de s'incarner, de ne pas en rester au stade des bonnes intentions. D'autres hommes sans doute appellent au secours, requièrent ma bonne volonté ; mais être limité, je ne puis me donner à tous ; un don hyperbolique serait une simple emphase, la prime donnée aux accidents et aux contingences. Écartés les accidents et les contingences, que reste-t-il ? L'essentiel, c'est-à-dire la permanence et la fidélité [1]. Il n'est donc pas de solidarité sans la sélection d'une conscience confinée dans le relatif, c'est-à-dire confinée dans le réseau de ses relations.

1. A cet égard, il n'est pas mauvais peut-être que déclinent les formes purement spectaculaires et émotionnelles de la solidarité : défilés, meetings, manifestations, pétitions, au profit d'actions ou d'initiatives plus discrètes, mais souvent plus efficaces (pensons, par exemple, aux navires affrétés par « Médecins du monde » pour recueillir les *boat-people* vietnamiens au large des côtes de Thaïlande). Il y a dans les grands rassemblements une ferveur trop exhibitionniste pour n'être pas suspecte et promettre une rapide désaffection.

Le Nord en chaise longue au soleil du Sud

C'est entendu, « les voyageurs sont des militaires refroidis » (Sartre), d'anciens colons revenus en vacances sur les lieux de leurs crimes, autant de « veilleurs disséminés par-delà les mers, le long de la vaste et mouvante ceinture de notre Empire », comme disait Pierre Benoit des soldats de l'armée coloniale. La multinationale des nantis du globe déverse sur le berceau des civilisations anciennes ses charters de shorts et de crème à bronzer, qui s'abattent sur la Méditerranée, le Kenya, l'Asie centrale comme un nuage de mouches. Le tourisme est une expérience féodale conduite par les membres des pays démocratiques et riches dans des nations dictatoriales et pauvres, un dépaysement spatial et statutaire, l'ivresse pour l'employé allemand, la secrétaire anglaise ou l'OS parisien de se retrouver grands seigneurs à 2 000 kilomètres de chez eux. Du tourisme, on peut soutenir à juste titre qu'il favorise la domination économique de quelques géants internationaux (transporteurs aériens, chaînes hôtelières, agences de voyage), se double d'une pénétration culturelle directe devant laquelle les traditions et les structures sociales sont rarement en état de résister [1], qu'il est un viol, un facteur de pourrissement, encourage une « prostitution planétaire [2] », considère « le soleil, le patrimoine artistique, les trésors culturels, l'air pur, le sable, les paysages, les bêtes sauvages et les filles du tiers monde » comme autant de « matières premières » (*id.*).

1. Voir, à ce sujet, le dossier assez complet que *le Monde diplomatique* a réuni dans son numéro d'août 1980.
2. Jean-Yves Carfantan et Charles Condamines, *Qui a peur du tiers monde ?*, Seuil, coll. « Points-Politique », 1980, p. 240 à 242.

Et pourtant ceux qui critiquent le tourisme nous demandent paradoxalement d'aimer le « Tiers-Monde » et de ne jamais lui rendre visite, de nous intéresser aux peuples du Sud en renonçant à les fréquenter. On vit encore sous le traumatisme de la conquête, comme si le moindre pied blanc posé sur le sol africain était un godillot militaire, comme si la caméra était le substitut moderne du fusil et le safari une forme déguisée de chasse à l'homme. Or il n'y a pas de demi-mesure : ou l'on prône le cloisonnement et l'on trace des frontières rigides, infranchissables, entre le Nord et le Sud ; ou l'on appuie la libre circulation des hommes et des idées, le brassage des peuples, quel qu'en soit le prix. Les touristes sont sans doute ces animaux ridicules qui, après une nuit de train auto-couchette ou les trous d'air d'un charter à crédit, débarquent au Maroc, en Égypte, à Bali, assoiffés d'Ektachrome et de vraie communication. Pourtant, cette ruée vers le Maure, le fellah ou le primitif fait allusion à un mystère qui la sanctifie : le mystère de la rencontre avec l'Autre, la recherche d'une vie plus vaste par le canal d'une organisation étroite, même si cette quête s'enlise le plus souvent dans l'habituel couscous métaphysique. La tentation est grande évidemment de réagir par la clôture des frontières, le filtrage, l'extension du visa obligatoire, l'établissement d'un cordon sanitaire, de n'autoriser que les déplacements d'experts, hôtes officiels, d'instituer ainsi une déontologie de la transhumance. Bref, de contingenter et de restreindre, de recommencer l'isolationnisme et le voyage surveillé style Intourist ou Luxhingé (soit dit en passant, l'apogée du tourisme classique, puisqu'il est la garantie qu'aucun touriste ne parlera à un Russe ou à un Chinois en dehors du canal officiel), avec toutes les conséquences d'un tel système : flicage, non-circulation de l'information, prohibition des contacts non conformes, délimitation de zones interdites, surcharges de l'emploi du temps pour décourager les curieux, etc. S'il est vrai que nos somptueux complexes de loisir ressemblent à des asiles psychiatriques où des troupeaux hébétés croupissent dans l'ignorance et l'abrutissement, que l'équation bronzage, plage, cocotiers, météo, disco est d'une navrante pauvreté, c'est au sein pourtant de cette médiocrité qu'une vocation peut naître, des sympathies se nouer.

Avant les déplacements de masse, le voyage était une monarchie censitaire réservée à une élite ; le tourisme y a introduit le suffrage quasi universel. Avec lui, l'art de l'errance, jadis apanage des riches héritiers et des fils de famille, devient une pratique publique. Est-ce là un crime absolu ? S'il faut sans relâche dénoncer les tares du système touristique chaque fois qu'il endommage gravement les équilibres culturels ou écologiques (le problème se pose également à l'intérieur des pays développés), il faut en mesurer aussi les effets positifs : il est la rançon des pérégrinations. La même logique qui assure à un enfant des classes moyennes ou pauvres de Berlin, Paris, Liverpool, Madrid, Zurich la chance inouïe, pour une somme modique, de toucher en quelques heures des continents distants de milliers de kilomètres risque de voir ces mêmes enfants adopter sur place une attitude hautaine ou analphabète. En dépit de toutes les déformations, schématisations, c'est depuis vingt ans, à travers le biais des odyssées collectives, que les peuples se côtoient au-delà du ghetto politique, linguistique ou professionnel. Mesure-t-on ce qu'un dispositif de contrôle ou de repli à l'intérieur de ses frontières ferait perdre de vitalité au monde, mesure-t-on l'obscurantisme qu'impliqueraient de telles mesures, à savoir la méconnaissance de l'Autre érigée en norme, soit le retour à une barbarie comme le Moyen Age lui-même n'en connut jamais ? Et cela jusqu'à atteindre au cœur même du désir de partir, de communiquer ?

Le voyage authentique n'est pas le contraire du tourisme, mais sa continuation par d'autres moyens : il détourne un rêve casanier, se transcende dans la rencontre, conjugue les sécurités de l'identique et les vertiges du neuf. C'est à partir du cocon de la villégiature, du grand hôtel, qu'il pousse des pointes dans l'inconnu et restitue au pays visité une complexité qui n'apparaissait d'abord pas. Quand arrive ce qu'on n'attendait pas et que n'arrive pas ce qu'on attendait, une défaite lumineuse emporte le périple dans une autre direction et périme les tracés prévus. L'effort indispensable pour assainir les mœurs des congés payés en vadrouille sous les tropiques ne doit pas se payer de nouveaux interdits, de nouvelles entraves. A une époque où l'illusion de savoir diffusée par les médias dispense du devoir de partir, les touristes forment cette communauté de profanes, d'hommes et de femmes quelconques qui tiennent nos fenêtres grandes ouvertes sur l'ailleurs. Plus nos connaissances se compliquent, et plus nous avons besoin de l'esprit sceptique, curieux, du voyageur, de celui qui, en dépit de toutes les propagandes, va voir ce qu'il en est et accepte si peu que ce soit de se compromettre sur une terre étrangère. Si l'on veut multiplier les tiers-mondistes, n'élevons pas le degré de mauvaise conscience mais abaissons les tarifs aériens sur l'ensemble de la planète, généralisons les vols à bas prix. *Le meilleur vecteur de l'amitié entre les peuples, c'est encore et toujours le charter.*

Ambivalence de l'exotisme

> « Peut-être est-il vain pour les hommes d'essayer d'établir entre eux une unité ; ils ne font par cette tentative qu'élargir l'abîme qui les sépare. »
>
> E. M. Forster, *Passage to India.*

L'exotisme, c'est vrai, émet des signaux équivoques qui le rendent aussi fascinant que dangereux. Toujours il risque de se dégrader en fétichisme du folklore qui préfère la trace de l'Autre au rapport intersubjectif. Toujours il peut sombrer dans un pittoresque de mauvais aloi, préférer le décor aux hommes, peupler la scène de personnages de convention — l'artisan, le pêcheur, le tailleur, le sorcier, le marabout, le bonze, le sadhu, le meneur d'ânes — pour ne pas voir les personnes réelles. Avec lui, le droit devient coutume, l'art spectacle, la religion superstition, il exalte la différence de l'autre au moment où elle est inoffensive. Symptôme aggravant, il fut effectivement l'épine dorsale du système colonial, le recours favori des auteurs mineurs de Claude Farrère à Pierre Benoit, trop heureux d'enchanter les tropiques pour dévaloriser les natifs et justifier leur assujettissement (car la littérature exotique ne fut grande que lorsqu'elle témoigna de l'échec du colonialisme). Mais les colons sont partis, et les tropiques n'en demeurent pas moins envoûtants.

On peut se demander alors si cette ambiguïté, ce versant noir n'est pas le piège inévitable de toute communication : autrui diffuse un halo de généralité où je puis l'objectiver ; pour aller vers lui, j'ai besoin d'un stéréotype minimal qui me permette de capter ses reflets dans les objets qu'il crée ou les fonctions qu'il occupe. Or ce qui annonce l'Autre peut aussi lui faire écran. L'exotisme a toujours l'intolérable inexactitude d'une grammaire universelle de la diversité : cette délectation du plus étrange dans l'étranger, mais aussi du familier dans le lointain et de l'étranger dans le proche, n'est pas contemporaine de l'aventure coloniale, car les Occidentaux l'avaient d'abord éprouvée en Europe au XVIIe et au XVIIIe siècle. Tout le bonheur que les Français, les Allemands prennent aujourd'hui à voyager en Orient, ils l'avaient d'abord connu en Europe, les Anglais vis-à-vis de l'Italie et de la Grèce, les Français envers l'Angleterre, l'Espagne ou la Pologne, et inversement[1]. Est exotique tout ce qui est

1. Voir René Pomeau, *L'Europe des Lumières*, Genève, Slatkine, 1981, p. 85 à 87.

extérieur : le don de l'intimité avec l'Autre passe aussi par le talent de reconnaître sa différence, d'être sensible aux disharmonies. Routes, villages, ustensiles, portent en eux la marque d'une action humaine, émettent une atmosphère d'humanité étrangère. L'altérité d'autrui se sédimente dans les choses, les habite ; et ma perception de lui passe par l'anonymat d'une technique, d'une construction, d'un artisanat, d'une œuvre d'art. Or je puis tout à fait me contenter de cet anonymat, préférer les objets aux sujets, les paysages aux visages[1]. Aucune loi ne pouvant nous contraindre de passer de la consommation de ce code à l'intersubjectivité, l'exotisme sera toujours affecté d'une duplicité fondamentale. A la fois féerique et douteux : peu sûr. Et toujours l'ambiguïté de ses signes alimentera contre lui une attaque acrimonieuse.

Mais à se montrer rebelle aux sortilèges exotiques, à refuser les prestiges de l'inaccoutumé, on attaque la racine même de l'altérité, c'est-à-dire la manière dont l'autre dispose dans le monde les traces de son étrangeté. Il n'y a pas d'un côté le mauvais exotisme, apanage du Blanc impénitent, et de l'autre la relation authentique, il n'y a encore et toujours que des

1. En ce sens, une forme d'exotisme s'atténue aujourd'hui, celle des régions qui tiraient prestige d'une solitude imposante. C'est un désenchantement au niveau des images et non des visages. Ce n'est qu'au regard d'une vision pauvre que le monde peut apparaître uniforme, le globe terrestre minuscule. Ce lieu commun consacré par Lévi-Strauss lui-même reprenant un thème inauguré par les romantiques, celui de la disparition des différences, se base pour s'énoncer sur les traits les plus voyants, les plus superficiels, d'une nation ou d'une culture. Il faut un singulier oubli des hommes pour ne pas percevoir une diversité immense entre deux pays aussi proches que la Suisse et la France et à plus forte raison entre deux continents comme l'Europe ou l'Afrique. De ce que de nombreux pays du Sud ont désormais tout comme nous des autoroutes, des gratte-ciel, des voitures, on en déduit leur alignement, leur ressemblance inéluctable ! Mais un Africain portant cravate et veston est encore un autre homme qu'un Espagnol ou un Italien portant le même costume. L'exotisme n'est pas une quantité stable qui irait décroissant par le fait de l'uniformisation du monde, c'est une création permanente de l'humanité qui se multiplie en se diversifiant.

degrés successifs d'étrangeté, étant entendu que nul ne peut nous contraindre de passer des apparences aux personnes.

Ainsi, partir, c'est s'émerveiller d'abord de la bigarrure inépuisable du sensible : tous les objets se présentent à l'œil dans une sorte de virginité, je goûte avec ivresse les biens, les richesses que ces pays lointains me prodiguent. Je suis un être comblé par un univers inconnu dont les anomalies me passionnent. Dans une qualité particulière de la lumière, les secousses olfactives ou visuelles d'une jungle, la brûlure exquise d'un plat épicé, les sonorités d'une langue nouvelle, le miroir d'une rizière, je quête un dépaysement que tout confirme, je me livre à une promotion amoureuse du différent, j'exalte l'inouï et refuse le semblable. Voluptueusement retiré de ma responsabilité de citoyen, je vagabonde en toute insouciance, loisible d'engranger les faveurs d'une nation dont je ne suis pas le membre et où je ne fais que passer. Et certes je puis tout à fait en rester là, limiter mes contacts aux gestes les plus superficiels du service et de l'achat. Je puis fort bien me gaver jusqu'à la nausée des minarets dorés, des tartanes, des palétuviers, des atolls, des pirogues, des odalisques, des brigantines, de ces parures qui deviendront bientôt autant de déchets. Cette plongée dans l'innombrable, si elle ne s'incarne pas en relation concrète, va en s'affadissant. Au plaisir de la contemplation pure, il est légitime de préférer la compromission des liens de personne à personne, l'enchevêtrement et l'intrigue. Le voyageur comprend l'outre-mer à partir de ses habitants plus qu'il ne déduit l'indigène de son habitat, de ses monuments, de ses temples. Car il n'y a de diversité authentique que dans l'humain. Si je vais au-delà du typique, une faille s'inscrit dans la souveraineté de mon bonheur : ces champs, ces forêts, ce délire végétal enveloppent les visages et les mœurs d'autres hommes, cette nature est de part en part culturelle. Que la magie opère ou non sous les tropiques, en y allant nous apprenons d'abord que nous en sommes séparés et qu'il faut y demeurer en émigrés sans passé, sans avenir communs. Je croyais emprisonner ce pays dans les symboles les plus éclatants de sa personnalité, je n'ai entre les mains qu'une enveloppe ; et plus le séjour se prolonge, plus cette familiarité première recule. L'exotique est ce pouvoir que détiennent de façon inégale certains lieux ou objets de désigner derrière eux un espace magique, indice de quelque chose qu'ils ne sont pas ; c'est la dépouille somptueuse ou dérisoire que l'autrui lointain consent à me céder pour prix de ma voracité. A travers elle, il me signifie également qu'il est hors de mon emprise à jamais. Par le truchement de la photo, l'achat de vêtements, d'objets d'art, je tente de capter une âme qui se dérobe. L'exotisme a tout au plus une « vertu apéritive » (Pascal), il est anticipation du visage où il mène, et cette anticipation atteint son degré le plus ardent lorsque autrui se décante du paysage et apparaît dans sa splendeur, sa nudité.

Le voyageur au milieu du gué

L'éblouissement que procure le voyage a donc pour prémisse une fusion impossible. Il se produit à partir de ce deuil. Tout compagnonnage prolongé avec un peuple, une culture, une langue est une liaison. Délicieuse parfois, orageuse le plus souvent. Qui ne suppose pas des rapports de distanciation flegmatique mais d'implications passionnelles. On ne passe pas plusieurs années de sa vie avec le chiisme, les Balinais, le vaudou, les Peuls ou le shivaïsme sans traverser des stades de déchirement, d'envoûtement ou de refus. Cette confrontation est un corps à corps que n'épargne ni la malséance ni la glorification, ni la dévotion avide de tomber à genoux ni l'aigreur ou l'amertume. Je croise l'Autre dans un univers problématique qui est de tension et un contexte qui est d'éloignement. Le goût d'aimer, d'admirer, ne va pas sans espoir de me reconnaître sinon égal, du moins fraternel. Mais plus je retrouve en l'Autre, Indien, Chinois, Argentin ou Congolais, un camarade d'épreuves et de labeur, plus son étrangeté s'impose à moi. Ce mouvement d'affection envers une culture marie l'adhésion autant que la réserve ; ou plutôt mon intégration dans un univers étranger n'est qu'une modalité particulière de l'exclusion. La double attente de la griserie du large et de l'intime connaissance, loin d'augmenter notre savoir sur telle religion ou tribu, ne fait qu'élargir l'éventail de notre vulnérabilité. Si tout séjour ou évasion ont pour effet principal de réenchanter la Terre, de rendre une épaisseur à des contrées qu'une visite sommaire avait cru épuiser, il s'en faut de beaucoup que cet enrichissement s'accompagne d'un pouvoir. Le découvert ne perd pas sa qualité de secret, et *la manière dont une culture, un peuple, se manifestent en dit long sur ce qu'ils cachent.* Si nous y nouons des amitiés, apprenons quelques rudiments de la langue, quelques lambeaux de son histoire, alors le pays, de lointain et abstrait qu'il était quand nous y sommes arrivés, devient lointain et concret.

De là cette tristesse particulière de celui qui tente l'expatriation : il se trouve sommé d'interroger mais ne reçoit aucune réponse. Venu chercher un autre centre, il plonge dans l'excentricité. Il laisse derrière lui des étrangers dont l'existence, pour lui, est devenue plus intime, n'en demeure pas moins énigmatique. Croyant acquérir une maîtrise, il s'est contenté d'approfondir un désarroi. Sa recherche, si loin qu'il l'ait menée, dit d'abord sa désunion des hommes ; la sentimentalité qu'il y met est le prix payé pour un divorce ; il s'y enchante, il s'y désole d'une distance indéfiniment reconduite. Le voyage vers l'Autre tend vers la coïncidence et faillit à sa promesse. Certes, on voit le monde à travers le prisme de plusieurs éducations, de plusieurs langues, et la surimpression de ces univers habituellement forclos fait que leur hiérarchie n'est pas tant égalisée que désorientée ; une contagion brusque, un raccourci inattendu a dérangé le carcan des frontières. Un instant, le voyageur peut se croire investi de l'aura magique des êtres en rupture, personnages paradoxaux qui échappent aux classements, aux patronymes, aux généalogies. Mais ce pont-levis fragile lancé par-dessus l'incompréhension et la méfiance n'estompe pas la solitude. Il n'a pas sa place sur cette terre où il n'est pas né, et l'aimer c'est comme vénérer une femme que beaucoup d'autres courtisent et qui ne peut pourtant se donner qu'à elle-même.

Relation amoureuse, disions-nous : mais plus proche de l'amour courtois que de l'érotisme. Le voyage est un art de la caresse qui glisse, dérive sans but, mais ne saisit point. Nulle recherche, même illusoire, d'une jonction ; à mesure que je l'explore, l'Autre échappe à ma portée. Dès lors, ma sérénité ne va pas sans un secret tourment : l'ascèse à laquelle je suis soumis débouche sur la défaillance d'un non-savoir, d'une non-possession. L'étranger n'a rien à révéler car son secret est fondamental : pas plus la lumière de la connaissance, du séjour ou de la cohabitation que la conquête ou le meurtre ne suffisent à profaner l'essence, à en épuiser la réserve. Absent à sa patrie sans être présent aux autres, le nomade reste en suspens entre deux mondes qui lui échappent : arrêté au milieu du fleuve, il a quitté la sécurité de la rive natale mais voit l'autre versant reculer au fur et à mesure qu'il avance.

L'amour de l'autre homme

> « Il n'y a qu'une espèce valide de voyages qui est la marche vers les hommes. »
>
> Paul Nizan.

Et c'est bien sûr l'échec du voyage qui en constitue la réussite. Aucune déconvenue ne peut briser ma soif de partir, faire tomber la fièvre qui me ronge. Plus l'autre s'offre en se dérobant, plus je m'élance vers lui en le manquant ; et bientôt le désir insensé d'être l'Autre fait place au désir de l'Autre en tant qu'il n'est pas moi. Sans doute s'agit-il encore d'une illusion, mais la meilleure à laquelle on puisse céder ; dans son acharnement à promouvoir l'unité du genre humain, le voyageur a raison : il sait que la solitude dans l'échange vaut mieux que l'isolement dans le mépris mutuel ; qu'une communication imparfaite est préférable à un silence hostile ; qu'une seule coalition féconde est supérieure à plusieurs monologues stériles ; que chaque discours au contact de chaque autre perd de ses aspérités et s'élargit de diverses affirmations ; que le vagabond, dans son impatience de se quitter, a toujours raison sur le sédentaire ; et qu'enfin, pour forcer les peuples à sortir de leur superbe et à se relier par mille ramifications, il est plus utile de tout magnifier avec démesure que de tout démolir par rancœur.

Dès lors, partir, c'est venir saluer l'Autre sur son propre territoire. C'est décréter que tel homme est mon prochain plutôt que mes semblables ou ma famille, c'est refuser les identifications obligées avec une race, un camp, un parti, une idéologie, une langue pour revendiquer l'élection libre de la patrie que je veux. C'est donner la prime aux parentés approximatives sur l'hérédité, aux identités d'emprunt contre les cousinages et les voisinages, choisir une intimité selon le cœur plutôt qu'une intimité selon la chair et le sang. Le voyage est donc l'hommage que l'amitié rend à la distance ; si fragile qu'il soit, il prouve qu'aucun éloignement spirituel ou kilométrique ne saurait aller contre les affinités qui poussent les humains à s'agréger et à se rencontrer. Je n'ai le choix qu'entre deux postulations également impossibles et nécessaires : je ne puis me désintéresser du sort de cet autrui lointain et pourtant je ne peux vivre avec lui. Taraudé par des êtres dont l'existence me force à quitter mon sol, incapable pourtant de me fondre dans leur mode de vie, je suis pris alors dans cette situation passionnelle type que résume le célèbre adage : ni avec eux ni sans eux.

C'est pourquoi, à nos générations qui ont aisément franchi les frontières et ont trouvé l'Europe trop petite, il faut dire encore et toujours : partez. En dépit des surdités et des fanatismes, continuez à aller vers l'est, le sud, le nord à la rencontre d'autres hommes remarquables. Tout nous incite à la défiance ? C'est donc qu'il faut avoir foi en l'Autre : ce qui révoque l'humain est aussi ce qui le provoque. Laissez miroiter les tentations d'ailleurs. Devenez la proie d'autrui sans renier votre liberté mais sans davantage en redouter la perte. Tout départ est un pari sur la générosité, une invitation à la bienveillance, car le monde n'est vivable qu'en état de transfusion permanente. Les peuples lointains, l'outre-mer, les tropiques, nous disent par leurs cent voix, leurs prestiges, leurs mirages : venez. Venir à quoi ? Ils ne le précisent pas. L'étranger n'est pas une promesse ou un serment : seulement un appel.

Table

Introduction : Les mains d'Orlac 9

1. La solidarité ou la légende noire contre l'histoire sainte .. 19

— « Ils sont très doux et ignorants de ce qu'est le mal » (Christophe Colomb). 21
— « L'Amérique a la rage » (J.-P. Sartre) 27
— « Monde occidental, tu es condamné à mort » (Aragon) 36
— Un bovarysme tropical 42
— La passion de l'idée 46
— Les frissons de la cécité volontaire 49
— Des hommes amoureux de l'amour 62
— Le mercredi des Cendres 68

2. La pitié ou l'épanchement du démocrate hémophile 77

La famille polaroïd 79

— L'œil de Caïn 79
— La grande égalisation 81
— Insignifiance de l'exagéré 83

Le syndrome de Calcutta 89

— Les bonnes intentions 89
— L'insoutenable 94
— Les intermittences du cœur 99
— Le malheur invisible 103
— Le roman des origines 105

De l'homme accusé à l'homme disculpé 107

— « Votre prospérité dans le monde aujourd'hui fait autant de bruit qu'un désastre » 107
— L'univers de la déduction infaillible 112
— Du guérillero au bébé phoque 118
— Le fardeau des pleureuses 122
— Indifférence de la pitié 124
— Adieu, veaux, vaches, cochons ! 126
— « L'oblique génuflexion du dévot pressé » 130
— Les dangers de l'incontinence rhétorique 136

Dicter le Tiers-Monde 137

— La normalisation par l'apitoiement 137
— La vocation excrémentielle du Sud 140
— « 700 millions de Chinois, et moi et moi et moi » 143

3. Le mimétisme ou les intoxiqués de l'Éden 149

Le pèlerinage aux sources 154

— La rédemption par l'exil 157
— Le contact impossible 160
— Délices de la claustration 163
— Les candidats à la ressemblance 170

Les impasses du relativisme culturel 178

— L'Eldorado de Gauguin 181
— A chacun sa barbarie 193
— J'ai survolé toutes les cimes du monde 202

4. Tu haïras ton prochain comme toi-même 211

L'ambiguïté du masochisme occidental 215

— L'orgueil du criminel 215
— Éternité de la souillure 217
— La mauvaise conscience paisible 220
— Sa majesté l'enfant 223
— Le grand pervers et la chaste vierge 226
— Sois candide et tais-toi ! 231
— La trahison des purs 232
— Le Tiers-Monde n'existe plus ! 235

La fin du messianisme 241

— Les mains sales 241
— La question des droits de l'homme 248
— Un universel sans frontières 254
— La ressemblance maudite 256
— L'Europe, c'est-à-dire la pensée critique 261
— Contre le sein maternel 265
— Les dangers de la haine de soi 269

Conclusion : Il n'y a qu'un remède à l'amour : aimer davantage 271

— Sur cette dissonance, nous voulons établir notre foi .. 273
— Il y aura toujours les autres 277
— Les attractions passionnelles 280

— Pour l'européo-centrisme 282
— Soyons poreux 286
— Fidèle trahison 289
— Pour une solidarité relative 293
— Le Nord en chaise longue au soleil du Sud 299
— Ambivalence de l'exotisme 302
— Le voyageur au milieu du gué 306
— L'amour de l'autre homme 308

IMPRIMERIE BUSSIÈRE À SAINT-AMAND
DÉPÔT LÉGAL MARS 1986. N° 9139 (430)

Collection Points

SÉRIE ACTUELS

A1. Lettres de prison, *par Gabrielle Russier*
A2. J'étais un drogué, *par Guy Champagne*
A3. Les Dossiers noirs de la police française, *par Denis Langlois*
A4. Do it, *par Jerry Rubin*
A5. Les Industriels de la fraude fiscale, *par Jean Cosson*
A6. Entretiens avec Allende, *par Régis Debray* (épuisé)
A7. De la Chine, *par Maria-Antonietta Macciocchi*
A8. Après la drogue, *par Guy Champagne*
A9. Les Grandes Manœuvres de l'opium
par Catherine Lamour et Michel Lamberti
A10. Les Dossiers noirs de la justice française, *par Denis Langlois*
A11. Le Dossier confidentiel de l'euthanasie
par Igor Barrère et Étienne Lalou
A12. Discours américains, *par Alexandre Soljénitsyne*
A13. Les Exclus, *par René Lenoir*
A14. Souvenirs obscurs d'un Juif polonais né en France
par Pierre Goldman
A15. Le Mandarin aux pieds nus, *par Alexandre Minkowski*
A16. Une Suisse au-dessus de tout soupçon, *par Jean Ziegler*
A17. La Fabrication des mâles
par Georges Falconnet et Nadine Lefaucheur
A18. Rock babies, *par Raoul Hoffmann et Jean-Marie Leduc*
A19. La nostalgie n'est plus ce qu'elle était, *par Simone Signoret*
A20. L'Allergie au travail, *par Jean Rousselet*
A21. Deuxième Retour de Chine
par Claudie et Jacques Broyelle et Evelyne Tschirhart
A22. Je suis comme une truie qui doute, *par Claude Duneton*
A23. Travailler deux heures par jour, *par Adret*
A24. Le rugby, c'est un monde, *par Jean Lacouture*
A25. La Plus Haute des solitudes, *par Tahar Ben Jelloun*
A26. Le Nouveau Désordre amoureux
par Pascal Bruckner et Alain Finkielkraut
A27. Voyage inachevé, *par Yehudi Menuhin*
A28. Le communisme est-il soluble dans l'alcool ?
par Antoine et Philippe Meyer
A29. Sciences de la vie et Société
par François Gros, François Jacob et Pierre Royer
A30. Anti-manuel de français
par Claude Duneton et Jean-Pierre Pagliano

A31. Cet enfant qui se drogue, c'est le mien, *par Jacques Guillon*
A32. Les Femmes, la Pornographie, l'Érotisme
par Marie-Françoise Hans et Gilles Lapouge
A33. Parole d'homme, *par Roger Garaudy*
A34. Nouveau Guide des médicaments
par le Dr Henri Pradal
A35. Rue du Prolétaire rouge, *par Nina et Jean Kéhayan*
A36. Main basse sur l'Afrique, *par Jean Ziegler*
A37. Un voyage vers l'Asie, *par Jean-Claude Guillebaud*
A38. Appel aux vivants, *par Roger Garaudy*
A39. Quand vient le souvenir, *par Saul Friedländer*
A40. La Marijuana, *par Solomon H. Snyder*
A41. Un lit à soi, *par Évelyne Le Garrec*
A42. Le lendemain, elle était souriante...
par Simone Signoret
A43. La Volonté de guérir, *par Norman Cousins*
A44. Les Nouvelles Sectes, *par Alain Woodrow*
A45. Cent Ans de chanson française
par Chantal Brunschwig, Louis-Jean Calvet et Jean-Claude Klein
A46. La Malbouffe, *par Stella et Joël de Rosnay*
A47. Médecin de la liberté, *par Paul Milliez*
A48. Un Juif pas très catholique, *par Alexandre Minkowski*
A49. Un voyage en Océanie, *par Jean-Claude Guillebaud*
A50. Au coin de la rue, l'aventure
par Pascal Bruckner et Alain Finkielkraut
A51. John Reed, *par Robert Rosenstone*
A52. Le Tabouret de Piotr, *par Jean Kéhayan*
A53. Le temps qui tue, le temps qui guérit
par le Dr Fernand Attali
A54. La Lumière médicale, *par Norbert Bensaïd*
A55. Californie (Le Nouvel Age)
par Sylvie Crossman et Edouard Fenwick
A56. La Politique du mâle, *par Kate Millett*
A57. Contraception, Grossesse, IVG
par Pierrette Bello, Catherine Dolto, Aline Schiffmann
A58. Marthe, *anonyme*
A59. Pour un nouveau-né sans risque
par Alexandre Minkowski
A60. La vie, tu parles, *par Libération*
A61. Les Bons Vins et les Autres
par Pierre-Marie Doutrelant
A62. Comment peut-on être breton ?
par Morvan Lebesque

A63. Les Français, *par Theodore Zeldin*
A64. La Naissance d'une famille, *par T. Berry Brazelton*
A65. Hospitalité française, *par Tahar Ben Jelloun*
A66. L'Enfant à tout prix
par Geneviève Delaisi de Parseval et Alain Janaud
A67. La Rouge Différence
par F. Edmonde Morin
A68. Regard sur les Françaises, *par Michèle Sarde*
A69. A hurler le soir au fond des collèges
par Claude Duneton avec la collaboration de Frédéric Pagès
A70. L'Avenir en face, *par Alain Minc*
A71. Je t'aime d'amitié, *par la revue « Autrement »*
A72. Couples !, *par la revue « Autrement »*
A73. Le Sanglot de l'homme blanc, *par Pascal Bruckner*
A74. BCBG, le guide du bon chic bon genre
par Thierry Mantoux

Collection Points

SÉRIE POLITIQUE

DERNIERS TITRES PARUS

31. Le PSU, *par Michel Rocard* (épuisé)
32. La Nouvelle Classe ouvrière, *par Serge Mallet* (épuisé)
33. Réforme et Révolution, *par André Gorz* (épuisé)
34. L'État SS, *par Eugen Kogon*
35. L'État, *par Georges Burdeau*
36. Cuba est-il socialiste ?, *par René Dumont* (épuisé)
37. Les Paysans dans la lutte des classes, *par Bernard Lambert* (épuisé)
38. La Pensée de Karl Marx, *par Jean-Yves Calvez*
39. La Pensée politique arabe contemporaine
    par Anouar Abdel-Malek
40. Pour le nouveau parti socialiste, *par Alain Savary*
41. Autogestion, *par Daniel Chauvey*
42. Un socialisme du possible, *par François Mitterrand* (épuisé)
43. La CFDT, *ouvrage collectif* (épuisé)
44. Paris libre 1871, *par Jacques Rougerie*
45. Les Nouveaux Intellectuels, *par F. Bon et M.-A. Burnier* (épuisé)
46. Les Origines du gauchisme, *par Richard Gombin*
47. La Société bloquée, *par Michel Crozier*
48. Classe ouvrière et Révolution
    par Frédéric Bon et Michel-Antoine Burnier
49. Histoire des démocraties populaires
    1. L'ère de Staline, *par François Fejtö*
50. Histoire des démocraties populaires
    2. Après Staline, *par François Fejtö*
51. La Faute à Voltaire, *par Nelcya Delanoë*
52. Géographie de la faim, *par Josué de Castro*
53. Le Système totalitaire, *par Hannah Arendt*
    Les origines du totalitarisme, 3
54. Le Communisme utopique, *par Alain Touraine*
55. Japon, troisième grand, *par Robert Guillain*
56. Les Partis politiques dans la France d'aujourd'hui
    par François Borella
57. Pour un nouveau contrat social, *par Edgar Faure*
58. Le Marché commun contre l'Europe
    par Bernard Jaumont, Daniel Lenègre et Michel Rocàrd (épuisé)
59. Le Métier de militant, *par Daniel Mothé*
60. Chine-URSS, *par François Fejtö*

61. Critique de la division du travail, *par André Gorz*
62. La Civilisation au carrefour, *par Radovan Richta*
63. Les Cinq Communismes, *par Gilles Martinet* (épuisé)
64. Bilan et Perspectives, *par Léon Trotsky*
65. Pour une sociologie politique, t. 1, *par J.-P. Cot et J.-P. Mounier*
66. Pour une sociologie politique, t. 2, *par J.-P. Cot et J.-P. Mounier*
67. L'Utopie ou la Mort, *par René Dumont*
68. Fascisme et Dictature, *par Nicos Poulantzas*
69. Mao Tsé-toung et la Construction du socialisme
textes inédits traduits et présentés par Hu Chi-hsi
70. Autocritique, *par Edgar Morin*
71. Nouveau Guide du militant, *par Denis Langlois* (épuisé)
72. Les Syndicats en France, t. 1, *par Jean-Daniel Reynaud*
73. Les Syndicats en France, t. 2, Textes et documents
par Jean-Daniel Reynaud
74. Force ouvrière, *par Alain Bergounioux*
75. De l'aide à la recolonisation, *par Tibor Mende*
76. Le Patronat, histoire, structure, stratégie du CNPF
par Bernard Brizay
77. Lettres à une étudiante, *par Alain Touraine*
78. Sur la France, *par Stanley Hoffmann*
79. La Cuisinière et le Mangeur d'hommes, *par André Glucksmann*
80. L'Age de l'autogestion, *par Pierre Rosanvallon*
81. Les Classes sociales dans le capitalisme aujourd'hui
par Nicos Poulantzas
82. Regards froids sur la Chine, *ouvrage collectif*
83. Théorie politique, *par Saint-Just*
84. La Crise des dictatures, *par Nicos Poulantzas* (épuisé)
85. Les Dégâts du progrès, *par la CFDT*
86. Les Sommets de l'État, *par Pierre Birnbaum*
87. Du contrat social, *par Jean-Jacques Rousseau*
88. L'Enfant et la Raison d'État, *par Philippe Meyer*
89. Écologie et Politique, *par A. Gorz / M. Bosquet*
90. Les Racines du libéralisme, *par Pierre-François Moreau*
91. Syndicat libre en URSS, *par le Comité international*
contre la répression
92. L'Informatisation de la société, *par Simon Nora et Alain Minc*
93. Manuel de l'animateur social, *par Saul Alinsky*
94. Mémoires d'un révolutionnaire, *par Victor Serge*
95. Les Partis politiques en Europe
par François Borella
96. Le Libéralisme, *par Georges Burdeau*
97. Parler vrai, *par Michel Rocard*

98. Mythes révolutionnaires du tiers monde
par Gérard Chaliand
99. Qu'est-ce que la social-démocratie ?, *par la revue « Faire »*
100. La Démocratie et les Partis politiques, *par Moisei Ostrogorsky*
101. Crise et Avenir de la classe ouvrière, *par la revue « Faire »* (épuisé)
102. Le Socialisme des intellectuels, *par Jan Waclav Makhaïski*
103. Reconstruire l'espoir, *par Edmond Maire*
104. Le Tertiaire éclaté, *par la CFDT*
105. Le Reflux américain, *par la revue « Faire »*
106. Les Pollueurs, *par Anne Guérin-Henni*
107. Qui a peur du tiers monde ?
par Jean-Yves Carfantan et Charles Condamines
108. La Croissance... de la famine, *par René Dumont*
109. Stratégie de l'action non-violente, *par Jean-Marie Muller*
110. Retournez les fusils !, *par Jean Ziegler*
111. L'Acteur et le Système
par Michel Crozier et Erhard Friedberg
112. Adieux au prolétariat, *par André Gorz*
113. Nos droits face à l'État, *par Gérard Soulier*
114. Les Partis politiques, *par Maurice Duverger*
115. Les « Disparus », *par Amnesty International*
116. L'Afrique étranglée
par René Dumont et Marie-France Mottin
117. La CGT, *par René Mouriaux*
118. Le Mal-développement en Amérique latine
par René Dumont et Marie-France Mottin
119. Les Assassinats politiques, *par Amnesty International*
120. Vaincre la faim, c'est possible
par Jean-Yves Carfantan et Charles Condamines
121. La Crise de l'État-providence, *par Pierre Rosanvallon*
122. La Deuxième Gauche, *par Hervé Hamon et Patrick Rotman*
123. Sur l'antisémitisme, *par Hannah Arendt*
Les origines du totalitarisme, 1
124. La Torture, *par Amnesty International*
125. L'Impérialisme, *par Hannah Arendt*
Les origines du totalitarisme, 2
126. Les Rebelles, *par Jean Ziegler*
127. Le Pari français, *par Michel Albert*
128. La Fin des immigrés
par Françoise Gaspard et Claude Servan-Schreiber
129. Les Régimes politiques occidentaux
par Jean-Louis Quermonne
130. A l'épreuve des faits, *par Michel Rocard*